HUNGER GAMES

III. LA RÉVOLTE

GAMES

III. LA RÉVOLTE

SUZANNE COLLINS

**Traduit de l'anglais (États-Unis)
par Guillaume Fournier**

Directeur de collection :
Xavier d'Almeida

Titre original :
The Hunger Games, Mockingjay

Publié pour la première fois en 2010 par
Scholastic Press, un département de Scholastic Inc., New York.

Suzanne Collins écrit depuis près de vingt ans des scénarios de programmes de télévision pour la jeunesse. C'est la rencontre d'un auteur de livres pour enfants qui l'a poussée à se lancer elle aussi dans cette voie. Après plusieurs livres de fantasy, elle connaît un immense succès international avec sa série *Hunger Games*, aujourd'hui portée à l'écran.
Suzanne Collins vit aux États-Unis, dans le Connecticut, avec sa famille et plusieurs chats un peu sauvages, trouvés dans son jardin.

Déjà paru :
Hunger Games, I
Hunger Games, II – L'Embrasement
Hunger Games, III – La Révolte

ISBN : 978-2-266-25799-2

À Cap, Charlie et Isabel

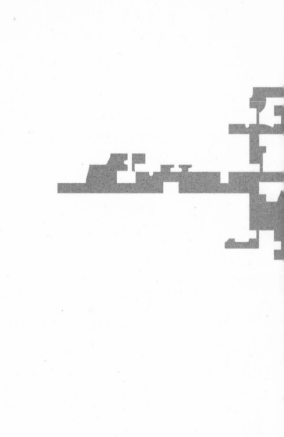

PREMIÈRE PARTIE
LES CENDRES

Je baisse les yeux vers mes chaussures. Une fine couche de poussière se dépose sur leur cuir fatigué. C'est ici que se tenait le lit que je partageais avec ma sœur, Prim. La table de la cuisine était de ce côté-là. Les briques de la cheminée, monceau de gravats noircis, me fournissent un point de référence dans la maison. Comment se repérer autrement dans cette mer de grisaille ?

Il ne reste quasiment rien du district Douze. Un mois plus tôt, les bombes incendiaires du Capitole ont réduit en cendres les masures des mineurs de la Veine, les boutiques de la ville et même l'hôtel de justice. Seul le Village des vainqueurs a échappé à l'incinération. J'ignore pourquoi exactement. Peut-être pour offrir un point de chute agréable à ceux qui seraient contraints de revenir en mission pour le Capitole. Une équipe de journalistes. Un comité chargé d'estimer l'état des mines de charbon. Une escouade de Pacificateurs envoyée ramasser d'éventuels réfugiés.

Mais personne n'est revenu pour l'instant sauf moi. Et encore, uniquement pour une brève visite. Les autorités du district Treize étaient opposées à cette idée. Elles n'y voyaient qu'une aventure inutile et coûteuse, étant donné la bonne douzaine d'hovercrafts invisibles qui doivent tourner au-dessus de ma tête pour assurer ma protection et le fait qu'il n'y ait aucun renseignement de valeur à glaner.

Mais je tenais à voir ça de mes propres yeux. J'en ai même fait une condition à ma coopération à leurs projets.

Finalement, Plutarch Heavensbee, le Haut Juge qui dirigeait les rebelles au sein du Capitole, a levé les mains au ciel.

— Qu'elle y aille donc ! Mieux vaut perdre une journée qu'un mois. Peut-être a-t-elle besoin de cette visite dans le district Douze pour se persuader que nous sommes dans le même camp.

Dans le même camp. Une douleur me vrille la tempe gauche et j'appuie dessus avec ma main. Pile à l'endroit où Johanna Mason m'a frappée avec la bobine de fil électrique. Les souvenirs se bousculent tandis que je m'efforce de démêler le vrai du faux. Quelle succession d'événements m'a conduite jusqu'ici, dans les ruines de mon ancienne ville ? J'ai du mal à la reconstituer, parce que les effets de ma commotion cérébrale ne sont pas entièrement dissipés et que mes pensées ont encore tendance à s'embrouiller. Et puis, le traitement qu'on m'administre pour contrôler la douleur et mon humeur me fait voir des choses qui n'existent pas. Je crois. Je ne suis toujours pas convaincue à cent pour cent que j'hallucinais la nuit où le sol de ma chambre d'hôpital s'est transformé en un tapis de serpents grouillants.

J'utilise une technique que m'ont suggérée les médecins. Je pars des certitudes les plus simples pour aller petit à petit vers les plus compliquées. La liste commence à défiler dans ma tête…

« Je m'appelle Katniss Everdeen. J'ai dix-sept ans. J'ai grandi dans le district Douze. Je participais aux Hunger Games. Je me suis sauvée. Le Capitole me hait. Peeta a été fait prisonnier. On suppose qu'il est mort. Il est sûrement mort. Sans doute vaut-il mieux qu'il le soit… »

— Katniss. Tu veux que je descende ?

La voix de Gale, mon meilleur ami, résonne dans le casque que les rebelles m'ont conseillé de porter. Gale est resté dans l'hovercraft d'où il surveille mes faits et gestes, prêt à intervenir au moindre problème. Je réalise que je me tiens accroupie, les coudes sur les genoux, la tête entre les mains. Comme si j'étais au bord de la crise de nerfs. Ce n'est pas le moment. Vraiment pas, alors qu'on se met enfin à diminuer mon traitement.

Je me redresse et balaye sa proposition d'un revers de main.

— Non, ça va.

Pour achever de le rassurer, je quitte mon ancienne maison et me dirige vers le centre-ville. Gale voulait se faire déposer dans le Douze avec moi mais quand il a vu que je n'y tenais pas, il n'a pas insisté. Il a compris. Je ne veux personne auprès de moi aujourd'hui. Même pas lui. Il y a certaines choses pour lesquelles on a besoin d'être seule.

Il a fait une chaleur accablante tout l'été. Pas la moindre pluie n'est venue déranger les cendres depuis l'attaque. Elles se soulèvent en petits nuages sous mes pas. Il n'y a pas un souffle de vent pour les disperser. Je garde les yeux fixés sur ce qui reste de la route, car, quand on m'a débarquée dans le Pré, je n'ai pas fait attention et j'ai buté dans une pierre. Sauf qu'il ne s'agissait pas d'une pierre, mais d'un crâne. Il a roulé puis s'est arrêté face en l'air, et pendant un long moment, je n'ai pas pu détacher mon regard de ses dents en me demandant à qui elles appartenaient, en me disant que les miennes auraient sans doute le même aspect dans des circonstances similaires.

Je suis la route par habitude, mais c'est un mauvais choix car elle est jonchée de cadavres de malheureux qui ont tenté de s'enfuir. Certains sont entièrement calcinés. D'autres, probablement suffoqués par la fumée, ont échappé au gros des flammes et gisent à présent dans divers états de décomposition, offerts aux charognards, recouverts d'un nuage de mouches. « C'est moi qui vous ai tués, me dis-je en passant devant plusieurs corps. Toi, toi et toi. »

C'est vrai. C'est ma flèche, tirée sur le défaut du champ de force autour de l'arène, qui a entraîné ce déluge de feu en représailles. Qui a précipité Panem dans le chaos.

J'entends encore le président Snow, le matin juste avant la Tournée de la victoire. « Katniss Everdeen, la fille du feu… Vous êtes l'étincelle qui, si l'on n'y prend pas garde, risque d'embraser Panem. » Ce n'était pas une exagération, en fin de compte, ni une simple tentative d'intimidation. Peut-être essayait-il sincèrement de me rallier à ses vues. Mais j'avais déclenché quelque chose que je ne contrôlais plus.

« Ça brûle encore », me dis-je machinalement. Une fumée noire s'élève des puits de mine dans le lointain. Il n'y a plus personne pour s'en inquiéter, cependant. Plus de quatre-vingt-dix pour cent de la population du district a trouvé la mort. Les quelque huit cents survivants sont désormais réfugiés au district Treize – autant dire des clochards, qui n'auront plus jamais un toit à eux.

Je sais que je ne devrais pas penser ça ; je devrais éprouver de la reconnaissance pour la manière dont on nous a accueillis. Malades, blessés, crevant de faim et les mains vides. Malgré tout, je ne parviens pas à oublier le rôle joué par le district Treize dans la destruction du Douze. Ce qui ne m'absout en rien – il y a suffisamment de responsabilités dans cette histoire pour accabler tout le monde. Mais sans le Treize, je n'aurais pas fait partie d'un vaste complot destiné à renverser le Capitole. Je n'en aurais jamais eu les moyens.

Les citoyens du district Douze ne cachaient aucun mouvement de résistance organisée. Ils n'avaient rien demandé à personne. Leur malheur a été de m'avoir, moi. Pourtant, certains survivants s'estiment heureux d'échapper enfin au district Douze, à la faim et à la répression permanentes, aux dangers de la mine ou au fouet de notre dernier chef des Pacificateurs, Romulus Thread. Le seul fait d'avoir trouvé un abri leur paraît miraculeux, vu qu'il y a peu de temps, personne ne savait que le district Treize tenait encore debout.

S'il y a des survivants, c'est à Gale qu'ils le doivent, même s'il refuse de s'en attribuer le mérite. Aussitôt après la fin de l'Expiation – dès qu'on m'a arrachée à l'arène –, l'électricité a été coupée dans le district Douze ; les écrans de télé sont devenus noirs et un grand silence s'est abattu sur la Veine, au point que les gens entendaient battre leurs cœurs. Il n'y a pas eu la moindre manifestation ni célébration de ce qui venait de se passer dans l'arène. Et pourtant, moins de quinze minutes plus tard, le ciel se remplissait d'hovercrafts et les bombes se mettaient à pleuvoir.

C'est Gale qui a songé au Pré, l'un des rares endroits où l'on ne trouvait pas de vieilles bicoques en bois incrustées de poussière de charbon. Il y a réuni tous ceux qui ont bien voulu le suivre, y compris ma mère et Prim. Ils ont abattu la palissade – faute de courant, ce n'était plus qu'un vulgaire grillage inoffensif – et se sont enfoncés dans la forêt. Gale les a conduits au premier endroit qui lui est venu à l'esprit : le lac où m'emmenait mon père quand j'étais petite. De là, ils ont pu voir les flammes engloutir tout ce qui avait constitué leur vie.

À l'aube, les bombardiers étaient partis, les incendies s'éteignaient et les derniers retardataires s'étaient ralliés au groupe. Ma mère et Prim avaient installé une zone médicale pour y accueillir les blessés et tentaient de les soigner de leur mieux avec ce qu'elles pouvaient trouver dans les bois. Gale avait deux arcs et deux carquois, un couteau de chasse, un filet de pêche et plus de huit cents personnes terrorisées à nourrir. Grâce à l'aide des plus valides, il a réussi à se débrouiller pendant trois jours. Après quoi les hovercrafts sont arrivés sans crier gare pour les évacuer dans le district Treize où les attendaient des compartiments blancs et propres, des vêtements en abondance et trois repas par jour. Les compartiments étaient construits sous terre, les vêtements tous identiques et la nourriture quasiment sans saveur mais pour les réfugiés du Douze, ces considérations n'avaient pas d'importance. Ils étaient sains et saufs. Ils étaient pris en charge. Ils étaient vivants et chaleureusement accueillis.

Cet enthousiasme est passé pour de la bonté d'âme. Mais un certain Dalton, un réfugié du district Dix venu à pied quelques années plus tôt, m'en a confié la vraie raison.

— Ils ont besoin de vous. De moi. De nous tous. Une épidémie de vérole en a tué pas mal autrefois, et beaucoup sont devenus stériles. Des reproducteurs sains, voilà ce qu'on est pour eux.

Au Dix, il travaillait dans l'un des ranchs d'élevage de bœufs, à maintenir la diversité génétique du troupeau par l'implantation d'embryons congelés. Il a sans doute raison à propos du Treize, parce qu'on n'y voit pas beaucoup d'enfants. Et alors ? Nous ne sommes pas enfermés dans des enclos, on nous dispense une formation, nos enfants reçoivent une instruction. Ceux qui ont plus de quatorze ans intègrent les rangs de l'armée et se voient appelés « soldats ». Chaque réfugié bénéficie automatiquement de la citoyenneté par décision des autorités du Treize.

Je les déteste malgré tout. Cela dit, je déteste presque tout le monde maintenant. Moi encore plus que quiconque.

Le sol durcit sous mes semelles, et à travers la couche de cendres, je décèle les pavés de la place principale. Seul un cercle de décombres rappelle encore l'existence des anciennes boutiques. Un monceau de gravats noircis a remplacé l'hôtel de justice. Je m'approche de l'endroit où se tenait la boulangerie des parents de Peeta. Il n'en reste pas grand-chose en dehors du four à moitié fondu. Les parents de Peeta, ses deux frères aînés – aucun d'eux n'a pu gagner le Treize. Moins d'une dizaine de ceux qui passaient pour riches dans le district Douze ont réussi à échapper aux flammes. Même s'il revenait, Peeta ne retrouverait personne. À part moi…

En reculant devant la boulangerie, je bute dans quelque chose, perds l'équilibre et me retrouve assise au milieu d'une masse de métal tordu. Je me demande brièvement de quoi il s'agissait, puis je me souviens des aménagements récents apportés par Thread. Les cellules, le poteau de flagellation, et là, ce qu'il reste de la potence. Tout ça ne me réussit pas. Cela réveille toutes sortes d'images qui m'assaillent déjà jour et nuit. Peeta en train de se faire torturer – noyé, brûlé, lacéré, électrocuté, mutilé, battu – tandis que le Capitole cherche à lui arracher des renseignements sur une rébellion dont il ignore tout. Je ferme les yeux très fort et tente de l'atteindre à travers les centaines et les centaines de kilomètres qui nous séparent, de lui envoyer mes pensées, de lui faire savoir qu'il n'est pas seul. Il l'est, pourtant. Et je ne peux rien pour lui.

Je m'enfuis en courant. Je quitte l'esplanade et me dirige vers le seul endroit épargné par les flammes. Je passe devant les ruines de l'ancienne maison du maire, où vivait mon amie Madge. Je suis sans nouvelles d'elle ou de ses parents. Les a-t-on évacués vers le Capitole en raison du statut de son père, ou les a-t-on laissés mourir dans l'incendie ? Des cendres tourbillonnent autour de moi, et je relève le col de ma chemise devant ma bouche. Le fait de me demander non pas *ce que* je respire, mais *qui*, me donne des haut-le-cœur.

L'herbe a brûlé et une neige grisâtre est venue la recouvrir mais les douze maisonnettes du Village des vainqueurs sont indemnes. Je m'engouffre dans celle où j'ai vécu pendant un an, claque la porte derrière moi et m'adosse au battant. L'intérieur a l'air intact. Propre. Il y règne un calme irréel. Pourquoi suis-je revenue dans le Douze ? En quoi cette visite va-t-elle m'aider à répondre à la question qui me tenaille ?

— Que vais-je faire ? (Je m'adresse aux murs.)

Franchement, je n'en ai aucune idée.

Les gens n'arrêtent pas de me parler, de me parler, de me parler encore. Plutarch Heavensbee. Son assistante, Fulvia Cardew. Toutes sortes de personnalités du district. Des haut gradés de l'armée. Mais pas Alma Coin, la présidente du Treize, qui se tient en retrait. Elle a la cinquantaine, avec des cheveux gris qui lui tombent en cascade sur les épaules. Je suis fascinée par ses cheveux : ils sont si lisses, sans le moindre défaut, sans une mèche de travers, sans même une pointe fourchue. Ses yeux aussi sont gris, mais pas à la manière de ceux des mineurs de la Veine : très pâles, comme si on en avait aspiré toute la couleur. Leur teinte évoque la neige fondue qu'on aimerait voir partir dans le caniveau.

Ce qu'on attend de moi, c'est que j'endosse le rôle qu'on a conçu à mon intention. Celui du symbole de la révolution : le geai moqueur. Ce que j'ai pu accomplir dans le passé, défier le Capitole pendant les Jeux, offrir un point de ralliement, ne suffit pas. Je dois maintenant prendre les choses en main, devenir le visage, la voix, l'incarnation de la révolution. La personne sur laquelle les districts – pour la plupart en guerre ouverte contre le Capitole – peuvent compter pour leur ouvrir la voie vers la victoire. On ne me demande pas de le faire seule. J'aurai une équipe entière à ma disposition pour me maquiller, m'habiller, rédiger mes discours, organiser mes apparitions – comme si cela n'était pas horriblement familier – et tout ce que j'aurai à faire, ce sera de jouer le jeu. Parfois j'écoute, et parfois je me contente de fixer la chevelure impeccable de Coin en essayant de voir s'il s'agit ou non d'une perruque. Je finis toujours par quitter la pièce, parce que je commence à avoir la migraine, qu'il est l'heure de passer à table ou que si je ne remonte pas à la surface, je sens que je vais me mettre à hurler. Je ne me donne pas la peine de dire quoi que ce soit, je me contente de me lever et de sortir.

Hier après-midi, alors que la porte se refermait derrière moi, j'ai entendu Coin déclarer :

— Je vous avais dit que nous aurions dû récupérer le garçon en priorité.

Elle parlait de Peeta. Je suis bien de son avis. Il aurait fait un porte-parole idéal.

Et qui a-t-on arraché à l'arène à sa place ? Moi, qui refuse de coopérer. Beetee, le vieil inventeur du Trois, que je vois rarement parce qu'on l'a envoyé concevoir des armes à la minute où il a repris connaissance. C'est bien simple, on l'a emmené sur son lit d'hôpital dans je ne sais quel endroit top secret et maintenant on ne l'aperçoit plus que de temps en temps, à l'occasion des repas. Il est très intelligent et entièrement acquis à la cause, mais ce n'est pas le genre à enflammer les foules. Et puis, il y a Finnick Odair, le sex-symbol du district de la pêche, qui a sauvé Peeta dans l'arène alors que j'en étais bien incapable. On voulait le

transformer en chef rebelle lui aussi, mais pour ça, il faudrait déjà qu'il puisse rester éveillé plus de cinq minutes.
Même quand il est conscient, il faut lui répéter les choses
trois fois avant qu'elles parviennent à son cerveau. Les
médecins prétendent que c'est la conséquence du choc électrique qu'il a subi dans l'arène, mais je sais que c'est plus
compliqué que ça. Finnick ne réussit pas à s'intéresser à ce
qui se déroule dans le Treize parce qu'il essaie éperdument
de deviner ce que devient Annie, la pauvre folle de son
district, la seule personne au monde dont il soit amoureux.

En dépit de sérieuses réserves, je lui ai pardonné son rôle
dans le complot qui m'a valu d'échouer ici. Lui au moins
a une vague idée de ce que j'endure. Et puis, cela demande
trop d'énergie de rester fâchée contre quelqu'un qui passe
tout son temps à pleurer.

Je franchis le seuil à pas de loup, je rechigne à faire du
bruit. Je ramasse quelques souvenirs : une photo de mes
parents le jour de leur mariage, un ruban bleu de Prim, le
livre familial des plantes médicinales et comestibles. Il
m'échappe des mains et s'ouvre sur une page ornée de fleurs
jaunes ; je le referme aussitôt. C'est Peeta qui a peint ces
fleurs.

« Que vais-je faire ? »

Ai-je la moindre raison de vouloir faire quoi que ce soit ?
Ma mère, ma sœur et la famille de Gale sont enfin en
sécurité. Quant au reste des habitants du Douze, ils sont
soit morts, ce qui est irrémédiable, soit à l'abri dans le
Treize. Ce qui ne laisse que les rebelles des autres districts.
Bien sûr, je hais le Capitole mais je ne suis pas du tout
certaine qu'incarner le geai moqueur profitera vraiment à
ceux qui s'efforcent de le renverser. Comment pourrais-je
aider les districts alors que tout ce que je fais entraîne de
nouvelles souffrances et de nouveaux morts ? L'exécution

du vieillard du Onze qui avait siffloté. La reprise en main brutale du Douze après mon intervention lors de la flagellation de Gale. L'arrestation de mon styliste, Cinna, roué de coups et assommé sous mes yeux dans ma chambre de lancement juste avant les Jeux. Les informateurs de Plutarch pensent qu'il est mort au cours de son interrogatoire. Cet homme brillant, énigmatique, adorable, est mort à cause de moi. Je refoule cette pensée parce qu'elle est trop douloureuse et que si je m'attarde là-dessus, je risque de perdre le peu de contrôle que je parviens à conserver.

« Que vais-je faire ? »

Si je devenais le geai moqueur… aurais-je une chance de faire plus de bien que de mal ? À qui me fier pour répondre à cette question ? Certainement pas aux gros bonnets du district Treize. S'il n'y avait que moi, maintenant que ma famille et celle de Gale sont hors de danger, je pourrais tout plaquer pour m'enfuir. Seulement, il reste une question en suspens. Peeta. Si j'étais vraiment certaine de sa mort, je disparaîtrais dans les bois, et au revoir tout le monde ! Mais en attendant je suis coincée.

Un feulement me fait pivoter. Sur le seuil de la cuisine, le poil hérissé, les oreilles couchées en arrière, se dresse le plus vilain matou qui soit au monde.

— Buttercup, dis-je.

Des milliers de gens sont morts, mais lui a survécu. On dirait même qu'il a engraissé. De quoi s'est-il nourri ? Il peut entrer et sortir de la maison à sa guise grâce à une fenêtre que nous laissons toujours entrebâillée dans l'arrière-cuisine. Il a dû chasser des mulots. Je refuse d'envisager l'autre possibilité.

Je m'accroupis et lui tends la main.

— Approche, mon vieux.

Tu parles. Il est furieux qu'on l'ait abandonné. En plus, je suis venue les mains vides alors que les restes que j'avais l'habitude de lui apporter étaient peut-être la seule chose qu'il appréciait chez moi. Pendant un moment, quand nous nous retrouvions dans notre ancienne maison parce que nous détestions tous les deux la nouvelle, il m'a semblé que nos relations s'amélioraient un peu. Mais c'est terminé à présent. Il me fixe d'un air mauvais avec ses yeux jaunes.

— Tu veux revoir Prim ? je lui demande.

Le nom capte son attention. En dehors du sien, c'est le seul mot qui ait la moindre signification pour lui. Il m'adresse un miaulement rauque et s'approche. Je le ramasse, le caresse un moment, puis je gagne le placard, en sors ma besace et le fourre sans ménagement à l'intérieur. Je n'ai pas d'autre moyen de le ramener à l'hovercraft, et il représente tant de choses pour ma sœur. Sa chèvre, Lady, une bête qui a pourtant une vraie valeur, est malheureusement introuvable.

Dans mes écouteurs, la voix de Gale me prévient qu'il est temps de rentrer. Mais la besace m'a rappelé autre chose que je voulais récupérer. J'accroche la sangle du sac sur le dos d'une chaise et je grimpe l'escalier quatre à quatre jusqu'à ma chambre. Le blouson de mon père est suspendu dans la penderie. Je l'avais rapporté de notre ancienne maison juste avant l'Expiation, en me disant que sa présence apporterait peut-être un peu de réconfort à ma mère et à ma sœur après ma mort. Heureusement, sinon il serait réduit en cendres à l'heure qu'il est.

Je trouve un certain apaisement au contact du cuir souple et je me remémore un court instant les heures passées emmitouflée dans ce vêtement. Et puis tout à coup, sans savoir pourquoi, je me mets à avoir les mains moites. Une sensation déplaisante me chatouille la nuque. Je fais volte-face et balaie la chambre du regard. Elle est vide. Impeccable. Tout a l'air en ordre. Je n'ai pas entendu le moindre bruit suspect. Quel est le problème, alors ?

Je plisse le nez. C'est l'odeur. Artificielle, écœurante. Je remarque une tache blanche dans le bouquet de fleurs séchées posé sur ma coiffeuse. Je m'en approche avec méfiance. Là, au milieu de ses consœurs fanées, se détache une rose blanche. Parfaite. Avec toutes ses épines et ses pétales duveteux.

Et je comprends aussitôt qui me l'a envoyée.

Le président Snow.

Quand la puanteur menace de me suffoquer, je bats en retraite et quitte la pièce. Depuis combien de temps est-elle là ? Un jour ? Une heure ? Les rebelles ont fouillé le Village des vainqueurs avant qu'on m'autorise à m'y rendre. Ils ont cherché des explosifs, des micros, tout ce qui pouvait sortir de l'ordinaire. Mais cette rose n'avait peut-être aucune signification pour eux. Seulement pour moi.

En bas, je rafle ma besace suspendue à la chaise et la traîne d'abord par terre, derrière moi. Puis je me rappelle ce qu'elle contient. Sur la pelouse, j'adresse des signaux frénétiques à l'hovercraft pendant que Buttercup se débat dans tous les sens. Je lui assène un coup de coude, mais cela ne fait que l'énerver davantage. L'engin se matérialise et une échelle en descend. Je grimpe dessus et le courant me fige, le temps qu'on me hisse à bord.

Gale m'aide à me détacher de l'échelle.

— Ça va ?

— Oui, lui dis-je en essuyant d'un revers de manche la sueur qui me couvre le front.

« Il m'a envoyé une rose ! » voudrais-je hurler, sauf qu'il est sans doute préférable de garder ça pour moi tant que je suis sous le regard de Plutarch et des autres. D'abord, parce que je passerais pour une folle. On penserait que j'ai tout imaginé, ce qui est possible, ou que ma réaction est excessive, ce qui me vaudrait un retour direct au pays des rêves médicamenteux dont je m'efforce au contraire de m'échapper. Personne ne comprendrait qu'il ne s'agit pas uniquement d'une fleur, fût-ce une fleur du président Snow, mais d'une promesse de vengeance car nous étions seuls dans le bureau le jour où il m'a menacée, juste avant la Tournée de la victoire.

Placée sur ma coiffeuse, cette rose blanche comme la neige est un message personnel à mon intention. Elle me rappelle que nous avons un compte à régler. Elle me chuchote : « Je sais où te trouver. Je peux t'atteindre. Peut-être suis-je en train de t'espionner en ce moment même. »

2

Les avions du Capitole sont-ils en route pour nous annihiler en plein ciel ? Pendant que nous survolons le district Douze, je guette anxieusement les signes d'une attaque ennemie, mais personne ne nous poursuit. Au bout de quelques minutes, j'entends une conversation entre Plutarch et le pilote qui me confirme que l'espace aérien est dégagé, et je commence à me détendre un peu.

Gale hoche la tête en direction de ma besace d'où s'échappent des miaulements furieux.

— Maintenant je sais pourquoi tu tenais tellement à revenir.

— Si j'avais une toute petite chance de le trouver... (Je jette ma besace sur un siège ; la répugnante créature proteste par un grondement de gorge, grave et menaçant.) Oh, la ferme ! lui dis-je en me laissant tomber sur le siège d'en face juste à côté du hublot.

Gale vient s'asseoir à côté de moi.

— C'était moche, en bas ?

— Difficile d'imaginer pire, je réponds.

Je le regarde dans les yeux et j'y vois le reflet de mon propre chagrin. Nos mains se trouvent, étreignent une part du district Douze que le président Snow n'a pas réussi à détruire. Nous restons assis sans rien dire pendant le reste du trajet jusqu'au Treize, qui ne prend que quarante-cinq minutes. L'équivalent d'une semaine de marche à peine. Bonnie et Twill, les réfugiées du district Huit que j'avais rencontrées dans les bois l'hiver dernier, n'étaient pas si loin du but, après tout. Mais elles ne sont jamais arrivées à destination. Quand je me suis renseignée à leur sujet dans le Treize, personne ne paraissait savoir de qui je parlais. J'imagine qu'elles sont mortes dans la forêt.

Vu d'en haut, le district Treize n'est pas plus riant que le Douze. Les ruines ne fument pas, contrairement aux images que le Capitole montre à la télévision, mais on n'y trouve plus aucune trace de vie à la surface. Durant les soixante-quinze ans écoulés depuis les jours obscurs – époque où le Treize aurait été détruit lors de la guerre entre le Capitole et les districts – on n'y a construit quasiment que des bâtiments souterrains. Il existait déjà un réseau de galeries conséquent développé au fil des siècles, soit pour servir de refuge clandestin aux chefs du gouvernement en situation de guerre, soit comme dernier recours de l'humanité au cas où la vie en surface deviendrait impossible. Surtout, c'était le centre du programme d'armement atomique du Capitole. Lors des jours obscurs, les rebelles du Treize en ont pris le contrôle, ont braqué leurs missiles nucléaires sur le Capitole et passé un accord avec les forces gouvernementales : ils acceptaient de faire le mort à condition qu'on les laisse en paix. Le Capitole disposait d'un autre arsenal dans l'Ouest mais ne pouvait pas s'en servir contre le Treize sans s'exposer à des représailles dévastatrices. Contraint d'accepter, il a rasé les vestiges visibles du district et en a condamné tous les accès extérieurs. Ses chefs pensaient peut-être que, privé de soutien, le Treize s'éteindrait de lui-même. Cela a bien failli se produire, d'ailleurs, plusieurs fois, mais le district a toujours réussi à s'en sortir grâce à un partage strict des ressources, à une discipline de fer et à une vigilance permanente contre toute nouvelle attaque du Capitole.

Aujourd'hui, ses habitants vivent exclusivement sous terre. On peut sortir se dérouiller les jambes et profiter du soleil mais uniquement aux moments prévus dans son emploi du temps. On n'échappe pas à l'emploi du temps. Tous les matins, nous sommes censés enfoncer le bras droit dans un appareil mural qui nous tatoue le programme de la journée à l'intérieur du poignet, dans une encre d'un violet répugnant. *7 h : Petit déjeuner. 7 h 30 : Corvée de vaisselle. 8 h 30 : Centre d'Éducation, salle 17.* Et ainsi de suite. L'encre reste indélébile jusqu'à *22 h : Lavage.* Le produit qui la rend résistante à l'eau se décompose alors, et l'emploi du temps se dilue sous la douche. À 22 h 30, l'extinction des feux rappelle à ceux qui ne sont pas de service de nuit de se mettre au lit.

Au début, quand je me trouvais encore à l'hôpital, je pouvais m'épargner ce tatouage. Mais depuis que j'ai rejoint ma mère et ma sœur dans le compartiment 307, on attend de moi que je respecte mon emploi du temps. Le plus souvent, j'ignore superbement ce qui s'imprime sur mon bras, sauf en ce qui concerne les repas. Je me contente de regagner notre compartiment, de traîner au hasard ou de m'endormir dans un recoin discret. Comme un conduit d'aération désaffecté. Ou derrière les tuyaux de la laverie. Ou dans la réserve du centre d'Éducation, où personne ne vient jamais. À croire que personne n'a jamais besoin de fournitures scolaires. Il faut dire que les ressources sont si rares par ici que le gaspillage est pratiquement considéré comme un crime. Heureusement, les gens du Douze sont habitués à se montrer économes. Mais un jour, j'ai vu Fulvia Cardew froisser une feuille de papier sur laquelle elle n'avait écrit que quelques mots, et devant les regards que ça lui a valu, on aurait cru qu'elle avait tué quelqu'un. Elle est devenue rouge comme une tomate, ce qui n'a fait que souligner les fleurs argentées implantées dans ses joues grassouillettes. L'image même de l'excès. L'un de mes rares plaisirs dans le Treize consiste à regarder cette poignée de « rebelles » parfumés issus du Capitole tenter de trouver leur place.

J'ignore combien de temps je pourrais continuer à mépriser ouvertement cette organisation rigide qu'on tente de m'imposer. Pour l'instant, on me laisse tranquille parce que je suis mentalement désorientée – c'est inscrit sur mon bracelet médical en plastique – et qu'il faut bien supporter mes caprices. Mais cela ne durera pas éternellement. Même chose pour cette question du geai moqueur, il faudra bien que je finisse par me décider un jour.

Sur la plate-forme d'atterrissage, Gale et moi empruntons une série d'escaliers pour regagner le compartiment 307. Nous pourrions prendre l'ascenseur, mais il me rappelle trop celui qui m'emportait dans l'arène. J'ai encore un peu de mal à m'habituer à cette vie souterraine. Après cet incident surréaliste avec la rose, néanmoins, j'éprouve pour la première fois un sentiment de sécurité à descendre ainsi sous la surface.

J'hésite un instant devant la porte 307. J'appréhende les questions de ma famille.

— Que vais-je pouvoir leur raconter à propos du Douze ? dis-je à Gale.

— Ça m'étonnerait qu'elles te demandent des détails. Elles l'ont vu brûler, tu sais. Elles vont plutôt s'inquiéter de savoir comment tu t'en sors. (Gale me touche la joue.) Comme moi.

J'appuie mon visage au creux de sa main.

— Je survivrai.

J'inspire un grand coup, puis je pousse la porte. Ma mère et ma sœur sont rentrées pour *18 h : Réflexion*, une demi-heure de détente avant le dîner. Elles me dévisagent d'un air soucieux. Avant qu'elles puissent me demander quoi que ce soit, je vide ma besace et ça devient *18 h : Adoration du chat*. Prim s'assied par terre en pleurant, à serrer dans ses bras cet horrible Buttercup, lequel n'interrompt ses ronronnements que pour feuler de temps en temps dans ma direction. Il me toise d'un air supérieur quand elle lui noue son ruban bleu autour du cou.

Ma mère presse sa photo de mariage contre sa poitrine puis la dépose, avec le livre de plantes, sur notre commode réglementaire. Je suspends le blouson de mon père sur le dossier d'une chaise. Un court instant, on pourrait presque se croire chez nous. Je suppose que cette expédition dans le Douze n'était pas une perte de temps complète.

Nous prenons la direction du réfectoire pour *18 h 30 : Dîner* quand le bracelet-transmetteur de Gale émet un bip. Il ressemble à une grosse montre mais peut recevoir des messages écrits. Se voir confier ce genre de bracelet est un grand privilège que l'on réserve aux personnes importantes, statut acquis par Gale lors de son sauvetage des habitants du Douze.

— On nous réclame tous les deux au Commandement, m'annonce-t-il.

En lui emboîtant le pas, je me prépare à endurer un nouveau sermon interminable sur la nécessité de mon rôle de geai moqueur. Je m'attarde un instant sur le seuil du centre de Commandement, la grande salle de réunion bourrée de technologie avec ses murs informatiques parlants, ses cartes électroniques montrant les mouvements de troupes dans les différents districts et sa table rectangulaire géante aux boutons innombrables qu'on m'interdit de toucher. Personne ne fait attention à moi, car ils sont tous regroupés devant un écran de télévision au fond de la salle où l'on diffuse en continu les émissions du Capitole. Je commence à croire que je vais pouvoir m'éclipser quand Plutarch, dont l'imposante silhouette me masquait l'écran, m'aperçoit et me fait signe de les rejoindre. Je m'avance à contrecœur, en me demandant en quoi c'est supposé m'intéresser. On voit toujours les mêmes séquences. Des images de la guerre. Des scènes de propagande. Des rediffusions du bombardement du district Douze. Un message menaçant du président Snow. Si bien que je me réjouis presque de voir Caesar Flickerman, l'inusable présentateur des Hunger Games, avec son visage peint et son costume scintillant, se préparer à interviewer un invité. Jusqu'à ce que la caméra pivote, et que je découvre qu'il s'agit de Peeta.

Un petit cri m'échappe, à mi-chemin entre le soupir et le gémissement étranglé de quelqu'un qui se noie. J'écarte les gens jusqu'à me retrouver juste devant lui, la main sur l'écran. Je scrute son regard à la recherche du moindre signe de souffrance, d'une trace des tortures qu'il aurait endurées. Je ne vois rien. Au contraire, Peeta a l'air en pleine forme. Il a le teint frais, éclatant de santé. Il semble grave et maître de lui. Cela ne colle pas du tout avec l'image du garçon roué de coups et sanguinolent qui m'apparaît dans mes cauchemars.

Caesar s'installe plus confortablement dans son fauteuil et dévisage longuement Peeta assis en face de lui.

— Eh bien, Peeta... c'est bon de te revoir.

Peeta lui adresse un mince sourire.

— Je parie que vous pensiez avoir fait votre dernière interview avec moi, Caesar.

— C'est vrai, je l'avoue, reconnaît Caesar. Le soir qui a

précédé l'Expiation. Qui aurait pu s'attendre que tu reviennes sur ce plateau ?

— Ça ne faisait pas partie de mon plan, c'est sûr, dit Peeta en fronçant les sourcils.

Caesar se penche vers lui.

— Je crois que tout le monde avait deviné en quoi consistait ton plan. Te sacrifier dans l'arène pour Katniss Everdeen et votre enfant.

— Exactement. C'était tout à fait ça. (Peeta suit du doigt le motif imprimé sur l'accoudoir de son fauteuil.) Mais certaines personnes avaient d'autres projets pour nous.

« Oui, nous n'étions pas les seuls à tirer des plans », me dis-je. Peeta a-t-il deviné que les rebelles se sont servis de nous comme de pions ? Que mon sauvetage était prévu depuis le début ? Et que notre mentor, Haymitch Abernathy, nous a trahis tous les deux pour une cause dont il affirmait se désintéresser ?

Dans le silence qui s'ensuit, je remarque des plis soucieux entre les sourcils de Peeta. Il a dû deviner, à moins qu'on ne le lui ait dit. En tout cas, le Capitole ne l'a pas exécuté ni même maltraité. Dans l'immédiat, ça dépasse mes espoirs les plus fous. Je savoure son intégrité, la bonne santé de son corps et de son esprit. Elle court en moi comme la morphine qu'on m'administrait à l'hôpital, en atténuant la douleur de ces dernières semaines.

— Et si tu nous racontais cette dernière nuit dans l'arène ? suggère Caesar. Ça pourrait nous aider à y voir plus clair.

Peeta hoche la tête mais prend son temps pour répondre.

— La dernière nuit… Que je vous parle de la dernière nuit… Eh bien, pour commencer, il faut vous imaginer ce qu'on peut éprouver dans l'arène. Cette sensation d'être un insecte piégé sous une coupole de verre remplie d'un air brûlant. Et la jungle tout autour de vous… verdoyante, grouillante de vie, avec ce bruit de fond permanent. Cette horloge géante, qui vous promet de nouvelles horreurs toutes les heures. Il faut vous représenter qu'au cours des deux journées précédentes, seize personnes ont trouvé la mort – certaines en essayant de vous sauver. Au train où vont les choses, les huit autres seront mortes avant le matin. Sauf une. La gagnante. Et selon votre plan, ce ne sera donc pas vous.

Je commence à transpirer à cette évocation. Ma main glisse sur l'écran et retombe mollement contre ma hanche. Peeta n'a pas besoin de pinceau pour dépeindre l'atmosphère des Jeux. Ses paroles sont tout aussi efficaces.

— Quand on est dans l'arène, le reste du monde paraît très loin, reprend-il. Ceux que vous aimiez, ce qui pouvait avoir de l'importance à vos yeux, tout ça cesse pratiquement d'exister. Votre réalité se résume au ciel rose, aux créatures de la jungle et aux tributs qui en veulent à votre peau. Le reste ne compte plus. Même si ça fait mal au ventre, vous savez que vous allez devoir tuer, parce que dans l'arène on n'a droit qu'à un seul souhait. Et il vous coûte très cher.

— Il vous coûte la vie, dit Caesar.

— Oh non. Bien plus que ça, dit Peeta. Assassiner des innocents ? Ça vous coûte tout ce que vous êtes.

— *Tout ce que vous êtes*, répète Caesar à voix basse.

Le silence s'abat sur la pièce, et je le sens se répandre à travers Panem. La nation entière est rivée à ses écrans. Parce que personne n'avait encore parlé comme ça de ce qu'on peut éprouver dans l'arène.

Peeta continue.

— Alors, on s'accroche à son souhait. Et cette nuit-là, oui, mon souhait était de sauver Katniss. Mais même sans savoir ce que mijotaient les rebelles, je sentais comme un malaise. La situation devenait trop compliquée. Je me prenais à regretter de ne pas m'être enfui avec elle plus tôt dans la journée, comme elle l'avait suggéré. Sauf qu'il était trop tard pour faire machine arrière.

— Vous étiez trop engagés dans le plan de Beetee pour électrifier le lac salé, dit Caesar.

— Trop engagés dans notre alliance avec les autres, oui ! explose Peeta. Je n'aurais jamais dû les laisser nous séparer. C'est là que je l'ai perdue.

— Quand tu es resté au pied de l'arbre à foudre, pendant que Johanna Mason et elle descendaient vers le lac avec la bobine de fil, clarifie Caesar.

— J'étais contre cette idée ! s'emporte Peeta. Mais je ne pouvais pas dire non à Beetee sans révéler que nous étions sur le point de briser l'alliance. Quand le fil s'est rompu, la situation est devenue complètement folle. J'en garde seulement quelques images confuses. Moi, en train de la chercher. Voyant Brutus tuer Chaff. Tuant Brutus à mon tour. Je me souviens qu'elle criait mon nom. Et puis, la foudre a frappé l'arbre et le champ de force qui encerclait l'arène a… explosé.

— C'est Katniss qui l'a fait exploser, Peeta, corrige Caesar. Tu as vu la séquence.

— Elle ne savait pas ce qu'elle faisait. Aucun de nous ne comprenait rien au plan de Beetee. On voit bien qu'elle se demande quoi faire avec son fil, riposte Peeta d'un ton sec.

— Si tu veux. N'empêche que les images sont troublantes, dit Caesar. Comme si elle était de mèche avec les rebelles depuis le début.

Peeta bondit sur ses pieds et vient se planter juste devant Caesar, les mains en appui sur les accoudoirs du fauteuil de son hôte.

— Ah oui ? Est-ce que ça faisait aussi partie de son plan de se faire défoncer le crâne par Johanna ? D'être paralysée par la décharge ? De déclencher le bombardement ? (Il crie à présent.) Elle ne savait rien, Caesar ! Aucun de nous deux ne savait rien, sinon que chacun de nous s'efforçait de garder l'autre en vie !

Caesar pose les deux mains sur la poitrine de Peeta, autant pour se protéger qu'en geste d'apaisement.

— D'accord, Peeta, je te crois.

— Bon.

Peeta se redresse, décolle les mains du fauteuil et se les passe dans les cheveux, emmêlant ses mèches blondes soigneusement coiffées. Il se laisse retomber dans son propre fauteuil, visiblement secoué.

Caesar marque une petite pause, en le dévisageant avec attention.

— Et votre mentor, Haymitch Abernathy ?

Le visage de Peeta se durcit.

— J'ignore ce qu'Haymitch savait ou non.

— Peut-on envisager qu'il ait pris part au complot ? demande Caesar.

— Il n'en a jamais parlé devant nous, dit Peeta.

Caesar insiste.

— Oui, mais au fond de toi, qu'en penses-tu ?

— Que je n'aurais jamais dû lui faire confiance, répond Peeta. C'est tout.

Je n'ai pas revu Haymitch depuis que je l'ai attaqué à bord de l'hovercraft, en lui infligeant de profondes griffures au visage. Je sais qu'il passe un sale moment depuis son arrivée ici. Le district Treize interdit formellement toute production ou consommation de spiritueux. Même l'alcool de camphre de l'hôpital est conservé sous clef. Haymitch est enfin obligé de se désintoxiquer, sans réserve secrète ou autre produit maison pour faciliter la transition. On le garde en cellule jusqu'à la fin du programme, car il n'est pas en état de se montrer en public. Ça doit être affreux, mais j'ai perdu toute sympathie pour lui en réalisant à quel point il nous avait menti. J'espère qu'il regarde l'émission du Capitole en ce moment, qu'il puisse voir que Peeta l'a percé à jour lui aussi.

Caesar pose la main sur l'épaule de Peeta.

— Nous pouvons en rester là, si tu veux.

— De quoi d'autre pourrait-on parler ? dit Peeta d'un ton sec.

— Eh bien, je comptais te demander ton opinion sur cette guerre, mais si tu ne te sens pas en état de répondre... commence Caesar.

— Oh, je peux répondre à ça. (Peeta prend une grande inspiration et regarde la caméra bien en face.) Je voudrais que tous ceux qui regardent – qu'ils soient dans le camp du Capitole ou dans celui des rebelles – s'arrêtent un moment et réfléchissent aux conséquences de cette guerre. Pour l'humanité en général. Nous avons déjà frôlé l'annihilation complète par le passé. Nous ne sommes plus très nombreux. Nos ressources sont fragiles. Est-ce vraiment ce que nous voulons ? Nous entre-tuer jusqu'au dernier ? Dans l'espoir de quoi ? De voir une autre espèce, meilleure, hériter des ruines fumantes de la Terre ?

— Je ne vois pas bien... je ne suis pas certain de te suivre, avoue Caesar.

— Nous ne pouvons pas continuer à nous affronter comme ça, Caesar, explique Peeta. Sinon, le combat s'arrêtera faute de combattants. Si tout le monde ne pose pas les armes – et très vite –, il n'y aura bientôt plus rien à sauver.

— Donc... tu appelles à un cessez-le-feu ? résume Caesar.

— C'est ça, confirme Peeta d'une voix lasse. J'appelle à un cessez-le-feu. Et à présent, si on demandait à mes gardiens de me ramener en cellule afin que je puisse recommencer mes châteaux de cartes ?

Caesar se tourne vers la caméra.

— Très bien. Je crois que nous avons tout dit. Et maintenant, place à la suite de vos émissions habituelles.

Après une petite musique, une femme vient lire à l'écran une liste de produits dont le Capitole s'attend à manquer prochainement : fruits frais, panneaux solaires, savon. Je l'observe avec une fascination d'autant plus grande que je sais que tout le monde attend ma réaction à l'interview. Mais je serais bien en peine de tout absorber aussi vite – la joie d'avoir vu Peeta vivant et indemne, sa négation de toute connivence de ma part avec les rebelles, et son incontestable complicité avec le Capitole maintenant qu'il s'est prononcé en faveur d'un cessez-le-feu. Oh, il a pris soin de condamner les deux camps en présence ; mais à ce stade de la guerre, alors que les rebelles n'ont remporté que quelques victoires mineures, un cessez-le-feu signifierait le retour à notre situation antérieure. Ou pire.

J'entends les accusations contre Peeta fuser dans mon dos. Les noms de « traître », « menteur », « ennemi » résonnent à travers la salle. Comme je ne peux pas me joindre à ce concert d'indignations ni m'y opposer, je décide de m'éclipser. Mais au moment où j'atteins la porte, la voix de Coin s'élève au-dessus des autres.

— On ne vous a pas donné la permission de partir, soldate Everdeen.

L'un des hommes de Coin me retient par le bras. Son geste n'a rien d'agressif, mais depuis l'arène, je réagis très mal au moindre contact d'une main inconnue. Je me dégage brusquement et pique un sprint dans le couloir.

J'entends un bruit de bagarre derrière moi mais je ne ralentis pas. Je dresse mentalement l'inventaire de mes petites cachettes et me retrouve bientôt dans la réserve, pelotonnée derrière un carton de craies.

— Toujours en vie, je murmure en me tenant le visage à deux mains.

Mon sourire est si large qu'il doit ressembler à une grimace. Peeta est vivant. Et c'est un traître. Mais pour l'instant, je m'en moque. Comme je me moque de ce qu'il a pu dire, ou des personnes pour lesquelles il l'a dit. Je suis trop contente de l'avoir vu en état de parler.

Au bout d'un moment, la porte s'ouvre et Gale se faufile à l'intérieur. Il se glisse à côté de moi, le nez en sang.

— Que t'est-il arrivé ? je lui demande.

— Je me suis cogné dans Boggs, répond-il avec un haussement d'épaules. (Je lui essuie le nez avec le bout de ma manche.) Hé, doucement !

J'essaie d'y aller avec plus de délicatesse. De tamponner au lieu de frotter.

— Boggs ?

— Tu sais, l'homme de confiance de Coin. Celui qui a essayé de te retenir. (Il repousse ma main.) Arrête ! Tu veux me saigner à mort ou quoi ?

Son nez pisse le sang, à présent. Je renonce à tenter de le soigner.

— Tu t'es battu avec lui ?

— Non, j'ai simplement bloqué le passage quand il a fait mine de te suivre. Je me suis pris un coup de coude.

— On va sûrement te punir pour ça.

— C'est déjà fait. (Il me montre son poignet. Je le fixe sans comprendre.) Coin m'a confisqué mon bracelet-transmetteur.

Je me mords la lèvre pour tenter de garder mon sérieux. Mais tout ça paraît tellement ridicule.

— Je suis désolée, soldat Gale Hawthorne.

— Ne le soyez pas, soldate Katniss Everdeen. (Il sourit.) Je me sentais ridicule avec ce truc au poignet, de toute manière. (Nous nous mettons à rire.) J'ai bien peur d'avoir été rétrogradé.

C'est l'une des bonnes surprises de cette retraite forcée au district Treize. D'avoir pu renouer avec Gale. Libérés de la pression de mon mariage forcé avec Peeta, nous sommes redevenus amis. Il ne cherche pas à pousser plus loin – à m'embrasser, par exemple, ou à me parler d'amour. Peut-être parce que j'ai été trop malade, ou qu'il a décidé de me laisser un peu d'espace, à moins qu'il ne trouve ça tout simplement trop cruel alors que Peeta est entre les griffes du Capitole. En tout cas, je peux de nouveau me confier à quelqu'un.

— Qui sont ces gens ? je me demande à haute voix.

— C'est nous. Si nous avions eu des bombes nucléaires au lieu de mines de charbon, répond-il.

Je proteste :

— Je préfère croire que le district Douze n'aurait pas abandonné le reste des rebelles à l'époque des jours obscurs.

— Nous aurions pu. Si le choix s'était résumé à ça : nous rendre ou déclencher un conflit atomique. C'est déjà remarquable qu'ils aient survécu.

Peut-être est-ce parce que j'ai encore les cendres de mon propre district sur les chaussures, mais pour la première fois, je veux bien accorder aux habitants du Treize une chose que je leur ai toujours refusée jusqu'ici : du mérite. Pour être restés en vie contre vents et marées. Les premières années ont dû être terribles. Réfugiés dans leurs salles sou-terraines, alors qu'en surface on réduisait leur ville en poussière. Leur population décimée, sans aucun allié vers lequel se tourner. En soixante-quinze ans, ils sont devenus auto-suffisants, ont transformé leurs citoyens en armée et ont bâti une société nouvelle sans l'aide de personne. Ils seraient encore plus forts sans cette épidémie de vérole qui a fait retomber leur courbe des naissances et les a contraints à rechercher désespérément de nouveaux reproducteurs pour maintenir leur diversité génétique. Certes, ils sont milita-ristes, rigides et cruellement dépourvus d'humour. Mais ils sont toujours là. Et bien décidés à s'attaquer au Capitole. Je grommelle :

— Quand même, ils ont mis le temps pour se montrer.

— Ce n'était pas si simple. Ils devaient d'abord s'implan-ter au sein du Capitole et organiser des réseaux clandestins dans les districts, plaide Gale. Et puis, il leur fallait quel-qu'un pour enclencher la machine. Ils avaient besoin de toi.

— Ils ont eu besoin de Peeta, aussi, mais on dirait qu'ils l'ont oublié, dis-je.

Gale se renfrogne.

— Il se pourrait bien que Peeta ait fait beaucoup de mal ce soir. La plupart des rebelles n'accorderont aucun crédit à ses déclarations, bien sûr. Mais il y a certains districts où la résistance est plus fragile. Ce cessez-le-feu est clairement une idée du président Snow. Seulement, ça semblait telle-ment raisonnable dans la bouche de Peeta.

Je redoute sa réponse, mais je pose la question quand même :

— Pourquoi crois-tu qu'il a proposé ça ?

— On l'a peut-être torturé. Ou convaincu. À mon avis, il a dû passer une sorte d'accord pour te protéger. En accep-tant d'appeler à un cessez-le-feu à condition qu'on le laisse te présenter comme une jeune femme enceinte complè-tement déboussolée qui n'avait aucune idée de ce qui se tramait lors de son enlèvement par les rebelles. Ainsi, en cas de défaite des districts, tu pourrais encore bénéficier d'une certaine clémence. Si tu joues bien le coup. (Je dois avoir l'air perplexe, car Gale continue en détachant bien chaque mot.) Katniss… il est toujours en train de se battre pour te garder en vie.

« Me garder en vie ? » Et puis, je comprends. Les Jeux se poursuivent. Nous avons quitté l'arène mais comme Peeta et moi n'avons pas été tués, son vœu de me défendre à tout prix tient toujours. Son idée est que je me fasse oublier, que je reste tranquillement prisonnière pendant que la guerre se déroule sans moi. De cette manière, aucun des deux camps n'aura de raisons de me tuer. Et Peeta ? Si ce sont les rebelles qui l'emportent, ce sera une catastrophe pour lui. Et si c'est le Capitole, qui sait ? Peut-être nous laissera-t-on vivre tous les deux – si je joue bien le coup – afin de voir les Jeux se répéter encore et encore…

Des images me reviennent en succession rapide : l'épieu qui transperce le corps de Rue dans l'arène, Gale suspendu sans connaissance au poteau de flagellation, les ruines de mon district jonché de cadavres. Et tout ça pour quoi, hein ? À mesure que mon sang s'échauffe, je me rappelle d'autres images. Mon premier aperçu d'un soulèvement dans le district Huit. Les vainqueurs main dans la main le soir avant l'Expiation. Et ma flèche filant tout droit vers le champ de force de l'arène. Ça n'avait rien d'un accident. Je voulais la loger dans le cœur de mon ennemi.

Je me dresse d'un bond, renversant au passage un carton d'une centaine de crayons qui se répandent par terre.

— Quoi ? s'inquiète Gale.

— Pas question d'accepter un cessez-le-feu. (Je me penche et ramasse maladroitement les pointes de graphite avant de les remettre en désordre dans le carton.) On ne peut plus revenir en arrière.

— Je sais.

Gale rafle une poignée de crayons et les tapote par terre pour les aligner à la perfection.

— Quelles que soient les raisons de Peeta, il a eu tort de dire ça.

Ces stupides crayons refusent de réintégrer leur carton. J'en brise plusieurs dans ma frustration.

— Je sais. Là, donne-moi ça. Tu es en train d'en faire du petit bois.

Il me prend le carton des mains et le remplit en quelques gestes vifs et précis.

— Il n'est pas au courant de ce qu'ils ont fait au Douze. S'il avait pu voir des images récentes...

— Katniss, je ne dis pas le contraire. Si je pouvais appuyer sur un bouton et tuer tous les habitants du Capitole jusqu'au dernier, je le ferais. Sans aucune hésitation. (Il range le dernier crayon et referme le carton.) La question est : que vas-tu faire toi ?

Cette question qui me travaille depuis un moment n'avait qu'une seule réponse possible, en fin de compte. Même s'il a fallu l'intervention de Peeta pour m'ouvrir les yeux.

« Que vais-je faire ? »

Je respire un grand coup. Mes bras s'écartent d'eux-mêmes, comme s'ils se rappelaient les ailes noir et blanc que Cinna m'avait données, avant de retomber doucement.

— Je vais devenir le geai moqueur.

3

Les yeux de Buttercup scintillent doucement à la lueur de la veilleuse au-dessus de la porte. Il a retrouvé son ancienne place au creux du bras de ma petite sœur, pour la protéger des terreurs de la nuit. Elle-même est pelotonnée contre ma mère. Endormies comme ça toutes les deux, elles me rappellent le jour de la Moisson, quand on m'a précipitée dans mes premiers Jeux. J'ai un lit pour moi parce que je suis encore convalescente et que personne ne pourrait dormir avec moi de toute manière, vu les cauchemars que je fais et les ruades que je donne dans mon sommeil.

Après m'être tournée et retournée pendant des heures, je me résigne à passer une nuit blanche. Je me lève sous l'œil méfiant de Buttercup et traverse le carrelage froid sur la pointe des pieds jusqu'à la commode.

Le tiroir du milieu contient mes vêtements réglementaires. Tout le monde porte les mêmes : pantalon gris et chemise grise, la chemise glissée dans le pantalon. En dessous, je garde les quelques objets que j'avais sur moi quand on m'a arrachée à l'arène. Ma broche avec le geai moqueur. Le médaillon en or de Peeta qui contient les photos de ma mère, de Prim et de Gale. Un petit parachute argenté dans les plis duquel j'ai fourré notre bec de collecte à planter dans les arbres, ainsi que la perle que Peeta m'a offerte quelques heures à peine avant que je fasse sauter le champ de force. Le district Treize a réquisitionné pour l'hôpital mon tube de crème cicatrisante et m'a confisqué mon arc et mes flèches car les gardiens sont les seuls à pouvoir porter des armes. On a donc remisé les miennes dans l'armurerie.

Je palpe le parachute et glisse les doigts à l'intérieur jusqu'à trouver la perle. Je m'assieds en tailleur sur mon lit et fais rouler la surface nacrée de la perle contre mes lèvres. Ce contact a quelque chose d'apaisant. Comme un baiser frais de la part de celui qui me l'a offerte.

— Katniss ? chuchote Prim. (Elle est réveillée, et me dévisage dans le noir.) Qu'y a-t-il ?

— Rien. Juste un cauchemar. Rendors-toi.

C'est automatique. Couper Prim et notre mère de tout, afin de les protéger.

Prenant soin de ne pas réveiller notre mère, Prim se soulève du lit, ramasse Buttercup et vient s'asseoir à côté de moi. Elle touche la main que j'ai refermée en poing autour de la perle.

— Tu es glacée.

Elle attrape une couverture supplémentaire au pied du lit et l'enroule autour de nous trois, pour me faire profiter de sa chaleur et de celle de Buttercup.

— Tu peux tout me raconter, tu sais. Je ne dirai rien à personne. Même pas à maman.

Elle est vraiment partie, alors ; la petite fille avec le coin de sa chemise qui dépassait dans le dos comme une queue de canard, celle qui avait besoin d'aide pour attraper les assiettes et qui demandait qu'on la porte pour admirer les pâtisseries dans la vitrine du boulanger. Le temps et la tragédie l'ont obligée à grandir trop vite, à mon goût en tout cas, pour devenir une jeune femme qui recoud les blessés et sait très bien que notre mère ne peut pas tout entendre.

— Demain matin, je vais accepter de devenir le geai moqueur, lui dis-je.

— Parce que tu en as envie ou parce que tu te sens obligée ? me demande-t-elle.

Je lâche un petit rire.

— Les deux, j'imagine. Non, j'en ai envie. Il faut que je le fasse, si je veux aider les rebelles à vaincre Snow. (Je presse la perle au creux de mon poing.) Ce qu'il y a, c'est... Peeta. J'ai peur qu'en cas de victoire, les rebelles le fassent exécuter pour trahison.

Prim réfléchit un moment.

— Katniss, j'ai l'impression que tu ne te rends pas compte à quel point tu es importante pour la cause. Les gens importants obtiennent généralement ce qu'ils veulent. Si tu veux protéger Peeta des rebelles, tu peux le faire.

Je suppose qu'elle a raison. On s'est donné beaucoup de mal pour me récupérer. On m'a permis de visiter le Douze.

— Tu veux dire... que je pourrais demander l'immunité pour lui ? Et qu'on serait bien forcé de me l'accorder ?

— Je crois que tu pourrais exiger pratiquement n'importe quoi. (Prim fronce les sourcils.) Seulement, comment être sûre qu'ils tiendront parole ?

Je me rappelle tous les mensonges qu'Haymitch nous a servis à Peeta et à moi afin d'obtenir de nous ce qu'il voulait. Qu'est-ce qui pourrait bien empêcher les rebelles de revenir sur notre accord ? Une promesse verbale derrière une porte close, ou même un engagement écrit sur un bout de papier – des mots, qui pourraient facilement s'évaporer après la guerre. On pourrait nier leur existence ou leur validité. Et ce ne sont pas les témoins éventuels au centre de Commandement qui m'aideraient. Au contraire, ce seraient probablement les mêmes qui signeraient l'arrêt de mort de Peeta. Il me faut d'autres témoins, plus nombreux. J'aurai besoin de mettre le plus de monde possible de mon côté.

— Je réclamerai une annonce publique, dis-je. (Buttercup bat de la queue ; je prends ça pour une approbation.) J'obligerai Coin à faire une proclamation devant toute la population du Treize.

Prim sourit.

— Super idée. Ça ne garantit rien, mais ce sera quand même beaucoup plus difficile pour eux de revenir sur leur promesse.

J'éprouve le genre de soulagement qui suit toujours la découverte d'une solution.

— Je devrais te réveiller plus souvent, mon petit canard.

— Ça me plairait bien. (Elle m'embrasse sur la joue.) Essaie de te rendormir maintenant, d'accord ?

Je m'exécute.

Au matin, je découvre que *7 h : Petit déjeuner* est suivi tout de suite après de *7 h 30 : Centre de Commandement*, ce qui me convient à merveille. Autant se débarrasser de cette corvée sans attendre. Au réfectoire, je montre mon emploi du temps, qui comprend une sorte de numéro d'identification, à un capteur électronique. En poussant mon plateau le long de l'étagère métallique devant les bacs de nourriture, je constate que le petit déjeuner est fidèle à lui-même – une écuelle de bouillie de céréales, une tasse de lait et une portion de fruits ou de légumes. Aujourd'hui, nous avons droit à de la purée de navets. Tout cela provient des fermes souterraines du Treize. Je prends place à la table assignée aux Everdeen, aux Hawthorne ainsi qu'à quelques autres réfugiés et j'avale mon petit déjeuner avec voracité, en regrettant de ne pas pouvoir en demander un peu plus.

Mais on ne vous ressert jamais ici. La nutrition a été élevée au rang de science. Chacun quitte la table avec suffisamment de calories pour tenir jusqu'à son prochain repas, rien de plus, rien de moins. Les portions individuelles sont calculées en fonction de votre âge, de vos mensurations, de votre état de santé ainsi que des efforts physiques prévus dans votre emploi du temps. Les gens du Douze bénéficient déjà d'un régime légèrement renforcé afin d'atteindre un meilleur poids. Je suppose que des soldats trop maigres se fatiguent très vite. C'est efficace, d'ailleurs. En l'espace d'un mois, nous avons tous repris des couleurs, en particulier les enfants.

Gale pose son plateau à côté du mien et j'essaie de ne pas loucher de manière trop évidente sur ses navets, parce que j'en ai vraiment très envie et qu'il a déjà une fâcheuse tendance à me refiler sa nourriture. Le temps de m'absorber dans le pliage de ma serviette, une cuillerée de navets atterrit dans mon écuelle.

— Tu vas devoir arrêter ça, dis-je. (Mais comme je suis déjà en train d'engloutir sa purée, ma protestation n'est pas très convaincante.) Vraiment. C'est sûrement illégal ou je ne sais quoi.

Les règles sont très strictes en ce qui concerne la nourriture. Par exemple, si vous ne finissez pas votre assiette, pas question d'emporter les restes avec vous en dehors du réfectoire. Apparemment, dans les premiers temps, il y aurait eu quelques cas de trafic de nourriture. Pour des gens comme Gale et moi, habitués à subvenir aux besoins de nos familles depuis des années, c'est difficile à encaisser. Nous avons l'habitude d'avoir faim, mais pas qu'on nous dise comment gérer nos provisions. Par certains aspects, le district Treize est encore plus sévère que le Capitole.

— Qu'est-ce que je risque ? On m'a déjà pris mon bracelet-transmetteur, dit Gale.

En raclant mon écuelle, j'ai une inspiration.

— Hé, je devrais peut-être en faire une condition pour devenir le geai moqueur.

— Quoi donc, que j'aie le droit de te donner mes navets ?

— Non, qu'on soit autorisés à chasser. (Voilà qui capte son attention.) Il faudrait remettre toutes nos prises aux cuisiniers. Mais quand même, on pourrait...

Je n'ai pas besoin de terminer ma phrase. Il a très bien compris. Nous pourrions sortir en surface. Dans les bois. Redevenir nous-mêmes.

— Fais-le, approuve-t-il. C'est le moment idéal. Tu réclamerais la lune, qu'on chercherait un moyen de te la décrocher.

Il ignore que j'ai déjà l'intention de réclamer la lune en exigeant qu'on épargne Peeta. Avant que je puisse décider de lui en parler ou non, une sonnerie signale la fin du service. L'idée d'affronter Coin toute seule me rend nerveuse.

— Qu'as-tu de prévu maintenant ?

Gale consulte son bras.

— Cours d'histoire nucléaire. Où ton absence a été remarquée, au passage.

— Je dois me rendre au Commandement. Tu m'accompagnes ?

— D'accord. Mais je ne suis pas sûr qu'on me laisse entrer après le coup d'hier. (Alors que nous rapportons nos plateaux vides, il grimace.) Tu sais, tu devrais sans doute rajouter Buttercup à la liste de tes exigences. Je ne crois pas que le concept d'animal de compagnie soit très apprécié par ici.

— Oh, on lui trouvera sûrement une occupation. Qu'on lui tatouera sur la patte tous les matins, je réponds.

Mais je note mentalement de ne pas l'oublier, pour Prim.

Quand nous arrivons au centre de Commandement, Coin, Plutarch et les autres sont déjà sur place. La présence de Gale fait hausser quelques sourcils mais personne ne lui dit rien. Mes notes mentales commencent à être confuses, et je demande un crayon et une feuille de papier. Ce semblant d'intérêt pour la réunion – le premier que je manifeste depuis mon arrivée ici – est une surprise pour tous. Certains échangent des regards étonnés. Sans doute avait-on prévu quelque sermon spécial à mon intention. Au lieu de quoi, la présidente Coin me tend personnellement ce que j'ai demandé et tout le monde attend en silence pendant que je m'installe à la table et couche ma liste sur le papier : *Buttercup. Le droit de chasser. L'immunité pour Peeta. Annoncée en public.*

C'est l'instant de vérité. Je n'aurai probablement pas d'autre occasion de marchander. « Réfléchis. Que veux-tu d'autre ? » Je sens sa présence, debout derrière mon épaule. *Gale.* Je le rajoute à la liste. Je ne crois pas pouvoir me passer de lui.

La migraine me guette et mes pensées s'embrouillent. Je ferme les yeux et me mets à réciter dans ma tête.

« Je m'appelle Katniss Everdeen. J'ai dix-sept ans. J'ai grandi dans le district Douze. Je participais aux Hunger Games. Je me suis sauvée. Le Capitole me hait. Peeta a été fait prisonnier. Il est vivant. C'est un traître, mais il est vivant. Je dois le garder en vie… »

La liste. Elle me paraît encore trop petite. Je devrais tenter de voir plus grand, dépasser la situation actuelle dans laquelle je suis de la plus haute importance pour me projeter dans un avenir où je ne vaudrais peut-être plus rien.

Ne devrais-je pas réclamer davantage ? Pour ma famille ? Pour les habitants de mon district ? Je sens encore les cendres des morts qui me démangent. Je revis la sensation écœurante du crâne que j'ai écrasé sous ma semelle. Une odeur de sang et de rose me pique le nez.

Le crayon bouge de lui-même sur la feuille. J'ouvre les yeux et je découvre les lettres tremblotantes. *Tuer Snow.* Si jamais il est capturé, je veux avoir ce privilège.

Plutarch toussote discrètement.

— As-tu bientôt fini ?

Je lève la tête et jette un coup d'œil à l'horloge. Je suis assise là depuis vingt minutes. On dirait que Finnick n'est pas le seul à souffrir de troubles de l'attention.

— Oui, dis-je. (J'ai la voix enrouée. Je m'éclaircis la gorge.) Oui, voilà le marché. Je veux bien devenir votre geai moqueur.

Je marque une pause le temps qu'ils poussent un soupir de soulagement, se congratulent, se tapent dans le dos. Coin, plus impassible que jamais, me regarde tranquillement.

— Seulement, j'ai quelques conditions. (Je lisse ma feuille et j'entame mon énumération.) Je veux que ma sœur puisse garder son chat.

La plus mince de mes revendications déclenche déjà une polémique. Les rebelles du Capitole ne voient pas où est le problème – bien sûr, qu'elle peut garder son chat – tandis que ceux du Treize soulignent les difficultés considérables que ça présente. En fin de compte, on décide de nous déménager dans un compartiment du premier niveau, doté d'un soupirail de vingt centimètres au-dessus du sol. Buttercup sera libre d'aller et venir à sa guise. Il devra se nourrir seul. S'il rate le couvre-feu, il restera enfermé dehors. S'il cause le moindre problème de sécurité, il sera aussitôt abattu.

Ça me paraît correct. Pas très différent de ce qu'il a vécu après notre départ. Sauf en ce qui concerne l'exécution sommaire. S'il me paraît trop maigre, je pourrais toujours lui glisser quelques entrailles, pour peu que ma requête suivante soit approuvée.

— Je veux pouvoir chasser. Avec Gale. Dans la forêt, dis-je.

Voilà qui fait hésiter tout le monde.

— Nous n'irons pas loin. Nous utiliserons nos propres arcs. Ça mettra un peu de viande au menu, ajoute Gale.

Avant que quiconque puisse refuser, je balbutie :

— C'est juste que... J'étouffe ici, enfermée comme une... Je me rétablirais plus vite si je... Si je pouvais chasser.

Plutarch entreprend de m'expliquer les inconvénients de ce que je réclame – les dangers, les mesures de sécurité à prendre, le risque de blessure – mais Coin lui coupe la parole.

— Non. Qu'ils chassent. Donnez-leur deux heures par jour, à prendre sur leur temps d'entraînement. Quatre cents mètres de rayon d'action. Avec des communicateurs et un mouchard à la cheville. Quoi d'autre ?

Je consulte ma liste.

— Gale. J'ai besoin de lui avec moi dans cette affaire.

— De quelle manière ? Hors caméra ? À tes côtés en permanence ? Veux-tu qu'on le présente comme ton nouveau petit ami ? demande Coin.

Elle a dit ça sans malice – au contraire, elle a pris un ton parfaitement indifférent. Mais j'en reste bouche bée.

— Quoi ?

— Je crois que nous devrions poursuivre l'idylle actuelle. Le fait d'oublier Peeta aussi vite risquerait d'avoir un effet désastreux auprès du public, intervient Plutarch. Surtout que tout le monde croit qu'elle est enceinte de lui.

— D'accord. Donc, à l'écran, Gale sera présenté comme un simple camarade rebelle. Ça ira ? dit Coin. (Je la dévisage stupidement. Elle s'impatiente.) Pour Gale. Est-ce que ça suffira ?

— On peut toujours broder sur le thème du cousin, suggère Fulvia.

— Nous ne sommes pas cousins, protestons Gale et moi d'une seule voix.

— Je sais, mais mieux vaut continuer à prétendre le contraire pour sauvegarder les apparences, dit Plutarch. Hors caméra, vous ferez ce que vous voudrez. C'est tout ?

Je suis abasourdie par la tournure de la conversation. Cette manière de sous-entendre que je pourrais aussi facilement me consoler de Peeta, que je suis amoureuse de Gale, que notre relation n'a jamais été que poudre aux yeux. Le rouge me monte aux joues. L'idée même que je puisse me soucier de savoir qui on présente comme mon petit ami, étant donné les circonstances, me laisse pantoise. Furieuse, j'en arrive à ma condition la plus délicate.

— Quand la guerre sera finie, si nous gagnons, Peeta sera gracié.

Silence de mort. Je sens Gale se tendre derrière moi. Je suppose que j'aurais dû lui en parler plus tôt, mais je n'étais pas certaine de sa réaction. Pas en ce qui concerne Peeta.

— Aucune forme de sanction ne lui sera infligée, je continue. (Une nouvelle idée me vient.) Même chose pour les autres tributs capturés, Johanna et Enobaria.

Franchement, je me moque bien du sort d'Enobaria, la folle furieuse du district Deux. En fait, je ne l'aime pas, mais ce ne serait pas juste de l'oublier dans cet accord.

— Non, refuse Coin d'un ton sec.

— Si, je réplique. Ce n'est pas leur faute si vous les avez abandonnés dans l'arène. Qui sait ce que le Capitole est en train de leur faire ?

— Ils seront jugés avec les autres criminels de guerre et traités conformément au jugement du tribunal.

— Ils bénéficieront d'une immunité totale ! (Je me lève de ma chaise et poursuis d'une voix sonore :) Vous en ferez la promesse solennelle devant toute la population du district Treize ainsi que devant les survivants du Douze. Aujourd'hui ! Ce sera enregistré pour la postérité. Vous et votre gouvernement vous porterez garants de leur sécurité, ou vous devrez vous trouver un autre geai moqueur !

Mes paroles restent suspendues en l'air un long moment.

— C'est elle ! murmure Fulvia à Plutarch. Avec le costume, une fusillade à l'arrière-plan et quelques volutes de fumée.

— Oui, c'est exactement ce qu'il nous faut, approuve Plutarch à mi-voix.

Je voudrais leur lancer un regard noir mais je n'ose pas détourner mon attention de Coin. Je la vois soupeser mon ultimatum, en mesurer le prix par rapport à ce que je pourrais lui apporter.

— Qu'en dites-vous, présidente ? demande Plutarch. Vous pourriez faire preuve de clémence, vu les circonstances. Le garçon... bon sang, il n'est même pas majeur.

— Très bien, tranche Coin. Mais tu as intérêt à bien jouer ton rôle.

— Dès que vous aurez fait une proclamation officielle, dis-je.

— Convoquez un rassemblement national de sécurité ce soir à l'heure de la Réflexion, ordonne-t-elle. Je ferai ma proclamation à ce moment-là. Y a-t-il encore autre chose sur ta liste, Katniss ?

J'avais roulé ma feuille en boule au creux de mon poing.
Je la défroisse sur la table et je lis les lettres tremblotantes
de la dernière ligne.

— Une dernière condition. C'est moi qui tuerai Snow.

Pour la première fois, je discerne une ébauche de sourire
sur les lèvres de la présidente.

— Je te le jouerai à pile ou face le moment venu.

Ça me paraît raisonnable. Après tout, je ne suis pas la
seule à avoir une dent contre le président Snow. Et je crois
pouvoir lui faire confiance pour soigner le travail.

— Marché conclu.

Le regard de Coin passe de son avant-bras à l'horloge.
Elle aussi a un emploi du temps à respecter.

— Plutarch, je vous laisse le soin de régler les détails.

Elle quitte la pièce, suivie de son équipe. Il ne reste plus
que Plutarch, Fulvia, Gale et moi.

— Excellent. Excellent ! (Plutarch s'assoit lourdement,
les coudes sur la table, et se frotte les yeux.) Vous savez ce
qui me manque, surtout ? Le café. Est-ce vraiment trop
demander que d'avoir quelque chose pour faire descendre
le porridge et la purée de navets ?

— Nous étions loin de nous attendre à une telle austé-
rité, explique Fulvia tout en massant les épaules de Plutarch. Pas pour les personnalités de haut rang.

— Nous espérions au moins qu'il y aurait moyen de
s'arranger, dit Plutarch. Je veux dire, même le Douze avait
son marché noir, non ?

— Oui, la Plaque, confirme Gale. C'est là que nous
faisions nos petites affaires.

— Vous voyez ? Et pourtant regardez-vous, tous les
deux, de vrais petits saints. Virtuellement incorruptibles.
(Plutarch soupire.) Enfin, la guerre ne durera pas éternellement. Je suis bien content de t'avoir dans l'équipe.

Il tend la main. Fulvia lui remet un grand cahier de croquis relié en cuir noir.

— Tu as déjà une idée générale de ce que nous attendons de toi, Katniss. Je sais que tu participes à contre-cœur. J'espère que ceci nous aidera à te convaincre.

Plutarch fait glisser le cahier dans ma direction. Je l'observe d'abord avec méfiance. Puis ma curiosité l'emporte. Je soulève la couverture et je découvre un dessin de moi, solidement campée dans un uniforme noir. Je ne connais qu'une seule personne qui ait pu concevoir cette tenue, purement fonctionnelle au premier regard, et qui recèle pourtant toute la finesse d'une œuvre d'art. La courbure du casque, la découpe du plastron, les manches légèrement bouffantes qui dévoilent des plis blancs sous les bras. Son crayon m'a transformée en geai moqueur une fois de plus.

— Cinna, dis-je dans un souffle.

— Oui. Il m'avait fait promettre de ne pas te montrer ce cahier avant que tu aies pris ta décision. J'ai été tenté, crois-moi, dit Plutarch. Vas-y. Jette un coup d'œil au reste.

Je tourne les pages une à une, en découvrant chaque détail de l'uniforme. Les couches de rembourrage soigneusement coupées, les armes dissimulées dans les bottes et le ceinturon, la plaque de blindage au niveau du cœur. En dernière page, sous un croquis de ma broche, Cinna a griffonné : *Je continue à miser sur toi.*

— Quand a-t-il…

Ma voix s'étrangle.

— Voyons voir, dit Plutarch. Je crois que c'était après l'annonce de l'édition d'Expiation. Quelques semaines avant les Jeux, peut-être ? Il n'y a pas seulement les croquis. Nous avons aussi tes uniformes. Et Beetee t'a préparé quelque chose de très spécial dans l'armurerie. Je préfère ne pas t'en dire plus pour ne pas te gâcher le plaisir.

— Tu vas être la rebelle la plus élégante de tous les temps, me dit Gale avec un sourire.

Je comprends subitement qu'il était dans la confidence. Mais comme Cinna, il tenait à me voir prendre ma décision toute seule.

— Notre plan consiste à pirater les émissions télé du Capitole, explique Plutarch. À tourner une série de spots de propagande centrés sur toi, pour les montrer à toute la population de Panem.

— Comment ? Le Capitole a le contrôle de la diffusion, objecte Gale.

— Tu oublies Beetee. Il y a une dizaine d'années, c'est lui qui a modernisé l'ensemble du réseau câblé qui assure la transmission des programmes. Il estime que nous avons une bonne chance de réussir. Bien sûr, il nous faut quelque chose à diffuser. Alors, Katniss, le studio attend ton bon plaisir. (Plutarch se tourne vers son assistante.) Fulvia ?

— Plutarch et moi avons longuement discuté de la meilleure manière d'aborder le sujet. Nous pensons préférable de construire ton personnage de chef rebelle en commençant par l'aspect extérieur. Autrement dit, développons d'abord un geai moqueur le plus frappant possible avant de le doter d'une personnalité à la hauteur ! dit-elle avec entrain.

— Vous avez déjà son uniforme, fait observer Gale.

— Oui, mais est-elle sanglante et bouleversée ? Voit-on brûler la flamme intérieure de la rébellion dans ses yeux ? À quel point peut-on la rendre sale et poussiéreuse sans dégoûter le public pour autant ? Il va bien falloir qu'elle dégage quelque chose. Il est clair que *ça* – Fulvia s'avance et encadre mon visage avec ses mains –, ça ne suffira pas. (J'ai un réflexe de recul, mais elle est déjà en train de ramasser ses affaires.) C'est pourquoi, dans cet esprit-là, nous t'avons réservé une autre petite surprise. Venez.

Fulvia nous fait signe et Gale et moi les suivons, Plutarch et elle, hors de la salle.

— Si bien intentionnée, et pourtant tellement insultante, me souffle Gale à l'oreille.

— Bienvenue au Capitole, je lui murmure en réponse.

Mais les paroles de Fulvia me laissent indifférente. Je croise les bras sur le cahier de croquis et me laisse aller à espérer. C'est sûrement la bonne décision. Puisque Cinna le voulait.

Nous entrons dans un ascenseur et Plutarch consulte ses notes.

— Voyons voir. C'est le compartiment trois-neuf-zéro-huit.

Il presse le bouton « 39 », sans résultat.

— Il faut la clef, lui rappelle Fulvia.

Plutarch sort de sa chemise une clef attachée à une chaînette et l'insère dans une fente à laquelle je n'avais pas prêté attention jusque-là. Les portes se referment en chuintant.

— Ah, ça fonctionne.

L'ascenseur descend dix, vingt, trente étages et plus. J'étais loin de me douter que le district Treize s'enfonçait si profond. La cabine s'ouvre sur un grand couloir blanc bordé de portes rouges, lesquelles semblent presque pimpantes comparées aux grises des niveaux supérieurs. Chacune porte un numéro en gros chiffres. 3901, 3902, 3903...

En sortant de l'ascenseur, je me retourne et je vois une grille métallique descendre devant les portes de la cabine. Un gardien sort de l'une des pièces au bout du couloir. Il vient vers nous pendant qu'une porte se referme en silence derrière lui.

Plutarch s'avance à sa rencontre, une main levée en signe de salut, et nous lui emboîtons le pas. J'éprouve une forte sensation de malaise. Pas uniquement à cause de la grille qui barre l'ascenseur, ou d'une claustrophobie bien naturelle à se retrouver aussi loin sous la terre, ni même de l'odeur âcre du désinfectant. Un rapide coup d'œil à Gale m'indique qu'il ressent la même chose que moi.

— Bonjour, nous sommes à la recherche de... commence Plutarch.

— Vous êtes au mauvais niveau, l'interrompt sèchement le gardien.

— Ah bon ? (Plutarch vérifie ses notes.) On m'a pourtant indiqué le 3908. Si vous vouliez bien vérifier auprès de...

— Je vais devoir vous demander de partir. Les demandes de visite peuvent être adressées à la Direction centrale, dit le gardien.

C'est juste devant nous. Le compartiment 3908. À quelques pas à peine. La porte – comme toutes les autres, d'ailleurs – paraît incomplète. Elle n'a pas de poignée. Elle doit pivoter librement sur ses gonds, comme celle d'où est sorti le gardien.

— Et où cela se trouve-t-il ? demande Fulvia.

— Au niveau 7, répond le gardien en tendant le bras pour nous raccompagner vers l'ascenseur.

De la porte 3908 s'échappe un bruit léger. Une sorte de gémissement. Comme celui qu'un chien craintif pousserait pour échapper à une correction, sauf qu'il me paraît un peu trop humain et familier. Gale et moi échangeons un bref regard. Nous nous connaissons depuis suffisamment longtemps pour ne pas avoir besoin de plus. Je laisse le cahier de Cinna tomber bruyamment aux pieds du gardien. À l'instant où il se baisse pour le ramasser, Gale se penche à son tour et ils se cognent malencontreusement la tête.

— Oh, désolé, s'excuse Gale avec un petit rire, en se retenant au bras du gardien comme pour éviter de perdre l'équilibre.

C'est ma chance. Je me faufile prestement derrière le gardien, je pousse la porte marquée 3908 et je les découvre. À moitié nus, couverts de bleus, enchaînés au mur.

Les membres de mon équipe de préparation.

Des relents de corps sales, d'urine et d'infection percent à travers le nuage d'antiseptiques. Les trois malheureux ne se reconnaissent qu'à leurs choix esthétiques les plus extrêmes : les tatouages dorés de Venia. Les anglaises orange de Flavius. La peau vert clair d'Octavia qui pend en longs plis flasques, comme si son corps se dégonflait tel un ballon.

À voir Flavius et Octavia se recroqueviller contre le mur carrelé, on croirait qu'ils s'attendent à prendre un coup. Je ne les ai pourtant jamais frappés. Au pire, j'ai eu pour eux quelques pensées méchantes mais je les ai toujours gardées pour moi, alors pourquoi cette réaction ?

Le garde me crie de sortir, mais d'après les piétinements que j'entends dans le couloir, je devine que Gale l'empêche de passer. Je me dirige vers Venia, qui a toujours été la plus forte. Je m'accroupis près d'elle et prends ses mains glacées, qui s'accrochent aux miennes comme deux étaux.

— Que vous est-il arrivé, Venia ? lui dis-je. Qu'est-ce que vous faites ici ?

— On nous a enlevés. Au Capitole, m'apprend-elle d'une voix rauque.

Plutarch me rejoint dans la pièce.

— Mais que se passe-t-il donc ici ? s'indigne-t-il.

J'insiste.

— Qui vous a enlevés ?

— Des gens, répond-elle vaguement. Le soir où tu t'es échappée.

— Nous avons pensé qu'il serait plus agréable pour toi de pouvoir compter sur tes préparateurs habituels, dit Plutarch dans mon dos. C'était une demande de Cinna.

— C'est Cinna qui a demandé ça ? (Je me retourne vers lui avec colère. Parce que s'il y a une chose dont je suis sûre, c'est que Cinna n'aurait jamais approuvé qu'on brutalise ainsi ces malheureux, pour lesquels il a toujours eu beaucoup de patience et de gentillesse.) Pourquoi sont-ils traités comme des criminels ?

— Honnêtement, je n'en ai pas la moindre idée.

À sa voix, je suis plutôt tentée de le croire. La pâleur de Fulvia me confirme cette impression. Plutarch se tourne vers le garde, qui vient d'apparaître sur le seuil avec Gale sur ses talons.

— On m'avait seulement dit qu'ils étaient confinés dans leurs quartiers. Pourquoi sont-ils punis ?

— Pour avoir volé de la nourriture, répond le garde. Il a fallu les menotter à la suite d'une altercation à propos de pain.

Venia fronce les sourcils, comme si elle s'efforçait encore de démêler ce qui leur arrive.

— Personne ne voulait rien nous dire. Nous avions tellement faim. Elle n'a pris qu'une seule tranche.

Octavia se met à sangloter dans les lambeaux de sa tunique. Je me souviens du petit pain qu'elle m'avait glissé sous la table après ma première victoire dans les Jeux, parce qu'elle ne supportait pas de me voir affamée. Je m'approche à quatre pattes de sa silhouette frémissante.

— Octavia ? (Je la touche. Elle tressaille.) Octavia, tout va bien maintenant. Je vais vous sortir de là, d'accord ?

— Ça me paraît un peu excessif, proteste Plutarch.

— Tout ça parce qu'ils ont chipé une tranche de pain ? demande Gale.

— Il y a eu plusieurs infractions répétées. On les avait prévenus. Ils ont continué à voler. (Le gardien marque une pause, stupéfait devant notre incompréhension.) On ne vole pas le pain.

Je n'arrive pas à convaincre Octavia de dévoiler son visage, mais elle se redresse légèrement. Ses menottes descendent de quelques centimètres sur ses poignets, révélant la chair à vif par-dessous.

— Je vous emmène auprès de ma mère. (Je m'adresse au gardien.) Détachez-les.

Le gardien secoue la tête.

— C'est interdit.

— Détachez-les ! Tout de suite ! je lui crie.

Voilà qui lui fait perdre un peu de son assurance. Il n'a pas l'habitude que les simples citoyens lui parlent sur ce ton.

— Je n'ai reçu aucune instruction dans ce sens. Et vous n'avez pas autorité pour…

— Vous n'aurez qu'à dire que c'est moi qui vous en ai donné l'ordre, intervient Plutarch. Nous étions venus les chercher, de toute façon. On a besoin d'eux pour une opération spéciale. J'en prends la responsabilité.

Le gardien part donner un coup de téléphone. Il revient avec un trousseau de clefs. Mes préparateurs sont restés enchaînés si longtemps dans une mauvaise position que, même une fois libérés, ils ont du mal à tenir debout. Gale, Plutarch et moi devons les aider. Flavius se prend le pied dans une grille métallique au-dessus d'un trou circulaire dans le sol, et mon estomac se noue quand je pense aux raisons de la présence d'un écoulement pareil. Les souillures de misère humaine qu'on a dû nettoyer au jet sur ces carreaux blancs...

À l'hôpital je retrouve ma mère, la seule personne à qui je puisse confier ces malheureux. Il lui faut une minute pour les reconnaître, dans l'état où ils sont, et elle affiche alors une expression consternée. Non pas du fait de voir des personnes maltraitées de cette manière, elle en recevait tous les jours au district Douze, mais parce qu'elle réalise que ce genre de choses se déroule dans le Treize également.

Ma mère a trouvé sa place à l'hôpital, même si on la considère davantage comme une infirmière que comme un médecin, et cela malgré une vie entière consacrée à soigner. En tout cas, personne ne s'oppose à ce qu'elle conduise le trio dans une salle de consultation afin d'examiner leurs blessures. Je m'installe sur un banc dans le couloir pour y attendre son verdict. Elle saura lire dans les corps tout ce qu'on leur a infligé.

Gale vient s'asseoir à côté de moi et me prend par l'épaule.

— Elle va bien s'occuper d'eux, m'assure-t-il.

Je hoche la tête, en me demandant s'il repense à la flagellation qu'il a lui-même endurée dans le Douze.

Plutarch et Fulvia prennent place sur le banc face au nôtre mais ne font aucun commentaire sur l'état de mes préparateurs. S'ils n'étaient pas au courant de leur sort, que pensent-ils de cette sanction décidée par la présidente Coin ? Je décide de les faire parler.

— J'imagine qu'elle nous a tous dans le collimateur, dis-je.

— Quoi ? Non. De quoi veux-tu parler ? demande Fulvia.

Je lui explique :

— Cette punition de mon équipe de préparation est un avertissement. Pas uniquement adressé à moi. À vous aussi. Une manière de nous rappeler qui commande et ce que nous encourons en cas de désobéissance. Si vous aviez encore des illusions à ce sujet, je vous conseille de les perdre très vite. Apparemment, venir du Capitole ne vous protégera pas ici. C'est peut-être même tout le contraire.

— Tu ne peux pas comparer le cas de Plutarch, l'un des cerveaux de la rébellion, et celui de ces trois esthéticiens, réplique Fulvia d'un ton glacial.

Je hausse les épaules.

— Si vous le dites, Fulvia. Mais que se passerait-il si Coin avait le malheur de vous prendre en grippe ? Mes préparateurs ont été kidnappés. Ils peuvent toujours espérer retourner un jour au Capitole. Gale et moi pouvons vivre dans les bois. Mais vous deux ? Où pourriez-vous vous enfuir ?

— Peut-être sommes-nous un peu plus nécessaires à l'effort de guerre que tu veux bien le reconnaître, fait Plutarch avec désinvolture.

— Bien sûr que vous l'êtes. Les tributs étaient nécessaires aux Jeux, eux aussi. Jusqu'à ce qu'ils ne le soient plus. Et qu'on puisse les éliminer sans problème – pas vrai, Plutarch ?

Voilà qui met un terme à la discussion. Nous attendons en silence que ma mère nous rejoigne.

— Ils s'en sortiront, nous annonce-t-elle. Ils ne devraient pas conserver de séquelles.

— Bien. Excellent ! se réjouit Plutarch. Quand pourront-ils reprendre le travail ?

— Sans doute demain, répond-elle. Ils souffriront peut-être d'une certaine instabilité émotionnelle après ce qu'ils viennent de traverser. La vie facile du Capitole ne les avait pas préparés à ça.

— N'est-ce pas la même chose pour tout le monde ? dit Plutarch.

En raison de l'incapacité de mon équipe de préparation ou peut-être parce qu'il me sent à cran, Plutarch me libère de mes obligations de geai moqueur pour le restant de la journée. Gale et moi partons déjeuner. On nous sert des haricots aux oignons avec une tranche de pain et un verre d'eau. Après le récit de Venia, le pain me reste en travers de la gorge et je glisse la fin de ma tranche à Gale. Aucun de nous deux ne dit grand-chose de tout le repas, mais une fois nos écuelles nettoyées, Gale remonte sa manche et consulte son emploi du temps.

— J'ai entraînement, maintenant.

Je tire sur ma manche et place mon avant-bras le long du sien.

— Moi aussi.

Je me souviens qu'entraînement veut dire chasse désormais.

Mon impatience à sortir dans les bois, ne fût-ce que pour deux heures, me fait oublier momentanément mes soucis. Une immersion dans la verdure et le soleil m'aidera sûrement à faire le tri dans mes pensées. Une fois hors des couloirs principaux, Gale et moi faisons la course jusqu'à l'armurerie, comme deux écoliers. J'arrive hors d'haleine, prise de vertige, ce qui me rappelle que je ne suis pas encore tout à fait rétablie. Les gardiens nous remettent nos armes, ainsi que des couteaux et une besace de grosse toile pour ramener le gibier. Je me laisse fixer un mouchard à la cheville, en feignant d'écouter pendant qu'on m'explique le maniement du communicateur portable. Tout ce que je retiens c'est qu'il comporte une horloge et que nous avons intérêt à être rentrés à l'heure prévue, sans quoi on nous supprimera nos privilèges de chasse. Je pense que je ferai un effort pour me plier à cette règle.

Nous émergeons sur le terrain d'entraînement grillagé en bordure de la forêt. Les gardes nous ouvrent sans un mot le portail bien huilé. Nous aurions du mal à franchir la clôture par nos propres moyens – haute de dix mètres, perpétuellement sous tension, elle est également surmontée de barbelés en lames de rasoir. Nous nous enfonçons dans les sous-bois et laissons le grillage derrière nous. Parvenus à une petite clairière, nous faisons une pause et savourons le soleil sur notre visage. Je pivote sur moi-même, les bras en croix, lentement pour ne pas me donner le tournis.

La végétation locale souffre de la même absence de pluie que j'avais déjà constatée dans le Douze, et un tapis de feuilles sèches se froisse bruyamment sous nos semelles. Nous retirons nos chaussures. Les miennes ne me vont pas, de toute manière, parce que dans l'esprit d'économie qui préside au fonctionnement du Treize, on m'en a remis une paire devenue trop petite pour son ancienne propriétaire. Apparemment, l'une de nous deux doit marcher de travers parce que ces chaussures ont un drôle de pli.

Nous chassons comme au bon vieux temps. En silence, sans échanger un mot car dans les bois, nous fonctionnons comme les deux moitiés d'un seul être. Chacun anticipe les mouvements de l'autre et couvre ses arrières. Il s'est écoulé combien de temps, huit, neuf mois, depuis que nous n'avons plus connu une liberté pareille ? Ce n'est pas tout à fait la même chose, avec tout ce qui a pu se passer, la présence d'un mouchard à notre cheville et le fait que je sois obligée de me reposer fréquemment. Mais étant donné les circonstances, c'est ce qui se rapproche le plus du bonheur pour moi.

Les animaux n'ont pas encore appris à se méfier de nous. Cette fraction de seconde qu'ils mettent à identifier notre odeur leur est fatale. En l'espace d'une heure et demie, nous avons abattu une douzaine de lapins, d'écureuils et de dindons et décidons de profiter du temps qu'il nous reste au bord d'un étang. Il doit être alimenté par une source souterraine, car son eau est fraîche et douce.

Gale propose de nettoyer nos proies. Je n'ai rien contre. Je pose quelques feuilles de menthe sur ma langue, ferme les yeux et m'adosse à un rocher, absorbant les mille bruits de la forêt, laissant le soleil de l'après-midi me brûler la peau, en paix ou presque jusqu'à ce que la voix de Gale m'arrache à ma rêverie.

— Katniss, pourquoi es-tu tellement affectée par ce qui peut arriver à ton équipe de préparation ?

J'ouvre les yeux pour voir si c'est une plaisanterie, mais il a l'air très sérieux, les sourcils froncés au-dessus du lapin qu'il est en train d'écorcher.

— Je devrais m'en moquer, d'après toi ?

— Eh bien, ils ont quand même passé une année à te pomponner pour le massacre.

— C'est plus compliqué que ça. Je les connais. Ils ne sont pas méchants, ni cruels. Ils ne sont même pas intelligents. S'en prendre à eux, c'est comme s'en prendre à des enfants. Ils ne voient pas... je veux dire, ils ne savent pas...

Je m'embrouille dans mon discours.

— Qu'est-ce qu'ils ne savent pas, Katniss ? insiste Gale. Qu'on oblige les tributs – qui sont les seuls vrais enfants dans cette histoire, et non ton trio de phénomènes de foire – à s'entre-tuer les uns les autres ? Qu'on t'envoyait dans cette arène pour la distraction des masses ? Était-ce un grand secret au Capitole ?

— Non. Mais ils ne voient pas les choses de la même manière que nous, dis-je. Ils sont élevés comme ça, et...

— En somme, tu les défends, résume-t-il en arrachant d'un seul mouvement toute la peau du lapin.

Sa remarque fait mouche, car il a raison. C'est absurde. J'ai toutes les peines du monde à justifier ma position.

— J'imagine que je défendrais quiconque se ferait traiter comme ça pour un simple morceau de pain. Peut-être que ça me rappelle un peu trop ce qu'on t'a fait subir pour un dindon !

Quand même, il n'a pas tort. Le souci que je me fais pour mes préparateurs a quelque chose d'étrange. Je devrais les détester, rêver de les voir pendre au bout d'une corde. Mais ils sont tellement bêtes, et puis ils travaillaient pour Cinna, et Cinna était de mon côté, non ?

— Je ne veux pas me disputer avec toi, dit Gale. Simplement, je ne crois pas que Coin voulait t'envoyer un message en les punissant pour avoir enfreint les règles. Peut-être même qu'elle a cru te faire une fleur. (Il fourre le lapin dans la besace et se lève.) On ferait mieux de ne pas traîner si on veut rentrer à l'heure.

J'ignore sa main tendue et me relève toute seule sur mes jambes flageolantes.

— Très bien.

Aucun de nous deux ne dit plus rien sur le trajet du retour, mais une fois à l'intérieur du portail, un détail me revient.

— À l'Expiation, Octavia et Flavius ont dû se retirer parce qu'ils n'arrêtaient pas de pleurer à l'idée de me voir retourner dans l'arène. Et c'est tout juste si Venia a pu me faire ses adieux.

— Je tâcherai de m'en rappeler quand ils te… remettront à neuf, dit Gale.

— Fais donc ça.

Nous remettons nos prises à Sae Boui-boui dans la cuisine. Elle se fait plutôt bien au district Treize, même si elle trouve que ses cuisiniers manquent un peu d'imagination. Elle qui sait mitonner un ragoût savoureux avec du chien sauvage et de la rhubarbe doit se sentir pieds et poings liés par ici.

Épuisée par la chasse et le manque de sommeil, je regagne mon compartiment et le trouve entièrement vide. Je me souviens alors que nous avons déménagé pour Buttercup. Je retourne au premier niveau et entre dans le compartiment E. Il ressemble en tout point au compartiment 307, à l'exception du soupirail de cinquante centimètres de large sur vingt de haut centré au sommet du mur extérieur. Une lourde plaque en métal permet de le refermer, mais pour l'instant, il est ouvert et un certain matou de ma connaissance en a profité pour s'éclipser. Je m'affale sur mon lit, où un rayon de soleil me chatouille le visage. Quand je rouvre les yeux, ma sœur est penchée sur moi et me réveille pour *18 h : Réflexion.*

Prim m'apprend qu'on annonce une réunion générale depuis l'heure du déjeuner. La population entière, à l'exception de ceux qui ne peuvent quitter leur travail, est tenue d'y assister. Nous suivons les indications jusqu'à la Salle collective, immense, qui accueille facilement les milliers de personnes qui s'y pressent. De toute évidence l'endroit pourrait recevoir une foule beaucoup plus importante. Peut-être était-ce le cas avant l'épidémie de vérole. Prim me montre discrètement les nombreuses séquelles de ce fléau – les cicatrices sur le visage des gens, les enfants légèrement défigurés.

— Ils ont beaucoup souffert par ici, dit-elle.

Après ce matin, je ne suis pas d'humeur à m'attendrir sur le Treize. Alors je réplique :

— Pas plus que nous dans le Douze.

J'aperçois ma mère à la tête d'un groupe de patients capables de marcher, drapés dans leur chemise de nuit d'hôpital. Finnick se trouve parmi eux, l'air hébété mais toujours aussi beau. Il tient à la main une cordelette de moins de cinquante centimètres de long, trop courte pour que même lui puisse en faire un nœud coulant utilisable. Ses doigts s'activent d'eux-mêmes, nouant et dénouant machinalement toutes sortes de nœuds pendant qu'il regarde autour de lui. Ça fait probablement partie de sa thérapie. Je m'approche de lui.

— Salut, Finnick. (Comme il ne semble pas me remarquer, je lui donne un petit coup de coude pour attirer son attention.) Hé, Finnick ! Ça va ?

— Katniss ! s'exclame-t-il en me prenant la main. (Il a l'air soulagé de voir un visage familier.) Pourquoi tout le monde se réunit-il ici ?

— J'ai dit à Coin que j'acceptais d'être son geai moqueur. Mais je lui ai fait promettre d'accorder l'immunité à tous les autres tributs en cas de victoire des rebelles. En public, histoire d'avoir le plus possible de témoins.

— Oh. Tant mieux. Parce que je me fais du souci pour Annie, m'avoue Finnick. J'ai toujours peur qu'elle lâche un propos malheureux qu'on pourrait interpréter comme une trahison.

Annie. Oh, oh. Je l'avais complètement oubliée.

— Ne t'en fais pas, je m'en occupe.

Je presse la main de Finnick et me dirige vers le podium au fond de la salle. Coin, qui relit sa déclaration, lève les yeux sur moi.

— J'ai besoin que vous ajoutiez Annie Cresta à la liste des immunités, lui dis-je.

La présidente fronce les sourcils.

— Qui ça ?

— C'est… l'amie de Finnick Odair. Du district Quatre. Une autre gagnante. On l'a arrêtée et emmenée au Capitole après l'explosion de l'arène.

— Oh, la folle. Ce n'est pas vraiment nécessaire, m'assure la présidente. Nous n'avons pas pour habitude de punir quelqu'un d'aussi fragile.

Je repense à la scène que j'ai découverte ce matin. À Octavia recroquevillée contre le mur. Et je me dis que Coin et moi avons sans doute des notions très différentes de la fragilité. Mais je réplique seulement :

— Non ? Dans ce cas, ça ne devrait pas être un problème de rajouter Annie.

— Très bien, soupire la présidente avant d'inscrire le nom au crayon. Veux-tu être présente à mes côtés lors de l'annonce ? (Je secoue la tête.) C'est bien ce que je pensais. Tu ferais mieux de te perdre dans la foule. Je suis sur le point de commencer.

Je retourne auprès de Finnick.

Les mots, encore une chose que l'on n'aime pas gaspiller dans le Treize. Coin réclame l'attention générale et annonce que j'ai consenti à être le geai moqueur sous réserve que les autres vainqueurs — Peeta, Johanna, Enobaria et Annie — soient absous de tout dommage qu'ils auront pu occasionner à la cause rebelle. Des murmures de colère agitent la foule. Je suppose qu'on s'attendait que je devienne le geai moqueur sans discuter. Le fait de poser mes conditions — au risque d'épargner d'éventuels ennemis — passe plutôt mal. J'affronte avec indifférence les regards hostiles qui convergent dans ma direction.

La présidente laisse les murmures se poursuivre un moment, puis reprend la parole. Mais la suite de son discours me prend au dépourvu.

— En contrepartie de cette demande sans précédent, la soldate Everdeen s'est engagée à se vouer corps et âme à la cause. Il s'ensuit que tout manquement à sa mission, en parole ou en acte, sera considéré comme une violation de notre accord. L'immunité des quatre vainqueurs sera aussitôt révoquée et leur sort sera décidé en fonction des lois du district Treize. Tout comme le sien. Je vous remercie.

Autrement dit, un seul pas de travers de ma part et nous sommes tous condamnés.

5

Une pression de plus à prendre en considération. Une faction de plus qui a décidé de se servir de moi comme d'un pion, même si la partie ne se déroule jamais tout à fait comme prévu. Il y a d'abord eu les Juges, qui ont fait de moi la star de leurs Jeux et qui ont dû improviser en catastrophe quand j'ai sorti ces baies vénéneuses. Puis le président Snow, qui a prétendu s'appuyer sur moi pour éteindre les flammes de la rébellion et qui a eu la mauvaise surprise de me voir les raviver à chaque intervention. Ensuite les rebelles, qui m'ont arrachée à l'arène dans l'intention de faire de moi leur geai moqueur pour découvrir avec stupéfaction que je trouve les ailes un peu lourdes à mon goût. Et maintenant c'est au tour de Coin, avec ses précieuses têtes nucléaires et son district pareil à une machine de guerre bien huilée, de constater qu'il est plus facile d'attraper un geai moqueur que de le dresser. À son crédit, elle a mis moins de temps que les autres à reconnaître que je poursuis mon propre but et que, par conséquent, on ne peut pas me faire confiance. Elle est la première à me présenter publiquement comme une menace.

Je passe les doigts dans l'épaisse couche de bulles à la surface de ma baignoire. Me laver n'est qu'une étape préliminaire dans l'élaboration de mon nouveau look. Avec mes cheveux abîmés par l'acide, ma peau brûlée par le soleil et mes vilaines cicatrices, mon équipe de préparation doit commencer par me rendre jolie *avant* de trouver comment présenter mes plaies et mes bosses sous un jour plus séduisant.

— Nous allons d'abord te refaire une base de beauté Zéro, a décrété Fulvia en arrivant ce matin. Et développer à partir de là.

Apparemment, la base de beauté Zéro correspond à l'aspect d'une personne naturellement belle et sans défaut quand elle sort de son lit. Ce qui veut dire qu'on me fait les ongles avec soin mais sans les vernir. Qu'on me lave et me brosse les cheveux sans les coiffer. Que j'ai la peau nette et lisse, qu'on m'épile et qu'on efface mes cernes, mais que mon maquillage reste parfaitement invisible. Je suppose que Cinna avait donné les mêmes instructions à mon arrivée au Capitole. Sauf que j'étais une concurrente à ce moment-là. En tant que rebelle, je croyais pouvoir être enfin moi-même. Hélas, on dirait qu'une rebelle télévisée doit se plier elle aussi à toutes sortes de contraintes.

Après m'être rincée, je me tourne vers Octavia qui m'attend avec une serviette. Elle est si différente de celle que j'ai connue au Capitole, dépouillée de ses tenues extravagantes, de son maquillage outrancier, des mèches, des bijoux et des gadgets qu'elle se mettait dans les cheveux. Je me souviens d'une fois où elle était arrivée avec des tresses roses ornées de lumières clignotantes en forme de souris. Elle m'avait raconté qu'elle gardait plusieurs souris chez elle, comme animaux de compagnie. L'idée m'avait répugnée à l'époque, car chez nous les souris sont considérées comme des nuisibles, sauf dans la marmite. Mais peut-être qu'Octavia les appréciait parce que ce sont de gentilles petites créatures à la voix aiguë. Comme elle. Pendant qu'elle me sèche, j'essaie de m'habituer à l'Octavia du district Treize. Ses vrais cheveux sont d'une jolie teinte auburn. Son visage n'a rien de particulier mais dégage une grande douceur. Elle est plus jeune que je ne pensais. Vingt ans et quelques, tout au plus. Sans ses faux ongles interminables, ses doigts paraissent un peu trop courts ; et ils ne cessent de trembler. Je voudrais la rassurer, lui promettre qu'elle n'a plus rien à craindre de Coin. Mais les bleus violacés qui s'étalent sous sa peau verte me rappellent à quel point je suis impuissante.

Flavius, lui aussi, a l'air d'être passé à la machine sans son brillant à lèvres mauve et ses habits aux couleurs vives. Il a réussi à sauver ses anglaises orange malgré tout. C'est Venia qui a le moins changé. Ses cheveux bleu électrique pendent tristement au lieu de se dresser en pointes, et les racines sont en train de virer au gris. Mais ce sont ses tatouages dorés, surtout, qui se remarquaient chez elle, et ils restent plus frappants que jamais. Elle s'approche et arrache la serviette des mains d'Octavia.

— Katniss ne va rien nous faire, lui déclare-t-elle doucement mais fermement. Elle ne savait même pas que nous étions là. Ça ira mieux à partir de maintenant, tu verras.

Octavia hoche la tête mais continue à éviter mon regard.

Ce n'est pas une partie de plaisir que de me faire une base de beauté Zéro, même avec l'impressionnante panoplie de produits, d'outils et de gadgets que Plutarch a eu la prévoyance de rapporter du Capitole. Mes préparateurs font leur possible jusqu'à ce qu'on en vienne à mon bras et à la plaie que m'a faite Johanna en m'arrachant mon mouchard. Les médecins qui m'ont recousue se moquaient bien des considérations esthétiques ; il m'en reste une cicatrice grumeleuse de la largeur d'une pomme. D'habitude, elle est recouverte par ma manche mais dans le costume dessiné par Cinna, la manche se termine au-dessus du coude. C'est un tel souci qu'on appelle Fulvia et Plutarch pour en discuter. En découvrant mon bras, Fulvia se retient de vomir. Pour quelqu'un qui travaille avec un Juge, je la trouve bien délicate. Je suppose qu'elle est plus habituée à voir ce genre d'horreurs à l'écran.

— Tout le monde sait que j'ai une cicatrice à cet endroit-là, dis-je sur un ton maussade.

— Savoir et voir sont deux choses différentes, rétorque Fulvia. C'est positivement répugnant. Plutarch et moi allons devoir imaginer une solution pendant le déjeuner.

— Ça ira, assure Plutarch avec un revers de main désinvolte. Il suffira de lui faire porter un gros bracelet ou quelque chose dans ce genre-là.

Dégoûtée, je m'habille et m'apprête à gagner le réfectoire. Mon équipe de préparation reste agglutinée près de la porte.

— Est-ce qu'on va vous apporter à manger ici ? je demande.

— Non, répond Venia. Nous sommes supposés nous rendre à je ne sais quel réfectoire.

Je soupire intérieurement en m'imaginant entrer dans le réfectoire avec ces trois-là sur les talons. Mais on me regarde toujours d'un sale œil, de toute manière. Ça ne changera pas grand-chose.

— Je vais vous montrer où c'est, leur dis-je. Venez.

Les regards en coin et les murmures que j'ai l'habitude d'attirer ne sont rien comparés à la réaction que me vaut la compagnie de mon équipe de préparation. On nous dévisage bouche bée, on nous pointe du doigt, on s'exclame.

— Ne faites pas attention, dis-je à mes compagnons.

Les yeux baissés, les gestes mécaniques, ils me suivent dans la queue et acceptent une écuelle de poisson grisâtre, du ragoût d'okra et un gobelet d'eau.

Nous nous installons à ma table, près d'un groupe de réfugiés de la Veine. Ceux-ci se montrent plus mesurés que les habitants du Treize, mais peut-être sont-ils tout simplement gênés. Leevy, mon ancienne voisine dans le Douze, salue mes préparateurs à voix basse tandis que la mère de Gale, Hazelle, qui a dû apprendre ce qu'ils ont enduré, leur montre une cuillère de ragoût.

— N'ayez pas peur, leur dit-elle. C'est moins mauvais que ça en a l'air.

Mais c'est Posy, la petite sœur de Gale, âgée de cinq ans, qui se révèle la plus précieuse. Elle se glisse le long du banc jusqu'à Octavia et pose un doigt timide sur sa peau.

— Tu es toute verte. Tu es malade ?

— C'est un truc esthétique, Posy, lui dis-je. Un peu comme le rouge à lèvres.

— C'est supposé me rendre plus jolie, murmure Octavia, dont les larmes gonflent au ras des cils.

Posy réfléchit à la question et déclare tranquillement :

— Je crois que tu serais jolie dans n'importe quelle couleur.

Un mince sourire se forme sur les lèvres d'Octavia.

— Merci.

— Si vous tenez vraiment à impressionner Posy, il faut vous teindre en rose bonbon, déclare Gale en posant bruyamment son plateau à côté du mien. C'est sa couleur préférée.

Posy glousse et reprend sa place auprès de sa mère. D'un coup de menton, Gale indique son écuelle à Flavius.

— À votre place, je mangerais tant que c'est chaud. Froid, c'est encore pire.

Tout le monde se met à manger. Le ragoût n'est pas mauvais, si on parvient à oublier sa consistance gluante.

Comme s'il fallait déglutir trois fois chaque bouchée pour la faire descendre.

Gale, qui se montre rarement bavard pendant les repas, fait un effort pour entretenir la conversation en posant des questions sur le maquillage. C'est sa manière à lui de faire la paix avec moi. Nous nous sommes un peu disputés hier soir, quand il a laissé entendre que j'avais eu tort de forcer la main à Coin concernant les autres vainqueurs.

— Katniss, c'est la présidente du district. Elle ne peut pas donner l'impression de plier devant toi.

— Tu veux dire qu'elle ne peut pas tolérer la moindre contradiction, même justifiée, ai-je rétorqué.

— Je veux dire que tu l'as mise en porte à faux. En l'obligeant à accorder l'immunité à Peeta et aux autres alors que nous ne savons même pas quels dégâts ils ont pu faire.

— En somme, j'aurais dû entrer dans son jeu et laisser les autres se débrouiller tout seuls. Quelle importance, après tout ? C'est bien ce que nous faisons tous !

Là-dessus, je lui ai claqué la porte à la figure. Je me suis assise loin de lui au petit déjeuner, et quand Plutarch l'a envoyé s'entraîner ce matin, je l'ai laissé partir sans un mot. Je sais qu'il a dit ça parce qu'il se fait du souci pour moi, mais j'ai besoin qu'il soit de mon côté, pas de celui de Coin. Comment peut-il ne pas s'en rendre compte ?

Après le déjeuner, Gale et moi sommes supposés descendre à la Défense spéciale pour y retrouver Beetee. Dans l'ascenseur, Gale me dit finalement :

— Tu es toujours fâchée.

— Et toi, toujours pas désolé.

— Je maintiens ce que j'ai dit. Tu voudrais que je te mente ? demande-t-il.

— Non, je voudrais que tu réfléchisses et que tu révises ton opinion, dis-je.

Ça le fait rire. Je laisse tomber. On ne peut pas dicter à Gale ce qu'il doit penser. Soyons honnête, c'est aussi pour ça que je lui fais confiance.

Le niveau de la Défense spéciale est situé presque aussi bas que les cellules où nous avons retrouvé mon équipe de préparation. C'est une véritable ruche qui bourdonne d'ordinateurs, de laboratoires, de matériel de recherche et de salles de tests.

Nous demandons à voir Beetee. On nous guide à travers ce labyrinthe jusqu'à une immense baie vitrée. Derrière, il y a la première jolie chose que je vois depuis mon arrivée dans le district Treize : la réplique d'une clairière bordée d'arbres et de buissons fleuris envahie par les colibris. Installé au centre dans un fauteuil roulant, Beetee, parfaitement immobile, observe un oiseau vert en train de siroter le nectar d'une grande fleur orange. Quand l'oiseau s'éloigne, il le suit du regard et nous aperçoit. Il nous adresse alors un signe amical pour nous indiquer de le rejoindre à l'intérieur.

L'air est frais, tout à fait respirable, et non chaud et humide comme je m'y attendais. De tous côtés nous parviennent des bruissements d'ailes minuscules, que j'avais tendance à confondre avec des crissements d'insectes dans les bois par chez nous. Je me demande bien quel coup de chance a permis la construction d'un endroit pareil.

Beetee a encore le teint livide d'un convalescent, mais derrière ses énormes lunettes, ses yeux pétillent d'excitation.

— Est-ce qu'ils ne sont pas magnifiques ? Le Treize étudie leur aérodynamique depuis des années. Ils volent aussi bien en avant qu'en arrière, et peuvent atteindre une vitesse de cent kilomètres heure. Si seulement nous pouvions te fabriquer des ailes pareilles, Katniss !

Je ris.

— Ça m'étonnerait que je réussisse à les manier, Beetee.

— Ils sont là, et la seconde d'après, pffuit ! Plus personne. Crois-tu pouvoir en abattre un avec une flèche ? me demande-t-il.

— Je n'ai jamais essayé. Il n'y a pas grand-chose à manger dans un colibri, dis-je.

— Non. Et tu n'es pas du genre à tuer pour le plaisir, reconnaît-il. J'imagine quand même qu'ils doivent être difficiles à toucher.

— On doit pouvoir les piéger, intervient Gale. (Son visage prend cette expression lointaine qu'il a toujours quand il réfléchit.) Avec un filet très fin. Il suffirait d'entourer un endroit en laissant une ouverture d'un mètre carré. De les attirer à l'intérieur avec des fleurs à nectar. Et de refermer l'ouverture pendant qu'ils se nourriraient. Le bruit les ferait fuir mais ils se prendraient dans les mailles du filet.

— Ça marcherait ? demande Beetee.

— Je n'en sais rien. C'est juste une idée, dit Gale. Peut-être qu'ils trouveraient un moyen de s'échapper.

— Peut-être bien. Mais tu joues sur leur instinct naturel à fuir le danger. Arriver à penser comme sa proie… C'est comme ça qu'on met le doigt sur son point faible, approuve Beetee.

Je me rappelle un détail que j'aurais préféré oublier. Lors de notre préparation à l'Expiation, j'ai visionné un enregistrement où l'on voyait Beetee, encore enfant à l'époque, relier deux câbles pour électrocuter la meute de gamins qui le poursuivait. Les corps pris de convulsions, les expressions grotesques. Beetee, dans ce prélude à sa victoire lors de ces Jeux qui remontent à tant d'années, a regardé mourir les autres. Ce n'était pas sa faute. Il ne faisait que se défendre. Nous ne faisions tous que nous défendre…

Tout à coup, j'ai envie de quitter cette salle aux colibris avant que quelqu'un se mette à tendre un piège.

— Beetee, Plutarch a dit que tu avais quelque chose pour moi.

— Oui, c'est vrai. Ton nouvel arc.

Il presse une manette sur le bras de son fauteuil roulant et roule hors de la salle. Alors que nous le suivons à travers les couloirs labyrinthiques de la Défense spéciale, il nous explique l'intérêt du fauteuil.

— Je recommence à pouvoir marcher. Mais je me fatigue très vite. C'est plus facile pour moi de me déplacer comme ça. Et Finnick, où en est-il ?

— Il… a encore des problèmes de concentration, dis-je.

Je n'ai pas envie de répondre qu'il a complètement perdu la tête.

— Des problèmes de concentration, hein ? (Beetee a un sourire sinistre.) Si tu savais ce qu'il a traversé ces dernières années, tu comprendrais que c'est un miracle qu'il soit encore parmi nous. Dis-lui que je travaille sur un nouveau trident pour lui, d'accord ? Ça pourra peut-être lui changer les idées.

Il faudrait déjà que Finnick fasse le tri dans ses idées avant de vouloir en changer, mais je promets de passer le message.

Nous parvenons devant une porte sur laquelle s'affichent les mots ARMEMENT SPÉCIAL. Elle est gardée par quatre soldats. Ils commencent par vérifier notre emploi du temps sur notre avant-bras. Puis ils prennent nos empreintes digitales, rétiniennes et ADN, avant de nous faire passer sous un portique détecteur de métaux. Beetee doit laisser sa chaise roulante ; une autre l'attend à l'intérieur. Je trouve ces précautions plutôt bizarres, car je vois mal le gouvernement du Treize avoir besoin de se protéger à ce point contre ses propres citoyens. Ces mesures feraient-elles suite à l'afflux récent de réfugiés ?

À la porte de l'armurerie, on nous reprend nos empreintes une deuxième fois – comme si mon ADN avait pu se modifier dans les vingt mètres de couloir que nous venons de parcourir – avant de nous autoriser enfin à pénétrer dans le saint des saints. Je dois reconnaître que leur arsenal est à couper le souffle. Rangée sur rangée d'armes à feu, de lance-missiles, d'explosifs et de véhicules blindés.

— Bien sûr, le matériel aérien est entreposé ailleurs, nous confie Beetee.

— Bien sûr, dis-je comme si c'était l'évidence même.

J'imagine mal un arc et des flèches au milieu de tout cet équipement de haute technologie. Pourtant, nous parvenons finalement devant un mur couvert d'armes de trait. J'ai eu l'occasion de manipuler beaucoup d'armes au Capitole lors de mon entraînement, mais jamais aucune conçue à des fins militaires. Je m'arrête devant un arc à l'aspect meurtrier, tellement chargé d'instruments et de gadgets que je ne suis pas certaine de pouvoir le lever, et encore moins de le bander.

— Gale, tu devrais peut-être en essayer un toi aussi, suggère Beetee.

— Sérieusement ? fait Gale.

— On te remettra un fusil pour le combat, bien sûr. Mais si tu dois apparaître à l'écran comme le partenaire de Katniss, un arc ferait meilleur effet. Tu devrais pouvoir en trouver un qui te convienne là-dedans.

— Oh, j'en suis convaincu.

Il referme la main sur le même arc qui avait déjà retenu mon attention, et le soulève à bout de bras. Il le pointe partout dans la pièce, en regardant à travers le viseur.

— Ça ne me paraît pas très équitable pour le cerf, fais-je remarquer.

— Qui parle de s'en servir contre un cerf ? rétorque-t-il.

— Je reviens tout de suite, nous annonce Beetee.

Il pianote sur un digicode. Une petite porte s'ouvre. J'attends qu'il soit sorti et que la porte se soit refermée derrière lui.

— Alors ce serait facile, pour toi ? De t'en servir contre quelqu'un ?

— Je n'ai pas dit ça. (Gale laisse retomber l'arc contre son flanc.) Mais si j'avais eu entre les mains une arme capable d'arrêter ce que j'ai vu dans le Douze... ou de t'empêcher de partir pour les Jeux... je m'en serais servi.

— Moi aussi.

Je suis bien obligée de le reconnaître. Mais j'hésite à lui parler de ce qu'on éprouve à tuer. Des victimes qui ne vous quittent plus jamais.

Beetee revient avec une grande mallette noire rectangulaire coincée tant bien que mal entre son épaule et son repose-pieds. Il arrête son fauteuil et pousse la mallette vers moi.

— Pour toi.

Je la pose sur le sol et défais les fermoirs. Le couvercle s'ouvre en silence. À l'intérieur, dans un écrin de velours marron, je découvre un arc noir de toute beauté.

— Oh, dis-je avec admiration.

Je le soulève délicatement pour admirer son équilibre parfait, l'élégance de ses lignes et la courbure de sa tige qui évoque les ailes déployées d'un oiseau. Ce n'est pas tout. J'observe une immobilité totale pour m'assurer que ce n'est pas un effet de mon imagination. Non, l'arc frémit bel et bien sous mes doigts. Quand je le colle contre ma joue, je sens une légère vibration résonner jusque dans mon crâne.

Je demande :

— Qu'est-ce qu'il fait ?

— Il te dit bonjour, m'explique Beetee. Il a reconnu ta voix.

— Il réagit à la voix ?

— Seulement à la tienne. On m'a demandé de concevoir un arc basé avant tout sur l'aspect extérieur. Comme un élément de ton costume, tu comprends ? Mais je n'arrêtais pas de penser : « Quel dommage. » Je veux dire, et si tu en avais besoin à un moment ou un autre ? Et pas uniquement comme accessoire de mode ? Alors, j'ai adopté une ligne toute simple et je me suis employé à perfectionner le contenu. Mais le mieux, c'est encore que tu t'en rendes compte par toi-même. Vous voulez les essayer ?

Oh que oui. On a préparé une cible à notre intention. Les flèches élaborées par Beetee ne sont pas moins remarquables. J'arrive à les tirer avec précision à une centaine de mètres. La variété de leurs pointes – tranchantes, incendiaires, explosives – transforme mon arc en arme multitâches. On les distingue à la couleur de leur hampe. Je peux les neutraliser par commande vocale à tout moment, même si je ne vois pas pourquoi. Pour désactiver les propriétés spéciales de l'arc, il me suffit de lui dire « bonne nuit ». Après quoi il s'endort jusqu'à ce que ma voix le réveille à nouveau.

Je suis d'excellente humeur au moment de quitter Gale et Beetee et de retrouver mon équipe de préparation. Je supporte patiemment la séance de maquillage, après quoi j'enfile mon costume, lequel comporte désormais un bandage ensanglanté sur ma cicatrice au bras pour indiquer que je suis allée au feu récemment. Venia fixe au-dessus de mon cœur la broche au geai moqueur. J'attrape mon arc ainsi que le carquois de flèches ordinaires que m'a préparé

Beetee, sachant qu'il est hors de question de me laisser déambuler avec des flèches explosives. Puis je passe sur le plateau de tournage. Là, j'attends des heures qu'on rectifie mon maquillage et qu'on procède aux derniers réglages de l'éclairage et de la fumée. Peu à peu, les instructions par haut-parleur qui émanent de personnes invisibles dans leur cabine en verre teinté se font de plus en plus rares. Fulvia et Plutarch m'examinent d'un œil critique et cessent leurs retouches. Le calme descend sur le plateau. Pendant cinq bonnes minutes, on me détaille en silence. Plutarch déclare enfin :

— Je crois que c'est bon.

On me fait signe d'approcher d'un écran de contrôle. On me repasse les dernières minutes d'enregistrement et je découvre une jeune femme plus grande, plus imposante que moi. Plutôt sexy malgré son visage barbouillé de suie. Ses sourcils noirs se froncent avec méfiance. Des volutes de fumée – suggérant qu'elle vient d'échapper à un incendie, ou qu'elle est sur le point de prendre feu – s'élèvent de ses vêtements. Je ne reconnais pas cette personne.

Finnick, qui traîne dans les parages, s'approche par-derrière et me dit, avec une pointe de son ancien humour :

— On va vouloir soit te tuer, soit t'embrasser, soit te ressembler.

Ils sont tous très excités, enchantés par le résultat. Bien qu'il soit pratiquement l'heure d'aller dîner, ils insistent pour continuer. Demain, on passera aux discours et aux interviews et on tournera des séquences de combat. Ce soir, ils veulent simplement me faire dire un slogan, une tirade courte à glisser dans un premier spot de propagande, pour le montrer à Coin.

« Peuple de Panem, courage, bats-toi pour le triomphe de la justice ! » C'est le texte. À leur façon de me le donner on devine qu'ils ont travaillé dessus des mois, des années peut-être, et qu'ils en sont très fiers. Personnellement, je le trouve ronflant. Peu naturel. Je me vois mal parler comme ça dans la vraie vie – sauf pour me moquer, en prenant l'accent du Capitole. Comme quand Gale et moi imitions Effie Trinket : « Puisse le sort vous être favorable ! » Mais Fulvia est là, devant moi, à me décrire un combat auquel je viens de participer, tous mes compagnons d'armes tombés autour de moi, et m'explique que pour rallier à moi les rebelles survivants, je dois me tourner vers la caméra et dire mon texte !

On me conduit jusqu'à ma place et on rallume la machine à fumée. Quelqu'un réclame le silence, les caméras commencent à tourner et j'entends :

— Action !

Alors je brandis mon arc au-dessus de ma tête et je crie, avec toute la colère que je parviens à rassembler :

— *Peuple de Panem, courage, bats-toi pour le triomphe de la justice !*

Un silence de mort s'abat sur le plateau. Et dure. Longtemps.

Finalement, l'interphone grésille et le rire acerbe d'Haymitch résonne à travers tout le studio. Il s'interrompt juste le temps de déclarer :

— Et voilà, mes amis, comment meurt une révolution !

Le choc d'entendre la voix d'Haymitch hier, d'apprendre que non seulement il avait recouvré ses moyens mais qu'il avait de nouveau un certain contrôle sur ma vie, m'a mise dans une rage folle. J'ai quitté le studio en trombe et aujourd'hui j'ai refusé de prêter attention à ses commentaires depuis la cabine. Malgré tout, j'ai su tout de suite qu'il avait raison en ce qui concerne ma prestation.

Il lui aura fallu la matinée entière pour convaincre les autres qu'ils perdent leur temps. Que je suis une cause perdue. Ce n'est pas en me mettant dans un studio de télévision, costumée et maquillée au milieu d'un nuage de fumée artificielle, qu'on pourra compter sur moi pour rallier les districts à la victoire. Au fond, c'est miraculeux que j'aie survécu aussi longtemps aux caméras. Tout le mérite en revient à Peeta, bien sûr. Sans lui, je suis incapable d'être le geai moqueur.

Nous nous réunissons autour de la table géante du centre de Commandement. Coin et ses acolytes. Plutarch, Fulvia et mon équipe de préparation. Un groupe de rescapés du Douze parmi lesquels Haymitch et Gale, mais aussi quelques autres dont je ne m'explique pas la présence, comme Leevy ou Sae Boui-boui. Au dernier moment, Finnick amène Beetee sur sa chaise roulante, accompagné de Dalton, l'expert en bétail du district Dix. Je suppose que

Coin a choisi ce panel hétéroclite pour être le témoin de mon échec.

Pourtant, c'est Haymitch qui accueille tout le monde et je comprends à l'entendre qu'ils sont venus à son invitation. C'est la première fois que nous nous retrouvons dans la même pièce depuis que je l'ai griffé. J'évite de le regarder directement, mais je vois son reflet dans l'une des consoles de contrôle étincelantes le long du mur. Il a le teint jaunâtre et a perdu beaucoup de poids, ce qui lui donne l'air tout ratatiné. Un bref instant, j'ai peur qu'il soit en train de mourir. Je dois me souvenir que je m'en moque.

La première chose que fait Haymitch consiste à montrer la séquence que nous venons de tourner. Il semble que j'atteigne de nouveaux sommets dans la médiocrité sous la direction de Plutarch et de Fulvia. J'ai la voix hésitante, des gestes saccadés, comme une marionnette manipulée par des forces invisibles.

— Très bien, déclare Haymitch à la fin de la séquence. Y a-t-il quelqu'un afin de soutenir que ces images peuvent nous être d'une utilité quelconque pour remporter cette guerre ? (Personne ne lève la main.) Bien ! C'est toujours ça de gagné. Maintenant, arrêtons-nous une minute. Je veux que chacun d'entre vous réfléchisse à un épisode dans lequel Katniss Everdeen l'a sincèrement ému. Pas quand vous avez bavé d'envie devant sa coupe de cheveux, ou que sa robe s'est enflammée, ou qu'elle a démontré son habileté au tir à l'arc. Ni quand Peeta vous l'a rendue sympathique. Je parle d'un moment où *elle* vous a fait éprouver quelque chose de réel.

Le silence s'éternise, et je commence à croire qu'il n'aura pas de fin quand Leevy se jette à l'eau :

— Quand elle s'est portée volontaire pour prendre la

place de Prim à la Moisson. Parce que j'étais sûre qu'elle allait mourir.

— Bien. Excellent exemple, approuve Haymitch. (Il prend un feutre rouge et griffonne quelques mots sur un calepin.) Portée volontaire pour sa sœur à la Moisson. (Il jette un regard circulaire autour de la table.) Quelqu'un d'autre.

À ma grande surprise, le prochain à prendre la parole est Boggs, que j'ai toujours considéré comme un gorille sans cervelle à la solde de Coin.

— Quand elle a chanté sa chanson. À la mort de la petite fille.

Quelque part dans ma tête remonte l'image de Boggs avec un petit garçon perché sur sa hanche. Dans le réfectoire, je crois. Ce n'est peut-être pas le gorille que je me figurais, après tout.

— Qui n'a pas eu la gorge nouée à ce moment-là ? reconnaît Haymitch, en le notant.

— Moi, j'ai pleuré quand elle a drogué Peeta pour pouvoir aller chercher son médicament et qu'elle l'a embrassé en partant ! bafouille Octavia.

Puis elle se couvre la bouche, comme si elle était persuadée d'avoir proféré une énormité. Mais Haymitch se contente de hocher la tête.

— Ah, oui. Quand elle a drogué Peeta pour lui sauver la vie. Très émouvant.

Les souvenirs s'enchaînent, de plus en plus nombreux, dans le désordre. Quand j'ai pris Rue comme alliée. Tendu la main à Chaff le soir des interviews. Essayé de porter Mags. Et encore et toujours, quand j'ai sorti ces baies qui revêtent une signification différente pour chacun. Mon amour pour Peeta. Le refus de capituler devant l'inévitable. Un défi jeté à l'inhumanité du Capitole.

Haymitch brandit son calepin.

— Maintenant, la question est : quel est le point commun à tous ces éléments ?

— Ça venait directement de Katniss, répond Gale d'une voix douce. Personne ne lui avait soufflé son texte.

— Oui, c'était naturel ! s'exclame Beetee. (Il se penche pour me tapoter la main.) Peut-être qu'on ferait mieux de te laisser tranquille, non ?

Des rires s'élèvent. Je me déride un peu.

— Tout ça c'est bien joli, maugrée Fulvia. Malheureusement, les occasions de se montrer merveilleuse sont plutôt limitées ici, dans le Treize. Alors, à moins que vous ne suggériez qu'on la dépose en pleine zone de combat...

— C'est *exactement* ce que je suis en train de suggérer, confirme Haymitch. Envoyons-la sur le terrain et laissons tourner les caméras.

— Sauf que le public la croit enceinte, rappelle Gale.

— Nous ferons courir le bruit qu'elle a perdu le bébé à la suite du choc électrique dans l'arène, répond Plutarch. Un accident dramatique. Tout à fait malheureux.

L'idée de m'envoyer en première ligne n'enchante personne. Mais l'argument d'Haymitch se tient. Puisque j'ai besoin d'être en situation pour me montrer à mon avantage, c'est là qu'il me faut aller.

— Chaque fois que nous essayons de la diriger ou de lui suggérer ses tirades, c'est l'échec assuré. Il faut que ça vienne d'elle. C'est comme ça qu'elle pourra toucher les gens.

— Même en prenant des précautions, impossible de garantir sa sécurité, prévient Boggs. Elle sera une cible pour tous les...

Je lui coupe la parole :

— Je veux y aller. Je ne sers à rien, ici.

— Et si tu te fais tuer ? demande Coin.

— N'oubliez pas de filmer. Ça vous fera d'excellentes images, dis-je.

— Très bien, concède Coin. Mais procédons par étapes. Commençons par trouver la situation la moins dangereuse susceptible d'éveiller un peu de spontanéité chez toi. (Elle fait le tour de la salle en examinant les cartes lumineuses des différents districts avec la position des troupes.) Emmenez-la dans le Huit cet après-midi. Il y a eu de gros bombardements ce matin, mais l'attaque semble terminée. Qu'on lui donne une escorte avec une équipe de tournage au sol. Haymitch, vous serez en l'air et resterez en contact radio avec elle. Voyons ce qui en sortira. Pas d'autres commentaires ?

— Débarbouillez-lui la figure, suggère Dalton. (Tout le monde se retourne vers lui.) C'est encore une jeune fille. Vous lui donnez l'allure d'une femme de trente-cinq ans. C'est mal. Ça ressemble à un truc que pourrait faire le Capitole.

Alors que Coin met fin à la réunion, Haymitch demande à me parler en privé. Tous les autres s'en vont à l'exception de Gale, qui s'attarde près de moi.

— De quoi as-tu peur ? lui demande Haymitch. C'est plutôt moi qui aurais besoin d'un garde du corps.

— Tout va bien, dis-je à Gale, qui finit par me laisser.

Après quoi il ne reste plus que le murmure des appareils et le ronronnement du système de ventilation.

Haymitch s'assoit en face de moi.

— On va devoir travailler ensemble encore une fois. Alors, vas-y. Sors ce que tu as sur le cœur.

Je repense aux répliques cinglantes que nous avons échangées à bord de l'hovercraft. Au sentiment d'amertume que j'éprouvais à ce moment-là. Mais tout ce que je trouve à dire, c'est :

— Je n'arrive pas à croire que vous avez abandonné Peeta.

— Je sais, admet-il.

Il manque quelque chose. Non pas qu'il ne se soit pas excusé. Mais nous formions une équipe. Nous avions noué un pacte pour sauver Peeta. Un pacte d'ivrognes, parfaitement irréaliste, mais quand même. Au fond de mon cœur, je sais que nous avons tous les deux manqué à notre parole.

— À vous, maintenant, dis-je.

— Je n'arrive pas à croire que tu l'as perdu de vue cette nuit-là, dit Haymitch.

Je hoche la tête. Nous y voilà.

— Je n'arrête pas de me repasser la scène dans ma tête. De tenter d'imaginer ce que j'aurais pu faire pour le garder avec moi sans briser l'alliance. Et rien ne me vient.

— Tu n'avais pas le choix. Comme moi. Même si j'avais pu convaincre Plutarch de rester pour le sauver cette nuit-là, notre hovercraft aurait fini par se faire descendre. C'est déjà un miracle que nous en ayons réchappé. (J'affronte enfin le regard d'Haymitch. Il a des yeux de la Veine. Gris, creusés, soulignés par les cernes de nombreuses nuits sans sommeil.) Il n'est pas encore mort, Katniss.

— Nous sommes toujours dans la partie.

J'essaie de le dire avec optimisme, mais ma voix se brise.

— Toujours. Et je reste votre mentor. (Haymitch pointe son feutre sur moi.) Quand tu seras sur le terrain, rappelle-toi que je serai en l'air. J'aurai un meilleur point de vue, alors fais bien tout ce que je te dis.

— On verra, dis-je.

Je retourne à la salle de Transformation et je regarde les traînées de maquillage disparaître dans le siphon pendant que je me frotte la figure. La personne qui me renvoie mon regard dans le miroir n'a pas l'air en grande forme, avec son teint jaunâtre et ses yeux tirés, mais au moins elle me ressemble. J'arrache mon bandage, pour montrer la vilaine cicatrice que m'a laissée le mouchard. Là ! Ça aussi, ça me ressemble.

Comme je dois me rendre en zone de combat, Beetee m'aide à enfiler une armure dessinée par Cinna. Un casque minimaliste en je ne sais quel métal composite. Souple comme du tissu, il peut se rabattre à la manière d'un capuchon si je n'ai pas envie de le porter en permanence. Un gilet de protection qui couvre mes organes vitaux. Une oreillette blanche rattachée à mon col par un câble. Beetee m'accroche un masque à la ceinture en me disant de le mettre en cas d'attaque au gaz.

— Si tu vois qu'on s'écroule autour de toi sans raison apparente, enfile-le immédiatement, me recommande-t-il.

Enfin, il me fixe dans le dos un carquois divisé en trois compartiments.

— N'oublie pas : à droite, les incendiaires ; à gauche, les explosives ; au milieu, les flèches normales. En principe tu ne devrais pas en avoir besoin, mais on ne sait jamais.

Boggs vient me chercher pour me conduire au service des Forces aéroportées. Au moment où l'ascenseur arrive, Finnick nous rejoint, visiblement très agité.

— Katniss, ils refusent de me laisser venir ! Je leur ai dit que j'allais bien, mais ils ne veulent même pas me laisser monter dans l'hovercraft !

Je regarde Finnick – avec ses jambes nues qui dépassent de sa chemise de nuit d'hôpital, ses chaussons, ses cheveux ébouriffés, le nœud mal formé qu'il tortille entre ses doigts, ses yeux hagards – et je comprends qu'il est inutile de chercher à discuter avec lui. Moi non plus, je ne crois pas que ce soit une bonne idée qu'il vienne. Alors, je me frappe le front du plat de la main et je m'écrie :

— Oh, j'avais complètement oublié. Foutue commotion cérébrale. On m'avait demandé de te dire que Beetee t'attend à l'Armement spécial. Il a conçu un nouveau trident pour toi.

À ce mot de *trident*, l'ancien Finnick refait surface.

— C'est vrai ? Quel genre de trident ?

— Aucune idée. Mais s'il ressemble un peu à mon arc et à mes flèches, tu vas l'adorer. Par contre, tu vas devoir t'entraîner avec.

— Bien sûr. Tu as raison. Je ferais mieux d'y aller tout de suite.

— Heu, Finnick ? Et si tu mettais un pantalon ?

Il baisse les yeux sur ses jambes comme s'il remarquait sa tenue pour la première fois. Puis il arrache sa chemise de nuit et se tient devant nous en sous-vêtement.

— Pourquoi ? s'étonne-t-il en prenant une pause lascive tout à fait ridicule. Est-ce que je perturbe ta concentration ?

Je ne peux pas m'empêcher de rire, d'abord parce que c'est drôle, ensuite parce que ça met Boggs très mal à l'aise, et enfin parce que je suis heureuse de retrouver le Finnick que j'ai connu à l'édition d'Expiation.

— Je ne suis qu'une femme, Odair. (Je passe dans l'ascenseur avant que les portes se referment.) Désolée, dis-je à Boggs.

— Pas la peine. Je trouve que tu t'en es très bien sortie, me dit-il. Bien mieux que si j'avais dû le mettre aux arrêts.

— Sans doute, dis-je.

Je lui jette un regard en coin. Il a une bonne quarantaine d'années, avec des cheveux gris coupés en brosse et des yeux bleus. Une carrure incroyable. Ça fait deux fois aujourd'hui qu'il me donne l'impression d'être plutôt de mon côté. Je devrais peut-être lui laisser une chance. Mais il paraît tellement dévoué à Coin…

Plusieurs cliquetis résonnent dans la cabine. L'ascenseur marque une courte pause, puis commence à glisser vers la gauche.

— Il se déplace aussi latéralement ? fais-je, surprise.

— Oui. Il y a tout un réseau d'ascenseurs sous le Treize, me répond Boggs. Celui-ci se trouve juste au-dessus du tunnel de transport vers la plate-forme d'envol numéro 5. Il nous emmène au Hangar.

Le Hangar. Les cellules de confinement. La Défense spéciale. Les salles où l'on cultive les aliments. La centrale électrique. La purification de l'air et de l'eau.

— Votre district est plus grand que je ne le pensais.

— On n'a pas beaucoup de mérite, reconnaît Boggs. On en a hérité plus ou moins tel quel. On a déjà suffisamment de mal à le maintenir en état.

Les cliquetis reprennent. Nous redescendons un peu – quelques niveaux à peine – puis les portes s'ouvrent sur le Hangar.

— Oh, fais-je malgré moi en découvrant leur flotte, les rangées successives d'hovercrafts de tous les modèles. Ça aussi, vous en avez hérité ?

— On en fabrique certains. D'autres appartenaient aux forces aériennes du Capitole. On les a perfectionnés, bien sûr, m'explique Boggs.

J'éprouve une nouvelle bouffée de haine envers le Treize.

— Alors vous aviez tout ça, et vous avez laissé les autres districts se battre seuls contre le Capitole.

— Ce n'est pas aussi simple, proteste-t-il. Jusqu'à maintenant nous n'étions pas en position de lancer une contre-attaque. Nous avions toutes les peines du monde à rester en vie. Après le renversement et l'exécution des gens du

Capitole, nous n'étions plus qu'une poignée à savoir piloter. On aurait pu les bombarder de missiles nucléaires, c'est vrai. Mais si nous étions entrés dans ce genre de conflit avec le Capitole, y aurait-il encore un seul survivant quelque part ?

— On croirait entendre Peeta. Et vous l'accusez de trahison.

— Parce qu'il appelle à un cessez-le-feu, se défend Boggs. Je te ferai remarquer que, pour l'instant, personne n'a encore eu recours à des armes nucléaires. Ça reste une guerre à l'ancienne. Par ici, soldate Everdeen.

Il m'indique un petit hovercraft. Je grimpe à l'intérieur où m'attend mon équipe de tournage avec son matériel. Les autres portent tous la tenue de combat gris foncé du Treize, même Haymitch, malgré l'inconfort de son col trop serré.

Fulvia Cardew s'approche et lâche un soupir de frustration en me voyant débarrassée de mon maquillage.

— Tout ce travail fichu en l'air. Je ne t'en veux pas, Katniss. Mais il y a si peu de personnes capables d'impressionner la caméra au naturel. Comme lui, tiens. (Elle attrape Gale, qui discutait avec Plutarch, et le fait pivoter face à nous.) Est-ce qu'il n'est pas craquant ?

Je dois convenir que Gale porte l'uniforme avec beaucoup d'aisance. Mais étant donné ce qu'il y a entre nous, la question nous embarrasse tous les deux. Je cherche une réplique spirituelle quand Boggs déclare d'un ton brusque :

— Bah, ça ne va pas nous impressionner. On vient de voir Finnick Odair en sous-vêtement.

Décidément je l'aime bien, ce Boggs.

On nous prévient que le décollage est imminent et je m'attache dans un siège à côté de Gale, face à Haymitch et Plutarch. Nous glissons dans un dédale de galeries qui débouche sur une plate-forme. Une sorte d'ascenseur hisse lentement l'appareil à travers les niveaux. Tout à coup, nous émergeons dans un grand pré bordé d'arbres, puis nous décollons et disparaissons dans les nuages.

Maintenant que les préparatifs de la mission sont derrière nous, je réalise que je n'ai aucune idée de ce qui m'attend au cours de cette sortie dans le district Huit. En fait, je ne sais quasiment rien du déroulement actuel de la guerre. Ni de ce qu'il nous faudrait pour la remporter. Ou de ce qu'il se passerait en cas de victoire.

Plutarch s'efforce de me l'exposer en termes simples. Il faut d'abord savoir que tous les districts ou presque sont en guerre avec le Capitole à l'exception du Deux, qui entretient depuis toujours une relation privilégiée avec nos ennemis en dépit de sa participation aux Hunger Games. Il a toujours bénéficié de davantage de nourriture et de meilleures conditions de vie. Après les jours obscurs et la prétendue destruction du Treize, le district Deux est devenu officieusement la nouvelle base de défense du Capitole, même si on met plutôt l'accent sur ses carrières de pierre, tout comme le Treize était connu pour ses mines de graphite. Non seulement le district Deux fabrique des armes, mais il forme et équipe le gros des Pacificateurs.

— Vous voulez dire que... certains Pacificateurs sont nés dans le Deux ? je lui demande. Je croyais qu'ils venaient tous du Capitole.

Plutarch hoche la tête.

— C'est ce que tout le monde est censé croire. C'est vrai pour quelques-uns, d'ailleurs. Mais la population du Capitole ne pourrait pas fournir un contingent de cette importance. Sans oublier la difficulté de recruter des citoyens du Capitole pour une vie de routine et de privations dans les districts. Vingt ans de service, sans possibilité de se marier ni d'avoir des enfants. Certains s'engagent pour l'honneur de l'uniforme, d'autres pour échapper à une condamnation. Rejoindre les rangs des Pacificateurs te permet d'effacer tes dettes, par exemple. On compte beaucoup de personnes endettées jusqu'au cou au Capitole, mais toutes ne sont pas aptes à une carrière militaire. Alors, nous recrutons dans le district Deux. C'est une manière pour les gens d'échapper à la pauvreté et au travail dans les carrières. Ils sont élevés dans une mentalité guerrière. Tu as vu avec quelle facilité leurs enfants se portent volontaires pour les Jeux.

Cato et Clove. Brutus et Enobaria. Je n'ai pas oublié leur enthousiasme ni leur férocité.

— Mais tous les autres districts sont de notre côté ? je l'interroge.

— Oui. Notre objectif consiste à prendre le contrôle de chaque district l'un après l'autre, en terminant par le Deux, pour couper toutes les sources d'approvisionnement du Capitole. Une fois qu'il sera affaibli, nous n'aurons plus qu'à l'envahir, explique Plutarch. Ce ne sera pas une partie de plaisir. Mais il sera temps d'y réfléchir quand nous y serons.

— Et si nous gagnons, intervient Gale, qui sera à la tête du gouvernement ?

— Tout le monde, lui répond Plutarch. Nous constituerons une république, dans laquelle les habitants de chaque district et du Capitole éliront leurs propres représentants pour parler en leur nom dans un gouvernement centralisé. Ne prenez pas cet air méfiant ; ça a déjà fonctionné par le passé.

— Oui, dans les livres, grommelle Haymitch.

— Dans les livres d'histoire, précise Plutarch. Et si nos ancêtres ont pu le faire, il n'y a pas de raison que nous en soyons incapables.

Franchement, j'ai du mal à considérer nos ancêtres comme une référence. Ils nous ont mis dans de beaux draps, avec leurs guerres et la ruine de la planète. De toute évidence, ils se moquaient bien de ce qui arriverait à leurs descendants. Néanmoins, cette idée de république me paraît préférable à notre gouvernement actuel.

— Et si nous perdons ? dis-je.

— Si nous perdons ? (Plutarch fixe les nuages et plisse les lèvres en un sourire ironique.) Eh bien, les Hunger Games de l'année prochaine devraient être tout à fait inoubliables. Ce qui me fait penser...

Il sort un flacon de sa veste, en fait tomber quelques pilules violettes dans le creux de sa paume, et nous les tend.

— On les a baptisées sureau mortel en ton honneur, Katniss. Les rebelles ne peuvent pas se permettre de nous voir tomber vivants entre les mains de l'ennemi. Mais je te garantis que c'est complètement indolore.

Je prends une pilule, sans trop savoir où la mettre. Plutarch me tapote l'épaule gauche juste au-dessus de la manche. En regardant de plus près, j'y découvre une poche minuscule, idéale pour dissimuler ma pilule. Même avec les mains attachées, je n'aurais qu'à me pencher pour la sortir avec les dents.

Il semble que Cinna ait pensé à tout.

L'hovercraft effectue une descente rapide en spirale vers une route aux abords du Huit. Presque aussitôt, la porte s'ouvre, l'échelle coulisse en place et nous giclons sur l'asphalte. À l'instant où le dernier d'entre nous touche le sol, l'échelle se rétracte. Puis l'appareil décolle et disparaît. Je reste avec ma garde rapprochée composée de Gale, Boggs et de deux autres soldats. L'équipe de télévision consiste en deux solides cameramen du Capitole, engoncés dans leur matériel lourd comme des insectes dans leur carapace, d'une réalisatrice du nom de Cressida, au crâne rasé couvert de tatouages de feuilles de lierre, et de Messalla, son jeune assistant, qui porte plusieurs boucles à chaque oreille. En l'examinant de plus près, je remarque qu'il a aussi la langue percée par un clou coiffé d'une boule en argent de la grosseur d'une bille.

Boggs nous entraîne à l'écart de la route en direction d'une rangée d'entrepôts tandis qu'un deuxième hovercraft descend se poser. Celui-ci débarque des caisses de fournitures médicales ainsi qu'une équipe de six toubibs – reconnaissables à leur combinaison blanche caractéristique. Nous suivons Boggs le long d'une ruelle entre deux entrepôts grisâtres. Seules quelques échelles d'accès au toit brisent la monotonie des murs de métal rayé. Quand nous débouchons dans la rue, c'est comme si nous venions de pénétrer dans un autre monde.

Les blessés du bombardement de ce matin affluent de toutes parts. Sur des brancards improvisés, dans des brouettes ou des charrettes à bras, jetés sur les épaules ou tenus dans les bras. Sanguinolents, mutilés, sans connaissance. Traînés par des gens au désespoir jusqu'à un entrepôt avec un H grossier peint au-dessus de l'entrée. C'est une scène qui me rappelle notre ancienne cuisine quand notre mère y recevait les mourants, mais dix fois, cinquante fois, cent fois plus forte. Je m'attendais à des bâtiments rasés et, à la place, je me retrouve devant des corps humains en charpie.

C'est là qu'ils ont l'intention de me filmer ? Je me tourne vers Boggs.

— Ça n'ira pas, lui dis-je. Je ne servirai à rien ici.

Sans doute perçoit-il la panique qui m'envahit, car il s'arrête et m'empoigne par les épaules.

— Mais si. Contente-toi de passer dans les rangs. Te voir, ça leur fera plus de bien que n'importe quel médecin.

Une femme occupée à diriger les blessés à l'intérieur du bâtiment nous aperçoit, fait la grimace, puis s'approche à grands pas. Ses yeux bruns sont gonflés de fatigue. Elle sent le métal et la sueur. Le bandage qu'elle a au cou aurait dû être changé depuis des jours. La sangle de son fusil automatique lui rentre dans l'épaule et elle fait jouer ses muscles pour la remettre en place. D'un coup de pouce, elle ordonne aux toubibs de passer dans l'entrepôt. Ils s'exécutent sans un mot.

— Voici la commandante Paylor, du Huit, nous annonce Boggs. Commandante, la soldate Katniss Everdeen.

Elle me paraît bien jeune pour être commandante. La trentaine à peine. Mais à l'autorité qui transparaît dans son attitude, on sent tout de suite que sa nomination n'a rien d'usurpé. À côté d'elle, dans ma tenue flambant neuve sans un pli de travers, je me sens comme un poussin sorti de sa coquille qui fait ses premiers pas hésitants dans le monde.

— Oui, je l'avais reconnue, bougonne Paylor. Alors comme ça, tu es vivante ? On se posait la question.

Je me trompe, ou y aurait-il une note d'accusation dans sa voix ?

— Je me la pose moi-même parfois, dis-je.

— Elle était en convalescence, explique Boggs. Une mauvaise commotion. (Il baisse le ton.) Elle a fait une fausse couche. Mais elle a quand même insisté pour venir voir vos blessés.

— Eh bien, elle ne va pas être déçue du voyage, grommelle Paylor.

— Vous croyez que c'est une bonne idée ? s'inquiète Gale en fronçant les sourcils devant l'hôpital. De regrouper tous vos blessés au même endroit ?

Pour ma part, j'en doute. La moindre maladie contagieuse se répandrait ici comme une traînée de poudre.

— C'est toujours mieux que de les laisser crever, rétorque Paylor.

— Ce n'est pas ce que je voulais dire, se défend Gale.

— Eh bien, pour l'instant, ce sont mes deux seules possibilités. Mais si tu en vois une troisième et que tu parviens à obtenir l'approbation de Coin, je suis tout ouïe. (Paylor m'indique la porte.) Entre donc, geai moqueur. Et je t'en prie, amène tes amis.

Je jette un coup d'œil à mon escorte hétéroclite, me prépare au pire et suis la commandante à l'intérieur de l'hôpital. Un rideau de grosse toile industrielle est tendu sur toute la longueur du bâtiment, ménageant une sorte de couloir. Des corps s'alignent dessous côte à côte, la tête au ras du rideau, le visage dissimulé par un drap blanc.

— Nous avons ouvert une fosse commune à quelques pâtés de maisons à l'ouest d'ici, mais dans l'immédiat je n'ai personne pour y emmener les corps, nous dit Paylor.

Elle trouve une fente dans le rideau et en écarte les pans. Je referme les doigts sur le poignet de Gale.

— Ne me laisse pas, lui dis-je dans un souffle.

— Je suis là, me répond-il à voix basse.

Je franchis le rideau. Tous mes sens sont aussitôt agressés. Mon premier réflexe consiste à me couvrir le nez pour masquer la puanteur de linge sale, de chairs en putréfaction et de vomi qui s'élève dans la moiteur de l'entrepôt. On a ouvert toutes les lucarnes possibles dans le toit métallique, mais le peu d'air frais qui parvient à se glisser à l'intérieur reste impuissant à dissiper ces remugles. Le seul éclairage provient des minces rais de soleil qui tombent en biais, et à mesure que mes yeux s'habituent à l'obscurité, je distingue les blessés, rangée après rangée, couchés sur des lits de camp, des matelas ou à même le sol tellement ils sont nombreux. Le bourdonnement des mouches, les gémissements de douleur et les sanglots des proches se mêlent en un chœur déchirant.

Nous n'avons pas d'hôpitaux à proprement parler dans les districts. D'habitude, nous mourons chez nous, ce qui me paraît infiniment préférable au spectacle qui s'offre à moi. Je me rappelle alors que bon nombre de ces personnes ont sans doute perdu leur maison dans les bombardements.

Un filet de sueur me coule dans le dos. J'ai les mains moites. Je respire par la bouche pour tenter d'échapper à l'odeur. Des points noirs dansent dans mon champ de vision, et je suis à deux doigts de tourner de l'œil. Et puis j'aperçois Paylor qui m'observe, attendant de voir de quel bois je suis faite et s'ils ont eu raison de placer le moindre espoir en moi. Alors je me détache de Gale et m'enfonce résolument dans l'entrepôt, en me glissant entre deux rangées de lits.

— Katniss ? fait une voix sur ma gauche à travers le brouhaha général. Katniss, c'est toi ?

Une main surgit de la pénombre et se tend vers moi. Je m'y accroche comme à une bouée. Au bout de la main je découvre une jeune femme blessée à la jambe. Ses bandages sont tachés de sang et couverts de mouches. Son expression reflète de la douleur mais aussi autre chose, une chose qui paraît totalement incongrue dans sa situation.

— Oui, c'est moi, dis-je, la gorge nouée.

De la joie. Voilà ce que je lis sur son visage. Au son de ma voix, ses traits s'illuminent et la souffrance s'en efface momentanément.

— Tu es vivante ! Nous n'en étions pas sûrs. Les gens disaient que oui, mais nous n'étions pas sûrs, me confie-t-elle avec excitation.

— J'ai pris un bon coup sur la cafetière. Mais je vais mieux, dis-je. J'espère que tu vas te rétablir toi aussi.

— Il faut que je le dise à mon frère ! (Elle se redresse tant bien que mal et appelle un blessé quelques lits plus loin.) Eddy ! Eddy ! Elle est là ! C'est Katniss Everdeen !

Un gamin, qui ne doit pas avoir plus de douze ans, se tourne vers nous. Il a la moitié du visage bandée. Sa bouche s'arrondit sous la surprise. Je m'approche de lui, et je repousse les mèches moites qui lui tombent sur le front. Je lui murmure quelques mots. Il ne peut pas me répondre, mais son œil valide me fixe avec une telle intensité qu'on croirait qu'il cherche à graver dans sa mémoire les moindres détails de mon visage.

J'entends mon nom circuler dans l'air chaud, se répandre à travers l'hôpital.

— Katniss ! Katniss Everdeen !

Les gémissements et les plaintes se changent en un murmure d'admiration. On m'appelle de tous côtés. Je m'avance entre les lits, je serre des mains, je touche les parties intactes de ceux qui ne peuvent plus bouger, je dis : Bonjour, Comment allez-vous, Heureuse de vous connaître. Des mots banals, rien qui soit de nature à leur remonter le moral. Mais ça n'a pas d'importance. Boggs a raison. C'est moi, c'est ma présence qui leur redonne espoir.

Des doigts avides me happent, cherchent à palper ma chair. Quand un blessé me prend le visage à deux mains, j'adresse un remerciement silencieux à Dalton pour m'avoir conseillé de me démaquiller. Je me serais sentie tellement ridicule, tellement perverse, de présenter à ces gens ce masque peint du Capitole. Les cicatrices, la fatigue, les imperfections. Voilà à quoi ils me reconnaissent, voilà pourquoi je leur appartiens.

Malgré son interview controversée avec Caesar, beaucoup m'interrogent sur Peeta, m'assurent qu'ils savent qu'il parlait sous la contrainte. Je fais de mon mieux pour paraître confiante quant à notre avenir, mais les gens sont sincèrement dévastés d'apprendre que j'ai perdu le bébé. Je voudrais me montrer franche et avouer à une femme en larmes que ma grossesse n'était qu'un canular, un moyen de pression dans les Jeux, mais présenter Peeta comme un menteur ne servirait pas son image. Ni la mienne. Ni la cause.

Je commence à saisir pleinement jusqu'où sont allés les gens pour me protéger. Ce que je représente pour les rebelles. Dans mon combat permanent contre le Capitole – que j'ai si souvent ressenti comme un voyage solitaire –, je n'ai jamais été seule. J'avais des milliers et des milliers d'habitants des districts à mes côtés. J'étais leur geai moqueur bien avant d'accepter ce rôle.

Une sensation nouvelle est en train de germer en moi. C'est seulement lorsque je me retrouve debout sur une table, à saluer de la main une dernière fois les blessés qui scandent mon nom d'une voix rauque, que je parviens à lui donner un nom. Une sensation de pouvoir. Je détiens un pouvoir que je n'aurais jamais cru posséder. Snow l'a su tout de suite, dès qu'il m'a vue sortir ces baies empoisonnées. Plutarch le savait quand il est venu m'arracher à l'arène. Et Coin le sait aussi, maintenant. À tel point qu'elle se sent obligée de rappeler publiquement à son peuple que je suis incontrôlable.

Une fois dehors, je m'adosse au mur de l'entrepôt le temps de reprendre mon souffle et j'accepte la gourde d'eau que m'offre Boggs.

— Tu t'en es très bien tirée, me complimente-t-il.

En tout cas, je n'ai pas tourné de l'œil, ni vomi ni pris la fuite en hurlant. Je me suis laissé porter par la vague d'émotion qui parcourait l'endroit.

— Nous avons pris quelques séquences intéressantes, annonce Cressida.

Je regarde les cameramen insectoïdes en sueur sous leur équipement. Messalla griffonne des notes. J'avais oublié que j'étais filmée.

— Je n'ai pourtant pas fait grand-chose.

— Disons que tu récoltes les fruits de ce que tu as fait par le passé, dit Boggs.

Ce que j'ai fait par le passé ? Je repense à tous les morts que j'ai laissés dans mon sillage – mes genoux se dérobent sous moi, et je me retrouve en position assise.

— Le bilan est mitigé.

— Oh, je n'essaie pas de te dire que tu es parfaite. Mais vu les circonstances, je crois que tu feras l'affaire, dit Boggs.

Gale s'accroupit près de moi en secouant la tête.

— Je n'en reviens pas que tu aies laissé tous ces gens te toucher. Je m'attendais à te voir détaler vers la porte à chaque instant.

— Oh, la ferme ! lui dis-je en riant.

— Ta mère sera drôlement fière en voyant les images, m'assure-t-il.

— Ma mère ne me remarquera même pas. Elle sera bien trop épouvantée par les conditions qui règnent ici. (Je me tourne vers Boggs.) C'est comme ça dans tous les districts ?

— Oui. Il y a des raids un peu partout. Nous essayons d'aider de notre mieux, mais ça ne suffit pas.

Il s'interrompt un instant, distrait par une voix dans son oreillette. Je réalise que je n'ai pas encore entendu Haymitch une seule fois et je tripote la mienne, en me demandant si elle ne serait pas cassée.

— Il faut regagner le terrain d'atterrissage. Tout de suite, dit Boggs en me relevant par la main. Nous avons un problème.

— Quel genre de problème ? demande Gale.

— Des bombardiers en approche, lui répond Boggs. (Il passe la main derrière ma nuque et déplie d'un coup sec le casque dessiné par Cinna.) Ne traînons pas !

Sans trop savoir ce qui se passe, je prends au pas de course la direction de la ruelle par laquelle nous sommes venus. Je n'ai pourtant pas l'impression d'une menace imminente. Le ciel est bleu et sans nuages. La rue est dégagée, à l'exception de quelques personnes qui amènent des blessés à l'hôpital. Il n'y a aucun ennemi en vue, aucune alerte. Et puis les sirènes commencent à mugir. Quelques secondes plus tard une escadrille d'hoverplanes du Capitole apparaît au-dessus de nous, en formation en V, et les bombes se mettent à pleuvoir. Le souffle des explosions me projette contre le mur de l'entrepôt. Je ressens une douleur fulgurante juste derrière mon genou droit. Quelque chose me heurte dans le dos également, mais sans traverser mon gilet. Quand j'essaie de me relever, Boggs me repousse en se couchant sur moi. Je sens le sol trembler à chaque détonation.

C'est une sensation terrifiante de se retrouver clouée par terre sous une pluie de bombes. Comment disait mon père, déjà, pour désigner des proies faciles ? « Comme tirer des poissons dans un tonneau. » Nous sommes les poissons, la rue est le tonneau.

— Katniss !

La voix d'Haymitch au creux de mon oreille me fait sursauter.

— Hein ? Oui, quoi ? Je suis là ! je réponds.

— Écoute-moi. On ne pourra pas se poser avant la fin du bombardement. Il faut à tout prix éviter de te faire repérer, me dit-il.

— Pourquoi, ils ne savent pas que je suis là ?

Comme d'habitude, je croyais être la cause de ces représailles.

— Nos services de renseignements pensent que non. Que ce raid était prévu de longue date, répond Haymitch.

La voix de Plutarch intervient à son tour, calme et résolue. La voix d'un Haut Juge habitué à prendre des décisions dans l'urgence.

— Il y a un entrepôt bleu ciel à trois pâtés de maisons devant vous. Il comporte un bunker dans le coin nord. Pensez-vous pouvoir y arriver ?

— On va essayer, dit Boggs.

J'imagine que Plutarch s'adressait à tout le monde car mon escorte et mon équipe de tournage se lèvent comme un seul homme. Je cherche Gale du regard et le trouve déjà debout, apparemment indemne.

— Vous avez environ quarante-cinq secondes avant la prochaine vague, nous annonce Plutarch.

Je lâche un grognement de douleur au moment de prendre appui sur ma jambe droite mais je continue sans m'arrêter. Ce n'est pas le moment d'examiner les dégâts. Mieux vaut sans doute ne pas regarder, de toute façon. Heureusement, mes chaussures aussi sont l'œuvre de Cinna. Elles collent à l'asphalte à l'impact et rebondissent à la moindre impulsion. Je ne pourrais pas suivre le mouvement dans ces vieux souliers qu'on m'avait attribués. Boggs a pris la tête mais les autres restent autour de moi. Ils calquent leur allure sur la mienne pour protéger mes flancs, mes arrières. Je m'oblige à piquer un sprint pendant que les secondes défilent. Nous passons un deuxième entrepôt gris et longeons un bâtiment brun sale. J'aperçois une façade bleue devant nous. Le bunker est tout proche ! Il ne nous reste plus qu'une ruelle à traverser quand la deuxième vague d'explosions se déclenche. Je plonge dans la ruelle et roule en direction du mur bleu. Là, c'est Gale qui se jette sur moi pour me faire un rempart de son corps. Le bombardement paraît durer plus longtemps, cette fois-ci, mais nous sommes plus loin.

Je me tourne sur le flanc et me retrouve nez à nez avec Gale. Pendant un instant, le monde s'estompe et je ne vois plus que son visage empourpré, la veine qui palpite à sa tempe, et ses lèvres entrouvertes par lesquelles il essaie de reprendre son souffle.

— Tu n'as rien ? me demande-t-il, sa voix presque noyée par le fracas d'une explosion.

— Non. Je ne crois pas qu'ils m'aient vue... je veux dire qu'ils n'en ont pas après nous.

— Non. Ils visent autre chose, reconnaît Gale.

— Je sais. Pourtant, il n'y a rien là-bas, à part...

La réalité nous frappe tous les deux en même temps.

— L'hôpital ! (Aussitôt, Gale se dresse d'un bond pour prévenir les autres.) Ils bombardent l'hôpital !

— Ce n'est pas notre problème, dit Plutarch d'un ton ferme. Courez vous réfugier dans le bunker.

— Mais il n'y a que des blessés, là-bas ! fais-je en criant.

— Katniss. (À la note d'avertissement qu'on entend dans la voix d'Haymitch, je devine la suite.) N'y pense même pas… !

J'arrache mon oreillette et la laisse pendre au bout de son fil. Libérée de cette source de distraction, je peux entendre un autre bruit. Le grondement d'une mitrailleuse sur le toit de l'entrepôt brun sale de l'autre côté de la ruelle. Quelqu'un tire sur les bombardiers. Avant qu'on puisse me retenir, je file comme une flèche jusqu'à l'échelle d'accès la plus proche et entreprends de l'escalader. Grimper. L'une des choses que je fais le mieux.

— Ne t'arrête pas ! me crie Gale dans mon dos.

Puis j'entends le bruit de sa botte dans la figure de quelqu'un. Si c'est celle de Boggs, il va avoir de sérieux ennuis plus tard. Je parviens au niveau du toit et me hisse sur la surface goudronnée. Je prends le temps de tirer Gale jusqu'à moi, et nous nous précipitons vers la rangée de nids de mitrailleuses qui bordent la façade. Chacun d'eux contient quelques rebelles. Nous nous glissons dans l'un d'eux au côté de deux soldats, en nous baissant derrière les sacs de sable.

— Boggs sait que vous êtes là ? nous crie Paylor, visiblement perplexe, depuis un autre nid de mitrailleuse sur ma gauche.

J'essaie de rester évasive sans lui mentir ouvertement.

— Il est au courant, oui.

Paylor s'esclaffe.

— J'imagine. Vous savez vous servir de ces trucs ? demande-t-elle en tapotant la crosse de son fusil.

— Moi, oui. J'ai appris au Treize, répond Gale. Mais je préfère compter sur mes propres armes.

— Oui, on a nos arcs, dis-je. (Je brandis le mien, puis je réalise à quel point il doit paraître dérisoire.) Ils sont plus dangereux qu'ils n'en ont l'air.

— Espérons-le, dit Paylor. Très bien. On peut s'attendre à trois vagues supplémentaires, minimum. Ils doivent couper leur bouclier d'invisibilité pour larguer leurs bombes. C'est notre chance. Ne vous exposez pas !

Je me place en position de tir, un genou à terre.

— Mieux vaut commencer par les incendiaires, me suggère Gale.

Je hoche la tête et je sors une flèche du compartiment droit de mon carquois. Si nous ratons la cible, ces flèches devront bien retomber quelque part – probablement sur les entrepôts de l'autre côté de la rue. Un incendie peut toujours s'éteindre, mais des flèches explosives risqueraient de causer des dégâts irrémédiables.

Soudain, ils apparaissent dans le ciel à deux pâtés de maisons de distance, à une centaine de mètres au-dessus de nous. Sept petits bombardiers en formation en V.

— Les oies ! je hurle à Gale.

Il me comprend à demi-mot. En période de migration, pour la chasse au gibier ailé, nous avons pris l'habitude de nous répartir les proies afin d'être sûrs de ne pas tirer deux fois la même. Je m'occupe de la branche la plus éloignée du V, Gale se charge de la plus rapprochée, et nous tirons chacun notre tour sur l'oiseau de tête. Nous n'avons pas le temps d'en discuter davantage. Je calcule la vitesse d'approche des hoverplanes et je tire. J'en touche un au niveau de l'aile, qui s'embrase comme une torche. Gale rate de peu l'appareil de tête. Une boule de feu explose sur le toit d'un entrepôt désert en face de nous. Gale lâche un juron.

L'hoverplane que j'ai atteint s'écarte de sa formation mais largue ses bombes malgré tout. Il ne disparaît pas, en revanche. Pas plus qu'un autre qui a dû essuyer une rafale de mitrailleuse. Je suppose que les dégâts doivent empêcher la réactivation du bouclier d'invisibilité.

— Joli coup, me félicite Gale.

— Je visais l'autre, je grommelle. (C'est vrai, je voulais atteindre l'appareil de devant.) Ils sont plus rapides que nous ne le pensions.

— En position ! hurle Paylor.

La deuxième vague d'hoverplanes apparaît déjà.

— Les incendiaires ne valent rien, dit Gale.

Je hoche la tête. Nous encochons des flèches à pointe explosive tous les deux. Ces entrepôts d'en face ont l'air abandonnés de toute façon.

Alors que les appareils ennemis descendent en silence, je prends une autre décision.

— Je me lève ! dis-je à Gale, en me dressant sur mes pieds.

C'est dans cette position que j'ai le plus de précision. Je vise avec soin et touche de plein fouet l'appareil de tête, en lui ouvrant un grand trou dans le ventre. Gale fait sauter la queue d'un deuxième ; il tournoie sur lui-même et s'écrase dans la rue en une succession d'explosions.

Une troisième formation en V s'avance sans crier gare. Cette fois-ci, c'est Gale qui atteint l'hoverplane de tête. J'arrache l'aile d'un deuxième bombardier, qui part en vrille et entre en collision avec le suivant. Ils s'écrasent tous les deux sur le toit d'un entrepôt derrière l'hôpital. Les mitrailleuses en abattent un quatrième.

— Bon ! Je crois que c'est fini, annonce Paylor.

Les flammes et l'épaisse fumée noire qui s'élèvent de la carcasse en contrebas nous bouchent la vue.

— Ont-ils atteint l'hôpital ?

— Sûrement, me répond-elle, la mine sombre.

En regagnant l'échelle d'accès à l'autre bout du toit, j'ai la surprise de découvrir Messalla et l'un des hommes-insectes tapis derrière une buse d'aération. Je pensais qu'ils seraient restés bien à l'abri dans la ruelle.

— Ils commencent à me porter sur les nerfs, bougonne Gale.

Je dévale l'échelle. En bas, je retrouve l'un de mes gardes du corps, Cressida et le deuxième homme-insecte, en train de m'attendre. Je m'attends à des protestations mais Cressida m'indique simplement la direction de l'hôpital. Elle hurle :

— Je ne veux pas le savoir, Plutarch ! Donnez-moi encore cinq minutes, c'est tout !

Je file le long de la ruelle sans chercher à comprendre.

— Oh, non ! fais-je dans un souffle en découvrant l'hôpital.

Ou plutôt ce qu'il en reste. Je m'avance au milieu des blessés, sans prêter attention aux hoverplanes en flammes, les yeux fixés sur un spectacle de désolation. Des gens hurlent, courent partout sans pouvoir rien faire. Les bombes ont crevé le toit de l'hôpital et mis le feu au bâtiment, piégeant les patients sous les décombres. Un groupe de sauveteurs s'est constitué et tente de se frayer un chemin à l'intérieur. Mais je sais déjà ce qu'ils trouveront. Si les débris et les flammes n'ont pas tué tout le monde, la fumée s'en sera chargée.

Gale se tient juste derrière moi. Le fait qu'il ne fasse rien confirme mes craintes. Un mineur ne reste pas inactif devant une telle catastrophe, sauf s'il n'y a plus d'espoir.

— Viens, Katniss. Haymitch dit qu'ils peuvent nous envoyer un hovercraft maintenant, précise-t-il.

Mais mes jambes refusent de bouger.

— Pourquoi ont-ils fait ça ? Pourquoi s'attaquer à des gens qui étaient déjà en train de mourir ?

— Pour effrayer les autres. Pour empêcher les blessés de chercher du secours, me répond Gale. Ces gens que tu as rencontrés, ils n'avaient plus aucune valeur. Pas pour Snow en tout cas. Si le Capitole devait gagner, pourquoi irait-il s'encombrer d'une bande d'esclaves invalides ?

Je me rappelle toutes ces années dans les bois, à entendre Gale vitupérer contre le Capitole. Et moi qui l'écoutais à peine. À me demander pourquoi il se donnait la peine d'énumérer ses motifs. Comme si le fait de raisonner comme notre ennemi pouvait avoir une importance. Il est clair que ça en aurait eu aujourd'hui. Quand Gale se demandait si cet hôpital était une bonne idée, il ne pensait pas aux épidémies, mais à ça. Parce qu'il ne sous-estime jamais la cruauté de notre adversaire.

Je tourne le dos à l'hôpital et me retrouve face à Cressida, flanquée des hommes-insectes, à quelques mètres de moi. Elle n'a pas l'air bouleversée. Elle semble même décontractée.

— Katniss, me dit-elle, le président Snow vient de leur faire diffuser le bombardement en direct. Après quoi il a prononcé une brève allocution indiquant que c'était une manière pour lui d'adresser un message aux rebelles. Qu'en penses-tu ? Aimerais-tu faire passer un message, toi aussi ?

— Oui, dis-je dans un souffle. (Le voyant rouge qui clignote sur l'une des caméras m'indique qu'elle est en train de tourner. Je reprends d'une voix plus forte :) Oui.

Gale, Cressida, les hommes-insectes, ils s'écartent tous pour me laisser seule à l'image. Je continue à fixer la lumière rouge.

— Je veux dire aux rebelles que je suis en vie. Je suis là, dans le district Huit, où le Capitole vient de bombarder un hôpital rempli d'hommes, de femmes et d'enfants désarmés. Il n'y a pas de survivants. (Le choc que j'ai d'abord éprouvé cède progressivement la place à la colère.) Je veux dire aux gens que si vous croyez un seul instant que le Capitole nous épargnerait en cas de cessez-le-feu, vous commettez une terrible erreur. Parce que vous savez qui ils sont et de quoi ils sont capables. (J'écarte les mains malgré moi, comme pour étreindre l'horreur qui m'entoure.) *Voilà* de quoi ils sont capables ! Voilà pourquoi il faut se battre !

Je m'avance maintenant vers la caméra, tremblant de fureur.

— Le président Snow veut nous adresser un message ? Eh bien, j'en ai un pour lui. Vous pouvez nous torturer, nous bombarder, incendier nos districts, mais est-ce que vous voyez ça ? (L'une des caméras pivote dans la direction que j'indique et s'arrête sur les carcasses d'hoverplanes fichées dans le toit de l'entrepôt d'en face. À travers les flammes, on distingue clairement le sceau du Capitole sur l'une des ailes.) Le feu se propage ! je crie, bien résolue à ce qu'il m'entende. Et si nous brûlons, vous brûlerez avec nous !

Mes dernières paroles résonnent dans le silence. J'ai l'impression d'être suspendue dans le temps. Comme si je flottais sur un nuage de chaleur, qui ne proviendrait pas de l'incendie mais directement de moi.

— Coupez ! s'écrie Cressida, dont la voix me ramène brutalement à la réalité. (Elle m'adresse un hochement de tête approbateur.) C'est dans la boîte.

Boggs apparaît et m'empoigne fermement par le bras, mais je n'ai pas l'intention de me dérober maintenant. Je jette un coup d'œil à l'hôpital – juste à temps pour voir le reste du bâtiment s'effondrer – et ma hargne m'abandonne. Tous ces gens, les centaines de blessés, leurs proches, les toubibs du Treize, ne sont plus. Je me retourne vers Boggs, je vois son visage enflé qui porte encore la trace de la botte de Gale. Sans être une experte, je suis presque sûre qu'il a le nez cassé. Je perçois plus de résignation que de colère dans sa voix, pourtant :

— On retourne au terrain d'atterrissage.

Je me mets en marche docilement et grimace en prenant conscience d'une vive douleur derrière mon genou droit. L'effet anesthésiant de l'adrénaline s'est dissipé et un concert de protestations s'élève de toutes les parties de mon corps. Je suis en sang, couverte de bleus, et j'ai l'impression qu'on tambourine à l'intérieur de ma tempe gauche avec un marteau. Boggs m'examine sommairement puis me jette en travers de son épaule et part en petites foulées vers le point de rendez-vous. À mi-chemin, je vomis sur son gilet pare-balles. C'est difficile à dire parce qu'il est hors d'haleine, mais je crois bien qu'il soupire.

Un petit hovercraft, différent de celui qui nous a déposés ici, nous attend sur le terrain d'atterrissage. À la seconde où nous avons tous embarqué, il décolle. Pas de sièges confortables ni de hublots cette fois. Nous sommes visiblement à bord d'une sorte de transport de marchandises. Boggs prodigue les premiers soins à ceux qui en ont besoin pour les aider à tenir jusqu'au Treize. Je voudrais retirer mon gilet, parce que j'ai du vomi dessus moi aussi, mais il fait bien trop froid pour ça. Je m'allonge sur le sol avec la tête sur les genoux de Gale. La dernière chose dont je me souviens, c'est de Boggs qui étend sur moi deux sacs de grosse toile.

Je me réveille au chaud et couverte de pansements dans mon ancien lit d'hôpital. Ma mère est là, en train de surveiller mes signes vitaux.

— Comment te sens-tu ?

— Un peu cabossée, mais ça va.

— Personne ne nous a prévenues que vous partiez avant qu'il soit trop tard, me dit-elle.

J'éprouve une pointe de culpabilité. Quand votre famille vous a vue partir deux fois pour les Hunger Games, c'est le genre de détails que vous ne devriez pas oublier.

— Désolée, dis-je. Je crois que l'attaque a pris tout le monde par surprise. En principe, je devais seulement rendre visite aux patients. La prochaine fois, je veillerai à ce qu'on te demande la permission.

— Katniss, personne ne me demande plus la permission de rien, soupire-t-elle.

C'est vrai. Pas même moi. Pas depuis la mort de mon père. À quoi bon faire semblant ?

— Eh bien, je ferai en sorte que… tu sois prévenue, au moins.

On a posé sur la table de chevet l'éclat de shrapnel qu'on m'a retiré de la jambe. Les médecins s'inquiètent surtout des conséquences des explosions sur mon cerveau, vu que je suis à peine remise de ma commotion cérébrale. Mais je ne souffre pas de dédoublement de la vision ni de rien de ce genre, et j'ai les idées suffisamment claires. J'ai dormi tout l'après-midi et toute la nuit, et je me sens affamée. Mon petit déjeuner se révèle très décevant. Quelques morceaux de pain trempés dans du lait chaud. Il paraît qu'on m'attend à une réunion matinale au centre de Commandement. Je fais mine de me lever, puis je réalise qu'ils ont l'intention de me faire rouler jusque là-bas dans mon lit d'hôpital. Je veux y aller à pied, mais c'est hors de question. Je parviens à négocier une chaise roulante. Je me sens bien, vraiment. À part ma tête, ma jambe, mes innombrables bleus et la nausée qui me prend quelques minutes après avoir mangé. Cette idée de chaise roulante n'est peut-être pas si mauvaise, en fin de compte.

Pendant qu'on me pousse dans les couloirs, j'envisage ce qui m'attend avec une certaine appréhension. Gale et moi avons désobéi aux ordres hier, et le visage de Boggs est là pour l'attester. Il y aura sûrement des conséquences. Coin osera-t-elle annuler notre accord concernant l'immunité des vainqueurs ? Ai-je privé Peeta du peu de protection que j'avais pu lui obtenir ?

À mon arrivée au centre de Commandement, seuls Cressida, Messalla et les hommes-insectes sont déjà là. Messalla s'illumine en me voyant et s'exclame :

— Hé, voilà notre petite star !

Et les autres me sourient avec une telle sincérité que je ne peux m'empêcher de leur sourire à mon tour. Ils m'ont impressionnée dans le Huit, en me suivant sur le toit pendant le bombardement, en envoyant promener Plutarch pour filmer la séquence qu'ils voulaient. Ils ne font pas simplement leur travail, ils s'y donnent à fond. Comme Cinna.

Je me fais la réflexion étrange que si nous étions ensemble dans l'arène, je les choisirais comme alliés. Cressida, Messalla, et, heu…

— Il faut que j'arrête de vous appeler les hommes-insectes, dis-je en bafouillant aux cameraman.

Je leur explique que je ne connais pas leur nom, mais que leur équipement me fait penser à une carapace. La comparaison ne paraît pas les vexer. Même sans leur matériel, ils se ressemblent fortement. Les mêmes cheveux blond-roux, la même barbe, les mêmes yeux bleus. Celui qui se ronge les ongles se présente sous le nom de Castor et m'apprend que l'autre, son frère, s'appelle Pollux. Je m'attends que Pollux me dise bonjour mais il se contente de hocher la tête. Au début, je me dis qu'il doit être timide ou peu loquace. Mais certains détails me chiffonnent – la position de ses lèvres, la difficulté qu'il semble avoir à déglutir – et je devine la suite avant que Castor me la dise. Pollux est un Muet. On lui a tranché la langue, et il ne parlera plus jamais. Plus besoin de me demander ce qui le pousse à tout risquer pour participer au renversement du Capitole.

La pièce se remplit peu à peu, et je me prépare à me faire sonner les cloches. Mais les seules personnes à sembler mal disposées sont Haymitch, qui est toujours de mauvaise humeur, et Fulvia Cardew, qui prend un air revêche. Boggs porte un masque en plastique de couleur chair de la lèvre supérieure jusqu'au sourcil – j'avais raison pour son nez cassé –, si bien que son expression est difficile à déchiffrer. Coin et Gale sont en grande conversation et paraissent s'entendre comme larrons en foire.

Quand Gale se glisse sur le siège à côté de ma chaise roulante, je lui dis :

— Alors, on se fait de nouveaux amis ?

Son œil s'égare brièvement en direction de la présidente.

— Bah, l'un de nous deux doit rester accessible. (Il m'effleure la tempe.) Comment te sens-tu ?

Sans doute y avait-il de la purée de courge à l'ail au petit déjeuner. Plus il y a de monde qui arrive, plus l'odeur se renforce. J'ai des haut-le-cœur, et l'éclairage me fait mal aux yeux tout à coup.

— Ça tangue un peu là-haut, reconnais-je. Et toi ?

— Ça va. On m'a retiré quelques fragments de shrapnel. Rien de sérieux.

Coin donne le signal du début de la réunion.

— La guerre des ondes est officiellement déclarée, annonce-t-elle. Pour ceux d'entre vous qui auraient raté la diffusion de 20 heures de notre premier spot – ou les dix-sept rediffusions que Beetee a réussi à envoyer depuis –, nous allons commencer par le repasser.

Le repasser ? Alors non seulement ils ont tourné quelques séquences utilisables, mais ils les ont déjà montées et diffusées à grande échelle. J'ai les mains moites à l'idée de me découvrir à la télévision. Et si j'étais toujours aussi lamentable ? Aussi raide et empruntée que dans le studio, et qu'ils avaient simplement renoncé à obtenir mieux ? Des écrans individuels sortent de la table, la lumière diminue et les conversations s'estompent.

Au début, mon écran reste noir. Puis une minuscule étincelle s'allume au centre. Elle grossit, s'étale et dévore l'espace en silence jusqu'à ce que l'écran tout entier brûle d'une flamme si réelle et si vive que j'ai l'impression d'en percevoir la chaleur. L'image de ma broche au geai moqueur se détache avec des reflets d'or rouge. La voix grave et sonore qui hante mes cauchemars retentit. Claudius Templesmith, le speaker officiel des Hunger Games, commente :

— Katniss Everdeen, la fille du feu, toujours aussi incendiaire.

Et soudain me voilà, à la place du geai moqueur, debout devant les flammes et la fumée du district Huit.

— *Je veux dire aux rebelles que je suis en vie. Je suis là, dans le district Huit, où le Capitole vient de bombarder un hôpital rempli d'hommes, de femmes et d'enfants désarmés. Il n'y a pas de survivants.*

On passe à l'hôpital qui s'effondre, avec un plan panoramique pour montrer le désespoir des spectateurs, tandis que je continue en voix off :

— *Je veux dire aux gens que si vous croyez un seul instant que le Capitole nous épargnerait en cas de cessez-le-feu, vous commettez une terrible erreur. Parce que vous savez qui ils sont et de quoi ils sont capables.*

L'image revient sur moi et sur mes mains qui s'écartent pour saisir l'horreur de la scène.

— Voilà *de quoi ils sont capables ! Voilà pourquoi il faut se battre !*

Vient ensuite un montage tout à fait fantastique de la bataille. Les premières bombes qui tombent, nous qui courons et roulons dans la poussière – avec un gros plan de ma blessure, qui saigne en abondance –, nous en train d'escalader l'échelle, de plonger dans le nid de mitrailleuse, et puis quelques plans stupéfiants des rebelles, de Gale et de moi, moi, moi, en train de faire sauter ces fichus hoverplanes. On revient sur moi en plan serré qui m'approche de la caméra.

— *Le président Snow veut nous adresser un message ? Eh bien, j'en ai un pour lui. Vous pouvez nous torturer, nous bombarder, incendier nos districts, mais est-ce que vous voyez ça ?*

On suit la caméra qui balaye les carcasses en flammes au-dessus de l'entrepôt. Zoom sur le sceau du Capitole, qui se fond avec un gros plan de moi en train de crier au président :

— *Le feu se propage ! Et si nous brûlons, vous brûlerez avec nous !*

Les flammes submergent l'écran une nouvelle fois. De grosses lettres noires s'y affichent en surimpression :

SI NOUS BRÛLONS, VOUS BRÛLEREZ AVEC NOUS !

Les mots s'embrasent, puis l'écran redevient noir.

S'ensuit un long silence, puis des applaudissements nourris et des appels à revoir la séquence. Coin appuie sur le bouton REPLAY sans se faire prier et, cette fois, sachant ce qui va se produire, je fais comme si je regardais ça chez moi, dans la Veine, à la télévision. Un spot anti-Capitole. Il n'y a jamais rien eu de pareil à l'écran. Pas de mon vivant, en tout cas.

Quand l'écran vire au noir une deuxième fois, j'ai plein de questions à poser.

— Vous l'avez diffusé dans tout Panem ? Est-ce qu'on l'a vu au Capitole ?

— Pas au Capitole, non, me répond Plutarch. Nous n'avons pas été en mesure de pirater leur système, même si Beetee travaille là-dessus. Mais dans tous les districts. Nous l'avons même diffusé dans le Deux, ce qui est peut-être encore mieux qu'au Capitole à ce moment de la partie.

— Et Claudius Templesmith ? Est-il avec nous ?

Plutarch rit de bon cœur.

— Seulement sa voix. Nous avons récupéré l'un de ses commentaires. Nous n'avons même pas eu besoin de le retravailler. Il avait déclaré ça lors de tes premiers Jeux. (Il frappe du plat de la main sur la table.) Je propose de nouveaux applaudissements pour Cressida, son équipe fantastique et, bien sûr, notre vedette de l'écran !

J'applaudis moi aussi, jusqu'à ce que je réalise que c'est moi, la vedette de l'écran, et qu'il est plutôt malvenu de m'applaudir moi-même, même si ça ne paraît déranger personne. Je ne peux m'empêcher de remarquer la grimace de Fulvia, cela dit. Je devine à quel point ce doit être pénible pour elle de voir triompher l'idée d'Haymitch à travers la mise en scène de Cressida alors que son approche en studio s'est soldée par un échec cuisant.

Coin semble avoir atteint son seuil de tolérance à l'auto-congratulation.

— Oui, toutes mes félicitations. Le résultat dépasse nos espérances. Je m'interroge malgré tout sur les risques que vous êtes prêts à courir dans le cadre de cette opération. Je sais que le raid vous a pris par surprise. Néanmoins, vu les circonstances, je crois que nous devrions discuter de cette décision d'envoyer Katniss en première ligne.

La décision ? De m'envoyer en première ligne ? Elle ignore donc que j'ai arraché mon oreillette, désobéi aux ordres et faussé compagnie à mon escorte ? Que lui a-t-on caché d'autre ?

— Le choix n'a pas été facile, reconnaît Plutarch, sourcils froncés. Mais de l'avis général, nous n'obtiendrons pas grand-chose en la bouclant à double tour dans un bunker au premier coup de feu.

— Et tu es d'accord avec ça ? demande la présidente.

Gale doit me donner un coup de pied sous la table pour que je prenne conscience qu'elle s'adresse à moi.

— Oh ! Oui, absolument, je suis d'accord. C'était bien d'avoir l'impression de faire quelque chose. Ça changeait.

— Très bien. Évitons quand même de trop l'exposer.

Surtout maintenant que le Capitole a pu voir de quoi elle est capable, conclut Coin.

Un murmure d'assentiment général s'élève autour de la table.

Personne ne nous a mouchardés, Gale et moi. Ni Plutarch, dont nous avons bafoué l'autorité. Ni Boggs malgré son nez cassé. Ni les hommes-insectes que nous avons mis en danger. Ni même Haymitch – non, pas si vite. Haymitch m'adresse un sourire assassin et déclare d'une voix suave :

— Eh oui, il ne s'agirait pas de perdre notre petit geai moqueur à l'instant précis où il se décide enfin à chanter.

Je prends mentalement note de ne pas me retrouver seule dans une pièce avec lui, car il me paraît clair qu'il n'a pas digéré le coup de l'oreillette.

— Bon, qu'avez-vous prévu pour la suite ? s'enquiert la présidente.

Plutarch hoche la tête à l'intention de Cressida, qui consulte son bloc-notes.

— Nous avons des images formidables de Katniss à l'hôpital du Huit. On pense en faire un autre spot sur le thème : « Parce que vous savez qui ils sont et de quoi ils sont capables. » En mettant l'accent sur la rencontre de Katniss et des patients, des enfants surtout, pour terminer par le bombardement de l'hôpital et les décombres. Messalla travaille dessus en ce moment. Nous réfléchissons également à un autre spot, plutôt axé sur le geai moqueur. En intercalant certaines des meilleures séquences de Katniss avec des scènes de soulèvement et de combat. Il aurait pour slogan : « Le feu se propage. » Et puis, Fulvia a proposé une idée du tonnerre.

Sous le coup de la surprise, Fulvia perd momentanément son expression acide mais elle se reprend vite.

— Bah, je ne sais pas si c'est une si bonne idée mais j'ai pensé que nous pourrions tourner une série de spots intitulés « In memoriam ». Chacun serait consacré à l'un des tributs morts. Comme la petite Rue du district Onze, ou la vieille Mags du Quatre. Le principe serait de cibler chaque district avec un spot spécifique.

— Une sorte d'hommage aux différents tributs, en somme, résume Plutarch.

Je m'exclame :

— C'est génial, Fulvia ! Le moyen idéal de rappeler à tout le monde les raisons de cette guerre.

— Je crois que ça pourrait marcher, admet-elle. J'avais pensé faire appel à Finnick pour l'introduction et la voix off de chaque spot. Si on retient l'idée, bien sûr.

— Franchement, je vois mal comment nous pourrions avoir trop de spots « In memoriam », dit Coin. Pouvez-vous commencer la production dès aujourd'hui ?

— Bien sûr ! répond Fulvia, manifestement radoucie par les réactions à son projet.

Le geste de Cressida a tout arrangé dans le domaine créatif. Elle a complimenté Fulvia pour sa trouvaille, véritablement excellente, et obtenu de poursuivre sa propre série de spots sur le thème du geai moqueur. Le plus intéressant, c'est que Plutarch ne cherche aucunement à tirer la couverture à lui. Il n'aspire qu'à la réussite de la guerre des ondes. Je me souviens que Plutarch est un Haut Juge, et non un membre de l'équipe. Ce n'est pas un rouage des Jeux. Sa valeur ne se mesure pas à un seul élément, mais au succès global de la production. Si nous remportons la guerre, c'est là que Plutarch s'avancera en pleine lumière. Et viendra récolter ses lauriers.

La présidente renvoie tout le monde au travail. Gale me reconduit donc à l'hôpital. Nous rions de voir à quel point je m'en tire bien. Gale pense que personne ne tenait à perdre la face en avouant publiquement notre insubordination. Je suis plus indulgente ; pour moi, ils ne voulaient pas compromettre leurs chances de nous emmener de nouveau à l'extérieur pour y tourner des séquences correctes. Nous avons probablement raison tous les deux. Gale me quitte pour retrouver Beetee à l'Armement spécial, et je m'assoupis.

J'ai l'impression d'avoir fermé les yeux quelques minutes à peine, mais quand je les rouvre, je sursaute : Haymitch est assis à mon chevet. Il patiente. Peut-être depuis des heures, si j'en crois l'horloge. J'envisage de crier pour qu'on vienne, mais il faudra bien que je l'affronte tôt ou tard.

Il se penche vers moi et m'agite sous le nez un petit objet suspendu à un mince câble blanc. J'ai du mal à faire le point dessus, mais je devine aussitôt de quoi il s'agit. Il laisse tomber l'objet sur mon lit.

— Voilà ton oreillette. Je te laisse une dernière chance de la porter. Si tu l'enlèves encore une fois, je te ferai équiper de ça.

Il brandit une sorte de casque audio en métal que je baptise aussitôt l'*entrave crânienne*.

— C'est une unité télécom autonome qui se verrouille autour du crâne et du menton. Et je serai le seul à en posséder la clef. Si tu réussis je ne sais comment à la désactiver… (Haymitch jette l'entrave crânienne à côté de l'oreillette et sort une minuscule puce argentée)… je les autoriserai à t'implanter ce transmetteur dans l'oreille de manière à pouvoir te parler vingt-quatre heures sur vingt-quatre.

Haymitch jour et nuit dans ma tête. L'horreur. Je grommelle :

— Je garderai l'oreillette.

— Pardon ? dit-il.

— Je garderai votre foutue oreillette ! dis-je d'une voix assez forte pour réveiller la moitié de l'hôpital.

—Tu es sûre ? Parce que les deux autres solutions me conviennent aussi bien.

— Oui, je suis sûre. (Je ramasse l'oreillette et lui jette son entrave crânienne à la figure, mais il l'attrape au vol. Il devait s'attendre à ma réaction.) Autre chose ?

Haymitch se lève pour prendre congé.

— En attendant que tu te réveilles, j'ai mangé ton déjeuner.

Je baisse les yeux sur le bol de ragoût vide au milieu du plateau sur ma table de chevet.

Je grogne dans mon oreiller :

— Je vais vous dénoncer.

— Ne te gêne pas, chérie.

Il quitte la pièce, sachant parfaitement que je ne suis pas du genre à moucharder.

Je voudrais me rendormir mais je ne parviens pas à trouver le sommeil. Les images de la veille commencent à m'envahir. Le bombardement, les appareils en flammes qui s'écrasent, les visages des blessés qui ont disparu. Je me représente la mort depuis tous les points de vue. Les ultimes secondes avant de me prendre une bombe sur la tête, ou de voir mon aile arrachée par une explosion et de sentir mon appareil entamer un dernier plongeon vertigineux, ou d'assister sans bouger, clouée sur mon lit de camp, à la chute du toit de l'entrepôt. Des choses que j'ai vues de mes yeux, ou à l'écran. Des choses que j'ai causées moi-même avec mes flèches. Des choses que je ne pourrai jamais effacer de ma mémoire.

Au dîner, Finnick apporte son plateau jusqu'à mon lit afin de découvrir avec moi le dernier spot télévisé. En principe il est logé à mon ancien niveau, mais ses rechutes sont si fréquentes qu'il vit pour ainsi dire à l'hôpital. Les rebelles diffusent la séquence : « Parce que vous savez qui ils sont et de quoi ils sont capables », montée par Messalla. L'action est entrecoupée de brefs passages en studio où l'on voit Gale, Boggs et Cressida décrire l'attaque. J'ai du mal à regarder mon arrivée à l'hôpital du Huit car je connais la suite. Quand les bombes se mettent à pleuvoir sur le toit, je m'enfouis la tête dans l'oreiller et ne la ressors qu'à la fin, après que toutes les victimes sont mortes.

Au moins, Finnick n'applaudit pas et ne se met pas à sauter de joie. Il dit simplement :

— Il fallait qu'on sache ce qui s'est passé. Maintenant, on le sait.

— Éteins ça, Finnick, avant qu'ils le repassent encore une fois. (Mais alors qu'il tend la main vers la télécommande, je l'arrête d'un cri.) Attends !

Le Capitole riposte par un flash spécial dont le présentateur m'a l'air familier. Oui, c'est Caesar Flickerman. Et je parie que je sais qui est son invité.

La transformation physique de Peeta me cause un choc. Le garçon plein de santé, à l'œil vif, que j'ai vu quelques jours plus tôt a perdu au moins sept kilos et ses mains sont agitées de tremblements nerveux. Ils l'ont maquillé de leur mieux. Mais sous le fond de teint qui peine à dissimuler ses cernes, sous les beaux vêtements incapables de masquer la souffrance qu'il éprouve à chacun de ses gestes, on devine une personne durement éprouvée dans sa chair.

Je me sens prise de vertige à tenter de comprendre ce qui lui est arrivé. Je viens tout juste de le voir ! C'était il y a quatre jours – non, cinq –, oui, je crois que c'était cinq jours. Que lui a-t-on infligé pour le changer ainsi en si peu de temps ? Et puis, je comprends. Je me repasse mentalement sa première interview avec Caesar, en quête du moindre indice susceptible de la situer dans le temps. Je ne trouve rien. Ils ont pu l'enregistrer le lendemain ou le surlendemain de l'explosion de l'arène, et lui faire ensuite tout ce qu'ils ont voulu.

— Oh, Peeta…, dis-je dans un souffle.

Caesar et Peeta commencent par échanger quelques banalités, après quoi Caesar lui demande ce qu'il pense des rumeurs selon lesquelles je tournerais des spots de propagande pour les districts.

— Ils se servent d'elle, c'est évident, déclare Peeta. Pour galvaniser les rebelles. Je ne suis même pas sûr qu'elle sache vraiment ce qui se passe dans cette guerre. Qu'elle en comprenne les enjeux.

— Y a-t-il quelque chose que tu voudrais lui dire ? demande Caesar.

— Oui, répond Peeta. (Il se tourne vers la caméra et me regarde droit dans les yeux.) Ne sois pas bête, Katniss. Réfléchis par toi-même. On a fait de toi une arme capable de causer la perte de l'humanité. Si tu as la moindre influence, sers-t'en pour mettre un terme à cette folie. Arrête cette guerre avant qu'il ne soit trop tard. Demande-toi si tu as vraiment confiance en ceux avec qui tu combats. Es-tu certaine d'être au courant de tout ? Et sinon… cherche.

Fondu au noir. Le sceau de Panem s'affiche. Fin du flash.

Finnick presse le bouton d'arrêt sur la télécommande. D'ici une minute, des gens débarqueront dans cette chambre pour mesurer l'impact de la condition physique de Peeta et des mots qu'il a prononcés. Il faudra que je les rassure. Le problème, c'est que je ne fais pas confiance à Plutarch, ni aux rebelles ni à Coin. Je ne suis pas du tout convaincue qu'ils me disent la vérité. Et je ne saurai pas jouer la comédie. Des bruits de pas se rapprochent dans le couloir.

Finnick m'empoigne par les épaules.

— On n'a rien vu.

— Quoi ? dis-je.

— On n'a pas vu Peeta. Uniquement le spot sur le Huit. Ensuite, on a éteint parce que les images t'avaient bouleversée. Compris ? (Je hoche la tête.) Finis ton dîner.

Je recouvre assez de sang-froid pour avoir la bouche pleine de pain et de choux à l'entrée de Plutarch et de Fulvia. Finnick est en train de s'extasier sur l'aisance de Gale devant la caméra. Nous les félicitons pour leur spot. Nous leur expliquons qu'il était tellement impressionnant que nous avons éteint la télévision tout de suite après. Ils paraissent soulagés. Ils nous croient.

Personne ne fait la moindre allusion à Peeta.

J e renonce à m'endormir après que mes premières tentatives ont été interrompues par des cauchemars abominables. Je reste donc allongée sans bouger et fais semblant de ronfler chaque fois que quelqu'un passe la tête dans ma chambre. Au matin, on me laisse sortir de l'hôpital en me conseillant d'y aller doucement. Cressida me demande d'enregistrer quelques répliques en vue d'un nouveau spot du geai moqueur. Au déjeuner, je m'attends qu'on me parle de l'intervention de Peeta mais personne n'aborde le sujet. Finnick et moi ne sommes tout de même pas les seuls à l'avoir vue ?

J'ai entraînement, mais comme Gale est supposé travailler avec Beetee sur de nouvelles armes ou je ne sais quoi, j'obtiens l'autorisation d'emmener Finnick avec moi dans les bois. Nous battons la forêt un moment, puis nous dissimulons nos communicateurs sous un buisson. Une fois suffisamment loin des oreilles indiscrètes, nous nous asseyons pour discuter de Peeta.

— Je n'ai pas entendu un mot à son sujet. Personne ne t'a rien dit ? me demande Finnick. (Je secoue la tête.) Même pas Gale ? (Je m'accroche au mince espoir que Gale ne sait rien du message de Peeta. Mais j'ai comme le pressentiment qu'il est au courant.) Peut-être qu'il attend l'occasion de pouvoir t'en parler entre quat'z'yeux.

— Peut-être bien…

Nous restons silencieux si longtemps qu'un daim s'approche à ma portée. Je l'abats d'une flèche. Finnick le ramène jusqu'à la grille.

Ce soir, nous avons un peu de gibier dans le ragoût. Gale me raccompagne au compartiment E après le dîner. Quand je lui demande s'il y a du nouveau, il évite une fois de plus toute allusion à Peeta. Dès que ma mère et ma sœur sont endormies, je sors ma perle de son tiroir et je passe une deuxième nuit sans sommeil à la serrer dans mon poing, en me repassant les mots de Peeta dans ma tête. « Demande-toi si tu as vraiment confiance en ceux avec qui tu combats. Es-tu certaine d'être au courant de tout ? Et sinon… cherche. » Cherche. Mais quoi ? Auprès de qui ? Et comment Peeta saurait-il quoi que ce soit en dehors de ce que lui souffle le Capitole ? Ce n'est qu'un spot de propagande. Sans valeur. Et pourtant, si Plutarch est convaincu qu'il ne s'agit que d'une manœuvre du Capitole, pourquoi refuser de m'en parler ? Pourquoi personne ne nous a-t-il rien dit, à Finnick et à moi ?

Derrière ces questions se cache la source véritable de mon angoisse : Peeta. Que lui a-t-on fait ? Qu'est-on en train de lui faire en ce moment ? À l'évidence, Snow n'a pas gobé l'histoire selon laquelle Peeta et moi ne savions rien de la rébellion. Et le fait que je sois devenue le geai moqueur a sans doute renforcé ses soupçons. Or, Peeta ne connaît rien des projets des rebelles et ne peut qu'inventer ce qu'il raconte à ses bourreaux. Autant de mensonges qui, une fois découverts, doivent lui valoir de sérieuses punitions. Comme il doit se sentir abandonné ! Lors de sa première interview, il a tenté de me défendre aussi bien contre le Capitole qu'auprès des rebelles ; alors qu'en ce qui me concerne, non seulement j'ai échoué à le protéger mais je n'ai fait que lui attirer de nouveaux ennuis.

Au matin, j'enfonce mon bras dans le mur et je contemple, les yeux rougis, mon emploi du temps de la journée. Aussitôt après le petit déjeuner, je dois me rendre à la Production. Dans le réfectoire, en avalant ma bouillie de céréales et mes betteraves, je remarque un nouveau bracelet-transmetteur au poignet de Gale.

— Quand avez-vous récupéré ça, soldat Hawthorne ? je lui demande.

— Hier. On a pensé que puisque je t'accompagnais sur le terrain, ça pourrait constituer un système de secours, répond Gale.

Personne ne m'a jamais proposé de bracelet-transmetteur. Je me demande ce qu'on me répondrait si j'en réclamais un.

— Bah, j'imagine que l'un d'entre nous doit rester accessible, dis-je sur un ton cassant.

— Qu'est-ce que tu insinues ?

— Rien du tout. Je ne fais que répéter ce que tu viens de dire. Et je suis bien d'accord qu'il vaut mieux que la personne accessible soit toi. J'espère juste avoir encore accès à toi, moi aussi.

Nos regards se verrouillent, et je réalise à quel point je suis en colère contre Gale. Je ne crois pas une seconde qu'il n'ait pas vu l'interview de Peeta. Je me sens trahie par son refus de m'en parler. Nous nous connaissons trop bien pour qu'il ne déchiffre pas mon expression et en devine la cause.

— Katniss…, commence-t-il.

Rien que sa voix constitue un aveu de culpabilité. J'empoigne mon plateau, le rapporte au fond de la salle et le dépose bruyamment sur les rails. Le temps de sortir dans le couloir, il m'a rejointe.

— Pourquoi ne m'as-tu rien dit ? proteste-t-il en me retenant par le bras.

— Pourquoi *je* n'ai rien dit ? (Je me dégage brutalement.) Pourquoi *tu* n'as rien dit, Gale ? Je t'ai pourtant tendu la perche, hier soir, en te demandant s'il y avait du nouveau !

— Je suis désolé. D'accord ? Je ne savais pas quoi faire. Je voulais t'en parler, mais ils avaient tous peur que le spot de Peeta te rende malade.

— Ils avaient bien raison. Mais pas aussi malade que de t'entendre me mentir pour Coin. (À cet instant précis, son bracelet se met à sonner.) C'est elle. Ne la fais pas attendre. Tu as plein de choses à lui raconter.

Pendant un moment, je devine une vraie souffrance sur son visage, vite remplacée par une colère froide. Il tourne les talons et s'en va. Peut-être me suis-je montrée trop dure, peut-être aurais-je dû lui donner plus de temps pour s'expliquer. Peut-être qu'ils cherchent tous à me protéger, simplement. Mais je m'en moque. Je suis fatiguée des gens qui me mentent pour mon bien. Car, en réalité, c'est souvent dans leur propre intérêt : mentons à Katniss à propos de la rébellion pour qu'elle n'aille pas commettre quelque chose de dingue. Envoyons-la dans l'arène sans rien lui dire pour mieux pouvoir la récupérer le moment venu. Ne lui parlons pas de l'interview de Peeta, ça risquerait de la rendre malade, car c'est déjà suffisamment difficile d'en obtenir des images acceptables.

Je *suis* malade. Écœurée. Sûrement pas en état d'affronter une journée de production. Mais comme j'arrive déjà au Maquillage, autant entrer. Aujourd'hui, m'apprend-on, nous retournons au district Douze. Cressida veut tourner des interviews impromptues de Gale et de moi dans les ruines de notre ancienne ville.

— Si vous vous sentez assez forts pour ça tous les deux, me dit Cressida en me dévisageant avec attention.

— Pas de problème, je lui réplique.

Je reste plantée là, muette et raide comme un piquet, pendant que mon équipe de préparation m'habille, me coiffe et me maquille. Pas suffisamment pour que ça se voie, juste de quoi estomper les traces de mes insomnies.

Boggs m'escorte jusqu'au Hangar, mais à part les civilités d'usage nous n'échangeons quasiment pas un mot. Je lui suis reconnaissante de m'épargner un sermon à propos de ma désobéissance dans le Huit, surtout que son masque a l'air drôlement inconfortable.

Au dernier moment, j'envoie un message à ma mère pour la prévenir que je quitte le Treize, en insistant bien sur le fait que je ne cours aucun danger. Nous embarquons dans un hovercraft et on me fait asseoir à une table où Plutarch, Gale et Cressida sont penchés sur une carte. Plutarch est rayonnant. Il tient absolument à me montrer l'impact de nos premiers spots de propagande. Les rebelles, qui avaient les pires difficultés à se maintenir dans certains districts, ont repris du terrain. Ils se sont même emparés du Trois et du Onze – ce dernier particulièrement crucial, puisqu'il représente la principale source de nourriture de Panem – et ont progressé de manière significative dans plusieurs autres districts.

— C'est encourageant. Très encourageant, même, se félicite Plutarch. Fulvia devrait boucler ce soir une première série de spots « In memoriam », qui nous permettront de cibler chaque district avec leurs morts. Finnick est absolument incroyable.

— Tout à fait bouleversant, oui, confirme Cressida. Il connaissait personnellement la plupart de ces gens.

— C'est ce qui rend la chose tellement efficace, se

réjouit Plutarch. Parce que ça vient du cœur. Vous faites tous un travail magnifique. Coin est enchantée.

Donc Gale n'a pas vendu la mèche. Il ne leur a pas dit que j'avais vu le spot de Peeta et que leur dissimulation m'avait rendue furieuse. Mais c'est trop tard, je n'arrive pas à lui pardonner. Peu importe. On dirait que lui non plus n'a aucune envie de me parler.

C'est seulement au moment de nous poser dans le Pré que je me rends compte de l'absence d'Haymitch. Quand je l'interroge là-dessus, Plutarch secoue la tête et me répond simplement :

— Il ne se sentait pas de taille à encaisser ça.

— Haymitch ? Pas de taille ? Dites plutôt qu'il a voulu s'offrir un jour de congé, oui.

— Je crois que ses paroles exactes étaient : « Je ne me sens pas de taille à encaisser ça sans une bouteille », précise Plutarch.

Je lève les yeux au ciel, plus que lasse de mon mentor, de sa faiblesse pour la boisson et de ce qu'il peut encaisser ou non. Cinq minutes après mon retour dans le Douze, pourtant, je me prends moi aussi à rêver d'une bouteille. Je croyais avoir accepté la disparition de mon ancien district – on me l'avait apprise de vive voix, je l'avais constatée de mes yeux, j'en avais même foulé les cendres. Alors pourquoi faut-il que mon cœur se serre un peu plus à chaque pas ? Étais-je trop débordée jusqu'ici pour saisir pleinement l'étendue de ma perte ? Ou bien est-ce l'expression de Gale, au moment de découvrir la scène à pied, qui en ravive l'atrocité ?

Cressida dit à son équipe de commencer par moi dans les ruines de mon ancienne maison. Je lui demande ce qu'elle veut que je fasse.

— Ce que tu as envie, me répond-elle.

Là, debout dans notre cuisine au milieu des gravats, je n'ai envie de rien. En fait, je m'absorbe dans la contemplation du ciel – le seul toit qui reste – pour échapper à de trop nombreux souvenirs. Au bout d'un moment, Cressida déclare :

— D'accord, Katniss. Allons-y.

Gale ne s'en tire pas à si bon compte. Cressida le filme chez lui en silence pendant de longues minutes, mais alors qu'il ramasse dans les cendres le seul vestige de son passé – un tisonnier en fer tordu –, elle commence à l'interroger sur sa famille, son travail, la vie quotidienne dans la Veine. Elle évoque la nuit du bombardement et lui fait reconstituer le chemin qu'il a suivi, en partant de sa maison, en passant le Pré puis en s'enfonçant dans les bois jusqu'au lac. Je traîne des pieds derrière l'équipe de tournage et notre escorte. Je ressens leur présence comme une violation de ma chère forêt. Il s'agit d'un lieu privé, d'un sanctuaire, suffisamment souillé par les méfaits du Capitole. Même après avoir dépassé les souches calcinées aux abords du grillage, nous continuons à buter sur des corps en décomposition. Est-il vraiment indispensable de filmer ces images ?

Quand nous parvenons enfin au lac, Gale semble avoir épuisé sa salive. Tout le monde ruisselle de sueur – surtout Castor et Pollux sous leur équipement-carapace –, et Cressida nous accorde une pause. Je bois un peu d'eau du lac au creux de mes mains, en regrettant de ne pas pouvoir y plonger et nager toute nue, sans personne pour me voir. Je m'attarde un peu dans les environs. En m'approchant de la petite bâtisse en béton sur la berge, je m'arrête sur le seuil et je vois Gale poser son tisonnier tordu contre le mur à côté de la cheminée. Un bref instant, j'imagine un étranger solitaire, dans un avenir lointain, qui se perdrait dans la nature et tomberait par hasard sur ce refuge, avec la pile de bûches, la cheminée, le tisonnier. Et qui se demanderait qui a laissé tout ça pour lui. Gale se retourne. Nos regards se croisent, et je devine qu'il repense à notre dernière rencontre ici même. À notre dispute concernant l'opportunité de fuir ou non. Si nous étions partis, y aurait-il encore un district Douze ? Je pense que oui. Mais le Capitole serait toujours aux commandes de Panem.

On sort des sandwiches au fromage et on les mange à l'ombre des arbres. Je m'assois à l'écart du groupe, près de Pollux, pour ne pas devoir faire la conversation. Personne ne semble d'humeur très loquace, de toute manière. Enhardis par cette tranquillité relative, les oiseaux reviennent peu à peu. Je pousse Pollux du coude et lui indique un petit oiseau noir coiffé d'une crête. Pour sautiller sur une autre branche, l'oiseau ouvre brièvement ses ailes, en nous dévoilant ses taches blanches. Pollux pointe ma broche et hausse les sourcils d'un air interrogateur. Je hoche la tête pour lui confirmer qu'il s'agit bien d'un geai moqueur. Je lève un doigt comme pour dire : « Attendez, je vais vous montrer », et je siffle. Le geai moqueur incline la tête puis reproduit mon sifflement à la perfection. À ma grande surprise, Pollux sifflote quelques notes à son tour. L'oiseau lui répond immédiatement. Le visage de Pollux s'illumine et il entame une série d'échanges mélodieux avec le geai moqueur. Je parie que c'est la première conversation qu'il tient depuis des années. La musique exerce sur les geais moqueurs la même attraction que les fleurs sur les abeilles, et bientôt, nous en avons une demi-douzaine perchés dans les branches au-dessus de nous. Pollux me touche le bras et trace un mot dans la poussière au moyen d'une brindille. CHANTE ?

En temps normal je refuserais, mais c'est pratiquement impossible de dire non à Pollux, surtout vu les circonstances. Et puis, la voix des geais moqueurs est encore plus belle que leurs sifflements et j'aimerais bien la lui faire entendre. Alors, sans réfléchir davantage, je chante les quatre notes de Rue, celles par lesquelles elle signalait l'arrêt du travail au district Onze. Ces mêmes notes qui ont servi de musique de fond à son assassinat. Les oiseaux n'en savent rien, évidemment. Ils reproduisent la mélodie et se la renvoient de l'un à l'autre avec une harmonie délicieuse. Comme dans les Hunger Games, juste avant que les mutations génétiques jaillissent des arbres, nous pourchassent jusqu'à la Corne d'abondance et réduisent Cato en pulpe sanglante...

— Et si je chantais une vraie chanson ? dis-je soudain.

Tout, plutôt que de revivre ces souvenirs. Je me lève, je recule entre les arbres et je m'appuie d'une main au tronc rugueux de l'érable dans lequel sont perchés les oiseaux. Je n'ai plus chanté *L'Arbre du pendu* à voix haute depuis dix ans, parce que c'est interdit, mais je m'en rappelle chaque mot. Je commence lentement, d'une voix douce, comme le faisait mon père.

> *Viendras-tu, oh, viendras-tu*
> *Me retrouver au grand arbre*
> *Où ils ont lynché leur soi-disant meurtrier.*
> *Des choses étranges s'y sont vues*
> *Et moi, j'aurais tant aimé*
> *Te revoir à minuit à l'arbre du pendu.*

Les geais moqueurs, intrigués par ce nouvel air, commencent à modifier leur chant.

> *Viendras-tu, oh, viendras-tu*
> *Me retrouver au grand arbre*
> *Où le mort a crié à sa belle de filer.*
> *Des choses étranges s'y sont vues*
> *Et moi, j'aurais tant aimé*
> *Te revoir à minuit à l'arbre du pendu.*

J'ai capté l'attention des oiseaux à présent. Encore un vers et ils auront sûrement retenu la mélodie, car elle est simple et se répète quasiment à l'identique dans les quatre couplets.

> *Viendras-tu, oh, viendras-tu*
> *Me retrouver au grand arbre*
> *Et partir avec moi comme je te l'avais demandé.*
> *Des choses étranges s'y sont vues*
> *Et moi, j'aurais tant aimé*
> *Te revoir à minuit à l'arbre du pendu.*

Un grand calme se répand dans les arbres. On n'y entend plus que le froissement des feuilles sous le vent. Mais plus aucun oiseau, geai moqueur ou autre. Peeta avait raison. Ils se taisent pour m'écouter chanter. Comme ils le faisaient avec mon père.

> *Viendras-tu, oh, viendras-tu*
> *Me retrouver au grand arbre*
> *Porter un long collier de chanvre à mes côtés.*
> *Des choses étranges s'y sont vues*
> *Et moi, j'aurais tant aimé*
> *Te revoir à minuit à l'arbre du pendu.*

Les oiseaux attendent la suite. Mais c'est tout. La chanson est finie. Dans le silence qui s'éternise, je me rappelle la scène. J'étais chez moi après avoir passé la journée dans les bois en compagnie de mon père. Assise par terre avec Prim, qui n'était encore qu'un bébé. Je chantais *L'Arbre du pendu*. Je nous avais fabriqué des colliers avec deux bouts de corde, comme dans la chanson. Je ne comprenais pas grand-chose aux paroles mais la mélodie était facile à retenir et, à cette époque, je pouvais mémoriser n'importe quel air au bout d'une ou deux fois seulement. Ma mère a surgi telle une furie, nous a arraché nos colliers et s'est mise à crier sur mon père. J'ai commencé à pleurer, parce que ma mère ne criait jamais. Et puis Prim s'est mise à hurler à son tour et je me suis enfuie de la maison. Comme je ne connaissais qu'une seule cachette – dans le Pré, sous un buisson de chèvrefeuille –, mon père m'a retrouvée immédiatement. Il m'a calmée, m'a assuré que tout allait bien, mais qu'il valait mieux ne plus chanter cette chanson. Ma mère aurait voulu que je l'oublie. Alors, bien sûr, chaque mot s'est retrouvé irrévocablement gravé dans ma mémoire.

Nous n'avons plus jamais chanté cette chanson, mon père et moi. Nous n'en avons jamais reparlé. Elle m'est souvent revenue en tête après sa mort. En grandissant, j'ai mieux compris les paroles. Au début, on croit qu'il s'agit d'un gars qui demande à sa fiancée de le retrouver quelque part à minuit. Mais l'endroit paraît curieux pour un rendez-vous, sous un arbre où on a pendu un homme pour meurtre. La fiancée du meurtrier devait être sa complice, à moins qu'on n'ait décidé de la punir de toute manière, car le cadavre lui crie de filer. C'est bizarre, évidemment, cette histoire de cadavre qui parle, mais c'est dans le troisième couplet que *L'Arbre du pendu* prend vraiment une tournure inquiétante. On réalise que le chanteur est le meurtrier. Il est toujours pendu à sa branche. Et il a beau dire à sa fiancée de partir, il insiste pour qu'elle vienne le retrouver. Le vers « *Et partir avec moi comme je te l'avais demandé* » est le plus troublant, parce que, au début, on pense qu'ils avaient projeté de fuir avant son arrestation, mais ensuite on se demande s'il ne serait pas en train de lui proposer de quitter ce monde avec lui. Pour le rejoindre dans la mort. Dans le dernier couplet, il devient évident que c'est exactement ce qu'il veut. Voir sa fiancée avec une corde de chanvre autour du cou, pendue à côté de lui dans le même arbre.

J'ai longtemps considéré le meurtrier comme un sale type de la pire espèce. Aujourd'hui, après deux participations aux Hunger Games, je préfère réserver mon jugement. Peut-être que sa fiancée était déjà condamnée à mort et qu'il voulait simplement lui rendre les choses plus faciles. Lui faire savoir qu'il l'attendrait. À moins qu'il n'ait eu le sentiment de la laisser dans un endroit pire que la mort. Moi-même, n'ai-je pas voulu tuer Peeta avec une seringue pour le sauver du Capitole ? Était-ce vraiment ma seule option ? Probablement pas, mais c'était la seule à laquelle j'avais pensé sur le moment.

J'imagine que ma mère devait trouver cette chanson trop sinistre pour une gamine de sept ans. Surtout une gamine qui se fabrique des colliers de corde. Ce n'est pas comme si la pendaison ne se produisait que dans les histoires. Nous avions beaucoup d'exécutions de ce genre dans le Douze. Je suppose qu'elle ne tenait pas à me voir chanter ça devant ma classe. Ni même devant Pollux. Heureusement que les caméras ne... non, minute, je me trompe. Du coin de l'œil, je m'aperçois que Castor est en train de me filmer. Tous les regards sont rivés sur moi. Et Pollux a les joues mouillées de larmes, sans doute parce que ma fichue chanson lui a remis en mémoire je ne sais quel épisode terrible de sa vie. Super. Je m'adosse à l'arbre en soupirant. Les geais moqueurs entonnent alors leur propre version de *L'Arbre du pendu*. Chantée par eux, c'est très joli. Consciente de la présence de la caméra, je reste immobile jusqu'à ce que Cressida s'écrie :

— Coupez !

Plutarch s'avance vers moi en riant.

— D'où sors-tu des trucs pareils ? On m'aurait proposé l'idée, que je n'y aurais pas cru ! (Il m'attrape par les épaules et me plante un gros baiser sur le sommet du crâne.) Tu es incroyable !

— Je ne faisais pas ça pour la caméra, lui dis-je.

— Heureusement qu'elle tournait, alors. Allez, tout le monde, on plie bagage !

En rentrant à travers bois, nous parvenons devant un gros rocher et Gale et moi tournons la tête dans la même direction, pareils à deux chiens qui viennent de flairer une piste. Cressida s'en aperçoit et me demande ce qu'il y a par là. Nous lui expliquons, sans nous regarder, que c'est notre ancien lieu de rendez-vous lors de nos chasses. Elle tient absolument à le voir, même si nous lui assurons que ça n'en vaut pas la peine.

« Rien qu'un endroit où j'ai été heureuse », me dis-je.

Notre corniche rocheuse qui domine la vallée. Peut-être un peu moins verte que d'habitude, mais les buissons de mûres sont chargés de fruits. Ç'a été le point de départ d'innombrables journées de chasse, de pêche et de cueillette, à sillonner les bois ensemble, à nous vider le crâne de nos soucis tout en remplissant nos besaces. C'était la porte de notre garde-manger comme de notre équilibre. Et chacun de nous en représentait la clef pour l'autre.

Il n'y a plus de district Douze, à présent, plus de surveillance à déjouer, plus de bouches affamées à nourrir. Le Capitole nous a tout pris et, pour ne rien arranger, je suis sur le point de perdre Gale. Les liens qui nous ont rapprochés toutes ces années sont en train de se défaire. Ils s'effilochent à vue d'œil. Comme se fait-il qu'aujourd'hui, devant la tragédie abominable qui a balayé le Douze, nous soyons trop fâchés pour nous adresser la parole ?

Gale m'a menti. C'est inacceptable, même s'il se faisait du souci pour moi. Ses excuses paraissaient sincères, pourtant. Et je les lui ai renvoyées à la figure, avec une insulte pour être sûre de faire mal. Que nous arrive-t-il ? Pourquoi sommes-nous toujours en porte à faux désormais ? Tout se bouscule dans ma tête, mais j'ai la conviction que si je pouvais remonter à la source de nos difficultés, mon propre comportement y figurerait en bonne place. Ai-je vraiment envie de me brouiller avec lui ?

Je referme les doigts sur une mûre et la détache de sa tige. Je la fais rouler doucement entre mon pouce et mon index. Tout à coup, je me tourne vers Gale et lance la mûre dans sa direction.

— Et puisse le sort…, dis-je.

J'ai jeté la mûre bien haut, pour qu'il ait tout le temps de décider s'il préfère la repousser ou l'accepter.

Gale a les yeux fixés sur moi, pas sur le fruit, mais au dernier moment il ouvre la bouche et l'attrape au vol. Il mâche, avale et hésite avant d'achever :

— … vous être favorable !

Au moins, il l'a dit.

Cressida nous fait asseoir dans un creux au milieu des rochers, où il est impossible de ne pas se toucher, et nous persuade de lui parler de nos chasses. Ce qui nous poussait à nous risquer dans les bois, comment nous nous sommes rencontrés, nos anecdotes favorites. Nous nous dégelons quelque peu, nous rions même en lui racontant nos déboires avec les abeilles, les chiens sauvages ou les mouffettes. Quand la conversation s'oriente sur ce que nous ressentons à transposer notre compétence à l'arc dans une situation de combat, comme le bombardement du Huit, je cesse de répondre. Gale déclare simplement :

— Il était grand temps.

Quand nous parvenons à la grand-place, il fait déjà presque nuit. Je conduis Cressida devant les ruines de la boulangerie et lui demande de filmer. La seule émotion que je parviens à faire passer est la lassitude.

— Peeta, voilà ce qui reste de ta maison. Aucun des membres de ta famille n'a plus donné signe de vie depuis le bombardement. Le Douze n'existe plus. Et tu appelles à un cessez-le-feu ? (Je promène mon regard sur les décombres.) Il n'y a plus personne pour t'entendre.

Debout dans le bloc de métal fondu qui correspond aux anciennes cellules, Cressida nous demande si l'un de nous deux a déjà subi des tortures. Pour toute réponse, Gale retire sa chemise et présente son dos à la caméra. Je contemple les zébrures qui le traversent et j'entends de nouveau le claquement du fouet, je revois son corps sanguinolent pendu au poteau par les poignets.

— Moi, j'y vais, dis-je. Je vous retrouve au Village des vainqueurs. Un truc à faire... pour ma mère.

Je suppose que je m'y rends à pied, mais je n'en garde aucun souvenir. C'est comme si je me réveillais soudain assise par terre devant le placard de ma cuisine au Village des vainqueurs. En train d'aligner soigneusement des bols en céramique et des flacons en verre dans un carton, coinçant des bandages en coton entre chaque pièce pour leur éviter de se briser. Enveloppant des bouquets de fleurs séchées.

Soudain, je me rappelle la rose sur ma coiffeuse. Était-elle bien réelle ? Et si oui, est-elle toujours là-haut ? Je résiste à la tentation de monter vérifier. Si elle s'y trouve encore, ça ne fera que m'effrayer une fois de plus. Je me dépêche de remplir mon carton.

Une fois les placards vides, je me lève et tombe sur Gale qui s'est matérialisé dans la cuisine. C'est déstabilisant, cette manie qu'il a d'arriver sans un bruit. Il est penché au-dessus de la table, les mains bien à plat sur le bois. Je pose le carton entre nous.

— Tu te souviens ? me demande-t-il. C'est là que tu m'as embrassé.

La forte dose de morphine qu'il avait reçue après sa séance de flagellation n'a donc pas suffi à gommer ça de sa mémoire.

— Je pensais que tu aurais oublié, dis-je.

— Il aurait fallu que je sois mort, pour ça. Et encore. Peut-être que je serais comme ce type dans *L'Arbre du pendu*. Toujours en train d'attendre une réponse.

Gale, que je n'ai jamais vu pleurer, a les larmes aux yeux. Pour les empêcher de couler, je m'avance et presse mes lèvres contre les siennes. Notre baiser a le goût du chaud, des cendres et de la tristesse. Une saveur étonnante pour un baiser aussi tendre. Il rompt le contact en premier et grimace un sourire.

— Je savais que tu m'embrasserais.

— Pourquoi ? je lui demande.

Car moi, en tout cas, je n'en avais aucune idée.

— Parce que je souffre, répond-il. C'est la seule manière pour moi de capter ton attention. (Il ramasse le carton.) Ne t'en fais pas, Katniss. Ça va passer.

Il sort avant que je puisse répliquer.

Je me sens trop fatiguée pour réfléchir à sa dernière pique. Je passe le bref voyage de retour au Treize pelotonnée dans mon siège, à m'efforcer d'ignorer Plutarch lancé sur l'un de ses sujets de prédilection : les armes dont l'homme ne dispose plus. Les avions de haute altitude, les satellites militaires, les désintégrateurs moléculaires, les drones, les armes biologiques avec une date d'expiration. Passés à la trappe suite à la destruction de l'atmosphère, par manque de ressources ou en raison de scrupules moraux absurdes. Le regret est palpable dans la voix du Haut Juge qui ne peut que rêver à des jouets pareils et doit se contenter d'hovercrafts, de missiles sol-sol et de bons vieux fusils.

Après avoir ôté mon costume de geai moqueur, je file directement au lit sans manger. Même ainsi, Prim doit me secouer pour me réveiller le lendemain matin. Après le petit déjeuner, je ne consulte pas mon emploi du temps et m'installe dans la réserve pour une longue sieste. Quand j'émerge à quatre pattes d'entre les cartons de craies et de crayons, il est l'heure de dîner. J'avale une énorme portion de soupe aux pois et retourne en direction du compartiment E quand Boggs me coince dans le couloir.

— Il y a une réunion au Commandement. Oublie ton emploi du temps, me dit-il.

— C'est déjà fait.

— Est-ce que tu l'as observé une seule fois aujourd'hui ? demande-t-il sur un ton exaspéré.

— Allez savoir. Je souffre de désorientation mentale. (Je lève le poignet pour lui montrer mon bracelet médical et je réalise que je ne l'ai plus.) Vous voyez ? Je ne me souviens même pas qu'on m'a repris mon bracelet. Qu'est-ce qu'ils me veulent, au Commandement ? J'ai raté quelque chose ?

— Je crois que Cressida voulait te montrer les séquences tournées dans le Douze. Mais j'imagine que tu pourras toujours les voir à la télé.

— Voilà pourquoi j'aurais besoin d'un emploi du temps ! Pour ne pas rater mes spots à la télé, dis-je.

Il me jette un regard noir mais s'abstient de tout autre commentaire.

Le centre de Commandement est bondé, mais on m'a gardé un siège entre Finnick et Plutarch. Les écrans sont déjà sortis de la table. Ils affichent le programme habituel du Capitole.

— Que se passe-t-il ? Je croyais qu'on devait regarder les séquences du Douze ? fais-je avec étonnement.

— Oh, non, me répond Plutarch. Je veux dire, peut-être. Je ne sais pas exactement quels plans Beetee prévoit d'utiliser.

— Beetee pense avoir découvert un moyen de pirater le réseau à l'échelle nationale, m'explique Finnick. Pour que nos spots soient vus jusque dans le Capitole. Il s'active en bas, en ce moment, à la Défense spéciale. Il y a une émission en direct ce soir. Une apparition du président Snow ou je ne sais quoi. Je crois que ça commence.

Le sceau du Capitole apparaît à l'écran, et l'hymne retentit. Puis je fixe les yeux reptiliens du président Snow en train de s'adresser à la nation. On dirait qu'il est barricadé derrière son pupitre, mais sa rose blanche à la boutonnière est bien visible. La caméra prend du champ pour inclure dans le cadre Peeta, installé sur le côté devant une grande carte de Panem. Il est assis sur un siège en hauteur, les chaussures en appui sur un anneau de métal. Le pied de sa jambe artificielle bat la mesure à un rythme saccadé. Des gouttelettes de sueur perlent à travers le fond de teint sur sa lèvre supérieure et sur son front. Mais ce sont ses yeux – furibonds et hagards à la fois – qui m'effraient le plus.

Je chuchote :

— Il a empiré.

Finnick me prend la main. Je me raccroche à lui comme à une bouée.

Peeta se met à parler, avec une certaine frustration, de la nécessité d'un cessez-le-feu. Il souligne les dommages causés aux infrastructures dans les différents districts, et pendant son discours, des zooms sur la carte montrent des images de destruction. Un barrage détruit dans le Sept. Le déraillement d'un convoi de marchandises dont les voitures-citernes contenaient des déchets toxiques. L'écroulement d'un silo à la suite d'un incendie. Tout ça par la faute des rebelles, selon lui.

Et tout à coup, paf ! Me voilà à l'image à sa place, debout devant les ruines de la boulangerie.

Plutarch se lève de sa chaise.

— Il l'a fait ! Beetee a réussi !

La salle entière résonne de commentaires enthousiastes quand Peeta réapparaît. Il semble décontenancé. Il a dû me voir à l'écran. Il tente de reprendre le fil de son discours en passant au bombardement d'une usine de purification de l'eau, quand une séquence de Finnick en train de discuter avec Rue lui coupe la parole. L'émission tourne alors à la bataille en règle, lorsque les techniciens du Capitole tentent de repousser les attaques de Beetee. Mais ils sont pris au dépourvu, et Beetee, sachant sans doute qu'il ne pourrait pas conserver l'antenne bien longtemps, a prévu tout un arsenal de séquences de cinq à dix secondes. L'émission officielle se détériore sous nos yeux, caviardée par des morceaux choisis de notre propagande.

Plutarch est aux anges, tout le monde ou presque applaudit Beetee mais Finnick reste immobile et muet à côté de moi. Je croise le regard d'Haymitch à l'autre bout de la pièce. Il me renvoie mes propres appréhensions. La crainte qu'à chaque acclamation nouvelle, Peeta nous glisse un peu plus entre les doigts.

Le sceau du Capitole masque l'écran, accompagné d'un bourdonnement sourd. Au bout d'une vingtaine de secondes, Snow et Peeta reviennent à l'image. Le plateau est en ébullition. Des échanges frénétiques s'échappent de la cabine. Le président Snow clame haut et fort que les rebelles tentent d'empêcher la diffusion d'informations qui les dérangent, mais que la vérité et la justice finiront par triompher. Les programmes habituels reprendront normalement dès que la sécurité sera rétablie. Il demande à Peeta si, au vu de la démonstration de ce soir, il aurait un dernier message pour Katniss Everdeen.

À la mention de mon nom, le visage de Peeta se crispe sous l'effort.

— Katniss… comment crois-tu que tout ça va se terminer ? Que restera-t-il ? Personne n'est à l'abri nulle part. Pas plus ici, au Capitole, que dans les districts. Et toi… dans le Treize… (Il inspire un grand coup, comme s'il avait du mal à reprendre son souffle ; il a un regard de fou.) Tu seras morte avant demain matin !

Hors caméra, Snow crie :

— Coupez-moi ça !

Beetee porte le coup de grâce en insérant dans l'émission une image de moi devant l'hôpital, par intervalles de trois secondes. Mais entre chaque plan fixe, nous pouvons encore suivre ce qui se déroule en direct sur le plateau. La tentative de Peeta pour continuer à parler. Brusquement, la caméra pique du nez et ne montre plus que le carrelage blanc. On entend un bruit de bottes. L'impact d'un coup, suivi d'un cri de douleur.

Et le sang de Peeta gicle sur le carrelage.

DEUXIÈME PARTIE
L'ASSAUT

Le hurlement démarre au creux de mon dos et remonte à travers mon corps jusqu'à ma gorge, où il se bloque. Me voilà transformée en muette, étranglée par l'anxiété. Même si je pouvais détendre les muscles de mon cou, relâcher le cri qui m'étouffe, m'entendrait-on au milieu du tumulte ? Questions et réponses fusent de toutes parts, chacun s'efforçant de déchiffrer les paroles de Peeta. « *Et toi… dans le Treize… Tu seras morte avant demain matin !* » Et cependant, personne ne s'inquiète du sort du messager dont le sang a cédé la place à une neige électrostatique.

Une voix tonne au-dessus des autres :

— Fermez-la ! (Tous les regards convergent sur Haymitch.) Ce n'est pourtant pas difficile à comprendre. Le petit nous prévient d'une attaque imminente. Ici. Dans le Treize.

— D'où tiendrait-il cette information ?

— Pourquoi voudriez-vous lui faire confiance ?

— Comment le savez-vous ?

Haymitch pousse un grognement de frustration.

— Ils sont en train de le battre comme plâtre en ce moment même. Que voulez-vous de plus ? Katniss, dis-leur, toi !

Je me secoue et retrouve la parole :

— Haymitch a raison. Je ne sais pas d'où Peeta peut tenir l'information. Ni même si elle est vraie. Mais il y croit, en tout cas. Et ils sont en train de le...

Je suis incapable de formuler à voix haute ce que Snow est en train de lui faire.

— Vous ne le connaissez pas, dit Haymitch à Coin. Nous, si. Préparez tout le monde.

La présidente semble moins alarmée que décontenancée par la tournure des événements. Elle réfléchit longuement, en tapotant du doigt le bord de sa console de contrôle. Quand elle se décide à parler, elle s'adresse à Haymitch d'une voix neutre :

— Bien sûr, nous sommes préparés à un scénario de ce genre. Malgré les dizaines d'années d'expérience qui nous permettent d'affirmer qu'une attaque directe contre le Treize serait contre-productive pour le Capitole. Des missiles nucléaires rejetteraient des radiations dans l'atmosphère, avec des conséquences incalculables pour l'environnement. Même un bombardement conventionnel risquerait de détruire nos infrastructures militaires, sur lesquelles notre ennemi voudrait bien remettre la main. Et, naturellement, de telles frappes appelleraient des représailles. Cela dit, on peut concevoir qu'au vu de notre alliance avec les rebelles, ces risques soient aujourd'hui considérés comme acceptables.

— Vous croyez vraiment ? demande Haymitch.

C'est un peu trop direct, mais les subtilités de l'ironie sont souvent perdues dans le Treize.

— Oui. De toute façon, il était grand temps de procéder à un exercice d'alerte de niveau 5, conclut Coin. Procédons au bouclage général.

Elle pianote à toute vitesse sur son clavier, pour valider sa décision. À l'instant où elle relève la tête, tout se déclenche.

Nous avons connu deux exercices d'alerte de niveau faible depuis mon arrivée au Treize. Je ne me souviens pas vraiment du premier. Je me trouvais à l'hôpital, au service des soins intensifs, et je crois que les patients étaient dispensés car leur déplacement aurait entraîné trop de complications pour que ça en vaille la peine. Je me rappelle vaguement une voix enregistrée qui appelait tout le monde à se regrouper dans les zones jaunes. Lors du second, un exercice de niveau 2 destiné aux crises mineures – par exemple une quarantaine temporaire, le temps de faire passer des tests aux citoyens à l'occasion d'une épidémie de grippe –, nous étions censés regagner nos quartiers d'habitation. Je suis restée derrière un conduit dans la laverie, sans prêter attention au bip-bip régulier qui tombait des haut-parleurs, à regarder une araignée tisser sa toile. Aucune de ces deux expériences ne m'a préparée aux sirènes hurlantes et terrifiantes qui résonnent maintenant à travers le Treize. Impossible d'ignorer ce son, qui semble conçu pour semer la panique au sein de la population. Mais nous sommes dans le Treize, et tout se déroule dans la discipline.

Boggs nous entraîne hors du centre de Commandement, Finnick et moi, jusqu'au bout d'un couloir, puis dans un grand escalier. Des torrents de personnes y convergent, en un flot puissant qui s'écoule vers le bas. Il n'y a aucun cri, aucune bousculade. Même les enfants ne résistent pas. Nous descendons les niveaux un à un, sans parler. De toute façon, on n'entendrait pas un mot avec ce bruit. Je cherche Prim et ma mère, mais impossible de voir au-delà de mes voisins immédiats. Comme elles étaient toutes les deux de garde à l'hôpital ce soir, je peux au moins être sûre qu'elles participent à l'exercice.

Mes oreilles se débouchent et mes yeux s'alourdissent. Nous avons atteint la profondeur d'une mine de charbon.

Le seul avantage, c'est que plus nous descendons sous la surface, plus les sirènes s'atténuent. Comme si elles étaient réglées pour nous refouler physiquement dans les profondeurs, ce qui est probablement le cas. De petits groupes commencent à se détacher de la foule pour disparaître par des portes numérotées, mais Boggs nous entraîne toujours plus bas, jusqu'à ce que l'escalier s'arrête enfin au seuil d'une caverne gigantesque. Je fais mine d'entrer sans attendre mais Boggs me retient. Il me fait signe de passer mon emploi du temps devant un scanner afin de m'enregistrer. L'information va sans doute remonter jusqu'à un ordinateur, quelque part, pour s'assurer que personne ne manque à l'appel.

On dirait que la grotte n'a pas clairement décidé si elle était naturelle ou artificielle. Certaines de ses parois sont restées à l'état brut, d'autres sont soutenues par des poutres d'acier ou renforcées par du béton. Des couchettes y sont taillées à même la roche. On y trouve également une cuisine, des toilettes, une infirmerie. Cet endroit est conçu pour un séjour prolongé.

Des panneaux blancs portant des lettres ou des numéros sont accrochés à intervalles réguliers tout autour de la caverne. Alors que Boggs nous explique à Finnick et à moi que nous devons chercher le panneau correspondant à nos quartiers d'habitation – dans mon cas, le E pour « compartiment E » –, Plutarch nous rejoint d'un pas nonchalant.

— Ah, vous êtes là, se réjouit-il.

Les événements récents semblent avoir eu très peu d'effets sur sa bonne humeur. Il est encore sous le coup du triomphe de Beetee dans leur guerre des ondes. Le regard sur la forêt, pas sur les arbres. Pas sur le sort de Peeta ou le bombardement imminent du Treize.

— Katniss, je sais que tu traverses un moment difficile, avec les ennuis de Peeta et tout ça, mais tu dois savoir que tous les autres auront les yeux rivés sur toi.

— Quoi ? je m'exclame.

Je n'en crois pas mes oreilles. Dans sa bouche, les mauvais traitements que doit endurer Peeta sont devenus de simples ennuis !

— Les autres occupants du bunker, m'explique Plutarch. Ils vont calquer leur attitude sur la tienne. Si tu restes calme et courageuse, ils essaieront de t'imiter. Mais si tu cèdes à la panique, ça pourrait se répandre comme une traînée de poudre. (Je le fixe longuement.) Le feu se propage, insiste-t-il, comme si je n'avais pas encore compris.

— Et si je faisais semblant d'être filmée, Plutarch ? dis-je.

— Oui ! Parfait. On est toujours plus courageux devant un public, approuve-t-il. Regarde la bravoure que Peeta vient de démontrer !

J'ai toutes les peines du monde à me retenir de le gifler.

— Je dois retrouver Coin avant le bouclage total. Continue comme ça ! me dit-il.

Puis il s'en va.

Je m'approche du E géant accroché à la paroi. L'espace qui nous est attribué consiste en un carré de quatre mètres sur quatre délimité au sol par de la peinture. La paroi comporte deux couchettes – l'une de nous devra dormir par terre – ainsi qu'un rangement de forme cubique. J'y trouve un document plastifié intitulé *Règlement du bunker*. Je fixe attentivement les petits caractères imprimés sur le papier. Pendant un moment, ils paraissent brouillés par des traînées de sang que je ne parviens pas à chasser de ma vision. Et puis, peu à peu, les mots se précisent. Le premier paragraphe s'intitule « À votre arrivée ».

1. Assurez-vous que tous les membres de votre compartiment sont enregistrés.

Ma mère et Prim ne sont pas encore là, mais j'étais l'une des premières arrivées. Elles sont probablement en train d'aider à transporter les patients de l'hôpital.

2. Rendez-vous au poste de Fournitures et réclamez un sac pour chaque membre de votre compartiment. Préparez vos quartiers d'habitation. Rapportez le/les sac(s).

Je fouille la caverne du regard jusqu'à ce que je découvre le poste de Fournitures, une salle profonde barrée par un comptoir. Quelques personnes font le pied de grue devant, mais ce n'est pas encore l'affluence. Je m'approche, donne la lettre de mon compartiment et réclame trois sacs. L'employé consulte son registre, prend trois sacs sur une étagère et les pose devant moi sur le comptoir. Après en avoir endossé un et attrapé un autre dans chaque main, je me retourne et je découvre qu'une longue queue est en train de se former derrière moi.

— Pardon, dis-je en me frayant un chemin à travers la foule avec mes sacs.

Suis-je simplement arrivée au bon moment ? Ou Plutarch a-t-il raison, ces gens sont-ils vraiment en train de régler leur comportement sur le mien ?

De retour à notre espace, j'ouvre l'un des sacs et j'en sors un tapis en mousse, un sac de couchage, deux tenues de rechange grises, une brosse à dents, un peigne et une lampe torche. En vérifiant le contenu des deux autres sacs, j'observe qu'ils contiennent chacun une tenue grise et une tenue blanche. J'imagine que les tenues blanches sont pour ma mère et Prim, au cas où elles seraient appelées à remplir des fonctions médicales. Après avoir fait les lits, rangé les vêtements et rapporté les sacs à dos, il ne me reste plus grand-chose à faire à part observer le dernier point du règlement.

3. Attendez de nouvelles instructions.

Je m'assois en tailleur à même le sol pour patienter. Un flot régulier de personnes se met à remplir la caverne, à se répartir chacune dans son espace, à réclamer leurs fournitures. D'ici peu de temps, l'endroit sera plein à craquer. Je me demande si ma mère et Prim ne vont pas rester toute la nuit auprès de leurs patients. Mais non, ça m'étonnerait. Leurs noms figuraient sur le registre. Je commence à m'inquiéter, quand je vois arriver ma mère. Je regarde la marée d'étrangers derrière elle.

— Où est Prim ? je lui demande.

— Elle n'est pas avec toi ? s'étonne ma mère. Elle devait descendre directement depuis l'hôpital. Elle est sortie dix minutes avant moi. Où est-elle ? Où a-t-elle bien pu aller ?

Je plisse les paupières un moment, pour la suivre à la trace comme je le ferais avec une proie. Je la vois réagir aux sirènes, courir aider les patients, acquiescer de la tête quand on lui fait signe de descendre au bunker, puis s'arrêter en haut des marches. Elle hésite. Mais pourquoi ?

J'ouvre grand les yeux.

— Le chat ! Elle est retournée le chercher !

— Oh, non ! dit ma mère.

Nous savons toutes les deux que j'ai raison. Nous tâchons de remonter à contre-courant à travers la foule pour sortir du bunker. Devant nous, je les vois en train de refermer les épaisses portes blindées. Tourner lentement les roues métalliques qui commandent le système de part et d'autre. Je suis sûre qu'une fois qu'elles seront closes, rien au monde ne pourra persuader les soldats de les rouvrir. Ce ne sera peut-être même pas en leur pouvoir. Tout en jouant des coudes et des épaules, je leur crie d'attendre. L'espace entre les deux battants se réduit à un mètre, puis cinquante centimètres ; il n'est plus que de quelques centimètres quand j'y glisse mes doigts.

— Ouvrez ! Laissez-moi sortir ! je crie.

La consternation se lit sur le visage des soldats, qui inversent un peu la rotation des roues. Pas suffisamment pour me laisser passer mais juste assez pour éviter de me broyer les doigts. J'en profite pour enfoncer mon épaule dans l'ouverture.

Je hurle dans la cage d'escalier :

— Prim ! (Ma mère plaide notre cause auprès des soldats pendant que j'essaie de me faufiler au-dehors.) Prim !

Et puis, je les entends. Des bruits de pas lointains dans l'escalier.

— On arrive ! crie ma sœur.

— Retenez la porte !

C'est la voix de Gale, cette fois.

— Ils arrivent ! je hurle aux gardes.

Ils rouvrent la porte sur une cinquantaine de centimètres à peu près. Mais je n'ose pas bouger – de peur qu'ils nous enferment tous à l'extérieur – jusqu'à l'arrivée de Prim, les joues rougies par l'effort, qui tient Buttercup dans ses bras. Je la tire à l'intérieur et Gale la suit, chargé d'un carton. Les portes se referment avec un claquement sonore aux accents définitifs.

— Mais à quoi est-ce que tu pensais ?

Je secoue Prim comme un prunier, puis je la serre contre moi en écrasant Buttercup entre nous deux.

Elle a déjà son explication toute prête :

— Je ne pouvais pas l'abandonner, Katniss. Pas deux fois. Tu aurais dû le voir tourner en rond dans la pièce en miaulant. Il était revenu pour nous protéger.

— D'accord. D'accord ! (Je prends quelques respirations pour me calmer, je recule d'un pas et je soulève Buttercup par la peau du cou.) J'aurais dû te noyer quand j'en avais l'occasion.

Il couche les oreilles et lève une patte. Je feule avant qu'il puisse me griffer, ce qui paraît le contrarier, vu qu'il considère le feulement comme son mode d'expression personnel. En représailles, il riposte par un miaulement de chaton. Ma sœur prend aussitôt sa défense.

— Fiche-lui la paix, Katniss, dit-elle en le reprenant au creux de ses bras. Il est assez traumatisé comme ça.

L'idée que je puisse heurter les petits sentiments félins de ce vilain matou me donnerait plutôt envie de continuer. Mais Prim s'inquiète sincèrement pour lui. Alors je me contente de visualiser la fourrure de Buttercup sur une paire de gants, une image qui m'a souvent aidée à le supporter toutes ces années.

— Ça va, je suis désolée. Nous sommes sous le grand E accroché au mur. Tu ferais mieux de l'installer là-bas avant qu'il se perde.

Prim ne se le fait pas dire deux fois, et je me retrouve face à face avec Gale. Il tient le carton de fournitures médicales qu'il a rapporté de notre cuisine dans le Douze. Là où nous avons eu notre dernière conversation, notre dernier baiser, et tout ce qui s'ensuit. Il a aussi ma besace en travers des épaules.

— Si Peeta a dit vrai, je ne pouvais pas laisser tout ça là-haut, m'explique-t-il.

Peeta. Son sang, comme des gouttes de pluie sur la vitre. Comme des giclures de boue sur une botte.

— Merci pour… tout. (Je récupère nos affaires.) Qu'est-ce que tu fabriquais chez nous ?

— Oh, je m'assurais juste que vous n'aviez rien oublié, dit-il. On est au 47 si tu as besoin de moi.

Presque tout le monde s'est retiré dans son coin à la fermeture des portes, si bien que je regagne le nôtre sous les regards de cinq cents personnes au moins. Je m'efforce d'afficher un calme à toute épreuve pour faire oublier ma ruée frénétique à travers la foule. Comme si j'allais tromper qui que ce soit. Tu parles d'un exemple. Oh, et puis quelle importance ? Ils sont tous convaincus que je suis folle, de toute manière. Un homme, que je crois bien avoir renversé par terre, croise mon regard et se frotte le coude d'un air de reproche. Je me retiens de lui feuler dessus, à lui aussi.

Prim a installé Buttercup dans la couchette du bas, l'a emmailloté dans une couverture. Seule sa tête en dépasse. C'est comme ça qu'il aime être quand il y a de l'orage, la seule chose qui lui fasse vraiment peur. Ma mère glisse son carton dans notre espace de rangement. Je m'accroupis dos à la paroi pour regarder ce que Gale a pu sauver dans ma besace. Mon livre sur les plantes, le blouson de mon père, la photo de mariage de mes parents et les affaires personnelles que je rangeais dans mon tiroir. Ma broche au geai moqueur ne quitte plus le costume de Cinna mais je retrouve mon médaillon en or, mon parachute argenté avec le bec de collecte et la perle de Peeta. J'enveloppe la perle dans un coin du parachute et je l'enfouis tout au fond de ma besace, comme s'il s'agissait de la vie de Peeta et que personne ne pourrait me la prendre tant que je veillerais dessus.

Le mugissement lointain des sirènes s'interrompt brusquement. La voix de Coin résonne dans les haut-parleurs, pour nous féliciter de notre évacuation exemplaire des niveaux supérieurs. Elle souligne qu'il ne s'agit pas d'un exercice, car Peeta Mellark, le vainqueur du Douze, a mentionné dans son passage à la télévision la possibilité d'une attaque imminente contre le Treize.

C'est alors que frappe la première bombe. D'abord l'impact, puis une explosion qui résonne tout au fond de moi jusque dans mes entrailles, mes os, mes dents. « On va tous mourir », me dis-je. Je lève les yeux, en m'attendant à voir des fissures géantes courir sur la voûte et faire pleuvoir sur nous de gros blocs de pierre, mais le bunker lui-même frémit à peine. Les lumières s'éteignent, et je me retrouve soudain plongée dans le noir total. Des sons humains inarticulés – petits cris involontaires, halètements, sanglots des bébés, un rire démentiel étrangement musical – traversent l'atmosphère électrique. Puis on entend le bourdonnement d'un générateur qui se met en marche, et une lueur vacillante remplace l'éclairage cru qui constitue la norme dans le Treize. Ça se rapproche davantage de ce que nous avions dans le Douze, les soirs d'hiver, quand nous nous éclairions à la bougie et au feu de cheminée.

Je cherche Prim à tâtons dans le noir, je referme ma main sur sa jambe et je me tire jusqu'à elle. Elle berce Buttercup en lui murmurant calmement :

— C'est rien, mon beau, tout va bien. On ne risque rien ici.

Ma mère nous prend toutes les deux dans ses bras. Je m'autorise à redevenir brièvement une enfant et je pose ma tête contre son épaule.

— Ça ne ressemblait pas aux bombes dans le Huit, dis-je.

— Probablement un missile anti-bunker, dit Prim, sans élever la voix pour ne pas effrayer le chat. On nous en a parlé dans les séances d'orientation pour les nouveaux citoyens. Ils sont conçus pour pénétrer loin dans le sol avant d'exploser. Parce qu'il ne sert plus à rien de bombarder le Treize en surface.

— Nucléaires ? je demande avec un frisson.

— Pas forcément, me répond Prim. Certains emportent juste de grosses charges explosives. Mais… c'est possible, évidemment.

Dans l'éclairage diffus, il est difficile de distinguer les lourdes portes blindées à l'entrée du bunker. Offrent-elles une protection suffisante contre une explosion nucléaire ? Et même si elles absorbaient cent pour cent des radiations, ce qui me paraît hautement improbable, serions-nous en mesure de quitter cet endroit ? L'idée de passer le restant de mes jours dans ce tombeau de pierre m'horrifie. Je voudrais courir comme une folle jusqu'à la porte et exiger qu'on l'ouvre. Mais ce serait inutile. On ne me laisserait jamais sortir, et je risquerais de déclencher un mouvement de panique.

— Aussi loin sous la surface, je suis sûre que nous sommes en sécurité, déclare ma mère d'une voix faible. (Pense-t-elle à notre père, volatilisé dans une explosion au fond de la mine ?) Mais je crois qu'il s'en est fallu de peu. Heureusement que Peeta a eu la présence d'esprit de nous avertir.

La présence d'esprit. Un terme général qui englobe tout ce dont il a eu besoin pour donner l'alerte. Le savoir, l'occasion, le courage. Plus autre chose que j'ai du mal à définir. On aurait dit que Peeta menait une sorte de lutte intérieure pour formuler son message. Pourquoi ? Il avait toujours démontré un remarquable talent oratoire. Ses difficultés seraient-elles une conséquence de la torture ? Ou bien autre chose ? La folie, peut-être ?

La voix de Coin, légèrement plus soucieuse, retentit de nouveau dans le bunker. Le volume du son oscille en même temps que l'éclairage.

— Apparemment, l'avertissement de Peeta Mellark était fondé et nous lui devons une fière chandelle. Nos capteurs indiquent que le premier missile n'était pas nucléaire, malgré sa puissance. Il faut nous attendre à en recevoir d'autres. Pendant toute la durée de l'attaque, et sauf indication contraire, chacun devra rester à la place qui lui a été attribuée.

Un soldat vient prévenir ma mère qu'on a besoin d'elle à l'infirmerie. Celle-ci ne se trouve qu'à une trentaine de mètres, mais elle hésite à nous laisser.

— Ça ira, je t'assure, lui dis-je. Tu oublies le fauve qu'on a pour nous protéger.

J'indique Buttercup, qui m'adresse un feulement si pathétique que nous lâchons un petit rire toutes les trois. Même moi, il me fait de la peine. Après le départ de ma mère, je suggère à Prim :

— Et si tu grimpais dans la couchette avec lui ?

— Je sais que c'est idiot, mais j'ai peur qu'elle s'écroule sur nous pendant l'attaque, m'avoue-t-elle.

Si les couchettes s'écroulent, c'est que le bunker tout entier aura cédé et nous aura ensevelis sous les décombres, mais j'ai peur que cette logique ne lui soit pas d'un grand secours. Alors, je vide plutôt notre cube de rangement pour y installer Buttercup dans un nid douillet. Après quoi je tire un matelas devant pour le partager avec ma sœur.

On nous autorise à utiliser les toilettes et à nous brosser les dents par petits groupes, même si les douches sont condamnées pour l'instant. Je me serre contre Prim sur notre matelas, sous une double épaisseur de couvertures, car il règne un froid glacial dans la caverne. Buttercup, toujours grognon malgré les petits soins de sa maîtresse, reste tapi au fond de son cube d'où il me souffle son haleine de chat à la figure.

En dépit de ces conditions pénibles, je suis heureuse de passer un moment auprès de ma sœur. Mon inquiétude permanente depuis mon arrivée ici – enfin, depuis les premiers Jeux, en réalité – ne m'a pas laissé beaucoup de temps pour m'occuper d'elle. Je ne veille plus sur elle aussi bien que je devrais, aussi bien que j'en avais l'habitude. Après tout, c'est Gale qui s'est chargé de vérifier une dernière fois notre compartiment, pas moi. J'ai du retard à rattraper.

Je réalise que je n'ai jamais pris la peine de lui demander comment elle supportait le choc d'être venue ici.

— Alors, Prim, lui dis-je, tu apprécies la vie au Treize ?

— Là, tout de suite ? me demande-t-elle. (Nous rions.) Le Douze me manque un peu, certains jours. Mais dans ces moments-là je me rappelle qu'il n'existe plus. Je me sens plus en sécurité ici. On n'a pas besoin de se faire du mauvais sang pour toi en permanence. Enfin, pas autant. (Elle marque une pause, puis un sourire timide joue sur ses lèvres.) Je crois qu'ils veulent me former pour être médecin.

C'est la première fois que j'en entends parler.

— Bah, rien d'étonnant. Ils seraient idiots de s'en priver.

— Ils m'ont observée pendant que j'aidais à l'hôpital. J'ai commencé les cours. Pour l'instant, on aborde les connaissances de base. J'en connais déjà une bonne partie. Mais il me reste quand même plein de choses à apprendre, reconnaît-elle.

— C'est super.

Prim, médecin. Elle n'aurait même pas pu en rêver dans le Douze. Une petite flamme discrète, comme si on venait de gratter une allumette, vient éclairer un peu mes idées noires. C'est le genre d'avenir qu'une rébellion peut procurer.

— Et toi, Katniss ? Comment tiens-tu le coup ? (Du bout des doigts, elle caresse Buttercup entre les deux yeux.) Et ne me raconte pas que tu vas bien.

Elle a raison. Je ne pourrais pas aller plus mal. Alors je me jette à l'eau et je lui confie mes inquiétudes au sujet de Peeta, de sa détérioration à l'écran, et ma peur qu'on soit en train de le tuer en cet instant. Buttercup doit se débrouiller seul pendant un moment car Prim me consacre toute son attention. Elle me serre contre elle, me repousse doucement les cheveux derrière les oreilles. Je me tais, parce qu'au fond je n'ai plus rien à dire et que j'éprouve cette douleur lancinante au niveau du cœur. Peut-être suis-je en train de faire une crise cardiaque, mais ça ne vaut pas la peine d'en parler.

— Katniss, je ne crois pas que le président Snow va tuer Peeta, dit-elle. (Normal qu'elle dise ça ; elle cherche à me rassurer. Mais la suite de son discours me surprend.) S'il le faisait, il ne pourrait plus menacer quelqu'un à qui tu tiens. Il n'aurait plus aucun moyen de te faire du mal.

Tout à coup, je me rappelle une autre jeune femme qui a déjà connu le pire de ce que le Capitole peut offrir. Johanna Mason, du district Sept, au cours des derniers Jeux. Je voulais l'empêcher d'entrer dans la jungle où les geais bavards imitaient la voix de nos proches soumis à la torture, mais elle s'est dégagée brusquement, en disant : « *Ils ne peuvent rien contre moi. Je ne suis pas comme vous. Personne que j'aime ne m'attend chez moi.* »

Je sais alors que Prim a raison, que Snow ne peut pas se permettre de gaspiller la vie de Peeta, surtout en ce moment, alors que le geai moqueur cause tant de dégâts. Il a déjà tué Cinna. Détruit mon district. Ma famille, Gale et même Haymitch sont hors de sa portée. Il ne lui reste plus que Peeta.

— Alors, que crois-tu qu'ils vont lui faire ? je demande.

Prim a l'air d'avoir mille ans quand elle répond :

— Ce qu'il faudra pour te briser.

« **Q**u'est-ce qui pourra me briser ? »

Cette question me ronge depuis trois jours alors que nous attendons encore de pouvoir quitter notre refuge. Qu'est-ce qui pourra me briser en mille morceaux, définitivement, irrémédiablement ? Je n'en parle à personne mais je n'arrête pas d'y penser, jusque dans mes cauchemars.

Quatre autres missiles tombent sur le bunker pendant cette période, quatre bombes énormes, dévastatrices, mais qui se succèdent de façon espacée. De longues heures s'écoulent entre les attaques, si bien qu'on se dit que le raid est terminé et puis, chaque fois, une nouvelle explosion vient nous remuer jusqu'au fond des tripes. Tout ça semble plutôt destiné à nous garder bouclés au fond de notre trou qu'à nous anéantir. Affaiblir le Treize, oui. Nous obliger à fournir un travail de fourmis pour relancer la machine. Mais détruire le district ? Non. Coin avait raison sur ce point. On ne détruit pas quelque chose qu'on désire acquérir. Je suppose que l'objectif du Capitole, à court terme, est surtout de mettre un frein à la guerre des ondes et de m'empêcher d'apparaître à la télévision.

Nous ne savons quasiment rien du déroulement de la situation. Nos écrans restent éteints, et seule la voix de Coin nous informe de temps en temps de la nature des bombes. Il est certain que la guerre se poursuit, mais quant à savoir où nous en sommes, c'est le mystère.

Dans le bunker, la coopération est à l'ordre du jour. Nous observons un programme strict pour les repas, les douches, l'exercice et le sommeil. On nous accorde de brèves périodes de socialisation pour lutter contre l'ennui. Notre espace devient très populaire car tout le monde, enfants comme adultes, se montre fasciné par Buttercup. Il a même atteint la célébrité grâce à son jeu quotidien du Chat Fou. J'avais inventé ça par hasard il y a quelques années, en hiver, à l'occasion d'un black-out. Ça consiste à lui agiter sous le nez le pinceau d'une lampe torche, qu'il essaie d'attraper. Je prends à ce jeu un plaisir mesquin car, pour moi, il rend Buttercup parfaitement ridicule. Inexplicablement, les gens le trouvent plutôt très malin et adorable. On m'accorde même des piles de rechange – un gaspillage énorme – spécialement pour ce jeu. Les citoyens du Treize ont tellement besoin de se changer les idées.

C'est le troisième soir, au cours de notre jeu, que je trouve enfin la réponse à la question qui me hante. Le Chat Fou devient une métaphore de ma situation. Buttercup, c'est moi. Peeta représente la lumière sur laquelle je cherche désespérément à mettre la main. Tant que Buttercup pense avoir une chance d'attraper le pinceau lumineux, il se montre extrêmement agressif. (Comme moi depuis ma fuite hors de l'arène, sachant que Peeta est toujours en vie.) Quand j'éteins la lampe torche, il connaît un moment d'angoisse et de confusion puis finit par s'en remettre et par passer à autre chose. (C'est ce qui se produirait pour moi si Peeta devait mourir.) Mais ce qui le rend vraiment fou, c'est quand je laisse la lampe allumée et que je braque le pinceau hors de sa portée, sur la voûte par exemple, trop haut pour qu'il puisse l'atteindre en sautant. Il tourne de

long en large au pied de la paroi, en poussant des miaulements déchirants, sans que rien ni personne ne puisse le
consoler ou le faire changer d'idée. Il ne se calme que quand
j'éteins la lumière. (C'est ce que Snow essaie de me faire
en ce moment, même si j'ignore comment il compte s'y
prendre.)

Peut-être attendait-il justement que je comprenne son
manège. Savoir Peeta entre ses mains et soumis à la torture
pour livrer des informations à propos des rebelles était déjà
suffisamment pénible. Mais savoir qu'il est torturé dans le
seul but de m'atteindre devient insupportable. Et le poids
de cette révélation pèse de plus en plus lourd sur mes épaules.

Après le jeu du Chat Fou, on nous envoie tous au lit.
L'alimentation électrique connaît des baisses de tension ;
parfois, les lampes brillent d'un éclat aveuglant et d'autres
fois, nous devons plisser les paupières pour nous apercevoir
dans la pénombre. Quand vient l'heure du coucher, toutes
les lumières s'éteignent et il ne reste plus que les veilleuses
de sécurité au-dessus de chaque espace. Prim, enfin convaincue que les parois résisteront, se love dans la couchette du
bas en compagnie de Buttercup. Ma mère dort dans celle
du haut. J'ai proposé d'en prendre une, mais vu comme je
m'agite dans mon sommeil, elles m'ont dit de garder le
matelas d'appoint.

Pourtant, je ne remue pas un cil en ce moment, car j'ai
les muscles bloqués par la tension. Ma douleur au niveau
du cœur me reprend, et j'imagine de minuscules fissures
en train de se propager sur tout mon corps ; sur ma poitrine, le long de mes bras et de mes jambes, jusque sur
mon visage, en dessinant une sorte de mosaïque. Une
bonne secousse d'un missile anti-bunker, et l'onde de choc
me ferait exploser en mille morceaux coupants comme des
rasoirs.

Une fois que la plupart des gens ont fini par s'endormir d'un sommeil agité, je m'extirpe sans bruit de ma couverture et traverse la caverne sur la pointe des pieds à la recherche de Finnick. Je sais qu'il saura m'écouter. Je le trouve assis dans son espace sous la veilleuse de sécurité, en train de nouer sa corde. Il ne fait même pas semblant de se reposer. En lui chuchotant ce que je viens de comprendre du plan de Snow, je réalise que tout ça n'a rien de nouveau pour Finnick. C'est précisément ce qui l'a brisé.

— Ils font la même chose pour toi avec Annie, pas vrai ? lui dis-je.

— Oui, sauf qu'ils ne l'ont pas arrêtée pour lui arracher des renseignements à propos des rebelles. Ils savent bien que je ne lui aurais jamais confié ce genre d'informations. Pour sa propre sécurité.

— Oh, Finnick. Je suis désolée.

— Non, c'est moi qui suis désolé, réplique-t-il. J'aurais dû te prévenir.

Un souvenir me revient subitement en mémoire. Je suis attachée à mon lit, folle de colère et de chagrin après mon sauvetage. Finnick tente de me consoler à propos de Peeta. « Ils s'apercevront assez vite qu'il ne sait rien. Et ils ne le tueront pas s'ils croient pouvoir se servir de lui comme appât. »

— Oh, tu m'as prévenue. À bord de l'hovercraft. Seulement, je n'ai pas compris quand tu m'as dit qu'ils se serviraient de Peeta comme appât. Je croyais que tu parlais d'un moyen de m'attirer au Capitole.

— J'aurais mieux fait de me taire. Il était trop tard pour que ça puisse t'aider en quoi que ce soit. J'aurais dû t'avertir avant le début des Jeux, ou ne rien te dire du tout. (Finnick tire sèchement sur le bout de sa corde, et un nœud complexe se défait.) Seulement, je ne comprenais pas quand je t'ai rencontrée. Après vos premiers Jeux, je croyais que votre histoire n'était qu'une mise en scène de votre part. Tout le monde s'attendait à vous voir poursuivre cette stratégie. Mais quand Peeta a heurté le champ de force et failli mourir, j'ai…

Finnick hésite.

Je repense à l'arène. Au moment où j'ai éclaté en sanglots quand Finnick a ranimé Peeta. À son expression perplexe. À la façon dont il a mis mon comportement sur le compte de ma prétendue grossesse.

— Tu as quoi ?

— J'ai compris que je t'avais mal jugée. Que tu l'aimes pour de bon. De quelle façon, je n'en sais rien. Je ne suis pas sûr que tu le saches toi-même. Mais il suffit de t'observer pour voir à quel point tu tiens à lui, me dit-il avec douceur.

Il suffit de m'observer ? Lors de sa visite avant la Tournée de la victoire, Snow m'a mise au défi de balayer ses doutes concernant mon amour pour Peeta. « Persuadez-moi », m'a-t-il dit. On dirait que j'y suis parvenue, sous ce ciel rose et brûlant, avec la vie de Peeta dans la balance. Et que je lui ai offert du même coup l'arme dont il avait besoin pour me briser.

Finnick et moi restons longuement assis en silence, à regarder ses nœuds se faire et se défaire, avant que je lui demande :

— Comment arrives-tu à tenir le coup ?

Il me dévisage avec incrédulité.

— Je n'y arrive pas, Katniss ! Tu vois bien que je n'y arrive pas. Je fais des cauchemars toutes les nuits, et chaque matin, je constate une fois de plus que le réveil n'arrange rien. (Quelque chose dans mon expression le dissuade de continuer.) Il ne faut surtout pas te laisser aller. C'est dix fois plus long de se reconstruire que de s'écrouler.

Il est bien placé pour le savoir. J'inspire un grand coup, et je m'efforce de me reprendre.

— Le mieux, c'est de trouver un truc pour te changer les idées, m'explique Finnick. Dès demain matin, on te trouvera ta propre corde. Tiens, prends la mienne en attendant.

Je passe le restant de la nuit sur mon matelas, à nouer et dénouer ma corde avec un soin obsessionnel, en présentant chaque nœud à Buttercup. Quand l'un d'eux lui paraît douteux, il lui donne un coup de patte et le mâchouille deux ou trois fois pour s'assurer qu'il est bien mort. Au petit matin, j'ai les doigts en sang mais au moins je tiens bon.

Avec vingt-quatre heures de calme derrière nous, Coin nous annonce enfin que nous allons pouvoir quitter le bunker. Nos anciens quartiers d'habitation ont disparu sous les bombes. On va nous attribuer de nouveaux compartiments. Nous nettoyons chacun notre espace, ainsi qu'on nous l'ordonne, puis nous faisons sagement la queue pour rejoindre la sortie.

Je ne suis pas à mi-chemin de la porte que Boggs apparaît et m'entraîne hors de la queue. Il fait signe à Gale et à Finnick de nous rejoindre. Les gens s'écartent pour nous laisser passer. Certains même me sourient, car le jeu du Chat Fou semble m'avoir rendue plus accessible. Nous sortons, grimpons l'escalier, enfilons un long couloir jusqu'à l'un de ces ascenseurs multidirectionnels, et nous parvenons enfin à la Défense spéciale. Je n'ai pas vu de dégâts sur le trajet, mais nous sommes encore à une grande profondeur.

Boggs nous conduit dans une pièce virtuellement identique au centre de Commandement. Coin, Plutarch, Haymitch, Cressida ainsi que tous les autres réunis autour de la table ont l'air épuisés. Quelqu'un a fini par sortir le café – sans doute est-il considéré comme un stimulant pour les cas d'urgence –, et Plutarch serre farouchement son gobelet entre ses deux mains comme s'il redoutait qu'on le lui prenne.

Coin ne s'embarrasse pas de préambule.

— Je veux vous voir tous les quatre vous équiper et remonter à la surface, déclare la présidente. Vous aurez deux heures pour filmer les dégâts du bombardement, montrer que l'appareil militaire du Treize reste fonctionnel et toujours aussi redoutable, et surtout prouver à tous que le geai moqueur est encore en vie. Pas de questions ?

— Si, pourrait-on avoir du café ? demande Finnick.

On nous tend des gobelets fumants. Je contemple le liquide noir avec dégoût. Je n'ai jamais trop apprécié ce breuvage, mais il m'aidera peut-être à garder les yeux ouverts. Finnick me verse un nuage de lait et plonge la main dans le sucrier.

— Tu veux un morceau de sucre ? me suggère-t-il avec sa voix de séducteur.

Il me l'avait déjà proposé lors de notre première rencontre. Au milieu des chevaux et des chariots, costumés et maquillés pour la foule, alors que nous n'étions pas encore alliés. Avant que je sache ce qui le faisait tenir. Ce souvenir m'arrache un sourire.

— Tiens, ce sera meilleur comme ça, m'assure-t-il en lâchant trois morceaux dans mon gobelet.

En sortant pour aller m'habiller en geai moqueur, je remarque Gale qui nous fixe d'un air maussade. Quoi, encore ? S'imagine-t-il qu'il y a quelque chose entre Finnick et moi ? Peut-être m'a-t-il vue avec lui la nuit dernière. J'ai dû passer devant l'espace des Hawthorne pour le retrouver. Je suppose que Gale se sent vexé. De me voir rechercher la compagnie de Finnick au lieu de la sienne. Eh bien, tant pis. J'ai les doigts en sang, je tombe de sommeil et une équipe de tournage va bientôt me demander d'être brillante. Et Snow tient toujours Peeta. Gale peut penser ce qu'il veut.

Je retrouve mon équipe de préparation dans ma nouvelle salle de Transformation à la Défense spéciale. On m'aide à enfiler mon costume de geai moqueur, on me coiffe et on m'applique un maquillage léger avant même que mon café ait le temps de refroidir. En moins de dix minutes, l'équipe de tournage et les acteurs du prochain spot de propagande sont en route pour la surface. Je termine mon café pendant le trajet. Je dois admettre que c'est bien meilleur avec du lait et du sucre. En avalant le dépôt qui s'est formé au fond du gobelet, je sens comme une décharge d'électricité me parcourir les veines.

Au sommet d'une ultime échelle, Boggs tire sur un levier et déclenche l'ouverture d'une trappe. Une bouffée d'air frais nous cingle le visage. Je respire à grands traits et constate pour la première fois à quel point je détestais le bunker. Nous émergeons dans la forêt. Je touche les feuilles au-dessus de ma tête. Certaines commencent à jaunir.

— Quel jour sommes-nous ? je demande, sans m'adresser à personne en particulier.

Boggs m'apprend que nous serons en septembre la semaine prochaine.

Septembre. Ça veut dire que Snow détient Peeta depuis cinq semaines, peut-être six. J'examine une feuille au creux de ma paume et je constate que je tremble. Je n'arrive pas à m'en empêcher. Je me dis que c'est la faute du café et je m'efforce de contrôler mon souffle, beaucoup trop rapide à mon goût.

De nombreux débris jonchent le sol de la forêt. Nous débouchons devant un premier cratère, d'une trentaine de mètres de large. Je ne sais pas jusqu'où il s'enfonce mais il est très profond. Selon Boggs, tous les occupants des dix premiers niveaux ont probablement été tués. Nous contournons la fosse et nous continuons.

— Vous allez reconstruire ? demande Gale.

— Pas dans l'immédiat. Ce missile n'a pas touché grand-chose. Quelques générateurs de secours et une ferme, répond Boggs. Nous allons simplement reboucher le trou.

Les arbres disparaissent quand nous pénétrons dans la zone à l'intérieur du grillage. Les cratères y sont bordés de décombres, vieux pour certains, tout frais pour d'autres. Avant le bombardement, le Treize actuel ne comptait que très peu de bâtiments en surface. Quelques postes de garde. Le terrain d'entraînement. Cinquante centimètres du dernier niveau de notre immeuble – d'où Buttercup s'échappait par son soupirail –, coiffé d'un blindage de un mètre d'épaisseur. Rien de tout ça n'était conçu pour résister à une attaque d'une telle envergure.

— Combien de temps gagnez-vous grâce à l'avertissement de Peeta ? demande Haymitch.

— À peu près dix minutes par rapport au moment où nos systèmes de détection antimissiles nous auraient alertés, dit Boggs.

— Ça nous a quand même aidés, non ? dis-je.

Je ne pourrais pas supporter qu'il me réponde le contraire.

— Absolument, reconnaît Boggs. Ça nous a permis de mener à bien l'évacuation des civils. Chaque seconde a son importance dans ce genre d'attaque. Ces dix minutes de différence ont sauvé des vies.

« Comme celle de Prim, me dis-je. Ou de Gale. » Ils sont arrivés dans le bunker quelques minutes seulement avant la première explosion. Peeta les a peut-être sauvés. Ajoutons donc leurs noms à la liste des choses dont je lui serai éternellement redevable.

Cressida veut me filmer devant les ruines de l'ancien hôtel de justice, ce qui est plutôt comique car le Capitole s'en sert depuis des années comme arrière-plan dans de faux reportages télévisés, pour montrer que le Treize n'existe plus. À présent, suite au dernier bombardement, le bâtiment se dresse à moins de dix mètres d'un nouveau cratère.

En approchant de ce qui constituait l'entrée principale, Gale indique quelque chose et le groupe ralentit. Au début, je ne vois pas quel est le problème ; et puis je remarque que le sol est jonché de roses.

— N'y touchez pas ! je m'écrie. Elles sont pour moi !

Leur parfum douceâtre monte à mes narines, et mon pouls s'emballe. Je n'avais donc pas rêvé. Pour la rose sur ma coiffeuse. C'est la deuxième fois que Snow m'offre des fleurs : roses et rouges, les mêmes fleurs magnifiques qui décoraient le plateau où Peeta et moi avions donné notre interview après la victoire. Des fleurs destinées à un couple d'amoureux.

J'explique la situation aux autres. À les voir, ces roses paraissent inoffensives, quoique génétiquement modifiées. Il y en a deux douzaines. Légèrement flétries. Elles ont sans doute été larguées à l'issue du bombardement. Une équipe en combinaisons spéciales les ramasse et les emporte. Cela dit, je suis certaine qu'ils ne leur trouveront rien d'extraordinaire. Snow sait parfaitement ce qu'il fait. Comme quand il a fait massacrer Cinna sous mes yeux alors que j'étais coincée dans mon tube d'éjection. Il cherche à me déstabiliser.

Cette fois encore, je serre les dents et je m'efforce d'encaisser le coup. Mais tandis que Cressida place Castor et Pollux, je sens l'angoisse monter en moi. Je suis épuisée, à bout de nerfs, et totalement incapable de penser à quoi que ce soit d'autre que Peeta depuis que j'ai vu les roses. Le café a été une grosse erreur. J'avais besoin de tout sauf d'un stimulant. Je tremble de tout mon corps et je n'arrive pas à reprendre mon souffle. Après les quelques jours que je viens de passer dans le bunker, la lumière me fait mal, et je plisse les yeux où que je me tourne. Et malgré un petit vent frais, je suis tout en sueur.

— Bon, rappelez-moi ce que vous voulez exactement, dis-je.

— Juste quelques phrases pour faire savoir aux gens que tu es en vie et que tu continues le combat, me répond Cressida.

— D'accord. (Je me mets en place et je fixe la lumière rouge. Encore. Et encore.) Désolée, rien ne me vient.

Cressida s'approche de moi.

— Tu te sens bien ? (Je hoche la tête. Elle sort un mouchoir de sa poche et me tamponne le visage.) Que dirais-tu d'une petite série de questions et réponses ?

— Oui, je crois que ça pourrait m'aider.

Je croise les bras pour dissimuler mon tremblement. Je jette un coup d'œil à Finnick, qui m'encourage d'un signe, les deux pouces levés. Mais lui-même a l'air plutôt secoué.

Cressida se recule.

— Eh bien, Katniss. Tu as survécu au bombardement du Treize par le Capitole. En quoi comparerais-tu cette expérience avec l'attaque au sol que tu as vécue dans le Huit ?

— Nous étions tellement loin sous la surface cette fois-ci que je ne me suis pas vraiment sentie en danger. Le Treize est toujours en vie, il tient bon, et moi…

Ma voix se brise sur un petit couinement sec.

— Réessaie, m'encourage Cressida. « Le Treize est toujours en vie, il tient bon et moi aussi. »

Je respire un grand coup et répète :

— Le Treize est toujours en vie, et moi…

Non, c'est faux. Je sens encore le parfum des roses à plein nez.

— Allez, Katniss, rien que cette phrase et je te laisse tranquille pour aujourd'hui. Promis, m'assure Cressida. « Le Treize est toujours en vie, il tient bon et moi aussi. »

J'effectue quelques moulinets avec les bras pour me décontracter. Je pose mes poings sur mes hanches. Puis je les laisse retomber de part et d'autre. Ma bouche se remplit de salive et je sens comme un goût de vomi. Je me racle la gorge, j'ouvre les lèvres pour sortir ce stupide texte et partir me cacher dans les bois… et c'est alors que j'éclate en sanglots.

Il m'est impossible d'être le geai moqueur. Impossible de prononcer ne serait-ce que cette seule phrase. Parce qu'à présent, je sais que tout ce que je pourrai dire retombera directement sur Peeta. Qu'il le paiera par de nouvelles tortures. Mais pas au prix de sa vie, non, rien d'aussi miséricordieux. Snow fera le nécessaire pour que sa vie soit bien pire que la mort.

— Coupez ! dit Cressida à voix basse.

— Quel est son problème ? marmonne Plutarch dans sa barbe.

— Elle vient de comprendre la manière dont Snow se sert de Peeta, explique Finnick.

Un soupir de regret monte du demi-cercle de personnes qui m'entoure. Parce que je suis au courant, désormais. Je ne pourrais plus jamais faire comme si je ne savais pas. Et parce que, au-delà de la catastrophe militaire que représente la perte du geai moqueur, je suis brisée.

Certains esquissent un geste mais, au fond de moi, la seule personne dont je veuille bien accepter le réconfort, c'est Haymitch, car il aime Peeta lui aussi. Je tends la main vers lui, je crois que je prononce son nom car soudain il est là, à me serrer en me tapotant le dos.

— Là, là, ce n'est rien. Tout ira bien, chérie.

Il me fait asseoir sur une colonne de marbre renversée et m'entoure les épaules avec son bras pendant que je sanglote.

— Je ne peux plus continuer comme ça, dis-je.

— Je sais, reconnaît-il.

— Je n'arrête pas de me dire que... tout ce qui arrive à Peeta... c'est parce que je suis le geai moqueur !

— Je sais.

Le bras d'Haymitch me serre plus fort.

— Vous avez vu ? Ce comportement bizarre qu'il avait ? Qu'est-ce que... que sont-ils en train de lui faire ? (Je cherche mon souffle entre deux sanglots et je parviens à bredouiller une dernière chose.) Tout est ma faute !

Après quoi je dois basculer dans l'hystérie car je sens une aiguille dans mon bras et tout s'efface autour de moi.

Je ne sais pas ce qu'on m'a injecté, mais ça devait être fort, car je reste inconsciente une journée entière. J'ai dormi d'un sommeil agité. Je me réveille avec la sensation d'émerger d'un monde ténébreux et fantomatique où j'aurais cheminé seule. Haymitch est assis à mon chevet, le teint cireux, les yeux injectés de sang. Je me souviens de Peeta et je recommence à trembler.

Haymitch allonge le bras et me presse l'épaule.

— Tout va bien. Nous allons tenter de faire sortir Peeta.

— Quoi ?

Ça n'a aucun sens.

— Plutarch a décidé d'envoyer une équipe de sauvetage. Il a des espions au Capitole. Il pense être capable de récupérer Peeta vivant.

— Pourquoi ne pas l'avoir fait plus tôt ? je demande.

— Parce que ça risque d'être coûteux. Mais tout le monde est d'accord pour dire que c'est la seule chose à faire. Comme dans l'arène. Nous devons tout mettre en œuvre pour que tu puisses continuer à tenir ton rôle. Nous ne pouvons pas nous permettre de perdre le geai moqueur maintenant. Et tu ne seras bonne à rien tant que Snow sera en mesure de se venger sur Peeta. (Haymitch me tend un gobelet.) Tiens, bois un peu.

Je me redresse dans mon lit et je prends une gorgée d'eau.

— Qu'est-ce que vous entendez par « coûteux » ?

Il hausse les épaules.

— Certains vont perdre leur couverture. Il risque d'y avoir des pertes. Mais n'oublie pas qu'il y en a tous les jours. Et puis, ce n'est pas seulement pour Peeta ; nous allons aussi faire sortir Annie, pour Finnick.

— Où est-il ?

— Derrière ce rideau, sous sédatif. Il s'est effondré tout de suite après toi, dit Haymitch. (Je souris, soudain un peu moins faible.) Oui, c'était vraiment une séquence du tonnerre. Vous deux en pleine crise de nerfs, et Boggs qui restait seul pour organiser le sauvetage de Peeta. Nous en sommes réduits à rediffuser les anciens spots.

— Bah, tant mieux si c'est Boggs qui dirige la mission.

— Oh, il s'est proposé tout de suite. On ne voulait que des volontaires mais il a fait semblant de ne pas me remarquer alors que je levais la main, dit Haymitch. Comme tu vois, il a fait montre d'un excellent jugement !

Quelque chose ne va pas. Haymitch se donne un peu trop de mal pour me dérider. Ça ne lui ressemble pas.

— Qui d'autre s'est porté volontaire ?

— Je crois qu'ils étaient sept en tout, répond-il évasivement.

Un mauvais pressentiment me noue l'estomac. J'insiste :

— Qui d'autre, Haymitch ?

Haymitch finit par renoncer à sa bonne humeur factice.

— Tu le sais bien, Katniss. Tu sais bien qui s'est proposé le premier.

Bien sûr que je le sais.

Gale.

« **M**aintenant je risque de les perdre tous les deux. » J'essaie de me représenter un monde dans lequel les voix de Gale et de Peeta se seraient éteintes. Où leurs mains ne bougeraient plus. Où leurs yeux ne cilleraient plus. Je me vois debout devant leurs corps, je les regarde une dernière fois, puis je quitte la pièce où ils sont étendus. Mais quand j'ouvre la porte pour ressortir, je ne découvre qu'un vide immense. Un néant grisâtre qui s'étend à l'infini.

— Veux-tu que je demande qu'on t'assomme de médicaments jusqu'à ce que ce soit terminé ? me propose Haymitch.

Il ne plaisante pas. Après tout, il a passé le plus clair de sa vie d'adulte au fond d'une bouteille, à tenter de s'anesthésier contre les crimes du Capitole. Le garçon de seize ans qui a remporté la deuxième édition d'Expiation avait sans doute des proches – des parents, des amis, peut-être une amoureuse. Où sont-ils à présent ? Pourquoi n'y avait-il personne dans sa vie avant que Peeta et moi surgissions ? Qu'est-ce que Snow a bien pu leur faire ?

— Non, dis-je. Je veux aller au Capitole. Je veux faire partie de l'opération.

— Ils sont déjà partis.

— Depuis combien de temps ? Je pourrais les rattraper. Je pourrais...

Quoi donc ? Qu'est-ce que je pourrais faire ? Haymitch secoue la tête.

— Pas question. Tu es trop précieuse et trop vulnérable. On a pensé t'envoyer dans un autre district pour détourner l'attention du Capitole pendant le sauvetage. Mais on s'est dit que tu n'étais pas en état.

— Je vous en prie, Haymitch ! dis-je d'une voix implorante. J'ai besoin de participer. Je ne vais pas rester les bras croisés à attendre des nouvelles. Il y a forcément quelque chose que je peux faire !

— Très bien. Laisse-moi en parler à Plutarch. Reste tranquille en attendant.

Mais j'en suis incapable. Les pas d'Haymitch résonnent encore dans le couloir tandis que je me faufile en titubant derrière le rideau de séparation. Je découvre Finnick allongé sur le ventre, les mains crispées sur sa taie d'oreiller. Malgré la lâcheté – la cruauté, même – qu'il y a à l'arracher à son hébétude artificielle pour le ramener à la réalité implacable, je le réveille, car je ne me sens pas de taille à affronter ça tout seule.

À peine lui ai-je expliqué la situation que son agitation initiale retombe mystérieusement.

— Enfin, Katniss, tu ne comprends pas ? Tout sera bientôt réglé, d'une manière ou d'une autre. D'ici la fin de la journée, soit ils seront morts, soit ils seront avec nous. C'est... c'est plus que je n'en espérais !

Voilà une manière optimiste d'envisager notre situation. Néanmoins, je trouve un certain apaisement à l'idée que cette torture pourrait prendre fin.

Le rideau s'écarte brusquement devant Haymitch. Il a un travail pour nous, si nous nous sentons de taille. On a encore besoin de séquences post-bombardement du Treize.

— Si nous parvenons à monter un spot dans les prochaines heures, Beetee pourra le diffuser au cours du sauvetage, et peut-être détourner l'attention du Capitole.

— Oui, une diversion, approuve Finnick. Excellente idée.

— Ce qu'il nous faudrait, c'est quelque chose de suffisamment captivant pour que le président Snow lui-même reste rivé à son écran. Vous avez une idée ? demande Haymitch.

La perspective d'aider au bon déroulement de l'opération m'arrache à mon abattement. Tout en avalant un petit déjeuner sur le pouce pendant qu'on me prépare, je réfléchis à ce que je pourrais dire. Le président Snow doit se demander comment j'ai réagi aux roses et au sol éclaboussé de sang. S'il s'attend à me voir brisée, je vais devoir me montrer forte. Mais ce n'est pas avec quelques déclarations bravaches devant la caméra que je réussirai à le persuader. Par ailleurs, ce serait une diversion trop courte. Les coups de colère sont brefs. Ce sont les histoires qui prennent du temps.

J'ignore si ça fonctionnera, mais quand l'équipe de tournage se retrouve rassemblée en surface, je demande à Cressida de commencer par m'interroger sur Peeta. Je m'assois sur la colonne de marbre où je me suis offert ma crise de nerfs, et j'attends la lumière rouge et la question de Cressida.

— Comment as-tu connu Peeta ? me demande-t-elle.

Je fais alors ce qu'Haymitch m'a toujours conseillé depuis ma première interview. Je me livre.

— Quand je l'ai rencontré, je n'avais que onze ans et j'étais à moitié morte de faim.

Je raconte cette journée épouvantable où j'avais essayé de revendre nos vêtements de bébé sous la pluie, où la mère de Peeta m'avait chassée des abords de sa boulangerie et où Peeta avait reçu une raclée pour m'avoir apporté les miches de pain qui nous avaient sauvé la vie.

Nous n'avons même pas échangé un mot. La première fois que je lui ai parlé, c'était dans le train pour les Jeux.

— Mais il était déjà amoureux de toi, dit Cressida.

Je m'autorise un petit sourire.

— J'imagine.

— Comment supportes-tu la séparation ?

— Pas très bien. Je sais que Snow risque de le faire exécuter à tout moment. Surtout depuis qu'il a prévenu le Treize à propos du bombardement. C'est dur de vivre avec ça en permanence, reconnais-je. Mais à cause de ce qu'ils lui font subir, je n'ai plus le moindre scrupule. Je ferai tout mon possible pour tenter d'abattre le Capitole. Je suis enfin libre. (Je lève la tête et je suis le vol d'un faucon en plein ciel.) Un jour, le président Snow a reconnu devant moi que le Capitole était fragile. Sur le moment, je n'ai pas compris ce qu'il voulait dire. J'étais trop effrayée pour y voir clair. Mais plus aujourd'hui. Le Capitole est fragile parce qu'il dépend des districts. Pour la nourriture, l'énergie et même les Pacificateurs qui nous encadrent. Si nous proclamons notre liberté, le système s'écroule. Merci, président Snow. Je proclame officiellement la mienne aujourd'hui.

Je me suis montrée arrogante, à défaut d'être captivante. Tout le monde adore l'histoire du pain. Mais c'est mon message au président Snow qui donne une idée à Plutarch. Il appelle aussitôt Finnick et Haymitch, et tous les trois se lancent dans une discussion animée dont je vois bien qu'elle déplaît à Haymitch. Plutarch semble emporter la décision, néanmoins – Finnick est pâle mais finit par donner son accord d'un hochement de tête.

Alors que Finnick s'approche pour prendre ma place devant la caméra, Haymitch lui dit :

— Tu n'es pas obligé de faire ça.

— Si, je le suis. Si ça peut l'aider. (Il enroule sa corde dans sa main.) Je suis prêt.

J'ignore à quoi je dois m'attendre. À son histoire d'amour avec Annie ? À un récit des abus perpétrés dans le district Quatre ? Mais Finnick Odair s'engage dans une voie complètement différente.

— Le président Snow me vendait... c'est-à-dire, mon corps, commence Finnick d'une voix détachée. Et je n'étais pas le seul. Dès qu'un vainqueur est considéré comme désirable, le président l'offre en récompense à ceux qui le servent, ou le loue à des tarifs exorbitants. Si on refuse, il fait tuer l'un de nos proches. Alors, on obéit.

Voilà qui explique tout. Les innombrables conquêtes de Finnick au Capitole. Elles n'ont jamais été ses maîtresses. Elles ressemblaient plutôt à notre ancien chef des Pacificateurs, Cray, qui s'achetait des filles désespérées pour en user et les jeter ensuite, simplement parce qu'il le pouvait. Je voudrais interrompre le tournage et supplier Finnick de me pardonner tout le mal que j'ai pensé de lui. Mais nous avons un travail à accomplir, et j'ai comme l'impression que l'intervention de Finnick sera beaucoup plus efficace que la mienne.

— Je n'étais pas le seul mais j'étais le plus populaire, continue Finnick. Et peut-être le plus vulnérable, car mes proches étaient totalement sans défense. Pour apaiser leurs scrupules, mes clientes m'offraient de l'argent ou des bijoux, mais j'ai vite découvert une forme de rémunération plus intéressante.

« Les secrets », me dis-je. C'est ce qu'il m'avait répondu quand je lui avais demandé ce qu'on lui offrait d'ordinaire pour avoir le plaisir de sa compagnie. Sauf qu'à ce moment-là, je le croyais libre de ses choix.

— Les secrets, dit-il, faisant écho à mes pensées. La suite devrait vous intéresser, président Snow, car bon nombre d'entre eux vous concernaient directement. Mais commençons d'abord par un échantillon des autres.

Finnick entreprend de brosser un tableau si détaillé que son authenticité ne fait aucun doute. Appétits sexuels étranges, tromperies abominables, avidité insatiable et jeux de pouvoir sanglants s'y succèdent. Autant de secrets avinés chuchotés sur l'oreiller humide au beau milieu de la nuit. Finnick était quelqu'un que l'on achetait et que l'on vendait. Un esclave des districts. Plein de charme, certes, mais finalement inoffensif. À qui pourrait-il se confier ? Et quand bien même, qui le croirait ? Mais certains secrets sont trop croustillants pour ne pas les partager. Je ne connais pas les gens que mentionne Finnick – tous m'ont l'air de citoyens très en vue au Capitole – mais je sais, pour avoir prêté l'oreille aux bavardages de mon équipe de préparation, quelle publicité fâcheuse peut vous coûter l'erreur de jugement la plus anodine. Si une coupe de cheveux ratée suffit à nourrir des heures de ragots, quel impact pourront avoir des accusations d'inceste, de coup de poignard dans le dos, de chantage ou d'incendie criminel ? Alors même que l'onde de choc soulèvera une vague d'indignation à travers le Capitole, les gens attendront, comme je le fais en ce moment, qu'on en vienne enfin au président.

— À présent, passons à notre bon président Coriolanus Snow, dit Finnick. Il était très jeune lorsqu'il a accédé au pouvoir. Il lui a fallu se montrer très habile pour le conserver. Comment s'y est-il pris ? vous demandez-vous sans doute. La réponse est simple. Elle tient en un seul mot. *Poison.*

Finnick retrace alors l'ascension politique de Snow en commençant par ses débuts, dont j'ignore tout, jusqu'à la période actuelle. Il décrit par le menu la mort mystérieuse de ses adversaires, ou pire, de ceux de ses alliés susceptibles de devenir une menace : certains s'écroulant en plein banquet tandis que d'autres déclinaient lentement, inexplicablement, des mois durant, au point de n'être plus que des fantômes. Autant de décès mis sur le compte de fruits de mer avariés, d'un virus quelconque ou d'une faiblesse de l'aorte non diagnostiquée par les médecins. Il raconte que Snow buvait lui-même dans les coupes empoisonnées afin de détourner les soupçons. Seulement, les antidotes ne sont pas toujours fiables, et on raconte que ce serait pour ça qu'il porte ces roses au parfum entêtant. Pour masquer l'odeur sanglante de ses ulcères à la bouche qui ne se refermeront jamais. On raconte aussi que Snow aurait une liste noire, et que nul ne sait qui sera sa prochaine victime.

Le poison. L'arme parfaite pour un serpent.

Vu la piètre opinion que j'avais déjà du Capitole et de son auguste président, je ne peux pas dire que les révélations de Finnick me choquent. Elles ont beaucoup plus d'effet sur ceux d'entre nous qui viennent du Capitole, comme mes préparateurs ou Fulvia – même Plutarch trahit une légère surprise par moments, peut-être parce qu'il se demande comment telle bribe d'information a pu lui échapper. Quand Finnick se tait, personne ne songe à arrêter la caméra et c'est lui qui finit par dire :

— Coupez !

Tandis que l'équipe de tournage court à l'intérieur peaufiner le montage de la séquence, Plutarch entraîne Finnick à l'écart pour une petite discussion amicale – sans doute afin de lui demander s'il n'aurait pas d'autres anecdotes. Haymitch et moi restons seuls au milieu des ruines. Je me demande si j'aurais pu connaître un jour le même sort que

Finnick. Pourquoi pas ? Snow aurait sans doute tiré un excellent prix de la fille du feu.

Je demande à Haymitch :

— C'est ça qui vous est arrivé ?

— Non. À ma mère et mon jeune frère et à ma petite amie de l'époque. Ils sont tous morts dans les deux semaines après ma victoire. À cause du sale coup que j'avais joué avec le champ de force, répond-il. Snow n'avait plus personne à utiliser contre moi.

— C'est curieux qu'il ne se soit pas contenté de vous tuer, dis-je.

— Non, j'ai servi d'exemple. À tous les Finnick, les Johanna et les Cashmere. Une manière de leur rappeler ce qui pouvait arriver à un vainqueur récalcitrant, dit Haymitch. Mais il savait qu'il n'avait plus de moyen de pression sur moi.

— Jusqu'à notre arrivée à Peeta et à moi, dis-je doucement.

Il ne se donne même pas la peine de hausser les épaules.

Notre travail terminé, Finnick et moi n'avons plus qu'à attendre. Nous tâchons de tuer les minutes interminables à la Défense spéciale. Nous nouons des nœuds. Nous chipotons devant nos écuelles. Nous faisons sauter des cibles au stand de tir. Pour limiter les risques de détection, aucune communication ne nous parvient du groupe de sauvetage. À 15 heures, l'heure prévue pour l'opération, nous sommes debout en silence au fond d'une salle remplie d'écrans et d'ordinateurs, à regarder Beetee et ses assistants s'efforcer de dominer les ondes. Son agitation habituelle a cédé la place à une détermination que je ne lui connaissais pas. La majeure partie de mon interview a été coupée au montage. Il en reste juste assez pour montrer que je suis vivante et toujours aussi déterminée. C'est surtout le récit sordide et sanguinaire de Finnick qui est à l'honneur. Beetee s'améliorerait-il ? Ou bien ses homologues du Capitole seraient-ils un peu trop fascinés par Finnick pour le faire taire efficacement ? Pendant les soixante minutes suivantes, la chaîne du Capitole alterne les émissions habituelles de l'après-midi, Finnick, et les tentatives de coupure. Mais les techniciens rebelles réussissent même à pirater la mire et gardent l'antenne pendant la quasi-totalité de l'attaque contre Snow.

— Bon, ça suffit ! annonce Beetee qui lève les mains, en restituant le contrôle des ondes au Capitole. (Il se tamponne le visage avec un mouchoir.) S'ils ne sont pas déjà dehors à cette heure, ils sont tous morts. (Il pivote sur sa chaise pour voir notre réaction à Finnick et à moi.) C'était un bon plan, quand même. Est-ce que Plutarch vous l'a montré ?

Bien sûr que non. Beetee nous entraîne dans une autre pièce et nous explique comment le groupe d'intervention, avec l'appui de taupes rebelles, va tenter – a tenté – de libérer les vainqueurs dans leur prison souterraine. L'opération semble avoir impliqué la diffusion d'un gaz soporifique dans le système de ventilation, une coupure de courant, l'explosion d'une bombe dans un bâtiment gouvernemental à plusieurs kilomètres de la prison, et notre diversion sur les ondes. Beetee se réjouit que nous trouvions le plan difficile à suivre, car on peut espérer que l'ennemi aura eu les mêmes difficultés que nous.

— Un peu comme avec votre piège électrique dans l'arène ? je suggère.

— Exactement. Et tu as vu comme il a bien marché ? se rengorge Beetee.

« Heu… pas si bien que ça », me dis-je.

Finnick et moi tentons de nous faire admettre au centre de Commandement, où les nouvelles du groupe de sauvetage sont sûres d'arriver en premier, mais on nous laisse à la porte car des questions hautement stratégiques sont débattues à l'intérieur. Nous refusons de quitter la Défense spéciale, néanmoins, et nous finissons par nous retrouver dans la serre aux colibris, à faire le pied de grue.

Et des nœuds. Toujours des nœuds. Sans échanger un mot. Des nœuds. Tic, tac. Les secondes s'égrènent. Ne pas songer à Gale. Ne pas songer à Peeta. Faire des nœuds. Nous oublions le souper. Nos doigts sont en sang. Finnick finit par renoncer et s'accroupit dans la même position que dans l'arène lors de l'attaque des geais bavards. J'apporte la touche finale à mon nœud coulant. Les paroles de *L'Arbre du pendu* me reviennent en boucle. Gale et Peeta. Peeta et Gale.

— Es-tu tombé amoureux d'Annie tout de suite ? je demande à Finnick.

— Non. (Il marque une longue pause.) Elle s'est imposée à moi petit à petit.

Je cherche dans mon cœur, mais en cet instant, la seule personne que je sens s'imposer à moi est le président Snow.

Il doit être minuit, ou au-delà, quand Haymitch pousse la porte.

— Ils sont rentrés. On nous attend à l'hôpital. (J'ouvre la bouche pour l'assaillir d'un flot de questions. Il me coupe la parole.) Je ne sais rien de plus.

Je voudrais courir, mais Finnick réagit si bizarrement, comme s'il avait perdu la faculté de se déplacer, que je le prends par la main pour l'entraîner comme un enfant. Nous traversons la Défense spéciale, empruntons l'ascenseur qui se déplace dans tous les sens, et parvenons enfin à l'hôpital. L'endroit est en ébullition, au milieu des cris des médecins et des blessés qu'on pousse dans les couloirs sur leurs lits à roulettes.

Nous sommes bousculés par des brancardiers qui emportent une jeune femme au crâne rasé, émaciée, inconsciente. Son corps est couvert d'ecchymoses et de plaies à vif. Johanna Mason. Qui connaissait le plan des rebelles. Au moins en ce qui me concernait. Elle semble l'avoir payé au prix fort.

Derrière une porte ouverte, j'aperçois Gale torse nu, en sueur, à qui un médecin retire quelque chose dans l'omoplate avec une longue paire de pinces. Blessé, mais en vie. Je crie son nom, je m'élance vers lui, mais une infirmière me repousse et me claque la porte au nez.

— Finnick ! (Quelque chose entre le hurlement strident et le cri de joie. Une jeune femme ravissante, quoiqu'un peu dépenaillée, se rue vers nous. Elle a les cheveux en bataille, les yeux vert d'eau, et ne porte rien sur elle à l'exception d'un drap.) Finnick !

Et soudain, il n'y a plus rien au monde que ces deux-là qui se précipitent l'un vers l'autre. Ils se télescopent, s'enlacent, perdent l'équilibre et s'écrasent contre un mur, où ils ne bougent plus. Irrémédiablement accrochés l'un à l'autre. Indissociables.

Une bouffée de jalousie m'envahit. Non pas envers Finnick et Annie, mais pour leur certitude. À les voir, personne ne peut douter de leur amour.

Boggs, visiblement éreinté mais indemne, s'approche d'Haymitch et de moi.

— Nous les avons tous récupérés. Sauf Enobaria. Mais comme elle vient du Deux, il n'est même pas certain qu'elle soit en détention. Peeta est au fond du couloir. Les effets du gaz ne devraient plus tarder à se dissiper. Ce serait bien qu'il vous voie à son réveil.

« Peeta. »

En vie et en bonne santé – enfin, peut-être pas en bonne santé mais en vie et en sécurité. Loin de Snow. Ici. Avec moi. Dans une minute je pourrai le toucher. Revoir son sourire. Entendre son rire.

Haymitch me sourit largement.

— Viens, me dit-il.

J'ai la tête qui tourne. Que vais-je lui dire ? Oh, et puis, quelle importance ? Peeta sera fou de joie quoi que je dise. Il sera sans doute en train de m'embrasser. Je me demande si ces baisers auront la même saveur que ceux que nous avons échangés sur la plage, dans l'arène, ceux auxquels je m'étais interdit de penser jusqu'à maintenant.

Peeta est déjà réveillé, assis dans son lit, l'air un peu perdu pendant qu'un trio de médecins le rassure, lui braque une lumière dans les yeux, prend son pouls. Je suis déçue que mon visage ne soit pas le premier qu'il ait aperçu en se réveillant, mais il me voit maintenant. Ses traits affichent de l'incrédulité, ainsi qu'une émotion plus intense que j'ai du mal à définir. Le désir ? Le désespoir ? Sûrement les deux, car il repousse ses médecins, bondit sur ses pieds et court vers moi. Je m'élance à sa rencontre, les bras ouverts. Ses mains se tendent vers moi pour me caresser le visage, je crois.

J'ai son nom sur les lèvres quand ses doigts se verrouillent autour de ma gorge.

Mon collier de froid m'irrite le cou et rend mes tremblements encore plus difficiles à contrôler. Au moins ne suis-je plus enfermée dans ce tube exigu, au milieu du cliquetis et du bourdonnement des machines, à écouter une voix désincarnée m'ordonner de rester tranquille pendant que je tente de me convaincre que je suis encore capable de respirer. Même maintenant, alors qu'on m'a certifié que je ne garderai aucune séquelle, j'ai désespérément besoin d'air.

Les principales craintes de mon équipe médicale – que j'aie subi des dégâts à la moelle épinière, aux bronches, aux veines ou aux artères – se sont apaisées. Des bleus, un enrouement, des douleurs au larynx, une drôle de petite toux – rien qui mérite de s'en inquiéter. Tout ira bien. Le geai moqueur ne va pas perdre sa voix. Je voudrais bien savoir où sont passés les médecins qui auraient pu me dire si je vais perdre la raison. Sauf que je ne suis pas censée parler pour l'instant. Je ne peux même pas remercier Boggs lors de sa visite. Il m'assure avoir vu bien pire parmi les soldats quand on leur enseigne les étranglements.

C'est Boggs qui a assommé Peeta avant qu'il puisse m'infliger des dégâts irrémédiables. Je sais qu'Haymitch serait venu à mon secours s'il n'avait pas été pris complètement au dépourvu. Nous laisser surprendre tous les deux de cette manière, Haymitch et moi, n'est pas une mince affaire. Mais nous étions tellement obnubilés par le sauvetage de Peeta, si angoissés de le savoir entre les mains du Capitole, que la joie de le revoir nous a rendus aveugles. Si j'avais été seule avec Peeta au moment de nos retrouvailles, il m'aurait tuée. Il est devenu fou.

« Non, pas fou. Conditionné. » C'est le mot que j'ai surpris entre Plutarch et Haymitch tandis qu'on m'emportait devant eux sur un brancard. « On l'a conditionné. » J'ignore ce que ça veut dire.

Prim, qui est arrivée juste après mon agression et qui ne m'a pratiquement plus quittée depuis, me rajoute une couverture.

— Je crois qu'on devrait te retirer le collier bientôt, Katniss. Tu auras moins froid.

Ma mère, qui apportait son aide à une opération chirurgicale complexe, n'a toujours pas été prévenue. Prim me prend une main, crispée en poing, et la masse jusqu'à ce qu'elle s'ouvre et que le sang se remette à circuler dans mes doigts. Elle s'attaque au second poing quand les médecins viennent m'ôter mon collier et me faire une injection contre la douleur. Je reste allongée comme on me l'a ordonné, la tête immobile, pour ne pas aggraver mes plaies au cou.

Plutarch, Haymitch et Beetee attendent dans le couloir que les médecins les autorisent à me voir. Je ne sais pas s'ils ont prévenu Gale, mais comme il n'est pas là, je suppose qu'ils ne l'ont pas fait. Plutarch raccompagne les médecins hors de la pièce et tente de faire sortir Prim également, mais elle lui dit :

— Non. Si vous m'empêchez de rester, j'irai directement en chirurgie et je raconterai à ma mère tout ce qui vient de se passer. Et je vous préviens, elle n'apprécie pas beaucoup qu'un ancien Juge prenne les décisions pour Katniss. Alors, quand elle verra le résultat…

Plutarch prend un air offusqué, mais Haymitch glousse.

— À votre place je laisserais tomber, Plutarch, lui conseille-t-il.

Prim reste.

— Eh bien, Katniss, je dois reconnaître que la condition de Peeta nous a causé un choc à tous, commence Plutarch. Nous avions remarqué sa dégradation physique lors des deux interviews précédentes, bien sûr, et nous pensions pouvoir attribuer son état psychologique aux mauvais traitements qu'il a subis. Mais il semble que ce ne soit pas aussi simple. Apparemment, le Capitole l'aurait soumis à une forme de lavage de cerveau plutôt inhabituelle. Beetee ?

— Désolé de ne pas pouvoir rentrer dans les détails, Katniss, s'excuse Beetee, mais le Capitole observe le plus grand secret à propos de cette forme de torture. J'ai peur qu'elle ne produise pas toujours des résultats cohérents. Voici ce que nous en savons. C'est une sorte de conditionnement par la peur, qui repose sur le venin des guêpes tueuses. Tu as été piquée lors de tes premiers Jeux, et contrairement à nous, tu as pu expérimenter par toi-même les effets de ce venin.

Terreurs. Hallucinations. Visions cauchemardesques de la mort de ceux qu'on aime. Parce que le venin cible le siège de la peur dans le cerveau.

— Je suis sûr que tu te rappelles à quel point c'était effrayant. As-tu souffert de confusion mentale par la suite ? me demande Beetee. De la sensation de ne plus réussir à distinguer le vrai du faux ? La plupart des gens qui ont survécu à la piqûre de ces guêpes ont évoqué quelque chose de ce genre.

Oui. Cette rencontre avec Peeta. Même après avoir eu à nouveau les idées claires, je n'aurais pas su dire s'il m'avait sauvé la vie en s'interposant devant Cato ou si je l'avais imaginé.

— Il devient difficile de se reposer sur sa mémoire car les souvenirs peuvent être modifiés. (Beetee se tapote le front.) Ramenés en surface, réécrits, puis sauvegardés sous leur nouvelle forme. Maintenant, imagine que je t'amène à te rappeler quelque chose – soit au moyen d'une suggestion verbale, soit en te faisant regarder une séquence enregistrée – et que, dans le même temps, je t'administre une dose de venin de guêpe tueuse. Pas de quoi te faire perdre connaissance pendant trois jours, non, juste assez pour mêler le doute et la peur à ces images. Voilà ce que ton cerveau va retenir à long terme.

J'ai envie de vomir. Prim pose la question qui me brûle les lèvres.

— Alors c'est ça qu'ils ont fait à Peeta ? Ils ont pris ses souvenirs de Katniss et les ont déformés pour les rendre effrayants ?

Beetee hoche la tête.

— Assez effrayants pour qu'il la considère désormais comme une menace mortelle. Au point d'essayer de la tuer. Oui, c'est notre théorie actuelle.

Je me cache le visage dans les bras parce que je n'arrive pas à y croire. Ce n'est pas possible. Forcer Peeta à oublier qu'il m'aime… personne ne pourrait faire ça.

— Mais vous allez le guérir, n'est-ce pas ? demande Prim.

— Eh bien… il n'existe pas beaucoup de données là-dessus, admet Plutarch. Aucune, en fait. Si quelqu'un a déjà tenté de briser ce genre de conditionnement, nous n'avons pas accès à ses travaux.

— Mais vous allez essayer quand même, pas vrai ? insiste Prim. Vous n'allez pas simplement l'enfermer dans une cellule capitonnée et le laisser souffrir ?

— Bien sûr que nous allons essayer, Prim, lui assure Beetee. Seulement, nous ne savons pas dans quelle mesure nous réussirons. Et si c'est possible. À mon avis, les images effrayantes sont probablement les plus difficiles à effacer. Ce sont celles dont nous nous souvenons le mieux, après tout.

— Et en dehors de ses souvenirs de Katniss, nous ignorons ce qu'ils ont pu modifier d'autre, intervient Plutarch. Nous sommes en train de réunir une équipe de psychologues et d'experts militaires afin d'élaborer un déconditionnement. Personnellement, je suis plutôt optimiste quant à ses chances de guérison.

— Ah oui ? fait Prim d'un ton railleur. Et vous, Haymitch, qu'est-ce que vous en pensez ?

J'écarte légèrement les bras pour observer son expression à travers la fente. Il paraît las et découragé.

— Je crois que Peeta guérira peut-être en partie, admet-il. Mais... j'ai peur qu'il ne soit plus jamais le même.

Je referme mes bras pour ne plus voir aucun d'eux.

— Au moins il est vivant, rappelle Plutarch, comme s'il commençait à perdre patience. Snow a fait exécuter la styliste de Peeta et son équipe de préparation hier soir. En direct, à la télévision. Et nous n'avons aucune idée de ce qui a pu arriver à Effie Trinket. Peeta est mal en point, mais il est là. Avec nous. Ça représente une nette amélioration par rapport à sa situation d'il y a douze heures. Tâchons de ne pas l'oublier, d'accord ?

Cette tentative de Plutarch pour me remonter le moral – en m'apprenant au passage quatre nouveaux meurtres, peut-être cinq – fait long feu. Portia. Les préparateurs de

Peeta. Effie. Les efforts que je fais pour refouler mes larmes me déchirent la gorge, et je finis par éclater en sanglots une fois de plus. On n'a pas d'autre choix que de me placer sous sédatifs.

À mon réveil, je me demande quand j'arriverai à retrouver le sommeil sans qu'on me fasse une injection dans le bras. Heureusement que je ne suis pas censée prononcer un mot pendant quelques jours, car je n'ai rien envie de dire. Ni de faire. En fait, je me comporte en patiente modèle. Ma léthargie passe pour de l'obéissance, un respect des consignes des médecins. Je ne ressens plus le besoin de pleurer. Je me raccroche à une image toute simple : le visage de Snow, auquel je murmure dans ma tête : « Je vous tuerai. »

Ma mère et Prim se relaient à mon chevet, m'encourageant à prendre quelques gorgées de bouillie. On passe régulièrement m'informer de l'évolution de l'état de santé de Peeta. Son corps est en train d'évacuer petit à petit les doses élevées de venin de guêpe. Il est soigné uniquement par des inconnus, des natifs du Treize – aucun rebelle originaire du Capitole ou du Douze n'a été autorisé à le voir, pour ne pas réveiller chez lui de souvenirs dangereux. Une équipe de spécialistes travaille d'arrache-pied à l'élaboration d'un moyen de guérison.

Gale n'est pas supposé me rendre visite, car il est consigné dans son lit avec une blessure à l'épaule. Mais la troisième nuit, alors que je suis à moitié assommée par les médicaments et qu'on a baissé la lumière, il se glisse en silence dans ma chambre. Il ne dit pas un mot ; il effleure mes plaies au cou d'une main aussi légère qu'une aile de papillon, me plante un baiser entre les deux yeux puis s'éclipse.

Le lendemain matin, on me laisse sortir de l'hôpital en me recommandant d'éviter les gestes brusques et de parler le moins possible. Comme on ne m'a pas imprimé d'emploi du temps, je traîne au hasard jusqu'à ce que Prim soit libérée de ses obligations à l'hôpital pour me conduire au nouveau compartiment familial. Le 2212. Presque identique au précédent, mais sans la fenêtre.

Buttercup bénéficie désormais d'une dose quotidienne de nourriture et d'une caisse de sable rangée sous l'évier de la salle de bains. Alors que Prim me borde dans mon lit, il saute sur son oreiller pour réclamer son attention. Elle le prend machinalement dans ses bras.

— Katniss, je sais que tu prends très mal toute cette affaire avec Peeta. Mais n'oublie pas que Snow l'a eu entre ses mains pendant des semaines, alors qu'on ne l'a récupéré que depuis quelques jours. Il y a une chance pour que l'ancien Peeta, celui que tu aimes, soit encore là, quelque part. Et qu'il essaie de revenir vers toi. Ne te décourage pas trop vite.

En regardant ma petite sœur, je me dis qu'elle a hérité des plus belles qualités de la famille : le talent de guérisseuse de ma mère, le sang-froid de mon père, et ma combativité. Je vois aussi autre chose en elle, qui lui appartient en propre. Cette capacité à démêler l'écheveau de l'existence et à voir les choses telles qu'elles sont. Se pourrait-il qu'elle ait raison ? Que l'ancien Peeta puisse me revenir ?

— Je dois retourner à l'hôpital, dit Prim en posant Buttercup sur le lit à côté de moi. Vous n'avez qu'à vous tenir compagnie tous les deux, d'accord ?

Buttercup saute du lit et la suit jusqu'à la porte en poussant des miaulements de protestation. Tu parles d'une compagnie ! Au bout de trente secondes, je ne supporte plus d'être enfermée dans cette cellule souterraine et je sors en abandonnant Buttercup derrière moi. Je me perds plusieurs fois, mais je finis par trouver le chemin de la Défense spéciale. Tous ceux que je croise ouvrent de grands yeux devant mes ecchymoses, au point que je finis par remonter mon col jusqu'à mes oreilles.

Gale est sorti de l'hôpital, lui aussi. Je le trouve avec Beetee dans l'une des salles de recherche. Ils sont penchés sur un dessin, complètement absorbés, en train de prendre des mesures. La table et le sol sont jonchés de brouillons. D'autres dessins sont punaisés sur un tableau de liège, ou occupent plusieurs écrans. Je reconnais dans l'un d'eux les grandes lignes d'un piège de Gale.

— Qu'est-ce que vous fabriquez ? je leur demande d'une voix rauque, en indiquant le dessin.

— Ah, Katniss, tu nous as percés à jour ! s'exclame joyeusement Beetee.

— Quoi, c'est un secret ?

Je savais que Gale descendait souvent travailler ici avec Beetee, mais je croyais qu'ils dessinaient plutôt des arcs ou des fusils.

— Pas vraiment. Disons que je me sens un peu coupable de monopoliser Gale à ce point, avoue Beetee.

Comme je suis presque toujours désorientée, soucieuse ou en colère, quand je ne suis pas au maquillage ou sur un lit d'hôpital, je ne peux pas dire que les absences de Gale me pèsent beaucoup. Sans compter que nous ne sommes pas dans les meilleurs termes en ce moment, lui et moi. Mais tant mieux si Beetee a l'impression d'avoir une dette envers moi.

— J'espère que vous faites bon usage de son temps.

— Viens voir par toi-même, dit-il en m'indiquant un écran d'ordinateur.

Voilà donc ce qu'ils font. Ils s'inspirent des idées fondamentales qui sous-tendent les pièges de Gale et les adaptent aux armes de guerre. Aux bombes, surtout. Il s'agit moins de reprendre le mécanisme des pièges que d'en conserver le ressort psychologique. En piégeant par exemple une zone qui fournit un élément essentiel à la survie. Comme une source d'eau ou d'alimentation. En effrayant les cibles de manière qu'elles s'enfuient en grand nombre vers un danger bien pire. En menaçant les enfants pour attirer les parents dans la nasse. En conduisant la victime dans un endroit qui paraît sûr – mais où la mort l'attend. À un certain stade, Gale et Beetee ont laissé de côté les instincts animaux pour se focaliser sur des impulsions plus humaines. Telle la compassion. Une bombe explose ; on laisse passer un moment pour donner le temps aux gens de se ruer au secours des blessés ; puis une deuxième bombe, plus puissante, élimine également les sauveteurs.

— Vous allez loin, dis-je. Il n'y a vraiment aucune limite pour vous ? (Ils me fixent tous les deux – Beetee avec scepticisme, Gale d'un air hostile.) Je suppose qu'il n'existe pas de manuel qui stipule ce qui est acceptable ou non en temps de guerre.

— Bien sûr que si. Beetee et moi suivons le même manuel que le président Snow quand il a ordonné le lavage de cerveau de Peeta, rétorque Gale.

L'argument est cruel, mais il fait mouche. Je pars sans autre commentaire. J'ai le sentiment que si je ne quitte pas les lieux immédiatement, je risque de piquer un coup de sang. Pourtant je suis toujours à la Défense spéciale quand Haymitch me rejoint.

— Viens, me dit-il. On a besoin de toi à l'hôpital.

— Pour quoi faire ?

— Ils veulent tenter quelque chose sur Peeta. Lui envoyer les rescapés du Douze les plus inoffensifs qu'ils puissent trouver. Des gens qui soient rattachés aux souvenirs d'enfance de Peeta, sans être trop proches de toi. On est en train de les sélectionner en ce moment.

Ce ne doit pas être chose facile, car ceux qui partagent des souvenirs d'enfance avec Peeta sont pour la plupart des gens de la ville et ils ne sont pas nombreux à avoir échappé aux flammes. Mais devant la chambre d'hôpital qu'on a transformée en espace de travail pour l'équipe soignante de Peeta, je vois Delly Cartwright assise en grande discussion avec Plutarch. Elle me sourit comme si nous étions les meilleures amies du monde. Elle sourit toujours comme ça.

— Katniss ! s'écrie-t-elle.

— Salut, Delly, lui dis-je.

J'avais entendu dire que son petit frère et elle avaient survécu. Leurs parents, qui tenaient la boutique de chaussures dans le centre, ont eu moins de chance. Elle fait plus vieille dans les vêtements ternes du Treize qui ne flattent personne, avec ses longs cheveux blonds ramenés en natte toute simple au lieu de ses anciennes boucles. Je la trouve plus mince que dans mon souvenir, c'était l'une des rares enfants du Douze à avoir quelques kilos en trop. Le régime local, le stress, le chagrin d'avoir perdu ses parents ont dû contribuer à cet amaigrissement.

— Comment vas-tu ? je lui demande.

— Oh, disons que ça fait beaucoup de changements d'un coup. (Ses yeux se mouillent de larmes.) Mais les gens sont tous très gentils ici, au Treize, tu ne trouves pas ?

Delly est sincère. Elle porte un véritable amour à ses semblables, pas uniquement aux rares élus qu'elle aurait mis des années à choisir.

— Ils se sont donné du mal pour nous accueillir. (Je crois pouvoir dire ça en toute honnêteté, sans avoir l'impression d'en faire trop.) Alors, c'est toi qu'on a choisie pour parler à Peeta ?

— On dirait bien. Pauvre Peeta. Je vous plains, tous les deux. Je ne comprendrai jamais le Capitole.

— Ça vaut peut-être mieux.

— Delly connaît Peeta depuis très longtemps, me confie Plutarch.

— Oh, oui ! s'exclame Delly dont le visage s'illumine. On jouait ensemble quand on était petits. Je racontais à tout le monde qu'il était mon frère.

— Qu'en penses-tu ? me demande Haymitch. Crois-tu qu'elle risque de réveiller certains souvenirs te concernant ?

— Nous étions tous dans la même classe. Mais nous ne nous parlions pas beaucoup, dis-je.

— Katniss était tellement incroyable, se souvient Delly, je n'aurais jamais osé lui adresser la parole. Elle chassait, elle fréquentait la Plaque, tout ça. On avait tous énormément d'admiration pour elle.

Haymitch et moi la dévisageons longuement pour être sûrs qu'elle ne plaisante pas. À l'entendre, je n'avais pas d'amis parce que j'intimidais tout le monde à cause de mes qualités exceptionnelles. C'est faux. Je n'avais pas d'amis parce que je n'avais rien d'amical. Mais on peut compter sur Delly pour présenter les choses sous leur jour le plus favorable.

— Delly ne retient toujours que le meilleur de chacun, dis-je. Je ne vois pas comment elle pourrait réveiller de mauvais souvenirs chez Peeta. (Et puis un détail me revient.) Au Capitole, quand j'ai menti à propos de la Muette que j'avais reconnue. Peeta est venu à mon secours en racontant qu'elle ressemblait à Delly.

— Je m'en souviens, dit Haymitch. Je ne sais pas si ça compte. C'était un mensonge ; Delly n'était pas vraiment là. Je ne crois pas que ça puisse se comparer à des années de souvenirs d'enfance.

— Surtout avec une camarade aussi agréable que Delly, renchérit Plutarch. Essayons toujours !

Plutarch, Haymitch et moi passons dans la salle d'observation à côté de la chambre de Peeta. Dix membres de son équipe soignante s'y pressent déjà, armés de stylos et de tablettes à pince. Un miroir sans tain et des micros cachés nous permettent d'étudier Peeta en secret. Il est allongé sur son lit, les bras entravés. Il ne tire pas sur ses liens mais ses mains s'agitent en permanence. Et même s'il paraît plus lucide que quand il a voulu m'étrangler, il conserve une expression qui ne lui ressemble pas.

En entendant la porte s'ouvrir, il écarquille les yeux puis plisse le front d'un air perplexe. Delly s'avance d'abord avec timidité, mais en s'approchant de son lit elle ne peut s'empêcher de sourire.

— Peeta ? C'est Delly. Tu te rappelles ?

— Delly ? (Le brouillard semble se dissiper quelque peu.) Delly. C'est toi.

— Oui ! s'exclame-t-elle, avec un soulagement visible. Comment te sens-tu ?

— Horrible. Où sommes-nous ? Que s'est-il passé ?

— C'est parti, murmure Haymitch.

— Je lui ai demandé d'éviter toute allusion à Katniss ou au Capitole, nous confie Plutarch. D'essayer plutôt d'évoquer la maison.

— Eh bien… On est au district Treize. C'est là qu'on vit maintenant, répond Delly.

— C'est ce qu'on n'arrête pas de me dire. Mais ça n'a pas de sens. Pourquoi ne sommes-nous pas chez nous ?

Delly se mord la lèvre.

— Il y a eu... un accident. Notre ancien district me manque beaucoup, à moi aussi. Je repensais à ces dessins à la craie qu'on faisait sur les pavés. Les tiens étaient si beaux. Tu te souviens des animaux que tu dessinais ?

— Oui, admet Peeta. Des cochons, des chats, et je ne sais plus quoi encore. Tu as parlé d'un... accident ?

Une mince pellicule de sueur luit sur le front de Delly. Elle s'efforce d'éluder la question :

— Ç'a été affreux. Personne... n'a pu rester, bafouille-t-elle.

— N'insiste pas, petite, souffle Haymitch.

— Mais je suis sûre que tu vas te plaire ici, Peeta. Les gens sont très gentils avec nous. Il y a de quoi manger et des vêtements propres pour tout le monde, et l'école est beaucoup plus intéressante, dit Delly.

— Pourquoi mes parents ne sont-ils pas venus me voir ? demande Peeta.

— Ils n'ont pas pu. (Delly perd pied de nouveau.) Beaucoup de gens n'ont pas réussi à quitter le Douze. Il va falloir nous faire une nouvelle vie ici. Il y a sûrement du travail pour un bon boulanger. Tu te souviens quand ton père nous laissait faire des garçons et des filles en pâte à pain ?

— Il y a eu un incendie, déclare Peeta tout à coup.

— Oui, avoue-t-elle à voix basse.

— Le Douze a brûlé, pas vrai ? À cause d'elle, s'emporte Peeta. À cause de Katniss !

Il commence à tirer sur ses sangles.

— Oh, non, Peeta. Ce n'était pas sa faute, proteste Delly.

— C'est elle qui t'a demandé de dire ça ?

— Faites-la sortir, ordonne Plutarch.

La porte s'ouvre immédiatement, et Delly bat en retraite dans sa direction.

— Elle n'en a pas eu besoin. Je…, commence Delly.

— Parce qu'elle t'a menti ! C'est une menteuse ! Ne crois rien de ce qu'elle peut te raconter ! crie Peeta. C'est une sorte de mutation génétique créée par le Capitole pour s'en servir contre nous !

— Non, Peeta. Elle n'est pas comme…, tente de plaider Delly.

— Ne lui fais pas confiance, Delly, insiste Peeta d'une voix frénétique. Je l'ai fait, et elle a essayé de me tuer. Elle a tué mes amis. Mes parents. Ne t'approche pas d'elle. C'est une mutante !

Une main passe le seuil et tire Delly à l'extérieur. La porte se referme. Peeta continue de hurler :

— Une mutante ! Une saleté de mutante !

Non seulement il me déteste et ne pense qu'à me tuer, mais il ne me croit même plus humaine. C'était moins douloureux de me faire étrangler.

Autour de moi, les membres de l'équipe soignante griffonnent comme des fous, notant soigneusement chaque mot. Haymitch et Plutarch m'empoignent chacun par un bras et m'entraînent hors de la salle. Ils m'adossent contre le mur dans le couloir silencieux. Mais je sais que les cris de Peeta résonnent toujours derrière la porte et le miroir sans tain.

Prim s'est trompée. Peeta est irrécupérable.

— Je ne peux pas rester là, dis-je d'une voix éteinte. Si vous voulez que je sois votre geai moqueur, vous allez devoir m'envoyer ailleurs.

— Où voudrais-tu aller ? demande Haymitch.

— Au Capitole.

C'est le seul endroit où il me reste quelque chose à faire.

— Impossible, répond Plutarch. Pas tant que les combats continueront dans les districts. La bonne nouvelle, c'est qu'ils sont en train de se terminer presque partout sauf dans le Deux. Mais c'est une noix plutôt difficile à briser.

Il a raison. D'abord les districts. Ensuite le Capitole. Et enfin, Snow.

— D'accord, dis-je. Envoyez-moi dans le Deux.

Le district Deux, comme on peut s'y attendre, est très grand, composé d'une succession de villages disséminés dans les montagnes. À l'origine, chaque village était associé à une mine ou à une carrière, mais aujourd'hui, beaucoup se consacrent exclusivement à l'hébergement et à l'entraînement des Pacificateurs. Tout cela ne présenterait pas de grandes difficultés, puisque les rebelles disposent de l'appui aérien du Treize, s'il n'y avait un hic : une montagne virtuellement impénétrable au centre du district, qui héberge le cœur de l'armée du Capitole.

Nous avons surnommé cette montagne la Noix car j'ai repris le commentaire de Plutarch – « noix difficile à briser » – aux chefs de la rébellion locale, fourbus et découragés. La Noix s'est bâtie après les jours obscurs, alors que le Capitole venait de perdre le Treize et recherchait désespérément un nouveau bastion souterrain. Il conservait une partie de ses ressources militaires dans ses faubourgs – des missiles nucléaires, des avions, des troupes – mais une part significative de son pouvoir se retrouvait désormais entre les mains de l'ennemi. Bien sûr, il n'était pas question de reproduire le Treize, lequel s'était construit sur plusieurs siècles ; mais les mines désaffectées du district Deux offraient une belle opportunité. Depuis le ciel, la Noix ressemblait à une montagne ordinaire percée de quelques galeries. Mais à l'intérieur, elle renfermait des cavités immenses où l'on avait taillé de gros quartiers de roche avant de les remonter à la surface et de les transporter par des routes sinueuses jusqu'à des chantiers de construction. Elle comportait même un petit train pour conduire les mineurs entre la Noix et le centre de la ville principale du district. La voie ferrée s'arrêtait sur la grand-place où Peeta et moi nous sommes tenus lors de notre Tournée de la victoire, debout sur les marches de l'hôtel de justice, nous efforçant de ne pas voir au premier rang les familles de Cato et de Clove en deuil.

Sujet aux coulées de boue, aux inondations et aux avalanches, le terrain n'était pas idéal. Mais ses atouts l'emportaient sur ses défauts. En s'enfonçant profondément sous la montagne, les mineurs avaient dégagé de grosses colonnes de pierre et des parois solides pour soutenir les infrastructures. Le Capitole a renforcé tout ça pour faire de la montagne sa nouvelle base militaire. Il l'a truffée d'ordinateurs, de banques de données, de salles de réunion, de baraquements et d'arsenaux. Il a élargi les entrées afin de permettre le passage des hovercrafts, et installé des lance-missiles. Mais dans l'ensemble, l'aspect extérieur de la montagne n'a pratiquement pas changé. C'est toujours la même masse rocailleuse envahie par la végétation et les bêtes sauvages. Une forteresse naturelle pour se défendre contre ses ennemis.

Par rapport aux autres districts, les habitants étaient dorlotés par le Capitole. Il suffit de regarder les rebelles du Deux pour voir qu'ils étaient nourris décemment et pris en charge depuis l'enfance. Certains finissaient comme ouvriers dans les carrières ou dans les mines. D'autres recevaient une formation pour travailler à la Noix ou grossir les rangs des Pacificateurs. Ils étaient sélectionnés très jeunes et entraînés au combat. Les Hunger Games représentaient ici plus qu'ailleurs une opportunité de devenir riches et de se couvrir de gloire. Bien sûr, les gens du Deux gobaient la propagande du Capitole avec bien plus de facilité que le reste d'entre nous. Ils adoptaient ses valeurs. Mais malgré tout, ils restaient des esclaves. Et si les citoyens qui devenaient Pacificateurs ou travaillaient à la Noix ne s'en rendaient pas compte, les casseurs de pierre qui constituent aujourd'hui le gros de la résistance locale en avaient pleinement conscience.

La situation n'a pas évolué depuis mon arrivée deux semaines plus tôt. Les villages extérieurs sont aux mains des rebelles, la ville est divisée et la Noix plus intouchable que jamais. Ses rares entrées sont solidement fortifiées, son cœur bien à l'abri sous la montagne. Alors que tous les autres districts échappent désormais à la mainmise du Capitole, le Deux reste dans son giron.

Chaque jour, je fais mon possible pour apporter mon aide. Je rends visite aux blessés. J'enregistre de petits spots de propagande avec mon équipe de tournage. On ne me laisse pas prendre part aux combats mais on m'invite aux conseils de guerre, ce qui représente une amélioration considérable par rapport au Treize. Je me sens beaucoup mieux ici. Plus autonome, sans emploi du temps imprimé sur le bras, plus libre de mes mouvements. Je vis en surface, dans les villages rebelles ou dans les grottes voisines. Déménageant régulièrement, pour des raisons de sécurité. La journée, on m'autorise à chasser à ma guise pourvu que j'emmène une escorte et ne m'éloigne pas trop. Dans l'air froid et raréfié de la montagne, je retrouve des forces, et le brouillard qui enveloppait mes idées achève de se dissiper. Hélas, cette clarté mentale s'accompagne d'une conscience plus vive encore de ce qu'on a infligé à Peeta.

Snow me l'a pris, l'a démoli jusqu'à le rendre méconnaissable, puis me l'a servi sur un plateau. Boggs, venu dans le Deux en même temps que moi, est d'avis que même si leur plan était remarquable, le sauvetage de Peeta s'est révélé un peu trop facile. Il pense que si le Treize n'avait rien tenté, on m'aurait renvoyé Peeta de toute manière. On l'aurait largué dans un district en guerre, voire directement dans le Treize. Emballé dans un paquet cadeau avec mon nom dessus. Programmé pour me tuer.

C'est seulement maintenant qu'il est différent que je peux pleinement apprécier le vrai Peeta. Encore plus que s'il était mort. Sa gentillesse, sa fermeté, sa générosité capable de s'enflammer par moments. En dehors de Prim, de ma mère et de Gale, combien de personnes m'aiment d'un amour inconditionnel ? Plus aucune, j'en ai bien peur. Parfois, quand je me retrouve seule, je sors ma perle de ma poche et j'essaie de me souvenir du garçon des pains, de ses bras qui éloignaient mes cauchemars dans le train, de nos baisers dans l'arène. Je tâche de mettre un nom sur ce que j'ai perdu. Mais à quoi bon ? C'est fini. Ce qu'il y avait entre nous n'existe plus. Il ne me reste plus que ma promesse de tuer Snow. Que je me répète dix fois par jour.

Au Treize, la guérison de Peeta se poursuit. Même si je ne lui demande rien, Plutarch me tient régulièrement informée au téléphone.

— Bonne nouvelle, Katniss ! m'annonce-t-il gaiement. Je crois que nous sommes en passe de le convaincre que tu n'es pas une mutation génétique !

Ou encore :

— Aujourd'hui, il a pu manger son pudding tout seul !

Quand c'est Haymitch que j'ai au bout du fil, il m'avoue que l'état de Peeta ne s'améliore pas. Ma seule lueur d'espoir, plutôt maigre, me vient de ma sœur.

— Prim a eu l'idée de le reprogrammer, me raconte Haymitch. De lui remettre en mémoire les images déformées qu'il a de toi, avant de lui administrer une forte dose de calmants, comme la morphine. Nous n'avons essayé que sur un seul souvenir pour l'instant. La séquence où vous êtes tous les deux dans la grotte, quand tu lui racontes l'épisode de la chèvre de Prim.

— A-t-on vu une amélioration ?

— Eh bien, si une confusion extrême te paraît préférable à une terreur extrême, alors oui, répond Haymitch. Mais je ne sais pas trop. Il est resté muet pendant des heures. Plongé dans une espèce de transe. Quand il en est sorti, la seule chose qu'il a dite, ç'a été de demander ce qu'était devenue la chèvre.

— D'accord, dis-je.

— Et de votre côté, ça avance ?

— Pas vraiment.

— On vous envoie une équipe pour vous donner un coup de main avec la montagne, m'apprend-il. Beetee et quelques autres. Tu sais, les cerveaux.

Quand on nous communique la liste des cerveaux, je ne suis pas étonnée d'y lire le nom de Gale. J'étais sûre que Beetee le prendrait avec lui, non pas pour son habileté mais dans l'espoir qu'il trouverait je ne sais quel moyen de prendre la montagne au piège. Au début, Gale avait proposé de m'accompagner dans le Deux mais je n'avais pas voulu l'arracher à ses travaux avec Beetee. Je lui avais dit de rester sur place, là où il était le plus utile. Je ne pouvais pas lui expliquer que sa présence me rendrait la perte de Peeta encore plus difficile à vivre.

Gale vient me retrouver dès leur arrivée en fin d'après-midi. Je suis assise sur un rondin à l'entrée de mon village actuel, en train de plumer une oie. Une douzaine d'autres s'entassent à mes pieds. Ces oiseaux ont entamé leur migration en grand nombre depuis que je suis là, et ils constituent des proies faciles. Gale s'installe à côté de moi sans un mot et se met au travail. Nous avons plumé environ la moitié du tas quand il demande :

— Tu crois qu'on va les retrouver dans notre assiette ?

— Oui. La plupart sont destinées à la cuisine du camp, même si je suis censée en garder une ou deux pour les gens qui vont m'héberger ce soir, dis-je. En dédommagement.

— J'aurais cru que l'honneur de ta présence constituait un dédommagement suffisant, observe-t-il.

— Moi aussi. Mais il paraît que les geais moqueurs sont mauvais pour la santé.

Nous continuons à plumer nos oiseaux en silence. Puis il m'annonce :

— J'ai vu Peeta hier. À travers le miroir sans tain.

— Qu'est-ce que tu en as pensé ?

— Quelque chose d'égoïste, m'avoue Gale.

— Que tu n'avais plus à être jaloux de lui ?

J'arrache une poignée de plumes d'un coup sec, et un nuage de duvet flotte autour de nous.

— Non. Tout le contraire, dit Gale en m'ôtant une petite plume que j'avais dans les cheveux. Je me suis dit… que je ne pourrais jamais rivaliser avec ça. Quelles que soient mes souffrances. (Il fait tourner la plume entre son pouce et son index.) Je n'aurai aucune chance s'il ne guérit pas. Tu ne pourras jamais l'oublier. Tu te sentiras toujours coupable d'être avec moi.

— Comme je me suis toujours sentie coupable de l'embrasser, à cause de toi, dis-je.

Gale soutient mon regard.

— Si je croyais une seconde que c'est vrai, je pourrais presque accepter tout le reste.

— C'est vrai, dis-je. Mais ce que tu as dit à propos de Peeta l'est aussi.

Gale lâche un grognement d'exaspération. Pourtant, après avoir déposé nos oiseaux, nous retournons dans la forêt ramasser du bois pour le feu et je me retrouve dans ses bras. Ses lèvres me frôlent le cou, là où les ecchymoses commencent à s'estomper, et remontent vers ma bouche. En dépit de ce que je ressens pour Peeta, je me résigne à l'idée qu'il ne pourra jamais revenir vers moi. Ni moi vers lui. Je resterai dans le Deux jusqu'à la victoire puis me rendrai au Capitole pour tuer Snow, et ensuite, je mourrai. Lui mourra de son côté, fou à lier, en me détestant. C'est pourquoi, dans la lumière du soir, je ferme les yeux et j'embrasse Gale pour compenser tous ces baisers que j'ai retenus si longtemps, parce que ça n'a plus d'importance et que je me sens si désespérément seule.

Le contact de Gale, son goût, sa chaleur me rappellent que mon corps au moins est toujours en vie, et sur le moment, c'est une sensation agréable. Je fais le vide dans ma tête et je laisse les sensations affluer dans ma chair. Je m'y abandonne avec joie. Quand Gale se détache de moi, je fais mine de me rapprocher mais il me relève délicatement le menton.

— Katniss, dit-il.

À l'instant où je rouvre les yeux, tout se brouille autour de moi. Je ne reconnais ni la forêt, ni la montagne, ni aucun de nous. Je porte automatiquement la main à ma cicatrice à la tempe gauche, que j'associe à la confusion.

— Embrasse-moi.

Indécise, le regard fixe, je reste plantée là pendant qu'il se penche et pose ses lèvres sur les miennes. Il me dévisage avec attention.

— À quoi penses-tu ? me demande-t-il.

— Je n'en sais rien, lui dis-je dans un souffle.

— Alors, c'est comme embrasser une fille ivre. Ça ne compte pas, déclare-t-il avec un rire forcé.

Il ramasse une brassée de petit bois et me la fourre dans les mains. Je reprends mes esprits.

— Qu'est-ce que tu en sais ? dis-je pour masquer mon embarras plus qu'autre chose. As-tu déjà embrassé une fille ivre ?

Je suppose que Gale a dû embrasser des tas de filles dans le Douze. Les volontaires ne manquaient pas, c'est certain. Je n'y avais jamais vraiment réfléchi jusqu'ici.

Il se contente de secouer la tête.

— Non. Mais ce n'est pas difficile à imaginer.

— Quoi, tu n'as jamais embrassé personne d'autre que moi ?

— Je n'ai pas dit ça. Je te rappelle que tu n'avais que douze ans lors de notre première rencontre. Et que tu n'étais pas commode. J'avais une vie en dehors de nos parties de chasse, tu sais ? dit-il en se chargeant de bois lui aussi.

Voilà qui pique ma curiosité tout à coup.

— Ah oui ? Qui as-tu embrassé ? Et où ?

— Oh, je ne me souviens pas de toutes. Derrière l'école, sur le crassier, partout, répond-il.

Je lève les yeux au ciel.

— Alors, à quel moment suis-je devenue tellement spéciale ? Quand on m'a envoyée au Capitole ?

— Non. Environ six mois plus tôt. Juste après le nouvel an. Nous étions à la Plaque, en train d'avaler un bol de bouillon chez Sae Boui-boui. Et Darius, pour rire, a proposé de t'échanger un lapin contre un baiser. C'est là que je me suis rendu compte que... ça me faisait quelque chose, m'avoue-t-il.

Je m'en souviens. Il faisait un froid glacial, et déjà sombre à 4 heures de l'après-midi. Nous étions partis à la chasse mais la neige s'était mise à tomber et nous avait forcés à rentrer. La Plaque était pleine de gens venus s'y réfugier. La soupe de Sae Boui-boui, dans laquelle flottaient les os d'un chien sauvage que nous avions tué la semaine précédente, n'était pas fameuse. Elle était chaude, néanmoins, et je mourais de faim. Je la dégustais donc assise en tailleur sur le comptoir. Adossé au poteau du stand, Darius me chatouillait la joue avec le bout de ma natte pendant que j'écartais sa main d'une petite tape. Il m'expliquait que chacun de ses baisers valait bien un lapin, peut-être même deux, car tout le monde savait que les rouquins étaient les plus virils des hommes. Sae Boui-boui et moi gloussions de le voir aussi ridicule, aussi insistant, à nous désigner telle ou telle femme dans la foule qui lui aurait soi-disant offert bien davantage qu'un lapin pour avoir le privilège de goûter ses lèvres.

— Tenez, vous voyez la femme au cache-col vert ? Allez donc lui demander. S'il vous faut absolument des références.

C'était à un million de kilomètres d'ici, il y a un milliard d'années, dans une autre vie.

— Darius ne faisait que plaisanter, dis-je.

— Probablement. Mais s'il avait été sérieux, tu aurais été la dernière à t'en apercevoir, dit Gale. Regarde Peeta. Regarde-moi. Ou même Finnick. Je commençais à croire qu'il en pinçait pour toi mais on dirait qu'il est rentré dans le droit chemin.

— Finnick ? Si tu crois qu'il était amoureux de moi, tu le connais mal.

Gale hausse les épaules.

— Je sais qu'il était désespéré. Ça pousse les gens à commettre toutes sortes de trucs délirants.

Je ne peux pas m'empêcher de me sentir visée.

Dès le lendemain matin, les cerveaux se réunissent de bonne heure pour s'attaquer au problème de la Noix. Je suis convoquée moi aussi, même si je n'ai pas grand-chose de constructif à proposer. Je reste à l'écart de la table de conférence et m'assieds sur l'appui de la fenêtre d'où on a une vue imprenable sur la montagne. La commandante du Deux, une femme entre deux âges du nom de Lyme, nous fait la visite virtuelle de la Noix, avec son plan intérieur et ses fortifications, et nous raconte leurs vaines tentatives de s'en emparer. Je l'ai croisée une ou deux fois depuis mon arrivée, et chaque fois j'ai eu l'impression de l'avoir déjà vue. Avec ses deux mètres de haut et sa carrure imposante, ce n'est pas une femme qu'on oublie facilement. Mais c'est seulement quand je la découvre à l'image, en train de mener son groupe à l'assaut de l'entrée principale de la Noix, que les rouages s'enclenchent dans ma tête. Je réalise que je suis en présence d'une autre gagnante comme moi : Lyme, la tribut du district Deux qui a remporté les Hunger Games voilà plus d'une génération. Effie nous avait envoyé l'enregistrement de sa victoire parmi d'autres, afin de préparer l'édition d'Expiation. J'ai dû l'apercevoir de temps à autre dans les autres Jeux au fil des ans, mais elle a su rester discrète. Au courant maintenant du sort infligé à Haymitch et à Finnick, je m'interroge : qu'est-ce que le Capitole a bien pu lui réserver après sa victoire ?

Aussitôt que Lyme a terminé sa présentation, les questions fusent. Les heures défilent, le déjeuner passe et les cerveaux continuent à débattre d'un plan possible pour briser la Noix. Mais si Beetee pense pouvoir court-circuiter certains systèmes informatiques, et si l'on envisage de mettre à contribution la poignée d'agents dont nous disposons à l'intérieur, aucune suggestion innovante ne se dégage vraiment. À mesure que l'après-midi s'écoule, la discussion en revient sans arrêt à la même stratégie essayée à de nombreuses reprises – l'assaut frontal contre les entrées. Je vois la frustration de Lyme monter peu à peu. Elle a tenté tellement de variations de ce plan, perdu tant de soldats. Pour finir, elle rugit :

— Le prochain qui propose de s'emparer des entrées a intérêt à être sûr de son coup, parce que c'est lui qui dirigera l'assaut !

Gale, trop impatient pour rester sagement à la table, a passé la journée à faire les cent pas, quand il ne me tenait pas compagnie sur l'appui de la fenêtre. Il s'est vite rangé à l'opinion de Lyme, à savoir que les entrées sont imprenables, et s'est retiré de la conversation. Depuis une heure environ, il est assis sans rien dire, le front plissé par la concentration, fixant la Noix à travers la vitre. Dans le silence qui succède à l'ultimatum de Lyme, il demande :

— Est-il vraiment nécessaire de nous emparer de la Noix ? Ou bien suffirait-il de la neutraliser ?

— Ce serait toujours un début, concède Beetee. À quoi penses-tu exactement ?

— Imaginez qu'on ait affaire à un repaire de chiens sauvages, continue Gale. Inutile d'espérer s'y introduire. Ça ne laisse que deux solutions. Piéger les chiens à l'intérieur, ou noyer les galeries pour les faire sortir.

— Nous avons déjà bombardé les entrées, intervient Lyme. Elles sont retranchées trop profond dans la roche pour subir le moindre dommage.

— Ce n'était pas mon idée, rétorque Gale. Je pensais plutôt à nous servir de la montagne. (Beetee se lève et rejoint Gale à la fenêtre, plissant les yeux à travers ses lunettes.) Là, vous voyez ? Le long des flancs ?

— Des couloirs d'avalanche, murmure Beetee. Ce serait risqué. Il faudrait planifier la séquence d'explosions avec la plus grande minutie, et une fois le processus enclenché, plus question de le contrôler.

— Pas besoin de le contrôler si nous abandonnons l'idée de récupérer la Noix, dit Gale, et si nous décidons de la sceller définitivement.

— Donc tu suggères de déclencher des avalanches pour obstruer toutes les issues ? demande Lyme.

— C'est ça, confirme Gale. Piéger l'ennemi à l'intérieur, le couper de toute ressource. Qu'il ne puisse plus faire sortir ses hovercrafts.

Pendant que les autres réfléchissent à cette idée, Boggs feuillette les plans de la Noix en fronçant les sourcils.

— Ça risque de tuer tous ceux qui sont à l'intérieur. Regardez le système de ventilation. Il est plutôt rudimentaire. Rien de comparable à ce que nous avons dans le Treize. Il repose entièrement sur l'air pulsé depuis l'extérieur. Si les conduits de ventilation se bouchent, personne ne pourra plus respirer.

— Ils pourront toujours s'enfuir par le tunnel du train jusqu'à la grand-place, dit Beetee.

— Pas si on le fait sauter, rétorque Gale d'un ton brusque.

Son intention, son intention réelle, devient claire. Gale ne se soucie pas d'épargner les défenseurs de la Noix. Il ne cherche pas à prendre le gibier vivant pour le ramener.

Son piège est un piège mortel.

Les implications de ce que Gale est en train de suggérer s'imposent peu à peu à tous. On lit des réactions contrastées sur les visages, allant du plaisir à la gêne, de la tristesse à la satisfaction.

— La majorité des ouvriers sont des citoyens du Deux, fait remarquer Beetee d'une voix neutre.

— Et alors ? riposte Gale. On ne pourra plus jamais leur faire confiance.

— Il faudrait au moins leur laisser une chance de se rendre, dit Lyme.

— Ah oui ? On ne nous a pas accordé ce luxe quand le Douze s'est retrouvé noyé sous les bombes incendiaires, mais il est vrai que vous autres avez toujours été dans les meilleurs termes avec le Capitole, crache Gale.

À voir l'expression de Lyme, j'ai l'impression qu'elle se retient de l'abattre, ou du moins de le frapper. Elle aurait probablement le dessus, d'ailleurs, avec tout son entraînement. Mais sa colère rend Gale plus furieux encore, et il hurle :

— On a regardé des enfants brûler vifs sans pouvoir rien faire !

Je ferme les yeux une minute en imaginant la scène. Elle a l'effet désiré. Je voudrais tous les voir mourir dans cette montagne. Je suis sur le point de le dire. Seulement... je reste une fille du district Douze. Je ne suis pas le président Snow. C'est plus fort que moi. Je ne peux pas condamner quelqu'un à la mort qu'il propose.

— Gale, dis-je en lui prenant le bras et en m'efforçant d'adopter un ton raisonnable. La Noix est une ancienne mine. Ce serait comme de provoquer un gigantesque coup de grisou.

Il est du Douze lui aussi, cet argument devrait le faire réfléchir.

— Mais moins rapide que celui qui a tué ton père, rétorque-t-il. C'est ça qui vous pose un problème ? L'idée que nos ennemis puissent avoir quelques heures devant eux pour réfléchir à leur mort prochaine, au lieu d'être réduits en charpie dans une explosion ?

Il y a une éternité, quand nous n'étions que deux gamins qui braconnaient à l'extérieur du Douze, Gale tenait souvent ce genre de discours. Mais ce n'étaient que des mots à ce moment-là. Maintenant, mis en pratique, ils pourraient se changer en actes irréversibles.

— Tu ne sais pas dans quelles conditions ces gens du Deux se sont retrouvés dans la Noix, dis-je. On leur a peut-être forcé la main. Peut-être qu'on les retient contre leur volonté. Certains sont nos propres agents. Tu voudrais les tuer, eux aussi ?

— J'en sacrifierais quelques-uns, oui, pour éliminer les autres, répond-il. Et si j'étais un de nos agents infiltrés dans la place, je dirais : « Envoyez les avalanches ! »

Je sais qu'il ne ment pas. Qu'il sacrifierait sa vie sans hésiter pour la cause – personne n'en doute. Sans doute en ferions-nous tous autant si nous étions des agents et qu'on nous donnait le choix. Je crois que j'en serais capable. Mais c'est une décision terrible à prendre pour d'autres et pour ceux qui les aiment.

— Tu as parlé de deux solutions, lui rappelle Boggs. Les piéger ou les obliger à sortir. Je dis d'accord pour faire s'écrouler la montagne mais ne touchons pas au tunnel du train. Ils pourront sortir sur la grand-place, où il suffira de les attendre.

— Armés jusqu'aux dents, j'espère, grommelle Gale. Parce que vous pouvez être sûrs qu'ils ne sortiront pas les mains vides.

— Armés jusqu'aux dents, confirme Boggs. Nous les ferons prisonniers.

— Appelons le Treize, maintenant, suggère Beetee. Voyons ce que la présidente Coin pense de ce plan.

— Elle sera d'avis de bloquer le tunnel, prédit Gale.

— Oui, sans doute. Mais tu sais, Peeta n'avait pas tout à fait tort dans sa première intervention à la télé. Quand il parlait du risque de nous exterminer les uns les autres. Je me suis penché un peu sur les chiffres. En procédant à une estimation du nombre de morts et de blessés, et... je crois qu'on peut au moins prendre le temps d'une petite discussion, déclare Beetee.

Seule une poignée de personnes sont invitées à participer à cette discussion. Gale et moi sommes libérés avec les autres. Je l'emmène chasser pour lui permettre d'évacuer sa colère, mais il ne desserre pas les dents. Il m'en veut probablement de m'être opposée à lui.

La discussion avec la présidente a lieu, une décision est prise et, le soir venu, je me retrouve dans ma tenue de geai moqueur avec mon arc à l'épaule et une oreillette qui me relie à Haymitch dans le Treize – au cas où on aurait l'occasion de tourner quelques images intéressantes. Nous patientons sur le toit de l'hôtel de justice, notre cible bien en vue.

Tout d'abord, les officiers de la Noix ne prêtent aucune attention à nos hoverplanes car jusqu'à présent ils n'ont pas été plus dangereux que des mouches autour d'un pot de miel. Mais après les deux premiers bombardements en altitude, ils commencent à s'en inquiéter. Le temps que les batteries antiaériennes du Capitole entrent en action, il est déjà trop tard.

Le plan de Gale fonctionne au-delà de toutes nos attentes. Beetee avait raison quand il nous disait que les avalanches seraient incontrôlables. Les flancs de la montagne sont naturellement instables ; affaiblis par les explosions, ils en deviennent presque fluides. Des pans entiers de la Noix s'effondrent sous nos yeux, effaçant toute trace de présence humaine. Nous regardons bouche bée, minuscules et insignifiants, les vagues de pierre dévaler la montagne dans un fracas de tonnerre. Ensevelir les entrées sous plusieurs tonnes de cailloux. Soulever un nuage de poussière et de débris qui obscurcit le ciel. Changer la Noix en tombeau.

J'imagine l'enfer qui doit régner dans la montagne. Le mugissement des sirènes. L'éclairage qui vacille. L'air irrespirable, saturé de poussière. Les cris de panique, les cavalcades affolées à la recherche d'une issue pour découvrir les sorties, la piste de décollage, les puits de ventilation eux-mêmes obstrués par la terre et la rocaille. Je me représente les câbles électriques arrachés, les incendies qui se déclarent, les éboulis qui transforment un terrain familier en labyrinthe. Les gens qui se cognent les uns dans les autres, se bousculent, détalent comme des fourmis sous la montagne qui se rapproche et menace de les écraser.

— Katniss ?

La voix d'Haymitch grésille dans mon oreille. Je tente

de lui répondre, et je m'aperçois que j'ai les deux mains plaquées contre ma bouche.

— Katniss !

Le jour de la mort de mon père, les sirènes ont retenti pendant l'école, à l'heure du déjeuner. Tout le monde s'est levé sans attendre la permission. La réaction à un accident minier échappait au contrôle du Capitole. J'ai couru jusqu'à la classe de Prim. Je m'en souviens encore, elle n'avait que sept ans à l'époque, elle était petite, très pâle, mais assise bien droit, les mains croisées sur son pupitre. Elle attendait que je vienne la chercher comme je lui avais promis de le faire au cas où les sirènes se déclencheraient. Elle a bondi de sa chaise pour se cramponner à ma manche, et nous nous sommes faufilées entre les gens qui sortaient dans la rue pour courir à l'entrée de la mine. Nous avons retrouvé ma mère derrière la corde qu'on avait tendue en hâte pour tenir la foule à distance. Quand j'y repense, je me dis que j'aurais dû comprendre tout de suite qu'il était arrivé quel-que chose de grave. Car pourquoi la cherchions-nous, alors que ça aurait dû être l'inverse ?

Les ascenseurs crissaient, fumaient le long de leurs câbles en vomissant au grand jour des mineurs à la gueule noire de suie. L'arrivée de chaque groupe était saluée par des cris de soulagement. Les gens se glissaient sous la corde pour étreindre leurs époux, leurs femmes, leurs enfants, leurs frères ou leurs cousins. Nous avons attendu tout l'après-midi dans l'air glacial, sous une neige légère. Les ascenseurs avaient quelque peu ralenti leur va-et-vient, et ils dégor-geaient moins de monde. Je me suis agenouillée par terre et j'ai enfoncé les mains dans les cendres, comme pour en arracher mon père. Je ne sais s'il existe un pire sentiment d'impuissance que celui qu'on éprouve à savoir un de ses proches piégé sous la terre. Les blessés. Les corps. L'attente tout au long de la nuit. Les couvertures que des inconnus vous posent sur les épaules. Une tasse d'un liquide chaud que vous serrez dans vos mains sans la boire. Et pour finir, à l'aube, l'expression peinée du capitaine de la mine qui ne peut signifier qu'une seule chose.

« Qu'est-ce que nous avons fait ? »

— Katniss ! Tu m'entends ?

Haymitch regrette sans doute de ne pas m'avoir équipée d'une entrave crânienne à l'heure qu'il est. Je baisse les mains.

— Oui.

— Rentre à l'intérieur. Au cas où le Capitole tenterait des représailles avec ce qu'il reste de ses forces aériennes, m'ordonne-t-il.

— D'accord.

Tous ceux qui sont sur le toit, à l'exception des servants des mitrailleuses, commencent à descendre. Dans l'escalier, je ne peux m'empêcher de frôler du bout des doigts les murs de marbre blanc immaculé. Si froids, si beaux. Même au Capitole, je n'ai rien vu qui puisse se comparer à la splendeur de ce vieux bâtiment. Mais le matériau n'a aucune souplesse – c'est ma chair qui s'écrase contre lui, et lui abandonne sa chaleur. La pierre aura toujours le dessus face à l'homme.

Je m'assieds au pied de l'une des immenses colonnes du hall d'entrée. Derrière la porte, je vois le sol de marbre qui mène aux marches vers la grand-place. Je me rappelle à quel point je me sentais mal le jour où Peeta et moi avons reçu ici même un hommage pour avoir remporté les Jeux. J'étais épuisée par la Tournée de la victoire, par mon échec à calmer les districts, et je me débattais avec le souvenir de Clove et de Cato, en particulier celui de la lente agonie de Cato sous les crocs des mutations génétiques.

Boggs vient s'accroupir à côté de moi. Son teint très pâle se détache dans l'ombre.

— Nous n'avons pas fait sauter le tunnel du train, tu sais. Certains vont probablement réussir à sortir.

— Et on n'aura plus qu'à les descendre dès qu'ils montreront le bout de leur nez, dis-je.

— Seulement s'ils ne nous laissent pas le choix.

— On pourrait leur envoyer un train nous-mêmes. Les aider à évacuer leurs blessés.

— Non. Mieux vaut laisser le tunnel libre d'accès. Comme ça, ils pourront faire sortir des gens sur les voies, dit Boggs. Et puis, ça nous donne le temps de déployer nos soldats autour de la place.

Quelques heures plus tôt, la place était encore un no man's land, la ligne de front entre les rebelles et les Pacificateurs. Quand Coin a donné son feu vert au plan de Gale, les rebelles ont lancé une grande offensive et repoussé les troupes du Capitole sur plusieurs pâtés de maisons afin de nous assurer le contrôle de la gare au cas où la Noix tomberait. Eh bien, la Noix est tombée. Je finis par en prendre conscience. S'il y a des survivants, ils déboucheront sur la place. Les coups de feu reprennent : sans doute les Pacificateurs qui tentent de reprendre le terrain perdu pour venir au secours de leurs camarades. Nos propres soldats tentent de les en empêcher.

— Tu es glacée, dit Boggs. Je vais essayer de te trouver une couverture.

Il s'éloigne avant que je puisse protester. Je ne veux pas de couverture, même si le marbre absorbe toute ma chaleur corporelle.

— Katniss ? me souffle Haymitch à l'oreille.

— Toujours en ligne.

— Il s'est produit quelque chose d'intéressant avec Peeta cet après-midi, me dit-il. J'ai pensé que tu aimerais le savoir.

« Intéressant » ne me dit rien qui vaille. Ça ne signifie pas qu'il va mieux. Mais je n'ai pas vraiment d'autre choix que de l'écouter.

— Nous lui avons montré la séquence où tu chantes *L'Arbre du pendu*. Elle n'a pas encore été diffusée, si bien que le Capitole n'a pas pu l'intégrer à son conditionnement. Il dit qu'il connaît cette chanson.

Mon cœur cesse de battre un instant ; et puis, je réalise que c'est sans doute un contrecoup de la confusion engendrée par le venin de guêpe.

— Impossible, Haymitch. Je ne l'ai jamais chantée devant lui.

— Pas toi. Ton père. Il la fredonnait un jour où il était venu faire du troc à la boulangerie. Peeta était tout petit à l'époque, il devait avoir six ou sept ans, mais il s'en souvient parce qu'il avait tendu l'oreille pour voir si les oiseaux s'arrêtaient de chanter, raconte Haymitch. J'imagine que c'était le cas.

Six ou sept ans. Ça devait être avant que ma mère interdise cette chanson. Peut-être même pile à l'époque où je l'ai apprise.

— Est-ce que j'étais là, moi aussi ?

— Je ne crois pas. Il n'a pas parlé de toi, en tout cas. Mais c'est la première fois qu'on t'évoque devant lui sans déclencher une crise de nerfs. C'est un début, Katniss.

Mon père. Il est décidément partout aujourd'hui. Dans la mine, en train de mourir, de chanter dans la mémoire brumeuse de Peeta. Je le retrouve même dans l'expression de Boggs quand il m'enveloppe dans une couverture d'un geste protecteur. Il me manque tellement que j'en ai le cœur serré.

Dehors, la fusillade prend de l'ampleur. Gale passe en coup de vent avec un groupe de rebelles, impatient de se battre. Je ne propose pas de les accompagner, même si je sais qu'ils refuseraient. Je ne me sens pas en état pour l'instant, comme si j'avais du jus de navet dans les veines. Je voudrais que Peeta soit là – l'ancien Peeta ; lui saurait trouver les mots pour dire en quoi c'est si mal de tirer sur des gens qui tentent de s'extraire d'une avalanche. Ou bien est-ce mon histoire qui me rend trop sensible ? Ne sommes-nous pas en guerre ? Après tout, c'est une manière comme une autre d'éliminer nos ennemis.

Le soir tombe rapidement. Des projecteurs géants s'allument, illuminant la place. Les ampoules doivent brûler à pleine puissance à l'intérieur de la gare également. De l'autre côté de la place, je vois clairement à travers la façade de verre du long bâtiment étroit. Impossible de rater l'arrivée d'un train, ou même d'un rescapé isolé. Mais les heures passent et personne ne vient. Il devient de plus en plus difficile de croire que certains aient pu survivre à l'assaut contre la Noix.

Après minuit, Cressida s'approche pour fixer un micro à mon costume.

— Pour quoi faire ? je lui demande.

La voix d'Haymitch me répond :

— Ça ne va pas te plaire, mais nous avons besoin que tu prononces un discours.

— Un discours ?

Voilà que je me sens mal, tout à coup.

— Je te le soufflerai phrase par phrase, me promet-il. Tu n'auras qu'à répéter tout ce que je dis. Écoute, il n'y a aucun signe de vie dans cette montagne. Nous avons gagné, mais les combats continuent. Alors nous avons pensé que si tu pouvais sortir sur les marches de l'hôtel de justice pour faire une proclamation – annoncer à tout le monde que la Noix est vaincue, que le Capitole n'a plus aucun contrôle sur le district Deux –, tu réussirais peut-être à convaincre le reste de nos adversaires de déposer les armes.

Je fouille les ténèbres autour de la place en plissant les yeux.

— Je ne les vois même pas.

— C'est pour ça qu'on te donne un micro, m'explique-t-il. Ils pourront t'entendre sur leur radio de secours et te voir sur leurs écrans.

Je sais qu'il existe deux écrans géants ici même, au-dessus de la grand-place. Je les ai vus lors de la Tournée de la victoire. Ça pourrait marcher, si j'étais bonne dans cet exercice. Ce que je ne suis pas. On a déjà tenté de me souffler mon texte lors du tournage de mes premiers spots de propagande, et ç'a été une catastrophe.

— Tu pourrais sauver de nombreuses vies, Katniss, insiste Haymitch.

Je capitule :

— D'accord, je vais essayer.

C'est une sensation étrange de me retrouver en haut des marches, en costume, sous le feu des projecteurs mais sans voir le public auquel je m'adresse. Comme si je me donnais en spectacle à la lune.

— Dépêchons, dit Haymitch. Tu es trop exposée.

Mon équipe de tournage, postée sur la place avec des caméras spéciales, me fait signe qu'elle est prête. Je dis à Haymitch de commencer, puis j'allume mon micro et je l'écoute me dicter ma première ligne de texte. Mon image s'étale sur l'un des écrans géants qui surplombent la place et je déclare :

— À tous les occupants du district Deux, c'est Katniss

Everdeen qui vous parle, depuis les marches de votre hôtel de justice où…

Deux trains entrent en gare et s'arrêtent côte à côte dans un crissement. Les portes coulissantes s'ouvrent et des gens s'en déversent au milieu d'un nuage de fumée. Ils doivent se douter de ce qui les attend sur la grand-place car on les voit tenter de s'abriter. La plupart se couchent à plat ventre. Une grêle de balles éteint toutes les lumières à l'intérieur de la gare. Ils sont venus armés, comme Gale l'avait prédit, mais aussi blessés. Des gémissements s'élèvent dans la nuit.

Quelqu'un coupe les projecteurs braqués sur l'escalier et me laisse dans l'ombre. Un incendie se déclare dans la gare – l'un des trains a dû prendre feu – et une épaisse fumée noire emplit la verrière. Les réfugiés n'ont plus le choix. Ils sortent à découvert, en crachant leurs poumons mais en braquant leurs armes d'un air belliqueux. Mon regard file vers les toits qui bordent la place, vers les nids de mitrailleuses que les rebelles ont installés sur chacun d'eux. La lune brille sur les canons bien graissés.

Un jeune homme sort de la gare en trébuchant, pressant un linge ensanglanté contre sa joue d'une main, tenant un fusil de l'autre. Quand il trébuche et qu'il s'écroule face contre terre, je découvre les traces roussies dans le dos de sa chemise et la chair à vif par-dessous. Et tout à coup, je ne vois plus qu'un brûlé comme les autres, rescapé d'un accident minier.

Je dévale les marches et je cours jusqu'à lui.

— Arrêtez ! je hurle à l'intention des rebelles. Ne tirez pas ! (Amplifiées par le micro, mes paroles résonnent à travers la grand-place et au-delà.) Arrêtez !

Je m'approche du jeune homme, je me penche pour l'aider, quand il se redresse sur les genoux et braque son arme en plein sur moi.

Je recule d'instinct, en levant mon arc bien haut pour lui montrer que je ne lui veux pas de mal. Maintenant qu'il tient son fusil à deux mains, je peux distinguer quelque chose – un éclat de pierre, peut-être – dans la plaie qui lui barre la joue. Il dégage une forte odeur de brûlé : cheveux, chair et essence. Il roule des yeux fous de souffrance et de peur.

— Plus un geste, me murmure Haymitch à l'oreille.

Je lui obéis, en réalisant que la totalité du district, voire l'ensemble de Panem, est sans doute en train de suivre la scène en direct. Le geai moqueur à la merci d'un homme qui n'a plus rien à perdre.

Je comprends à peine ce qu'il bafouille :

— Donne-moi une seule raison de ne pas te tuer.

Le reste du monde s'estompe. Il n'y a plus que moi, fixant dans les yeux un homme de la Noix qui me demande une raison. Je devrais pouvoir lui en fournir des milliers. Pourtant, la seule réponse qui me vient aux lèvres, c'est :

— Je n'en vois pas.

Logiquement, à ce stade, l'homme devrait appuyer sur la détente. Mais il reste indécis, perplexe. Je suis moi-même en proie à la confusion quand je réalise que je ne lui ai dit que la pure vérité, et que la belle impulsion qui m'a poussée à traverser la place se change en désespoir.

— Je n'en vois aucune. C'est tout le problème, pas vrai ? (Je baisse mon arc.) On a détruit votre mine. Vous avez rasé mon district. Nous avons toutes les raisons de nous entre-tuer. Alors, fais-le. Le Capitole te décernera une médaille. Moi, je ne veux plus tuer ses esclaves à sa place.

Je lâche mon arc et le pousse du bout de la botte. Il glisse sur les pavés jusqu'à ses genoux.

— Je ne suis pas son esclave, marmonne l'homme.

— Moi, si, dis-je. C'est pour ça que j'ai tué Cato... et qu'il a tué Thresh... et que Thresh a tué Clove... et que Clove a essayé de me tuer. Chacun se renvoie la balle, et à la fin, qui gagne ? Certainement pas nous. Pas les districts. C'est toujours le Capitole. Mais j'en ai assez d'être un pion dans ses Jeux.

Peeta. Sur la terrasse, la nuit juste avant nos premiers Hunger Games. Il avait tout compris avant même que nous ayons un pied dans l'arène. J'espère qu'il regarde en ce moment, qu'il se souvient de cette nuit-là et que ça le poussera peut-être à me pardonner quand je serai morte.

— Continue à parler. Raconte quand tu as vu la montagne s'écrouler, me suggère Haymitch.

— En voyant glisser la montagne cette nuit, je me suis dit : voilà, on m'a encore obligée à tuer – à tuer des gens des districts. Mais pourquoi me suis-je laissé faire ? Le Douze et le Deux n'ont aucune raison de se battre, en dehors de celles que nous donne le Capitole. (Le jeune homme cligne des paupières sans comprendre. Je tombe à genoux devant lui. Ma voix se fait grave et pressante.) Et pourquoi vous battre contre les rebelles sur les toits ? Contre Lyme, qui a été votre vainqueur ? Contre vos anciens voisins, peut-être même contre des membres de votre famille ?

— Je ne sais pas, avoue l'homme.

Mais il ne baisse toujours pas son fusil.

Je me relève et je pivote lentement sur moi-même, en m'adressant aux nids de mitrailleuses.

— Et vous, là-haut ? Je viens d'une ville minière. Depuis quand des mineurs peuvent en condamner d'autres à une mort pareille, et se poster à la sortie pour abattre ceux qui réussiraient à s'extirper des décombres ?

— Qui est l'ennemi ? me souffle Haymitch.

— Ces gens, dis-je en indiquant les blessés allongés sur la place, ne sont pas vos ennemis ! (Je me retourne vers la gare.) Les rebelles ne sont pas vos ennemis ! Nous n'avons qu'un seul ennemi, et c'est le Capitole ! Nous tenons enfin une chance de mettre un terme à son pouvoir, mais pour ça nous avons besoin de tous les habitants des districts !

Les caméras zooment sur moi alors que je tends les mains à l'homme, aux blessés, à tous les indécis de Panem.

— Je vous en prie ! Rejoignez-nous !

Mes paroles restent suspendues en l'air. Je regarde l'écran, dans l'espoir d'y voir une immense vague de réconciliation balayer la foule.

Au lieu de ça, je me regarde me prendre une balle en direct.

— **T**oujours !

Dans le crépuscule de la morphine, Peeta me chuchote le mot et je pars à sa recherche. C'est un monde cotonneux teinté de violet, sans aucun angle, et qui recèle de nombreuses cachettes. Je m'enfonce à travers des bancs de nuages, je suis des traces à demi effacées, je hume des relents de cannelle et d'aneth. Une fois, je sens une main sur ma joue et je tente de l'attraper mais elle se dissout entre mes doigts comme de la brume.

Quand je commence enfin à émerger dans ma chambre d'hôpital stérile du Treize, je me souviens. J'étais sous l'influence du sirop de sommeil. Je m'étais blessée au talon après avoir sauté d'une branche par-dessus la clôture électrique du Douze. Peeta m'avait mise au lit, et juste avant de m'endormir, je lui avais demandé de rester près de moi. Il m'avait murmuré une réponse que je n'avais pas comprise sur l'instant. Une partie de mon cerveau a dû l'enregistrer et la laisser remonter aujourd'hui dans mes rêves pour me narguer. « Toujours. »

La morphine atténue toutes les émotions, si bien qu'au lieu d'avoir du chagrin, je n'éprouve qu'un sentiment de vide. Le vide d'un parterre de fleurs où ne pousse plus que de la broussaille. Malheureusement, il ne me reste plus suffisamment de drogue dans les veines pour ignorer ma douleur au flanc gauche. C'est là que la balle m'a touchée.

Je tâte le gros pansement qui m'enserre les côtes et je me demande ce que je fais encore là.

Ce n'est pas lui le responsable, l'homme agenouillé devant moi sur la grand-place, le brûlé de la Noix. Il n'a pas tiré. C'est quelqu'un d'autre plus loin dans la foule. Je n'ai pas eu la sensation d'être perforée mais plutôt de recevoir un coup de massue. Après l'impact, il ne me reste que des souvenirs confus mêlés aux échos d'une fusillade. Je tente de m'asseoir mais ne parviens qu'à pousser un gémissement.

Le rideau blanc qui sépare mon lit de celui de ma voisine s'écarte brusquement, et je me retrouve face à Johanna Mason. Au début, je me sens menacée parce qu'elle m'a agressée dans l'arène. Et puis je me rappelle que c'était pour me sauver la vie. Tout ça faisait partie du plan des rebelles. Ce qui ne veut pas dire qu'elle ne me méprise pas. Peut-être que tout son comportement à mon égard ne visait qu'à donner le change au Capitole ?

— Je suis toujours en vie, dis-je d'une voix enrouée.

— Non, sans rire ?

Johanna s'approche et se laisse tomber lourdement sur mon lit. Des ondes de douleur me traversent la poitrine. En la voyant sourire devant ma grimace, je comprends que nos retrouvailles ne vont pas être chaleureuses.

— Tu as encore mal ? (D'une main experte, elle débranche prestement mon goutte-à-goutte de morphine pour l'enfoncer dans une prise scotchée au creux de son bras.) Ils me réduisent les doses depuis quelques jours. Ils ont peur que je devienne comme ces pauvres camés du Six. Alors, je te pique un peu de la tienne dès qu'ils ont le dos tourné. Je me suis dit que tu ne m'en voudrais pas.

Lui en vouloir ? Comment le pourrais-je alors que Snow l'a pratiquement torturée à mort à la suite de l'Expiation ? Je n'ai aucun droit de lui en vouloir, et elle le sait.

Johanna soupire en sentant la morphine pénétrer dans son sang.

— Ils n'étaient peut-être pas si bêtes, ces vainqueurs du Six. Se droguer et se peindre des fleurs sur le corps... Il y a pire manière de mener sa vie. Ils semblaient autrement plus heureux que nous, en tout cas.

Pendant les quelques semaines où je me suis absentée du Treize, elle a repris un peu de poids. Un mince duvet a repoussé sur son crâne, ce qui dissimule un peu les cicatrices. Mais elle n'est pas encore tirée d'affaire si elle a besoin de siphonner ma morphine.

— Il y a un psy qui vient me voir tous les jours. Il est censé m'aider à me rétablir. Comme si un type qui a passé toute sa vie dans ce clapier allait pouvoir me guérir. C'est un vrai crétin. Il me rappelle au moins vingt fois par séance que je suis totalement en sécurité. (Je grimace un sourire. C'est vraiment une chose stupide à dire. Comme si la sécurité totale avait jamais existé, où que ce soit, pour qui que ce soit.) Et toi, geai moqueur ? Tu te sens en sécurité ?

— Oh, tout à fait. Jusqu'à ce que je me fasse descendre, dis-je.

— Je t'en prie. La balle ne t'a même pas touchée. Tu peux remercier Cinna pour ça.

Je repense à la couche de blindage de ma tenue de geai moqueur. La douleur vient quand même bien de quelque part.

— Des côtes cassées ?

— Même pas. Un gros bleu. Le choc t'a fait éclater la rate. Ils n'ont pas pu la sauver. (Elle a un petit geste désinvolte avec la main.) Ne t'en fais pas, on n'en a pas besoin. Et puis, dans le cas contraire, on t'en trouverait une autre, pas vrai ? Tout le monde se met toujours en quatre pour te garder en vie.

— C'est pour ça que tu me détestes ?

— En partie, admet-elle. Il y a une part de jalousie là-dedans, c'est sûr. Je trouve aussi ton petit numéro difficile à avaler. Tes amours mélodramatiques, ton côté défenseuse de la veuve et de l'orphelin. Sauf que ça n'a rien d'un numéro, ce qui te rend d'autant plus insupportable. Tu peux prendre ça comme une attaque personnelle.

— C'est toi qui aurais dû être le geai moqueur. Personne n'aurait eu besoin de te souffler tes répliques, dis-je.

— C'est vrai. Malheureusement, les gens ne m'apprécient pas beaucoup.

— Ils t'ont quand même fait confiance, dis-je. Pour me sortir de l'arène. Et ils ont peur de toi.

— Ici, peut-être. Au Capitole, c'est de toi qu'ils ont peur maintenant.

Gale apparaît sur le seuil, et Johanna se débranche pour me remettre mon goutte-à-goutte de morphine.

— Ton cousin n'a pas peur de moi, m'apprend-elle sur le ton de la confidence. (Elle se lève de mon lit et quitte la chambre, en frôlant la cuisse de Gale avec sa hanche au moment de le croiser.) Pas vrai, beau gosse ?

On l'entend rire en s'éloignant dans le couloir.

J'adresse un regard interrogateur à Gale qui me prend la main.

— Je suis terrorisé, murmure-t-il. (Je ris, ce qui m'arrache une grimace.) Doucement, me recommande-t-il en me caressant le visage. Il faut vraiment que tu arrêtes de te jeter tête baissée dans les ennuis.

— Je sais. Mais quelqu'un avait fait exploser une montagne.

Au lieu de se reculer, il se penche sur moi pour me dévisager avec attention.

— Tu me crois insensible.

— Je sais que tu ne l'es pas. Je ne vais pas te dire pour autant que tu as bien fait.

Cette fois il a un mouvement de recul, presque d'impatience.

— Katniss, quelle différence y a-t-il entre broyer nos ennemis au fond d'une mine ou les faire exploser en plein ciel avec l'une des flèches de Beetee ? Le résultat est le même.

— Je ne sais pas. Nous n'étions pas les agresseurs dans le Huit, pour commencer. C'est l'hôpital qui se faisait attaquer.

— Oui, et ces hoverplanes venaient du district Deux, dit-il. Donc, en les éliminant, nous avons empêché de nouvelles attaques.

— Avec ce genre de raisonnement... tu pourrais défendre l'élimination de n'importe qui, n'importe quand. Tu pourrais justifier l'envoi de gosses aux Hunger Games pour t'assurer que les districts restent dans le rang.

— Je ne vois pas les choses comme ça.

— Moi si. Sans doute à cause de tous ces allers-retours dans l'arène.

— Bon ! On sait encore se disputer, s'exclame-t-il. On a toujours su le faire. Ce n'est peut-être pas plus mal. Ne le répète à personne, mais le district Deux est entre nos mains désormais.

— C'est vrai ? (Une sensation de triomphe m'envahit brièvement. Puis je repense aux rescapés sur la grand-place.) Y a-t-il eu des combats après que je me suis fait tirer dessus ?

— Pas beaucoup. Les ouvriers de la Noix se sont retournés contre les soldats. Les rebelles se sont contentés de regarder en se croisant les bras, dit-il. En fait, le pays tout entier a regardé en se croisant les bras.

— Bah, c'est encore ce qu'il fait de mieux, je grommelle.

On s'attendrait que la perte d'un organe vous donne droit à quelques semaines de repos complet, mais apparemment mes médecins tiennent à ce que je me lève et que je remarche au plus vite. Malgré la morphine, les premiers jours la douleur interne est épouvantable ; puis elle s'atténue considérablement. Mes côtes froissées, par contre, risquent encore de me faire souffrir un moment. Je commence à voir d'un mauvais œil Johanna puiser dans ma réserve de morphine, même si je la laisse prendre tout ce qu'il lui faut.

Comme les rumeurs de ma mort sont allées bon train, on envoie une équipe de tournage me filmer dans mon lit d'hôpital. Je montre mes sutures ainsi que mon impressionnante ecchymose, et je félicite les districts pour leur lutte victorieuse en faveur de l'unité. Puis j'avertis le Capitole qu'il aura affaire à nous bientôt.

Dans le cadre de ma rééducation, je monte tous les jours faire quelques pas en surface. Un après-midi, Plutarch me rejoint pour m'informer de l'évolution de notre situation. Maintenant que le district Deux s'est rallié à nous, les rebelles peuvent souffler un peu, le temps de se regrouper. De fortifier les lignes d'approvisionnement, de soigner les blessés, de réorganiser les troupes. Le Capitole, à l'instar du Treize pendant les jours obscurs, se retrouve complètement coupé de toute aide extérieure. Seule la menace d'une attaque nucléaire tient encore ses ennemis à distance. Au contraire du Treize, cependant, il n'est pas en position de se réinventer pour devenir autosuffisant.

— Oh, la ville devrait pouvoir tenir encore un petit moment, dit Plutarch. Elle a des réserves conséquentes. Mais une différence majeure entre le Treize et le Capitole tient aux attentes de leur population. Le Treize était habitué aux privations, alors qu'au Capitole, les gens n'ont jamais connu que : *Panem et circenses.*

— Je vous demande pardon ?

Je reconnais le nom de Panem, bien sûr, mais le reste n'évoque rien pour moi.

— C'est une expression qui avait cours voilà des milliers d'années, rédigée en latin dans l'ancienne ville de Rome, m'explique-t-il. Elle se traduit par « Du pain et des jeux ». L'auteur dénonçait le fait qu'en échange d'un ventre plein et de spectacles, ses concitoyens avaient renoncé à leurs responsabilités politiques, et donc à leur pouvoir.

Je songe au Capitole. À ses excès de nourriture. Et au spectacle ultime : les Hunger Games – les Jeux de la faim.

— Alors, c'est à ça que servent les districts. À fournir le pain et les concurrents pour les jeux.

— Oui. Tant que sa population était comblée, le Capitole pouvait contrôler son petit empire. Mais à présent il n'est plus en mesure de lui fournir ni le pain ni les jeux, du moins pas dans les quantités auxquelles elle est habituée, dit Plutarch. Nous avons la mainmise sur la production de nourriture, et je suis sur le point d'organiser le tournage d'un nouveau spot de divertissement qui devrait faire un tabac. Après tout, qui n'aime pas les mariages ?

Je me fige comme une statue, malade à l'idée de ce qu'il est en train de suggérer. L'organisation de je ne sais quelle union perverse entre Peeta et moi. Je n'ai pas eu la force d'affronter ce miroir sans tain depuis mon retour, et à ma demande seul Haymitch me tient régulièrement informée de la santé de Peeta. Il n'a pas grand-chose à me raconter, d'ailleurs. On essaie différentes techniques. On ne saura jamais le soigner complètement. Et voilà qu'on voudrait nous marier pour le tournage d'un spot de propagande ?

Plutarch s'empresse de me rassurer :

— Non, non, Katniss ! Pas ton mariage. Celui de Finnick avec Annie. Tout ce qu'on te demande, c'est d'être présente et de donner le sentiment de te réjouir pour eux.

Je le rassure :

— Oh, pour ça, je n'aurai pas besoin de faire semblant, Plutarch.

Les jours qui suivent voient un bouillonnement d'activité à la hauteur de l'événement. Les différences entre le Capitole et le Treize se révèlent dans toute leur crudité. Quand Coin parle de mariage, elle pense à deux signatures au bas d'un document suivies de l'attribution d'un nouveau compartiment au jeune couple. Plutarch songe plutôt à des festivités de trois jours réunissant des centaines de participants dans leurs plus beaux habits. C'est amusant de les voir discuter des détails. Plutarch doit négocier âprement chaque invité, chaque note de musique. Après que Coin lui a successivement refusé un dîner, un spectacle et de l'alcool, Plutarch s'exclame :

— À quoi bon filmer la cérémonie si personne ne s'amuse ?

Il est difficile à l'ancien Juge qu'il est de s'en tenir à un budget. Mais même la plus modeste des célébrations devient un événement dans le Treize, où les fêtes sont inconnues. Quand on réclame une chorale pour le chant nuptial du Quatre, quasiment tous les enfants du district affluent en masse. Les volontaires se bousculent aussi pour aider à la confection des décorations. Au réfectoire, toutes les conversations tournent avec animation autour du sujet.

Les festivités en elles-mêmes n'expliquent pas tout. Peut-être que nous attendons avec impatience qu'il se produise enfin quelque chose d'heureux, au point de vouloir absolument en faire partie. Ça expliquerait pourquoi, quand

Plutarch s'arrache les cheveux à l'idée de trouver une robe à la mariée, je me propose d'emmener Annie à mon ancienne maison du Douze, où Cinna a laissé quelques robes de soirée dans mon placard. Les robes de mariée qu'il avait dessinées pour moi ont été remportées au Capitole mais il me reste les tenues que j'ai portées lors de ma Tournée de la victoire. Je suis d'abord un peu hésitante à l'idée de me retrouver seule en compagnie d'Annie, dont je sais seulement que Finnick est amoureux et que tout le monde la croit folle. Mais au cours du trajet en hovercraft, je décide qu'elle est moins folle qu'instable. Elle a tendance à éclater de rire sans raison, ou à perdre le fil de la conversation. Ses yeux verts se fixent parfois sur un point avec une telle intensité qu'on se demande ce qu'elle voit dans le ciel vide. Et parfois, elle se presse les deux mains contre les oreilles comme pour bloquer un son insupportable. D'accord, elle est bizarre, mais puisque Finnick l'a choisie, elle me convient.

J'ai obtenu de nous faire accompagner par mon équipe de préparation, de sorte que je n'aurai pas à supporter le poids des décisions esthétiques. Quand j'ouvre le placard, tout le monde se tait, tant la présence de Cinna est palpable dans le drapé des étoffes. Puis Octavia tombe à genoux, frotte l'ourlet d'une jupe contre sa joue et éclate en sanglots.

— Ça faisait si longtemps, dit-elle en pleurs, que je n'avais plus rien vu d'aussi beau !

En dépit des récriminations de Coin, pour qui la cérémonie est trop extravagante, et de Plutarch, qui la trouve trop morne, le mariage est un franc succès. Les trois cents invités choisis parmi la population du Treize et les nombreux réfugiés portent leurs habits ordinaires, les décorations sont en feuillage, et la musique est assurée par une chorale enfantine accompagnée du seul violoniste ayant réussi à fuir le Douze avec son instrument. C'est donc une fête très simple, frugale, selon les critères du Capitole. Mais peu importe, car la beauté du couple éclipse tout le reste. Non pas en raison de leurs tenues – Annie porte une robe de soie verte que j'avais dans le Cinq, Finnick l'un des costumes de Peeta retouché à ses mesures –, même si celles-ci sont magnifiques. Mais comment se détourner des visages radieux de ces deux jeunes gens pour qui ce jour représentait un rêve inaccessible ? Dalton, le gars du bétail du Dix, conduit la cérémonie car elle est semblable à celle de son district. Elle comporte néanmoins quelques particularités propres au Quatre. Un filet tissé de longues herbes qui recouvre le couple au moment des vœux, le fait de toucher les lèvres de l'autre avec de l'eau salée, et le vieux chant nuptial, qui compare le mariage à un voyage en mer.

Non, je n'ai pas besoin de faire semblant d'être heureuse pour eux. Après le baiser qui scelle leur union, les acclamations et un toast au jus de pomme, le violoniste entonne un air qui fait dresser la tête à tous ceux du Douze. Nous étions peut-être le plus petit, le plus pauvre des districts de Panem, mais nous savions danser. Il n'y a rien d'officiellement prévu pour la suite, mais Plutarch, qui dirige le tournage de son spot depuis la cabine de contrôle, doit certainement croiser les doigts. Et bientôt, Sae Boui-boui attrape Gale par la main, l'entraîne au centre de la salle et se place face à lui. D'autres les imitent en formant deux longues lignes. Et la danse peut commencer.

Je reste debout sur le côté, à marquer le rythme en applaudissant, quand une main osseuse me pince au-dessus du coude. Johanna me foudroie du regard.

— Tu vas rater l'occasion de laisser Snow te voir danser ?

Elle a raison. Quel meilleur moyen d'affirmer notre victoire qu'un geai moqueur tournoyant joyeusement avec la musique ? Je trouve Prim dans la foule. Nos soirées d'hiver nous ont permis de nous exercer, nous sommes donc d'excellentes partenaires. Je la rassure d'un geste au sujet de mes côtes, et nous prenons place dans la ligne. J'ai mal, mais la satisfaction d'imaginer Snow en train de me voir danser avec ma petite sœur l'emporte sur tout le reste.

La danse nous métamorphose. On enseigne les pas aux invités du Treize. On réclame une danse au bras des jeunes mariés. On se prend par la main et on forme une ronde géante dans laquelle chacun peut faire l'étalage de son jeu de jambes. Nous n'avons rien connu d'aussi futile, d'aussi joyeux ou d'aussi drôle depuis longtemps. La fête pourrait se prolonger toute la nuit sans le final prévu par Plutarch pour son film. Un final dont personne ne m'avait parlé, mais il est vrai que c'était censé être une surprise.

Quatre personnes apportent d'une pièce voisine un gigantesque gâteau de mariage sur un chariot. La plupart des invités s'écartent devant cette rareté, cette création éblouissante où des vagues de glaçage bleu-vert festonnées de blanc brassent des poissons, des bateaux, des phoques et des fleurs marines. Je me fraye un chemin au premier rang pour confirmer ce que j'ai deviné au premier regard : aussi sûrement que les broderies de la robe d'Annie sont de la main de Cinna, le glaçage du gâteau est l'œuvre de Peeta.

C'est peut-être peu de chose, mais ça en dit long. Haymitch s'est bien gardé de me tenir au courant. Le garçon que j'ai vu la dernière fois, hurlant à pleins poumons, qui tirait sur ses sangles comme un forcené, n'aurait pu exécuter une si belle chose. Il n'aurait jamais eu la concentration, la sûreté de main ni l'imagination nécessaires pour réaliser une pièce aussi parfaite pour Finnick et Annie. Comme s'il avait anticipé ma réaction, Haymitch me rejoint.

— Sortons discuter un peu, me suggère-t-il.

Dans le couloir, loin des caméras, je lui demande :

— Où en est-il ?

Haymitch secoue la tête.

— Aucune idée. Par moments il paraît presque rationnel, et puis, sans crier gare, il replonge. Ce gâteau représentait une sorte de thérapie pour lui. Il y a travaillé pendant des jours. En le voyant faire… j'avais l'impression de retrouver l'ancien Peeta.

— Si je comprends bien, il a retrouvé sa liberté de mouvement ?

L'idée me rend nerveuse à au moins cinq niveaux différents.

— Oh, non. Il est resté constamment sous surveillance. Il n'est pas question de le relâcher pour l'instant. Mais j'ai pu lui parler, répond Haymitch.

— Face à face ? Sans qu'il devienne cinglé ?

— Non. Il est furieux contre moi, mais ça se comprend. Pour lui avoir caché le complot des rebelles et tout ça. (Haymitch s'interrompt un instant, comme s'il hésitait à poursuivre.) Il dit qu'il aimerait te voir.

Je suis sur un bateau en sucre glace ballotté par une houle bleu-vert, avec le pont qui tangue sous mes pieds. Je m'appuie contre le mur pour ne pas perdre l'équilibre. Ça ne faisait pas partie du plan. J'ai tiré un trait sur Peeta dans le district Deux. Je devais me rendre au Capitole, tuer Snow, puis me faire tuer à mon tour. Mon hospitalisation suite à la balle que j'ai reçue n'était qu'un contretemps. Je n'étais pas supposée entendre des mots tels que : « Il dit qu'il aimerait te voir. » Mais maintenant, bien sûr, je ne peux plus me dérober.

Je me retrouve à minuit devant la porte de sa cellule. Enfin, de sa chambre d'hôpital. Il a fallu attendre que

Plutarch en termine avec son film du mariage, dont il est finalement très satisfait, en dépit d'un certain manque de clinquant.

— L'avantage, avec le fait que le Capitole a ignoré le Douze pendant toutes ces années, c'est que vous avez gardé une certaine spontanéité. Le public raffole de ce genre de choses. Comme la déclaration d'amour de Peeta, ou ton petit numéro avec les baies. Ça fait de l'excellente télévision.

J'aurais préféré rencontrer Peeta en privé. Mais ses médecins sont déjà rassemblés derrière le miroir sans tain, bloc-notes à pince à la main, le stylo prêt. Quand Haymitch me donne le feu vert dans mon oreillette, je pousse la porte.

Ses yeux bleus me fixent aussitôt. Il a trois entraves à chaque bras, ainsi qu'un tuyau pour lui administrer un sédatif puissant au cas où il perdrait le contrôle. Il ne tente pas de se libérer, néanmoins ; il se contente de m'observer avec un regard méfiant. De toute évidence, il n'a pas encore écarté la possibilité d'être en présence d'une mutation génétique. Je m'approche et m'arrête à un mètre du lit. Ne sachant pas quoi faire de mes mains, je croise les bras au-dessus de mes côtes douloureuses et je dis :

— Salut.

— Salut, me répond-il.

C'est sa voix, ou presque, mais avec quelque chose de plus. Une pointe de suspicion et de reproche.

— Haymitch m'a dit que tu voulais me parler, dis-je.

— Te voir, pour commencer.

À croire qu'il s'attend que je me transforme sous ses yeux en hybride de loup aux babines écumantes. Il me dévisage si longuement que je me surprends à glisser des regards furtifs vers le miroir sans tain, dans l'espoir qu'Haymitch me souffle des indications. Mais mon oreillette reste silencieuse.

— Tu n'es pas très imposante, pas vrai ? Ni même particulièrement jolie.

J'ai beau savoir qu'il revient de l'enfer, sa remarque me hérisse le poil.

— Tu ne t'es pas regardé.

Haymitch me conseille de reculer, mais sa voix est noyée par le rire de Peeta.

— Et tu ne fais même pas semblant d'être gentille. Me dire ça, après tout ce que j'ai enduré !

— Oui, eh bien, ç'a été dur pour tout le monde. Et puis, c'est toi le gentil. Pas moi.

Je fais tout de travers. Je ne sais pas pourquoi je me montre aussi agressive. On l'a torturé, bon sang ! Conditionné ! Qu'est-ce qui ne va pas chez moi ? Je me sens prise d'une violente envie de lui crier dessus – sans même savoir ce que je lui dirais –, c'est pourquoi je décide de m'en aller.

— Écoute, je ne me sens pas très bien. Je ferais mieux de repasser demain.

J'ai la main sur la porte quand il me rappelle.

— Katniss. Je me souviens des pains.

Les pains. Notre seul véritable échange avant les Hunger Games.

— Je suppose qu'on t'a montré la séquence où j'en parle, dis-je.

— Non. Il existe une séquence où tu en parles ? Pourquoi le Capitole ne s'en est-il pas servi contre moi ?

— Je l'ai tournée le jour de ton sauvetage. (Ma douleur à la poitrine me serre les côtes comme un étau. Je n'aurais pas dû danser.) De quoi te souviens-tu exactement ?

— De toi. Sous la pluie, me répond-il d'une voix douce. Tu fouillais dans nos poubelles. J'ai brûlé les pains. Ma mère m'a giflé. Je suis sorti jeter les pains au cochon, mais c'est à toi que je les ai lancés.

— C'est ça. C'est exactement ça, dis-je. Le lendemain, après l'école, j'ai voulu te remercier. Mais je ne savais pas comment.

— Nous étions dehors, en fin d'après-midi. J'ai essayé de croiser ton regard. Tu as détourné les yeux. Et puis… tu as ramassé un pissenlit, non ? (Je hoche la tête. Il se souvient vraiment. Je n'ai jamais raconté ce détail à personne.) Je devais être très amoureux de toi.

— Oui.

Ma voix se fêle, et je fais semblant de tousser pour que ça ne s'entende pas.

— Et toi, est-ce que tu m'aimais ?

Je garde les yeux baissés sur le carrelage.

— À ce qu'on dit. Tout le monde est persuadé que c'est pour ça que Snow t'a torturé. Pour me briser.

— Ce n'est pas une réponse, observe-t-il. Je ne sais pas trop quoi penser des enregistrements que j'ai vus. Dans la première arène, j'ai l'impression que tu as essayé de me tuer avec ce nid de guêpes.

— Je voulais tous vous tuer. Vous m'aviez piégée dans un arbre.

— Et plus tard, on n'arrête pas de s'embrasser. Mais on ne sent pas une grande sincérité chez toi. Tu aimais m'embrasser ?

— Certaines fois. Tu sais qu'on est en train de nous observer en ce moment même ?

— Je sais. Et Gale ? continue-t-il.

La colère me reprend. Je n'ai plus envie de le ménager – tout ça ne regarde pas les gens derrière le miroir sans tain. Je réplique sèchement :

— Il n'embrasse pas trop mal lui non plus.

— Et ça ne nous posait pas de problème ? De savoir
que tu embrassais l'autre ? demande-t-il.

— Si. Ça vous posait un problème à tous les deux. Mais
je ne vous demandais pas la permission.

Peeta rit de nouveau, froidement, en rejetant la tête en
arrière.

— Tu es vraiment une drôle de fille, hein ?

Haymitch ne proteste pas quand je quitte la chambre.
Je longe le couloir. Je traverse le dédale des compartiments
et me déniche un conduit bien chaud derrière lequel me
dissimuler dans la buanderie. Il me faut un long moment
avant de comprendre la raison de ma colère. Quand je mets
le doigt dessus, je suis si mortifiée que j'ai du mal à l'admettre ; mais tous ces mois durant lesquels j'ai tenu pour acquis
que Peeta me trouvait merveilleuse loin derrière. Il me voit
enfin telle que je suis vraiment. Brutale. Méfiante. Mani-
pulatrice. Mortelle.

Et je le déteste pour ça.

nterloquée. Voilà ce que je suis quand Haymitch me rappelle à l'hôpital. Je dévale les marches jusqu'au centre de Commandement, le cerveau en ébullition, et je fais une entrée fracassante en plein conseil de guerre.

— Comment ça, vous refusez de m'envoyer au Capitole ? dis-je. Je dois y aller ! Je suis le geai moqueur !

Coin daigne à peine lever les yeux de son écran.

— Et à ce titre, tu as parfaitement rempli ta mission d'unification des districts contre le Capitole. Ne t'en fais pas – si tout se passe bien, nous t'enverrons sur place pour la reddition.

La reddition ?

— Ce sera trop tard ! Je veux prendre part aux combats. Vous aurez besoin de moi – je suis votre meilleure tireuse ! (Je n'ai pas l'habitude de m'en vanter, mais ce n'est sûrement pas loin de la vérité.) Gale y va bien, lui.

— Gale s'est présenté tous les jours à l'entraînement sauf quand ses devoirs le retenaient ailleurs. Nous sommes certains de pouvoir lui faire confiance sur le terrain, rétorque Coin. Et toi, combien de séances d'entraînement penses-tu avoir suivies ?

Aucune. Voilà combien.

— Eh bien, j'étais souvent à la chasse. Et puis… je me suis entraînée avec Beetee, à l'Armement spécial.

— Ça n'a rien à voir, Katniss, intervient Boggs. Nous savons tous que tu es intelligente, courageuse, et que tu sais tirer. Mais sur un champ de bataille il nous faut des soldats. Tu es incapable d'obéir aux ordres, et physiquement tu n'es pas au mieux.

— Ça ne vous a pas gênés quand vous m'avez envoyée dans le Huit. Ou même dans le Deux !

— À l'origine, tu devais rester en retrait des combats dans les deux cas, me rappelle Plutarch en me lançant un regard d'avertissement.

C'est vrai, mes interventions contre les bombardiers dans le Huit ou sur la grand-place dans le Deux étaient spontanées, imprudentes, et contraires aux ordres.

— Et tu t'es fait blesser à chaque fois, souligne Boggs.

Soudain, je me vois à travers ses yeux. Une frêle gamine de dix-sept ans que ses côtes douloureuses empêchent de respirer. Échevelée. Sans aucune discipline. En cours de rétablissement. Pas une soldate, mais un poids mort.

J'insiste :

— Il faut que j'y aille.

— Pourquoi ? veut savoir Coin.

Je ne peux pas lui répondre que c'est pour mener à bien ma petite vengeance personnelle contre Snow. Ou que l'idée de rester ici, dans le Treize, avec la dernière version de Peeta pendant que Gale part au front m'est insupportable. Heureusement, je ne manque pas de prétextes pour en vouloir au Capitole.

— À cause du Douze. Pour venger la destruction de mon district.

La présidente réfléchit. Elle me dévisage longuement.

— Très bien, tu as trois semaines. C'est peu mais ça te permettra de commencer l'entraînement. Si le Conseil d'affectation te juge en état, il est possible qu'on réexamine ton cas.

C'est tout. Je ne pouvais pas espérer plus. C'est ma faute, je suppose. J'ai soigneusement ignoré mon emploi du temps presque tous les jours sauf quand ça m'arrangeait. Je ne voyais pas l'utilité de trottiner autour d'un terrain en brandissant un fusil alors qu'il y avait tant de choses plus intéressantes à faire. Aujourd'hui, je paie ma désinvolture.

De retour à l'hôpital, je trouve Johanna dans la même situation que moi, et folle de rage. Je lui parle de la proposition de Coin.

— Tu pourrais peut-être t'entraîner, toi aussi ?

— D'accord. Je vais m'entraîner. Mais je te jure bien que j'irai à ce foutu Capitole, même si je dois m'emparer d'un hovercraft et le piloter moi-même ! grogne Johanna.

— Mieux vaut éviter de répéter ça devant nos instructeurs, dis-je. Mais c'est réconfortant de savoir que tu pourras toujours m'emmener.

Johanna me sourit, et je sens un léger dégel dans nos relations. Je ne dirais pas que nous sommes en train de devenir amies, mais le mot d'*alliées* serait peut-être approprié. Tant mieux. Je vais avoir besoin d'une alliée.

Le lendemain matin, quand nous nous présentons à l'entraînement à 7 h 30, la réalité me saute au visage. On nous a placées dans un groupe de débutants de quatorze, quinze ans, ce qui paraît d'abord un peu insultant, jusqu'à ce qu'il devienne évident qu'ils sont en bien meilleure condition physique que nous. Gale et les autres soldats sélectionnés pour se rendre au Capitole suivent un autre entraînement, plus poussé. Après une séance d'étirements – qui font un mal de chien –, nous enchaînons avec des exercices de musculation – qui font tout aussi mal – puis terminons par une course de huit kilomètres – qui nous achève. Malgré les insultes dont me couvre Johanna pour me motiver, je m'écroule par terre au bout d'un kilomètre.

— Ce sont mes côtes, dis-je à notre instructrice, une femme entre deux âges au tempérament bourru que nous sommes censées appeler soldate York. Elles sont encore froissées.

— Tu sais, soldate Everdeen, elles vont mettre un bon mois à se consolider.

Je secoue la tête.

— Je n'ai pas tout ce temps.

Elle me dévisage de la tête aux pieds.

— Les toubibs ne t'ont pas proposé de traitement ?

— Il existe un traitement ? On m'a dit d'attendre qu'elles se ressoudent naturellement.

— C'est ce qu'on conseille en règle générale. Mais les toubibs peuvent accélérer le processus si je le leur demande. Je te préviens, ça n'a rien d'agréable.

— Je vous en prie. Je veux participer à l'opération contre le Capitole.

La soldate York accepte cette explication. Elle griffonne quelques mots sur un calepin et me renvoie avec à l'hôpital. J'hésite. Je ne veux plus manquer aucun entraînement.

— Je serai de retour pour la séance de cet après-midi, dis-je.

Elle se contente de faire la moue.

Vingt-quatre piqûres dans ma cage thoracique plus tard, je me retrouve couchée dans mon lit d'hôpital, à serrer les dents pour ne pas supplier qu'on me ramène mon goutte-à-goutte de morphine. Il était resté près de mon lit jusqu'ici, en cas de besoin. Je ne m'en servais plus mais je le gardais pour Johanna. Aujourd'hui, on m'a fait une analyse de sang pour s'assurer qu'il ne contenait plus aucune trace d'antidouleur car le mélange des deux produits – la morphine et celui qui me met les côtes en feu – pourrait entraîner des effets secondaires dangereux. Les médecins m'ont prévenue que j'allais traverser quelques jours difficiles. J'ai quand même insisté pour qu'on me soigne.

Nous passons une bien mauvaise nuit. Hors de question de dormir, naturellement. J'ai l'impression de sentir une odeur de chair brûlée monter du cercle de piqûres autour de mon torse. Quant à Johanna, elle combat les symptômes du manque. Plus tôt dans la soirée, quand je me suis excusée pour la suppression de la morphine, elle a balayé ça d'un revers de main en reconnaissant qu'elle allait devoir arrêter de toute façon. Mais à 3 heures du matin, je deviens la cible de tous les jurons les plus incroyables que le district Sept puisse offrir. À l'aube, elle m'arrache du lit, résolue à partir s'entraîner.

— Je ne crois pas pouvoir y aller aujourd'hui, dis-je avec une grimace.

— Tu peux le faire. On le peut toutes les deux. On est des gagnantes, tu t'en souviens ? Rien ne peut nous abattre.

Elle a le teint verdâtre et tremble comme une feuille. Je m'habille.

Être des gagnantes ne sera pas de trop pour survivre à la matinée. Je m'attends à perdre Johanna d'emblée quand je réalise qu'il pleut à l'extérieur. Elle se décompose mais retient son souffle.

— Ce n'est que de l'eau. Ça ne nous tuera pas, dis-je.

Elle serre les dents et s'avance résolument dans la boue. Nous nous échauffons sous des trombes d'eau avant de partir au pas de gymnastique sur le parcours d'entraînement. Je m'écroule une fois de plus au bout d'un kilomètre, et je dois résister à la tentation d'ôter mon maillot pour laisser la pluie grésiller sur mes côtes. Au déjeuner, je me force à avaler ma ration militaire de poisson trop cuit et de purée de betteraves. Johanna réussit à vider la moitié de son écuelle avant de tout rendre. L'après-midi, nous apprenons à démonter et à remonter un fusil. Je ne me débrouille pas trop mal, mais Johanna tremble tellement que les pièces lui échappent des mains. Je l'aide discrètement quand York a le dos tourné. Même s'il continue à pleuvoir, l'après-midi se passe mieux car on nous conduit sur le champ de tir. Enfin un exercice dans lequel je suis bonne. Il me faut un moment pour passer de l'arc au fusil, mais à la fin de la journée, c'est moi qui obtiens les meilleurs scores de mon groupe.

Nous sommes devant la porte de l'hôpital quand Johanna déclare :

— On ne peut pas continuer comme ça. À rentrer tous les soirs à l'hôpital. Tout le monde nous considère comme des patientes.

Ce n'est pas un problème pour moi. Je pourrais regagner le compartiment familial, mais Johanna n'en a pas. Et quand elle demande à quitter l'hôpital, les médecins refusent de la laisser habiter seule, même si elle promet de revenir pour un entretien quotidien avec son psy. Je crois qu'ils ont fini par comprendre ce qui se passait avec ma morphine, et cela ne fait que renforcer leur impression qu'elle est instable.

— Elle ne sera pas seule, dis-je. J'habiterai avec elle.

Certains soulèvent des objections, mais Haymitch prend notre parti et, le soir venu, nous avons un compartiment face à celui de Prim et de ma mère, laquelle a promis de garder un œil sur nous.

Après que j'ai pris ma douche et que Johanna s'est plus ou moins débarbouillée avec une serviette mouillée, elle procède à l'examen des lieux. Quand elle tombe sur le tiroir où j'ai rangé mes maigres affaires personnelles, elle le referme aussitôt.

— Désolée.

Je réalise qu'il n'y a rien dans le tiroir de Johanna hormis ses vêtements réglementaires. Elle ne possède pas la moindre affaire à elle.

— Non, pas de souci. Tu peux jeter un coup d'œil si tu veux.

Johanna ouvre mon médaillon et regarde les photos de Gale, de Prim et de ma mère. Elle défait le parachute argenté, en sort le bec de collecte et l'enfile sur son petit doigt.

— Ça me donne soif rien que de le regarder. (Puis elle découvre la perle que Peeta m'a donnée.) Est-ce que c'est... ?

— Oui, dis-je. J'ai réussi à la sauver.

Je n'ai pas envie de parler de Peeta. L'un des avantages de l'entraînement est justement qu'il m'empêche de penser à lui.

— Haymitch affirme qu'il va mieux, dit-elle.

— Peut-être. Mais il n'est plus le même.

— Toi non plus. Ni moi. Ni Finnick, Haymitch et Beetee. Et je ne te parle même pas d'Annie Cresta. L'arène nous a tous changés, tu ne crois pas ? À moins que tu ne te sentes toujours dans la peau de la fille qui s'est portée volontaire pour sauver sa petite sœur ?

— Non, reconnais-je.

— C'est peut-être le seul point sur lequel je sois d'accord avec mon psy. On ne peut pas revenir en arrière. Alors, autant nous accommoder de ce que nous avons. (Elle range soigneusement mes affaires dans mon tiroir et grimpe dans son lit juste avant que la lumière ne s'éteigne.) Tu n'as pas peur que je t'assassine dans ton sommeil ?

— Je pourrais te maîtriser d'une seule main, je réplique.

Nous rions toutes les deux, car nous sommes si mal en point que ce sera un vrai miracle si nous parvenons à nous lever demain. On le fait, pourtant. Tous les matins. Et à la fin de la semaine, mes côtes sont pratiquement comme neuves tandis que Johanna réussit à remonter son fusil sans aide.

La soldate York nous adresse un hochement de tête approbateur en nous laissant partir à la fin de la journée.

— Bon travail, soldates.

Une fois hors de portée de voix, Johanna grommelle :

— J'ai l'impression de m'être donné moins de mal pour remporter les Jeux.

Mais à son expression, on voit bien qu'elle est ravie.

En fait, nous sommes presque de bonne humeur en arrivant au réfectoire, où Gale nous attend pour manger avec nous. Et la portion géante de ragoût de bœuf qu'on nous sert ne gâte rien.

— Les premiers chargements de nourriture sont arrivés ce matin, nous annonce Sae Boui-boui. C'est du vrai bœuf, du district Dix. Pas un de vos fichus chiens sauvages.

— Oh, tu n'as pas toujours fait la fine bouche, lui rappelle Gale.

Nous rejoignons un groupe comprenant Delly, Annie et Finnick. Ça fait du bien de voir la transformation de Finnick depuis son mariage. Ses incarnations antérieures – le chéri de ces dames que j'ai rencontré avant l'Expiation, mon allié énigmatique dans l'arène et le jeune homme brisé qui tentait de m'aider à tenir le coup – ont toutes cédé la place à une personnalité rayonnante de vie. Je découvre pour la première fois le véritable charme de Finnick, son sens de l'humour et son tempérament facile à vivre. Il ne lâche jamais la main d'Annie. Ni pour marcher ni pour manger. Je doute qu'il le fasse un jour. Elle, de son côté, semble nager dans le bonheur. Par moments, on la voit encore perdre le fil et flotter dans un autre monde. Mais il suffit de quelques mots de Finnick pour la ramener parmi nous.

Delly, que je connais depuis l'enfance mais à qui je n'avais jamais prêté beaucoup d'attention, a grandi dans mon estime. On lui a raconté ce que m'a dit Peeta la nuit du mariage, mais elle ne l'a répété à personne. D'après Haymitch, je n'ai pas de meilleure avocate auprès de Peeta. Toujours à prendre ma défense, à mettre la perception négative qu'il a de moi sur le compte des tortures subies au Capitole. Elle a plus d'influence sur lui que n'importe qui d'autre parce qu'il la connaît vraiment. De toute façon, même si elle a tendance à enjoliver mes bons côtés, j'apprécie. Franchement, ça ne peut pas me faire de mal.

Je meurs de faim et le ragoût est tellement délicieux – au bœuf, avec des pommes de terre, des navets et des oignons dans une sauce épaisse – que je dois me retenir de l'avaler tout rond. Partout dans le réfectoire, on sent l'effet revigorant d'un aussi bon repas. Ça rend les gens plus gentils les uns avec les autres, plus drôles, plus optimistes, ça leur rappelle que ce n'est pas si pénible de continuer à vivre. C'est plus efficace que tous les médicaments. Alors, je m'applique à le savourer et je me joins à la conversation. J'éponge la sauce avec un morceau de pain que je grignote en écoutant Finnick nous raconter je ne sais quelle histoire ridicule de tortue de mer qui lui avait emporté son chapeau. Je ris, avant de réaliser qui se tient là. Juste face à moi, derrière la place vide à côté de Johanna. En train de me regarder. Je m'étrangle presque avec mon bout de pain.

— Peeta ! s'exclame Delly. C'est formidable de te voir dehors… et debout.

Deux gardiens à la carrure imposante sont derrière lui. Il tient son plateau bizarrement, en équilibre au bout des doigts, car ses poignets sont reliés par une courte chaîne.

— Jolis bracelets, observe Johanna.

— On ne peut pas encore me faire confiance, explique Peeta. Je ne peux même pas m'asseoir ici sans votre permission.

Il indique ses gardiens de la tête.

— Bien sûr qu'il peut s'asseoir. Nous sommes de vieux amis, dit Johanna en tapotant la place à côté d'elle. (Le gardien hoche la tête et Peeta s'installe à notre table.) Peeta et moi étions voisins de cellules au Capitole. Je reconnaîtrais ses hurlements les yeux fermés.

Annie, assise à côté d'elle, se bouche les oreilles pour fuir la réalité. Finnick lui passe un bras autour des épaules en fusillant Johanna du regard.

— Quoi ? se défend Johanna. Mon psy prétend que je ne dois pas retenir ce que je pense. Ça fait partie de ma thérapie.

L'ambiance est complètement retombée à notre table. Finnick murmure à l'oreille d'Annie jusqu'à ce qu'elle baisse lentement les mains. Puis il y a un long silence pendant lequel nous faisons semblant de manger.

— Annie, dit joyeusement Delly, tu savais que c'est Peeta qui a décoré votre gâteau de mariage ? Chez nous, ses parents tenaient la boulangerie et c'est lui qui faisait tous les glaçages.

Annie lui jette un regard prudent derrière Johanna.

— Merci, Peeta. C'était très beau.

— Ça m'a fait plaisir, Annie, dit Peeta.

On retrouve dans sa voix cette gentillesse que je désespérais de réentendre. D'accord, ce n'est pas à moi qu'il s'adresse. Mais quand même.

— Si on veut avoir le temps de se promener, on ferait mieux d'y aller, souffle Finnick à Annie.

Il empile leurs deux plateaux de manière à pouvoir les emporter d'une seule main tout en lui donnant l'autre.

— C'est bon de te revoir, Peeta.

— Sois gentil avec elle, Finnick. Sinon, je pourrais essayer de te la prendre.

Ce serait une plaisanterie s'il n'avait pas parlé aussi froidement. Mais ça transmet tous les mauvais signaux. Son manque de confiance en Finnick, le sous-entendu qu'il a des vues sur Annie, qu'Annie pourrait quitter Finnick, que je n'existe même pas pour lui.

— Allons, Peeta, rétorque Finnick d'une voix légère. Ne me fais pas regretter de t'avoir réanimé.

Il s'éloigne avec Annie, non sans m'avoir jeté un regard soucieux.

Après leur départ, Delly a un ton de reproche :

— Il t'a sauvé la vie, Peeta. Plus d'une fois.

— Pour elle, dit-il en levant le menton dans ma direction. Pour la rébellion. Pas pour moi. Je ne lui dois rien.

Je ne devrais pas mordre à l'hameçon, mais je ne peux m'en empêcher.

— Peut-être bien. Mais Mags est morte, alors que tu es toujours là. Ça compte quand même pour quelque chose.

— Oui, Katniss, il y a beaucoup de choses qui devraient compter et qui semblent pourtant n'avoir aucune importance. Des souvenirs qui me laissent perplexe, et ce n'est pas la faute du Capitole. Un certain nombre de nuits à bord du train, par exemple, dit-il.

Encore des sous-entendus. Qu'il se serait passé plus de choses qu'en réalité à bord du train. Que ce qui s'est vraiment passé – ces nuits où j'ai réussi à garder la raison grâce à ses bras autour de moi – ne compte plus. Que tout ça n'a été qu'un mensonge, une manière de me servir de lui.

Peeta fait un petit geste avec sa cuillère, pour nous englober, Gale et moi.

— Alors, vous êtes officiellement ensemble maintenant ou est-ce que tu continues à te traîner ce truc d'amants maudits ?

— Elle continue à se le traîner, répond Johanna.

Les mains de Peeta se referment en poings, puis se détendent dans un spasme. A-t-il tellement de mal à ne pas se jeter à ma gorge ? Je sens Gale se tendre à côté de moi, et je crains une altercation. Mais Gale se contente de déclarer :

— Si on me l'avait raconté, je ne l'aurais pas cru.

— Quoi donc ? demande Peeta.

— Toi.

— Il va falloir développer un peu, dit Peeta. Qu'est-ce que tu n'aurais pas cru à propos de moi ?

— Qu'on t'avait remplacé par ton double maléfique, dit Johanna.

Gale finit son lait.

— Tu as terminé ? me demande-t-il.

Je me lève, et nous remportons nos plateaux. À la porte, un homme m'arrête parce que je tiens toujours à la main le reste de mon pain trempé dans la sauce. Quelque chose dans mon expression, ou peut-être le fait que je n'essayais pas de le dissimuler, le pousse à l'indulgence. Il me regarde avaler mon bout de pain et me laisse sortir. Nous sommes presque arrivés à mon compartiment quand Gale reprend la parole.

— Je ne m'attendais pas à ça.

— Je t'avais dit qu'il me déteste.

— C'est surtout sa façon de te détester. Elle est tellement... familière. J'ai ressenti la même chose, moi aussi, m'avoue-t-il. Quand je te voyais l'embrasser à l'écran. Sauf que je savais que j'étais injuste envers toi. Lui ne le voit pas.

Nous parvenons devant ma porte.

— Peut-être qu'il me voit telle que je suis vraiment. Allez, j'ai besoin de dormir.

Gale me retient par le bras avant que je puisse m'éclipser.

— C'est donc ça que tu penses, maintenant ? (Je hausse les épaules.) Katniss, je suis ton plus vieil ami, et tu peux me croire, il ne te voit pas du tout telle que tu es vraiment.

Il m'embrasse sur la joue et s'en va de son côté.

Je m'assieds sur mon lit et tente de me fourrer dans la tête les instructions de mon manuel de tactique militaire, sans trop me laisser distraire par le souvenir de mes nuits dans le train avec Peeta. Au bout de vingt minutes environ, Johanna me rejoint et se laisse tomber en travers de mon lit.

— Tu as raté la meilleure partie. Delly s'est emportée contre Peeta à cause de la manière dont il t'a traitée. Elle s'est mise à couiner comme une furie. On aurait cru entendre une souris transpercée à coups de fourchette. Personne n'osait plus dire un mot dans le réfectoire.

— Comment a réagi Peeta ?

— Il a commencé à discuter tout seul comme s'il y avait deux personnes dans sa tête. Les gardiens l'ont emmené. Le bon côté des choses, c'est que j'ai pu terminer son ragoût.

Johanna tapote son petit ventre rebondi. Je regarde la crasse accumulée sous ses ongles. Je me demande s'il arrive aux gens du Sept de se laver.

Nous passons plusieurs heures à nous interroger sur des termes de jargon militaire. Puis je passe rendre une petite visite à ma mère et à Prim. Une fois de retour dans mon compartiment, douchée, allongée dans le noir, je finis par demander :

— Johanna, c'est vrai que tu pouvais l'entendre hurler ?

— Ça faisait partie du jeu, dit-elle. Comme les geais bavards dans l'arène. Sauf que c'était bien réel. Et ça ne s'arrêtait pas au bout d'une heure. Tic, tac.

— Tic, tac, dis-je dans un souffle.

Les roses. Les mutations génétiques. Les tributs. Les dauphins en sucre glace. Les amis. Les geais moqueurs. Les stylistes. Moi.

Tout ça se bouscule en hurlant dans mes cauchemars.

J e me jette à corps perdu dans l'entraînement. Je mange, je vis, je respire pour l'exercice, la musculation, le maniement des armes et les cours de tactique. Une poignée d'entre nous intègrent un cours supplémentaire qui me donne bon espoir de pouvoir prendre une vraie part à cette guerre. Les soldats l'ont surnommé le Bloc, mais mon programme le désigne par l'anagramme SCU, l'abréviation de Simulation de Combat Urbain. Enfoui très loin sous le Treize, il reproduit l'environnement d'une rue du Capitole. Notre instructeur nous répartit en groupes de huit et nous assigne des missions – enlever une position, détruire une cible, fouiller une maison – comme si nous combattions au cœur du Capitole. Le décor est conçu pour nous réserver toutes les mauvaises surprises possibles et imaginables. Le moindre faux pas nous fait marcher sur une mine, il y a des tireurs d'élite sur tous les toits, des enfants en larmes viennent nous conduire dans des embuscades et notre chef de groupe – qui n'est en réalité qu'une voix enregistrée – se fait toucher par un tir de mortier et nous laisse livrés à nous-mêmes. On sait que tout est faux, qu'on ne risque pas de se faire tuer. Quand on déclenche une mine, on entend l'explosion et on est supposés se jeter par terre et faire le mort. Mais certains détails sont d'un réalisme troublant – comme les soldats ennemis en uniforme de Pacificateurs, ou la confusion engendrée par une bombe fumigène. On se fait même gazer. Johanna et moi sommes les seules à enfiler notre masque à temps. Le reste de notre groupe s'écroule pour dix minutes. Et le gaz soi-disant inoffensif dont j'ai eu le malheur de respirer quelques bouffées m'inflige une sérieuse migraine pour le restant de la journée.

Cressida et son équipe viennent nous filmer, Johanna et moi, sur le champ de tir. Je sais qu'elles filment Gale et Finnick également. Tout ça dans le cadre d'une nouvelle série de spots de propagande destinés à montrer que les rebelles préparent l'invasion du Capitole. Dans l'ensemble, les choses se déroulent plutôt bien.

Puis Peeta se présente à son tour aux séances du matin. Sans ses menottes, même s'il reste constamment accompagné par deux gardiens. Après le déjeuner, je le revois à l'autre bout du terrain, en train de s'entraîner avec un groupe de débutants. Je me demande ce qui a pu leur passer par la tête. S'il lui suffit d'une prise de bec avec Delly pour se mettre à parler tout seul, il n'a rien à faire avec une arme entre les mains.

Quand je lui en parle, Plutarch m'assure que c'est uniquement pour la caméra. Ils ont des images du mariage d'Annie, de Johanna qui s'exerce au tir, mais tout Panem s'interroge à propos de Peeta. Les gens ont besoin de le voir embrasser la cause des rebelles, et non plus celle de Snow. Et peut-être que s'ils pouvaient avoir quelques images de nous deux, pas nécessairement en train de nous embrasser mais simplement heureux d'être ensemble…

Je romps la conversation à ce moment-là. Ça n'arrivera pas.

À mes rares moments perdus, je suis avec anxiété les préparatifs de l'invasion. J'assiste à la préparation du matériel et des provisions, à la constitution des divisions. On voit tout de suite quand quelqu'un reçoit son ordre de mission parce qu'il se fait couper les cheveux très court, signe d'un départ au feu imminent. On parle beaucoup de l'offensive à venir, dont le premier objectif consistera à s'emparer des tunnels ferroviaires qui desservent le Capitole.

Quelques jours à peine avant les premiers mouvements de troupes, York, contre toute attente, nous apprend à Johanna et moi qu'elle nous a recommandées pour l'examen de passage et que nous devons nous y présenter immédiatement. Il comporte quatre parties : un parcours d'obstacles afin de jauger notre condition physique, un examen écrit portant sur la tactique, une épreuve de maniement des armes et une autre de simulation de combat dans le Bloc. Je n'ai même pas le temps d'avoir le trac pour les trois premières parties, et je m'en tire plutôt bien, mais on nous fait patienter un long moment devant le Bloc. Une histoire de problème technique en cours de résolution. Nous nous retrouvons en petit groupe à échanger des informations. Voici ce qui en ressort. On se présente seul. Impossible de prévoir dans quelle situation on va être plongé. Un garçon nous confie à mi-voix que l'épreuve prend pour cible les faiblesses individuelles de chacun.

Mes faiblesses ? Voici une porte que je préférerais éviter d'ouvrir. Néanmoins, je me trouve un coin tranquille et je m'efforce d'en dresser la liste. Elle est d'une longueur déprimante. Le manque de force physique. Mon entraînement réduit au strict minimum. Sans oublier mon statut de geai moqueur, qui ne plaide pas en ma faveur dans une situation où il s'agit de se fondre dans un groupe. On pourrait me recaler pour toutes sortes de raisons.

On appelle Johanna, et je l'encourage d'un hochement de tête. J'aurais préféré passer parmi les premiers, parce que maintenant, tout se bouscule dans ma tête. Quand j'entends mon nom, je ne sais même plus quelle stratégie adopter. Heureusement, dès que je m'enfonce dans le Bloc, mon entraînement prend le dessus. Il s'agit d'une situation d'embuscade. Des Pacificateurs apparaissent presque aussitôt et je dois me frayer un chemin jusqu'au point de rendez-vous pour y retrouver le reste de mon escouade. Je progresse le long de la rue avec prudence, en éliminant les Pacificateurs au fur et à mesure. Deux sur le toit à ma gauche, un autre à l'abri d'un porche devant moi. C'est difficile, mais pas autant que je le redoutais. J'ai la désagréable sensation que tout ça est trop simple, que je passe à côté de quelque chose. Je ne suis plus qu'à quelques pâtés de maisons de mon objectif quand les événements se précipitent. Une demi-douzaine de Pacificateurs surgissent d'un immeuble et se ruent dans ma direction. Je ne fais pas le poids, mais je remarque un détail. Un bidon de pétrole abandonné dans le caniveau. Voilà ! C'est ça, le test. Comprendre que la seule manière pour moi d'accomplir ma mission consiste à faire sauter ce bidon. Je m'avance à découvert pour le viser quand mon chef d'escouade, qui s'est plutôt signalé par sa discrétion jusqu'ici, m'ordonne à voix basse de me jeter par terre. Mon instinct me hurle de ne pas m'occuper de lui, de presser la détente et de pulvériser ces Pacificateurs. Et soudain, je réalise quelle est ma plus grande faiblesse aux yeux de l'armée. Depuis mes premiers instants dans l'arène, quand j'ai couru ramasser ce sac à dos orange, jusqu'à l'assaut contre le Huit, sans oublier ma réaction impulsive sur la grand-place du Deux. Je suis incapable d'obéir aux ordres.

Je me laisse tomber à plat ventre si vite et si fort que j'en aurai pour une semaine à retirer le gravier incrusté dans mon menton. Quelqu'un d'autre se charge de faire exploser le bidon. Les Pacificateurs meurent. J'atteins mon point de rendez-vous. Quand je ressors du Bloc de l'autre côté, un soldat me félicite, me tamponne le numéro d'escouade 451 sur la main et me dit de me présenter au Commandement. Grisée par mon succès, je sprinte dans les couloirs, je dérape dans les virages, je vole dans les escaliers parce que l'ascenseur est trop lent. Je fais irruption dans le centre de Commandement quand l'étrangeté de la situation me frappe. Je ne devrais pas être là ; je devrais être en train de me faire raser la tête. Les gens réunis autour de la table ne sont pas des jeunes recrues à peine sorties de l'académie mais des gradés.

Boggs me sourit en hochant la tête.

— Voyons un peu ça. (Intimidée, je lui tends ma main tamponnée.) Tu es avec moi. C'est une unité spéciale de tireurs d'élite. Viens, je vais te présenter aux autres.

Il m'indique un groupe aligné le long du mur. Gale. Finnick. Cinq autres que je ne connais pas. Mon escouade. Non seulement j'ai passé l'épreuve, mais je suis sous les ordres de Boggs. Avec mes amis. Je me retiens de sautiller sur place et je m'applique à les rejoindre d'un pas martial plein de sang-froid.

On va sans doute nous confier une mission importante, qui plus est, puisque nous sommes au Commandement et que ça n'a rien à voir avec un certain geai moqueur. Plutarch se tient penché au-dessus d'un grand panneau plat au centre de la table. Il est en train de nous expliquer ce qui nous attend au Capitole. Je trouve sa présentation catastrophique – parce que même sur la pointe des pieds, je ne vois rien de ce qu'il y a sur le panneau – quand il appuie sur un bouton. Une image holographique d'un pâté de maisons du Capitole se dessine dans l'air.

— Ici, par exemple, nous avons les abords d'une caserne de Pacificateurs. Une cible qui n'est pas dépourvue d'intérêt mais qui n'a rien de crucial, et pourtant regardez.

Il tape je ne sais quel code sur un clavier, et des lumières s'allument. Elles sont de couleurs variées et clignotent à différentes vitesses.

Chaque lumière correspond à un piège : un obstacle ou un danger pouvant aller de la bombe à une bande de mutations génétiques. Ne vous y trompez pas, quelle que soit leur nature, ils sont tous destinés à vous capturer ou à vous tuer. Certains sont en place depuis les jours obscurs, d'autres ont été rajoutés au fil des ans. Pour être honnête, j'en ai créé moi-même un certain nombre. Ce programme, que l'un de nos hommes a subtilisé avant de fuir le Capitole, constitue notre source d'information la plus récente. L'ennemi ne sait pas que nous l'avons. Malgré tout, il faut s'attendre qu'il ait activé de nouveaux pièges au cours des derniers mois. Voilà ce que vous allez devoir affronter.

Sans m'en rendre compte, je me suis rapprochée de la table jusqu'à me trouver à quelques centimètres de l'hologramme. Je place ma main en coupe autour d'une lumière verte qui pulse à un rythme rapide.

Quelqu'un me rejoint, aussi tendu que moi. Finnick, bien sûr. Seul un autre vainqueur peut voir ce qui m'a frappée immédiatement. Que c'est encore une arène. Truffée de pièges contrôlés par des Juges. Finnick caresse du bout des doigts une lumière rougeoyante au-dessus d'un porche.

— Mesdames et messieurs…, commence-t-il en chuchotant.

Je termine à sa place, d'une voix qui résonne à travers la salle :

— Que les soixante-seizièmes Hunger Games commencent !

Je ris. Très vite. Avant que quiconque puisse réaliser ce qui se cache derrière ces mots. Avant qu'on se mette à froncer les sourcils, à soulever des objections, à additionner deux et deux et qu'on décide que la meilleure solution consiste à me retenir le plus loin possible du Capitole. Car qui voudrait dans son escouade d'une gagnante revancharde, farouchement indépendante et à la tête bardée d'un tissu cicatriciel psychologique quasi impénétrable ?

— Je ne sais même pas pourquoi vous avez insisté pour nous faire suivre un entraînement, Finnick et moi, dis-je à Plutarch.

— Nous sommes déjà mieux préparés que n'importe lequel de vos soldats, ajoute Finnick avec vantardise.

— J'en suis conscient, croyez-le bien, nous assure Plutarch avec un geste d'impatience. Et maintenant reculez, soldats Odair et Everdeen. J'ai une présentation à terminer.

Nous regagnons nos places, en ignorant les regards intrigués qu'on nous jette. J'adopte une attitude de concentration extrême pendant que Plutarch reprend son exposé, en hochant la tête ici et là, en changeant de position pour mieux voir, tout en me répétant de tenir le coup jusqu'à ce que je sois libre de courir dans les bois et de hurler. Ou de jurer. Ou de pleurer. Ou pourquoi pas les trois à la fois.

Si c'était un test, Finnick et moi le passons haut la main. Après l'exposé de Plutarch, à la fin de la réunion, j'ai un moment de frayeur en apprenant qu'on m'a réservé un traitement spécial. Mais on m'informe simplement que je vais échapper à la coupe de cheveux réglementaire afin que le geai moqueur ressemble le plus possible à la fille de l'arène lors de la reddition. Je hausse les épaules pour signifier que la longueur de mes cheveux me laisse totalement indifférente. On me congédie sans autre commentaire.

Finnick et moi nous retrouvons dans le couloir.

— Que vais-je bien pouvoir dire à Annie ? marmonne-t-il dans sa barbe.

— Rien du tout. En tout cas, c'est ce que j'ai l'intention de raconter à ma mère et à ma sœur.

La perspective de retourner dans une arène semée de pièges est déjà suffisamment lourde à porter. Inutile d'inquiéter notre entourage.

— Si elle tombe sur cet hologramme…, commence-t-il.

— Il n'y a aucune raison. C'est une information top secret. Ou ça devrait l'être, dis-je. De toute façon, ce ne seront pas des vrais Jeux. Il y aura beaucoup plus de survivants. Nous réagissons comme ça parce que… Enfin, tu sais bien. Tu es toujours décidé à y aller, au moins ?

— Bien sûr. Je tiens autant que toi à éliminer Snow, m'assure-t-il.

— Ce ne sera pas comme les autres fois, dis-je d'un ton ferme, pour tâcher de me convaincre moi-même. (Et puis, la beauté de la situation me saute aux yeux.) Cette fois-ci, Snow sera de la partie lui aussi.

Là-dessus, Haymitch nous rejoint. Il n'a pas assisté à la réunion et pense à tout autre chose qu'à l'arène.

— Johanna a dû retourner à l'hôpital, nous annonce-t-il.

Je croyais qu'elle allait bien, qu'elle avait réussi l'examen mais qu'on ne l'avait pas affectée à une unité de tireurs d'élite, voilà tout. Elle est redoutable au lancer de hache, même si elle n'a jamais vraiment brillé avec un fusil.

— Elle est blessée ? Que s'est-il passé ?

— Ça s'est produit pendant son passage au Bloc. Ils

essaient de cibler les faiblesses potentielles d'un soldat. Alors, ils ont inondé la rue, m'explique Haymitch.

Ça ne m'éclaire pas beaucoup. Johanna sait nager. Du moins, je crois me souvenir l'avoir vue faire lors des Jeux de l'Expiation. Pas aussi bien que Finnick, évidemment, mais personne ne nage aussi bien que Finnick.

— Et alors ?

— C'est comme ça qu'on l'a torturée au Capitole. En l'arrosant avant de lui envoyer des décharges électriques, raconte Haymitch. Ça lui est remonté en mémoire d'un coup. Elle a paniqué, elle ne savait plus où elle était. Il a fallu la remettre sous sédatifs.

Finnick et moi restons plantés là, comme si nous avions perdu la faculté de réagir. Je repense à Johanna qui ne se douche jamais. Qui était sortie sous la pluie ce jour-là comme s'il tombait de l'acide. J'avais attribué tout cela au phénomène de manque.

— Vous devriez aller la voir tous les deux. Vous êtes ses plus proches amis, nous conseille Haymitch.

Ça rend les choses encore pires. J'ignore quelles sont exactement les relations entre Johanna et Finnick. Mais je la connais à peine. Elle n'a pas de famille. Pas d'amis. Pas même un souvenir du Sept à glisser dans son tiroir anonyme à côté de ses habits réglementaires. Elle n'a rien.

— Je ferais mieux d'aller prévenir Plutarch, continue Haymitch. Il ne va pas être content. Il veut avoir autant de vainqueurs que possible à suivre jusqu'au Capitole. Ça fait de meilleures émissions, selon lui.

— Beetee et vous venez avec nous ? je demande.

— Autant de jeunes et beaux vainqueurs que possible, rectifie Haymitch. Donc, non. Nous resterons ici.

Finnick descend directement voir Johanna, mais je m'attarde quelques minutes à l'extérieur jusqu'à ce que je voie sortir Boggs. Il est mon officier supérieur, à présent, alors je suppose que c'est à lui que je dois m'adresser pour solliciter une faveur. Quand je lui explique ce que je voudrais, il me rédige un laissez-passer pour me rendre dans la forêt pendant la demi-heure de Réflexion, sous réserve que je reste en vue des gardes. Je cours jusqu'à mon compartiment. Je songe brièvement à me servir de mon parachute, mais il réveille trop de mauvais souvenirs. À la place, je traverse le couloir et je récupère l'un des bandages de coton blanc que j'ai rapportés du Douze. Carré. Solide. Exactement ce qu'il me faut.

Dans la forêt, je trouve un grand pin et j'arrache plusieurs poignées d'aiguilles odorantes. Après en avoir fait un petit tas au milieu du bandage, je rassemble les coins, je les tords et je les noue avec une ficelle pour en façonner un sachet de la taille d'une pomme.

Sur le seuil de sa chambre d'hôpital, j'observe Johanna un moment et je réalise que son apparente férocité tient pour l'essentiel à son attitude agressive. Sans cela, comme maintenant, elle n'est plus qu'une frêle jeune femme aux grands yeux écarquillés qui lutte pour ne pas s'endormir malgré l'effet de la drogue, terrifiée à l'idée de ce que le sommeil lui réserve. Je m'approche et je lui donne le sachet.

— Qu'est-ce que c'est ? me demande-t-elle d'une voix rauque.

Ses mèches moites rebiquent en pointes au-dessus de son front.

— Quelque chose que j'ai fait pour toi. À ranger dans ton tiroir. (Je lui glisse le sachet dans la main.) Sens-le.

Elle le porte à ses narines et le renifle prudemment.

— Ça me rappelle la maison.

Ses yeux se mouillent de larmes.

— C'est ce que j'espérais. Vu que tu viens du Sept,

dis-je. Tu te rappelles notre première rencontre ? Tu étais déguisée en arbre. Enfin, brièvement.

Soudain, elle me serre le poignet avec force.

— Tu dois le tuer, Katniss.

— Compte sur moi.

Je résiste à la tentation de me dégager.

— Jure-le. Sur quelque chose à quoi tu tiens, souffle-t-elle.

— Je te le jure sur ma vie.

Mais elle refuse de me lâcher le bras.

— Sur la vie de ta famille, insiste-t-elle.

— Sur la vie de ma famille. (J'imagine que ma volonté de survivre n'est pas suffisamment convaincante. Elle me lâche enfin, et je me masse le poignet.) Qu'est-ce qui te fait croire que j'ai été prise, de toute façon ?

Voilà qui la fait sourire un peu.

— J'avais juste besoin de l'entendre.

Elle se colle le sachet d'aiguilles de pin sous le nez et ferme les yeux.

Les jours suivants défilent à toute vitesse. Après une brève séance matinale d'exercices physiques, mon escouade part s'entraîner à plein temps sur le champ de tir. Avec un fusil la plupart du temps, mais on réserve une heure par jour aux armes spéciales, ce qui veut dire que je peux m'entraîner avec mon arc de geai moqueur et Gale avec son arc bardé de gadgets. Le trident que Beetee a conçu pour Finnick présente toutes sortes de caractéristiques spéciales, mais le plus remarquable est qu'une fois qu'il l'a lancé, il lui suffit de presser un bouton sur un bracelet métallique à son poignet pour qu'il revienne de lui-même dans sa main.

Parfois nous tirons sur des mannequins en uniforme de Pacificateurs afin de nous familiariser avec les failles de leur équipement de protection. Leurs défauts dans la cuirasse, pour ainsi dire. Quand on touche la chair, on est récompensés par une giclée de faux sang. Nos mannequins sont trempés de rouge.

C'est rassurant de constater le degré élevé de précision dans notre groupe. En plus de Finnick et de Gale, l'escouade se compose de cinq soldats du Treize. Jackson, une femme entre deux âges qui seconde Boggs sur le terrain, semble plutôt léthargique mais peut toucher des cibles que nous n'apercevons même pas à la lunette. Elle a une vue extraordinaire. Il y a aussi deux sœurs d'une vingtaine d'années du nom de Leeg – nous les appelons Leeg 1 et Leeg 2 pour éviter toute confusion –, qui se ressemblent tellement sous l'uniforme que je suis presque incapable de les distinguer ; jusqu'à ce que je remarque d'étranges moucheures jaunes dans les yeux de Leeg 1. Et deux hommes d'âge mûr, Mitchell et Homes, qui ne parlent pas beaucoup mais peuvent faire voler la poussière sur vos bottes à cinquante pas. Je vois d'autres escouades tout aussi excellentes que la nôtre, mais c'est seulement quand Plutarch nous rejoint un beau matin que je comprends à quel point nous avons un statut particulier.

— Escouade Quatre-Cinq-Un, on vous a choisis pour une mission spéciale, commence-t-il. (Je me mords la lèvre, espérant contre toute raison qu'il s'agira d'assassiner Snow.) Nous avons beaucoup de tireurs d'élite, mais très peu d'équipes de tournage. En conséquence, nous vous avons retenus tous les huit pour être ce que nous appelons notre escouade star. C'est vous qui incarnerez l'invasion à l'écran.

La déception, la stupeur puis la colère traversent le groupe.

— Vous êtes en train de nous dire que nous ne prendrons aucune part aux combats ? lâche Gale d'un ton sec.

— Si, vous combattrez, mais pas toujours en première

ligne. Pour autant qu'on peut dégager une première ligne dans ce type de conflit, répond Plutarch.

— Nous ne voulons pas de ça, déclare Finnick. (Sa remarque est suivie d'un murmure d'assentiment quasi général. Il n'y a que moi qui reste silencieuse.) Nous voulons nous battre.

— Vous contribuerez à l'effort de guerre autant qu'il est possible, nous assure Plutarch. Simplement, on a décidé en haut lieu que c'est à l'écran que vous serez le plus utiles. Regardez l'impact qu'a eu Katniss en se montrant dans son costume de geai moqueur. Elle a rallié l'ensemble de la rébellion. Vous noterez que c'est la seule qui ne se plaint pas. C'est parce qu'elle comprend le pouvoir de la télévision.

En réalité, je ne dis rien parce que je n'ai pas l'intention de rester longtemps en compagnie de l'escouade star, mais que j'ai bien compris la nécessité de pénétrer au Capitole avant de pouvoir mettre mon plan à exécution. Cela dit, une trop grande docilité risque aussi d'éveiller les soupçons.

— Nous n'allons pas juste amuser la galerie, quand même ? dis-je. Ce serait un gaspillage de talents.

— Ne t'en fais pas, tu auras de vraies cibles en face de toi, me promet Plutarch. Seulement, évite de te faire tuer. J'ai assez de pain sur la planche sans devoir te remplacer au pied levé. Et maintenant, fichez-moi le camp au Capitole et offrez-nous du grand spectacle.

Le matin de notre départ, je passe dire au revoir à ma mère et à ma sœur. Je ne leur ai pas avoué à quel point les défenses du Capitole ressemblaient aux pièges de l'arène. Elles se font suffisamment de souci comme ça. Ma mère me serre un long moment dans ses bras. Je sens des larmes sur ses joues, une faiblesse qu'elle avait réussi à dominer lors de mes deux départs pour les Jeux.

— Ne t'inquiète pas. C'est sans danger. Je ne suis même pas une vraie soldate, lui dis-je. Juste une marionnette dans le spectacle de Plutarch.

Prim me raccompagne jusqu'à la porte de l'hôpital.

— Comment te sens-tu ?

— Mieux, sachant que vous êtes hors d'atteinte de Snow, lui dis-je.

— La prochaine fois qu'on se verra, nous n'aurons plus rien à craindre de lui, m'assure-t-elle fermement. (Puis elle se jette à mon cou.) Sois prudente.

J'envisage d'aller faire mes adieux à Peeta, mais ce serait probablement pénible pour nous deux. Je glisse tout de même sa perle dans la poche de mon uniforme. En souvenir du garçon des pains.

Un hovercraft nous transporte, je vous le donne en mille, dans le Douze, où l'on nous a dégagé une zone de transit à la lisière des combats. Pas de train de luxe pour moi cette fois-ci, mais un wagon de marchandises plein à craquer de soldats en uniforme gris foncé qui dorment la tête sur leur paquetage. Après environ deux jours de voyage, on nous débarque dans l'un des tunnels de montagne qui mènent au Capitole et nous terminons le trajet à pied, une marche de six heures en veillant à ne pas nous écarter de la ligne de peinture vert phosphorescent tracée sur le sol.

Nous débouchons dans le camp retranché des rebelles, qui s'étend sur une dizaine de pâtés de maisons autour de la gare où Peeta et moi sommes arrivés les fois précédentes. L'endroit grouille déjà de soldats. L'escouade 451 se voit attribuer un endroit où monter ses tentes. Le secteur est sécurisé depuis plus d'une semaine. Les rebelles en ont chassé les Pacificateurs, au prix de lourdes pertes. Les forces du Capitole se sont repliées pour se regrouper plus loin à l'intérieur de la ville. Rien ne nous sépare d'elles sinon des rues désertes, tentantes mais truffées de pièges. Il faudra les désamorcer un à un avant de pouvoir continuer notre progression.

Mitchell s'inquiète d'un éventuel bombardement aérien – on se sent très vulnérables à découvert –, mais Boggs lui assure qu'il n'y a rien à craindre. L'essentiel de la flotte aérienne du Capitole a été détruite dans le Deux ou durant l'invasion. S'il lui reste des appareils, il les garde à l'abri. Sans doute pour permettre à Snow et à ses fidèles de s'enfuir à la dernière minute vers un bunker présidentiel enterré je ne sais où. Nos propres hoverplanes sont consignés au sol depuis que les batteries antiaériennes du Capitole ont décimé nos premières vagues d'assaut. Cette guerre va se livrer dans les rues, avec, espérons-le, des dégâts minimaux aux infrastructures et le moins de pertes humaines possible. Les rebelles ne tiennent pas plus à endommager le Capitole que celui-ci ne voulait abîmer le Treize.

Au bout de trois jours, l'escouade 451 est au bord de la désertion. La faute à l'ennui. Cressida et son équipe nous filment en train de tirer. Ils nous expliquent que nous participons à une campagne de désinformation. Si les rebelles ne visaient que les pièges de Plutarch, le Capitole comprendrait tout de suite que nous possédons l'hologramme. Raison pour laquelle on nous demande de tirer sur des cibles sans intérêt afin de donner le change. La plupart du temps, nous nous contentons de pulvériser les fenêtres des bâtiments aux couleurs de sucre d'orge. Je les soupçonne d'intercaler dans leurs séquences des images de destruction d'objectifs stratégiques. De temps à autre, on a vraiment besoin des services d'un tireur d'élite. Nous sommes huit à lever la main mais le choix ne se porte jamais sur Gale, Finnick ou moi.

— Tu n'avais qu'à être moins photogénique, dis-je à Gale.

Ah, si les regards pouvaient tuer…

J'ai l'impression qu'on ne sait pas trop quoi faire de nous, de moi en particulier. J'ai emporté mon costume de geai moqueur mais jusqu'à présent on m'a toujours filmée en uniforme. Parfois je tire au fusil, parfois on me demande de me servir de mon arc. Comme si on refusait d'abandonner complètement le geai moqueur, mais qu'on voulait le réduire au rang de simple fantassin. Je m'en moque, et je trouve plutôt amusant d'imaginer les discussions animées qui doivent se dérouler là-bas, dans le Treize.

Tout en manifestant ouvertement mon impatience devant notre manque d'implication réelle, je me prépare de mon côté. On nous a remis à chacun un plan papier du Capitole. La ville forme un carré presque parfait. Le plan lui-même est divisé en nombreux carrés plus petits, repérés au moyen de lettres et de chiffres sur la bordure. Je l'apprends par cœur, en mémorisant chaque carrefour et chaque ruelle, mais ce n'est qu'un pis-aller. Nos officiers se servent plutôt de l'hologramme de Plutarch. Chacun possède un petit boîtier portatif appelé « holo » capable de générer des images identiques à celles qu'on nous a montrées au Commandement. Ça leur permet de zoomer sur n'importe quelle partie de la grille pour voir quels pièges les y attendent. L'holo est un appareil autonome, une sorte de super carte électronique qui ne peut ni émettre ni recevoir de signaux. Mais qui reste infiniment supérieure à ma version papier.

Chaque holo est réglé sur l'empreinte vocale de l'officier supérieur auquel il appartient. Une fois activé, il réagit également aux voix des autres membres de l'escouade, de sorte que si Boggs se faisait tuer, par exemple, n'importe lequel d'entre nous pourrait le récupérer. Et il suffit de lui dire « sureau mortel » trois fois de suite pour que l'appareil explose, en détruisant tout autour de lui dans un rayon de cinq mètres. Question de sécurité, en cas de capture. Il est admis que chacun de nous le ferait sans hésitation.

Donc, il ne me reste plus qu'à dérober l'holo de Boggs après activation puis à m'éclipser avant qu'il ne s'en aperçoive. Je crois que j'aurais moins de mal à lui subtiliser ses dents.

Le matin du quatrième jour, la soldate Leeg 2 déclenche un piège mal répertorié. Au lieu de libérer un essaim de frelons génétiquement modifiés, comme nous nous y attendions, il crache une volée de fragments métalliques. L'un d'eux l'atteint au cerveau. Elle meurt avant l'arrivée des toubibs. Plutarch nous promet de la remplacer au plus vite.

Le lendemain soir, le nouveau membre de notre escouade arrive. Sans menottes. Sans gardiens. Il débouche de la gare en balançant son fusil au bout de sa bretelle. Après un premier moment de choc, de confusion et de protestation, on lit le numéro 451 à l'encre fraîche sur le dos de la main de Peeta. Boggs lui confisque son arme et s'éloigne pour passer un coup de téléphone.

— Ça ne servira à rien, nous prévient Peeta. C'est la présidente elle-même qui a décidé de mon affectation. Elle a dit que vos spots de propagande avaient besoin d'un petit coup de fouet.

C'est peut-être vrai. Mais si Coin nous envoie Peeta, ça veut dire également autre chose. Que je lui suis désormais plus utile morte que vivante.

TROISIÈME PARTIE

LA MEURTRIÈRE

19

Je n'avais encore jamais vu Boggs en colère pour de bon. Pas plus quand j'ai désobéi à ses ordres que quand je lui ai vomi dessus, ni même quand Gale lui a cassé le nez. Mais il est furieux en revenant de son coup de téléphone à la présidente. La première chose qu'il fait consiste à ordonner à la soldate Jackson d'établir des tours de garde de deux personnes pour surveiller Peeta vingt-quatre heures sur vingt-quatre. Puis il m'entraîne à l'écart, à travers le dédale des tentes, en laissant les autres loin derrière nous.

— Il essaiera de me tuer quoi que vous fassiez, dis-je. Surtout ici, où il y a tant de souvenirs qui risquent de le faire disjoncter.

— Je ne le laisserai pas faire, Katniss, me promet Boggs.

— Pourquoi Coin tient-elle tellement à ce que je meure ?

— Elle prétend que non.

— Mais nous savons que si, je rétorque. Et vous devez bien avoir une théorie.

Boggs me dévisage longuement, durement, avant de répondre :

— Voilà ce que je sais. La présidente ne t'aime pas. Elle ne t'a jamais aimée. C'est Peeta qu'elle voulait faire sortir de l'arène, seulement, personne n'était d'accord. Et le fait que tu l'aies obligée à promettre l'immunité aux autres vainqueurs n'a rien arrangé. Mais même ça, vu ta prestation à l'antenne, ça aurait pu s'oublier.

— Alors qu'y a-t-il ?

— Quelque part dans un avenir proche, cette guerre prendra fin. Et il faudra élire un nouveau chef, dit Boggs.

Je lève les yeux au ciel.

— Boggs, personne ne s'imagine que je pourrais me présenter à la présidence.

— Non, c'est vrai, reconnaît-il. Mais tu prendras forcément position en faveur de quelqu'un. Est-ce que ce sera la présidente Coin ? Ou quelqu'un d'autre ?

— Je ne sais pas. Je n'y ai jamais réfléchi.

— Si tu ne réponds pas spontanément Coin, tu représentes une menace. Tu es le visage de la rébellion. Tu as plus d'influence que n'importe qui d'autre, insiste Boggs. Le problème, c'est que tout le monde voit bien qu'il n'y a aucune sympathie entre vous.

— Donc elle serait prête à me tuer pour me faire taire.

À l'instant où j'énonce cela, je comprends que c'est vrai.

— Elle n'a plus besoin de toi comme figure de proue. Elle l'a dit elle-même, ta mission d'unifier les districts est remplie, me rappelle Boggs. Nos spots de propagande actuels pourraient se tourner sans toi. Il ne reste plus qu'une seule chose que tu puisses faire pour donner un nouvel élan à la rébellion.

— Mourir, dis-je à voix basse.

— Oui. Nous offrir une martyre à venger. Mais ça n'arrivera pas sous mon commandement, soldate Everdeen. J'ai l'intention de te voir vivre très longtemps.

— Pourquoi ? (Une telle attitude ne lui vaudra que des ennuis.) Vous ne me devez rien.

— Parce que tu l'as mérité, me répond-il. Et maintenant, retourne auprès des autres.

Je sais que je devrais lui être reconnaissante de prendre fait et cause pour moi, mais je n'éprouve que de la frustration. Je veux dire, comment lui voler son holo et déserter, maintenant ? J'avais déjà suffisamment de réticence à le trahir sans me retrouver en plus redevable vis-à-vis de lui. Il m'a déjà sauvé la vie.

Voir le responsable de mon dilemme monter tranquillement sa tente à côté des nôtres me rend furieuse. Je demande à Jackson :

— À quelle heure, mon tour de garde ?

Elle me dévisage d'un air dubitatif, à moins qu'elle ne plisse simplement les yeux pour me voir nettement.

— Je ne t'ai pas inscrite.

— Pourquoi ?

— Parce que je ne suis pas sûre que tu pourrais tirer sur Peeta s'il le fallait.

J'élève la voix afin que toute l'escouade m'entende clairement.

— Ce ne serait pas sur lui que je tirerais. Peeta n'existe plus. Johanna a raison. Ce serait comme de tirer sur une de ces fichues mutations génétiques du Capitole.

C'est bon de déclarer quelque chose d'horrible à son propos, à voix haute, en public, après toutes les humiliations que j'ai endurées depuis son retour.

— Ce n'est pas ce genre de commentaires qui va me faire changer d'avis, me prévient Jackson.

— Inscris-la, ordonne Boggs derrière moi.

Jackson secoue la tête et couche mon nom sur un papier.

— Entre minuit et 4 heures. Tu seras avec moi.

On siffle l'heure du souper, et Gale et moi prenons place dans la queue devant la cantine.

— Veux-tu que je le tue ? me demande-t-il de but en blanc.

— Ça nous ferait renvoyer tous les deux, à coup sûr, dis-je. (Mais malgré ma colère, je suis choquée par la brutalité de sa proposition.) Non, ça ira.

— Tu veux dire que ça ira jusqu'au moment de nous fausser compagnie ? Toi, ta carte en papier et peut-être un holo si tu peux mettre la main dessus ?

Ainsi donc, mes petits préparatifs n'ont pas échappé à Gale. J'espère avoir été moins transparente pour les autres. Il est vrai que Gale me connaît mieux que personne.

— Tu n'espérais pas t'éclipser sans moi, quand même ? me demande-t-il.

Jusqu'à cet instant, si. Mais ce ne serait pas une si mauvaise idée d'avoir mon ancien partenaire de chasse pour couvrir mes arrières.

— En tant que soldat, je te déconseille fortement d'abandonner ton escouade. Mais je ne peux pas t'empêcher de m'accompagner, pas vrai ?

Il sourit.

— Non. À moins de vouloir m'entendre alerter toute l'armée.

L'escouade 451 et son équipe de télévision prennent leurs rations à la cantine et se réunissent en cercle pour manger. L'atmosphère est tendue. Je crois d'abord que c'est à cause de Peeta, mais au cours du repas, je surprends plusieurs regards hostiles dirigés vers moi. Ce renversement de situation me surprend, car je suis presque certaine qu'en voyant débarquer Peeta tout le monde s'inquiétait de la menace qu'il représentait, en particulier pour moi. Mais c'est en recevant un coup de téléphone d'Haymitch que je finis par comprendre.

— À quoi joues-tu ? me demande-t-il. Tu cherches à le provoquer pour qu'il s'en prenne à toi ?

— Bien sûr que non. Je veux simplement qu'il me laisse tranquille, dis-je.

— Oui, eh bien, il en est incapable. Pas après ce que le Capitole lui a fait subir, déclare Haymitch. Écoute, il est possible que Coin vous l'ait envoyé dans l'espoir qu'il te tue, mais Peeta n'y est pour rien. Il ne comprend pas ce qui lui arrive. Tu ne peux pas le tenir pour responsable de…

— Je ne l'accuse pas !

— Mais si ! Tu n'arrêtes pas de le punir pour des choses qui ne dépendent pas de lui. Je ne te dis pas de ne pas garder ton arme sous la main en permanence. Mais je crois qu'il est grand temps de t'interroger sur ce que donnerait le scénario inverse. Si c'était toi qu'on avait enlevée, à qui on avait fait subir un lavage de cerveau pour que tu essaies de tuer Peeta, crois-tu qu'il te traiterait de cette manière ?

Je reste muette. Non, je ne crois pas. Certainement pas. Il ferait l'impossible pour me ramener à la raison. Au lieu de me fuir, de tirer un trait sur moi et de me témoigner une hostilité de tous les instants.

— Toi et moi, nous nous étions engagés à le sauver, tu te rappelles ? me dit Haymitch. (Je ne réponds pas.) Essaie de t'en souvenir.

Et il raccroche.

Les nuits d'automne passent de fraîches à glaciales. La plupart des membres de l'escouade s'emmitouflent dans leur sac de couchage. Certains dorment à la belle étoile, près du radiateur au centre de notre campement, tandis que d'autres se retirent sous leur tente. Leeg 1 a finalement pris conscience de la mort de sa sœur, et ses sanglots étouffés nous parviennent à travers la toile. Pour ma part je me tourne et me retourne sous ma tente en ressassant les paroles d'Haymitch. Je réalise, mortifiée, que mon obsession à vouloir assassiner Snow m'a permis d'ignorer un problème autrement plus ardu : sauver Peeta du marécage dans lequel son conditionnement l'a embourbé. Je ne sais pas comment l'atteindre et encore moins comment l'en arracher. Je n'ai même pas de plan. À côté de ça, traverser une arène truffée de pièges, localiser Snow et lui loger une balle dans la tête me semblent un jeu d'enfant.

À minuit, je rampe hors de ma tente et je viens me poster sur un tabouret près du radiateur pour assurer mon tour de garde en compagnie de Jackson. Boggs a ordonné à Peeta de dormir bien en vue, là où nous pourrons l'avoir à l'œil. Il ne dort pas, cependant. Il est assis avec son sac de couchage remonté sur son torse, à tenter maladroitement de faire des nœuds avec un bout de ficelle. Je reconnais cette ficelle. C'est celle que Finnick m'a prêtée cette nuit-là dans le bunker. En la voyant entre ses mains, j'ai l'impression d'entendre Finnick me répéter la même chose qu'Haymitch, que j'ai tiré un trait sur Peeta. Le moment est peut-être venu de commencer à y remédier. Si seulement je trouvais quelque chose à dire. Mais impossible. Alors je me tais. Je laisse le souffle des soldats endormis emplir la nuit.

Au bout d'une heure, Peeta prend la parole :

— Ces deux dernières années ont dû être épuisantes pour toi. Toujours en train d'hésiter à me tuer. Et à passer d'un avis à l'autre en permanence.

Voilà qui semble très injuste, et ma première réaction serait de lui décocher une réplique cinglante. Mais je repense à ma conversation avec Haymitch et je m'efforce de faire un premier pas en direction de Peeta.

— Je n'ai jamais voulu te tuer. Sauf quand j'ai cru que tu aidais les « carrières » à m'éliminer. Après, je t'ai toujours considéré comme… un allié.

Le terme me paraît bien choisi. Exempt de toute obligation émotionnelle, sans rien de menaçant.

— Alliée, dit lentement Peeta, comme s'il goûtait le mot. Amie. Amoureuse. Gagnante. Ennemie. Fiancée. Cible. Mutation génétique. Voisine. Chasseuse. Tribut. Alliée. Je vais ajouter ça à la liste des mots que j'utilise pour essayer de te cerner. (Il tord sa ficelle entre ses doigts.) Le problème, c'est que je ne sais plus faire le tri entre ce qui est réel et ce qui est fabriqué de toutes pièces.

Le changement de rythme dans la respiration des dormeurs me donne à penser que certains ont dû se réveiller, ou qu'ils ne dormaient pas vraiment. Je pencherais plutôt pour la seconde option.

La voix de Finnick s'élève dans la nuit :

— Dans ce cas tu n'as qu'à demander, Peeta. C'est ce que fait Annie.

— Demander à qui ? rétorque Peeta. À qui veux-tu que je fasse confiance ?

— Eh bien, à nous, pour commencer. Nous sommes ton escouade, intervient Jackson.

— Vous êtes mes gardiens, rectifie-t-il.

— D'accord, ça aussi, admet-elle. Mais tu as sauvé beaucoup de vies dans le Treize. C'est le genre de choses qui ne s'oublie pas.

Dans le silence qui s'ensuit, j'essaie de m'imaginer incapable de distinguer l'illusion de la réalité. Ne pas savoir si Prim et ma mère m'aiment. Si Snow est mon ennemi. Si la personne de l'autre côté du radiateur m'a sauvée ou sacrifiée. Avec très peu d'efforts, ma vie se transforme rapidement en cauchemar. Et soudain voilà que je voudrais tout raconter à Peeta, lui apprendre qui il est, qui je suis et comment nous en sommes arrivés là. Mais j'ignore par où commencer. Lamentable. Je ne suis vraiment bonne à rien.

Quelques minutes avant 4 heures, Peeta revient à la charge.

— Ta couleur préférée… c'est bien le vert ? me demande-t-il.

— C'est ça. (Puis un détail me revient.) Et la tienne, c'est l'orange.

— L'orange ?

Il ne semble pas convaincu.

— Pas l'orange vif. Mais un orange doux, comme dans un coucher de soleil. En tout cas, c'est ce que tu m'as dit un jour.

— Oh. (Il ferme les yeux brièvement, peut-être pour évoquer le coucher de soleil en question, puis hoche la tête.) Merci.

D'autres mots se bousculent hors de ma bouche :

— Tu es un peintre. Un boulanger. Tu aimes dormir avec la fenêtre ouverte. Tu ne prends jamais de sucre dans ton thé. Et tu fais toujours un double nœud à tes lacets.

Puis je plonge sous ma tente avant de me laisser aller à quelque chose de stupide, comme me mettre à pleurer.

Au petit matin Gale, Finnick et moi sortons dégommer quelques fenêtres pour le compte de la caméra. À notre retour au camp, nous trouvons Peeta assis avec les soldats du Treize. Ces derniers sont armés mais discutent tranquillement avec lui. Jackson a inventé un jeu appelé « Réel ou pas réel » afin d'aider Peeta. Il doit mentionner un événement et ils lui disent s'il s'est vraiment produit ou si c'est une déformation de la réalité, en complétant le plus souvent par une brève explication.

— Presque toute la population du Douze a péri dans l'incendie.

— Réel. Vous êtes moins de neuf cents à avoir pu vous réfugier au Treize.

— C'était moi le responsable.

— Pas réel. Le président Snow a rasé le Douze comme il avait détruit le Treize, pour adresser un message aux rebelles.

L'idée paraît bonne, jusqu'à ce que je réalise que c'est moi et moi seule qui pourrai confirmer ou réfuter l'essentiel de ce qui le tourmente. Jackson réorganise les tours de garde. Finnick, Gale et moi sommes désormais chacun avec un soldat du Treize. De cette façon, Peeta peut toujours questionner quelqu'un qui l'a connu personnellement. La conversation se déroule tant bien que mal. Peeta s'attarde longuement sur des détails infimes, comme l'endroit où l'on achetait le savon chez nous, par exemple. Gale lui apprend tout ce qu'il veut savoir sur le Douze. Finnick est plutôt expert en ce qui concerne ses Jeux, puisqu'il était mentor à la première participation de Peeta et tribut à la deuxième. Mais comme le gros de sa confusion reste centré sur moi – et que les explications ne sont pas toujours simples –, nos échanges sont laborieux, tendus, même quand nous n'abordons que des questions superficielles. La couleur de ma robe dans le Sept. Mon penchant pour les petits pains au fromage. Le nom de notre professeur de mathématiques quand nous étions petits. Le plus pénible consiste à reconstruire l'image qu'il a de moi. C'est peut-être même impossible, après ce que Snow lui a fait endurer. Mais je veux au moins l'aider à essayer.

L'après-midi suivant, on nous annonce que l'escouade au complet va devoir tourner une séquence passablement compliquée. Peeta avait raison : ni Coin ni Plutarch ne sont satisfaits de ce qu'ils ont vu jusqu'à maintenant. L'escouade star ne fait pas rêver. Pas étonnant, serait-on tenté de répondre, puisqu'on nous laisse tout juste agiter nos armes pour la galerie. Toutefois, il ne s'agit pas de nous trouver des excuses mais de fournir enfin des images exploitables. C'est pourquoi aujourd'hui on a réservé un pâté de maisons à notre intention. Il comporte même deux pièges activés. L'un d'eux crache une giclée de balles. L'autre projette un filet qui capture l'ennemi dans le but de l'interroger ou de l'exécuter, au choix des ravisseurs. Situé en plein quartier résidentiel, ça reste un objectif dépourvu d'importance stratégique.

Notre équipe de télévision prévoit de créer une atmosphère de menace accrue en recourant à des fumigènes et en rajoutant des bruits de fusillade en fond sonore. Tout le monde enfile sa tenue de combat complète, même les cameramen, comme si nous nous préparions à plonger au cœur de la bataille. Ceux d'entre nous qui possèdent des armes particulières sont autorisés à les emporter. Boggs rend son fusil à Peeta, en prenant soin de l'avertir qu'il est chargé avec des balles à blanc.

Peeta hausse les épaules.

— Je ne suis pas très bon tireur, de toute façon.

Il n'arrête pas de dévisager Pollux, avec une insistance qui devient inquiétante, quand il finit par comprendre et demande d'un ton nerveux :

— Tu es un Muet, pas vrai ? Je le vois à ta façon d'avaler ta salive. Il y avait deux Muets dans ma prison. Darius et Lavinia, mais les gardiens les appelaient toujours les rouquins. On les avait arrêtés parce qu'ils avaient été nos domestiques au centre d'Entraînement. Je les ai vus se faire torturer à mort. Elle a eu de la chance. Ils lui ont envoyé des décharges trop fortes, et son cœur a cessé de battre. Lui, par contre, a mis des jours à mourir. À se faire tabasser, mutiler. Ils lui posaient des questions mais il ne pouvait pas répondre, seulement proférer ces horribles grognements animaux. Ce n'était pas pour lui arracher des renseignements, vous comprenez ? On voulait simplement que je regarde.

Peeta se retourne vers nous, comme s'il attendait une réponse. Voyant que rien ne vient, il demande :

— Réel ou pas réel ? (Notre silence ne fait que l'agiter davantage.) Réel ou pas réel ? insiste-t-il.

— Réel, répond Boggs. Pour autant que je sache… réel.

Peeta rentre les épaules.

— J'en étais sûr. Il n'y avait rien de… brillant là-dedans.

Il s'éloigne du groupe, en marmonnant quelque chose à propos de doigts et d'orteils.

Je m'approche de Gale, pose mon front contre sa cuirasse et sens ses bras se refermer sur moi. Nous connaissons enfin le nom de la fille que le Capitole avait enlevée sous nos yeux dans la forêt du Douze, nous savons ce qu'est devenu le Pacificateur qui s'était interposé pour sauver Gale. Ce n'est pas le moment d'évoquer leurs bons moments. Ils ont perdu la vie à cause de moi. Je les rajoute à la liste de mes victimes, qui débute dans l'arène et doit compter maintenant des milliers de noms. Quand je relève la tête, je vois que Gale ne prend pas les choses de la même manière. Son expression révèle qu'il n'y a pas suffisamment de montagnes à pulvériser, de villes à détruire. Elle promet du sang.

Avec le récit épouvantable de Peeta encore tout frais dans nos mémoires, nous progressons le long des rues tapissées de verre brisé jusqu'à notre destination, le pâté de maisons que nous sommes censés prendre. Quoique modeste, c'est notre premier objectif réel. On se rassemble autour de Boggs pour étudier la projection de la rue sur son holo. Le piège cracheur de balles est positionné à environ un tiers du chemin, juste au-dessus de l'entrée d'un immeuble.

Nous devrions pouvoir le faire sauter à distance. Quant au piège avec le filet, il est tout au bout, presque au coin. Quelqu'un va devoir déclencher le mécanisme de détection corporelle. Tout le monde se porte volontaire, sauf Peeta, qui n'a pas l'air de comprendre ce qui se passe. Je ne suis pas choisie. On m'envoie à Messalla, qui rectifie mon fond de teint pour le tournage des plans rapprochés.

L'escouade se déploie conformément aux instructions de Boggs, et nous attendons que Cressida place ses cameramen. Ils prennent tous les deux position sur notre gauche, Castor en tête et Pollux en retrait, de manière à ne jamais se trouver dans le champ l'un de l'autre. Messalla lance deux grenades fumigènes, pour l'ambiance. Comme il s'agit à la fois d'une mission et d'un tournage, je suis sur le point de demander qui commande, de notre officier supérieur ou de notre metteuse en scène, quand Cressida lance :

— Action !

Nous avançons prudemment dans la rue enfumée, comme s'il s'agissait d'un exercice au Bloc. Chacun d'entre nous a un certain nombre de fenêtres à faire sauter, mais c'est Gale qui se charge de la véritable cible. Quand il tire sur le piège, nous nous mettons à couvert – sous un porche, ou à plat ventre sur les pavés orange et roses – tandis qu'une grêle de balles siffle au-dessus de nos têtes. Au bout d'un moment, Boggs nous ordonne de continuer la progression.

Cressida nous arrête avant que nous puissions nous relever, car elle veut prendre quelques gros plans. Chacun de nous répète pour la caméra. On se jette au sol, on grimace, on plonge sous un porche. Nous avons beau savoir qu'il s'agit d'une affaire sérieuse, cette comédie semble tout de même un peu ridicule. Surtout quand il s'avère que je ne suis pas la plus mauvaise actrice de l'escouade. Et de loin. On rit si fort devant la tentative de Mitchell de jouer le désespoir, dents serrées et narines frémissantes, que Boggs doit nous rappeler à l'ordre.

— Un peu de sérieux, Quatre-Cinq-Un, gronde-t-il avec sévérité.

Mais on voit bien qu'il se retient de sourire pendant qu'il revérifie la position du deuxième piège. Place l'holo à la lumière entre deux volutes de fumée. Pose le pied sur un pavé orange. Et déclenche l'explosion de la mine qui lui arrache les deux jambes.

C'est comme si, en une fraction de seconde, un panneau de verre teinté avait volé en éclats, en dévoilant toute l'horreur du monde derrière lui. Les hurlements succèdent aux rires, le sang éclabousse la pierre aux couleurs pastel, une fumée noire assombrit celle des effets spéciaux pour la télévision.

Une deuxième explosion fend l'air et me laisse des bourdonnements d'oreille. Mais je ne sais pas d'où elle provient.

J'arrive la première auprès de Boggs et je reste hébétée devant sa chair déchiquetée, ses membres disparus, à la recherche de quelque chose pour étancher le flot rouge qui s'étale autour de lui. Homes me repousse sans ménagement et ouvre une trousse de premiers secours. Boggs m'attrape le poignet. Son visage, gris et cendreux, semble déjà très loin. Mais ses paroles sont un ordre.

— L'holo !

L'holo. Je tâtonne autour de moi, je retourne des morceaux de pavés poissés de sang, en frissonnant quand je sens sous mes doigts des bribes de chair tiède. Je finis par retrouver l'instrument au pied d'un escalier, près de l'une des bottes de Boggs. Je le ramasse, l'essuie entre mes mains et le rapporte à mon officier.

Homes a enveloppé le moignon de la cuisse gauche de Boggs dans une sorte de bandage serré, déjà trempé de sang. Il tente de poser un garrot au-dessus de l'autre genou. Le reste de l'escouade s'est déployé en cercle autour de l'équipe de tournage et nous. Finnick s'efforce de réanimer Messalla, que l'explosion a projeté contre un mur. Jackson vocifère dans son communicateur de campagne, réclame à grands cris qu'on nous envoie un toubib, mais je sais déjà qu'il est trop tard. Petite fille, quand je regardais opérer ma mère, j'ai appris que lorsqu'une flaque de sang dépasse une certaine taille il n'y a plus rien à faire.

Je m'agenouille près de Boggs, prête à répéter le rôle que j'ai tenu auprès de Rue ou de la droguée du Six, celle d'une amie à laquelle se raccrocher au moment de quitter ce monde. Mais Boggs a les deux mains sur l'holo. Il tape un ordre, appuie son pouce sur l'écran pour identification digitale, prononce une suite de lettres et de chiffres en réponse à une question. Une lumière verte jaillit de l'instrument et baigne son visage. Il déclare :

— Plus en état d'assurer le commandement. Transfère mon certificat de sécurité à la soldate de l'escouade Quatre-Cinq-Un Katniss Everdeen. (Il lui reste tout juste la force de braquer l'holo dans ma direction.) Dis ton nom.

— Katniss Everdeen, dis-je face à l'instrument.

Je me retrouve soudain piégée dans la lumière verte. Je ne peux plus bouger ni même cligner des paupières tandis que des images défilent rapidement devant moi. Pour me scanner ? M'enregistrer ? M'aveugler ? La lumière s'éteint, et je secoue la tête pour m'éclaircir la vue.

— Qu'est-ce que vous avez fait ?

— On se replie ! hurle Jackson.

Finnick lui crie quelque chose en indiquant l'extrémité de la rue qui nous a conduits jusqu'ici. Une substance noire huileuse gicle du sol en geyser et monte entre les bâtiments, formant une muraille de noirceur impénétrable. Ni tout à fait liquide ni tout à fait gazeuse, pas plus artificielle que naturelle. Sûrement mortelle, en tout cas. Impossible de repartir par où nous sommes venus.

Une fusillade assourdissante éclate. Gale et Leeg 1 mitraillent le sol vers l'autre bout de la rue. Je me demande ce qu'ils fabriquent quand une deuxième mine explose à une dizaine de mètres, ouvrant un cratère dans la rue. Je réalise alors qu'ils sont en train de nous dégager un chemin. Homes et moi empoignons Boggs et commençons à le traîner à la suite de Gale. La douleur prend le dessus, il pousse des hurlements effroyables et je voudrais m'arrêter, trouver un meilleur moyen, mais la noirceur continue à s'élever, au-dessus des bâtiments, et menace de nous engloutir comme une vague.

On me tire brutalement par le col. Je lâche Boggs et m'écrase contre les pavés. Peeta se dresse au-dessus de moi, le regard fou, perdu dans ses délires engendrés par le lavage de cerveau, le fusil brandi bien haut pour me fracasser le crâne. Je roule sur le côté, j'entends la crosse frapper la pierre et je vois du coin de l'œil Mitchell bondir sur Peeta et le plaquer au sol. Mais Peeta, qui a toujours été si vigoureux et qui semble possédé par la folie du venin de guêpe, ramène ses deux pieds sous le ventre de Mitchell et le projette en arrière dans la rue.

On entend un claquement sec quand le deuxième piège se déclenche. Quatre câbles, fixés à des rails au sommet des bâtiments, s'arrachent des pavés en soulevant un filet qui se referme sur Mitchell. Le pauvre est tout de suite couvert de sang. Ça paraît incompréhensible – jusqu'à ce qu'on remarque que les mailles du filet sont en barbelé. Je les reconnais immédiatement. Les mêmes barbelés qui ornaient le sommet de la palissade autour du Douze. Je lui crie de ne pas bouger. L'odeur de la substance noire, lourde, goudronneuse, me prend à la gorge. La vague s'enroule et commence à retomber.

Gale et Leeg 1 font sauter la serrure d'une porte au coin de la rue, puis tirent sur les câbles qui retiennent le filet de Mitchell. D'autres se chargent de Peeta. J'empoigne Boggs, et Homes et moi le traînons dans l'appartement, à l'intérieur d'un salon en velours rose et blanc, le long d'un couloir orné de photos de famille, jusqu'au carrelage d'une cuisine où nous nous écroulons. Castor et Pollux nous rejoignent en tenant Peeta qui se débat comme un diable. Jackson réussit à lui mettre des menottes, mais cela ne fait que l'enrager davantage. On est finalement obligés de l'enfermer dans un placard.

Dans le salon, on entend un claquement de porte et des cris. Puis des pas retentissent dans le couloir tandis que la vague déferle devant le bâtiment. Depuis la cuisine, on sent les vitres trembler puis se briser. Une forte odeur de goudron imprègne l'air. Finnick arrive en portant Messalla. Leeg 1 et Cressida le suivent en titubant, crachant leurs poumons.

— Gale ! je m'écrie.

Il est là, qui claque la porte de la cuisine derrière lui, en nous criant d'une voix rauque :

— Les vapeurs !

Castor et Pollux attrapent des serviettes et des torchons pour colmater le pourtour de la porte tandis que Gale vomit dans l'évier jaune vif.

— Et Mitchell ? s'inquiète Homes.

Leeg 1 fait non de la tête.

Boggs me fourre l'holo dans la main. Il remue les lèvres

mais je ne comprends rien à ce qu'il murmure. Je colle mon oreille à sa bouche pour essayer de l'entendre.

— Ne te fie pas à eux. Ne rentre pas. Tue Peeta. Fais ce que tu es venue faire.

Je me recule pour scruter son visage.

— Quoi ? Boggs ? Boggs !

Il a encore les yeux ouverts, mais sans vie. Je sens l'holo au creux de ma main, poissé de sang.

Les ruades de Peeta dans la porte du placard brisent la respiration haletante des autres. Mais bientôt, sa fureur semble s'épuiser. Ses coups de pied se font moins réguliers, moins violents. Avant de cesser complètement. Je me demande s'il est mort, lui aussi.

— Il est... ? demande Finnick, en indiquant Boggs du menton. (Je hoche la tête.) Il faut filer d'ici. Maintenant. On est tombés dans une rue truffée de pièges. Je veux bien parier qu'ils nous ont à l'image en ce moment.

— Oh, c'est sûr, renchérit Castor. Il y a des caméras de surveillance dans toutes les rues. Ils ont dû activer cette vague noire de façon manuelle quand ils nous ont vus en train de tourner.

— Les communications radio ne fonctionnent plus. Probablement à cause d'un brouillage à impulsions électromagnétiques. Mais je vais nous ramener au camp. Passe-moi l'holo, dit Jackson.

Elle tend la main, mais je serre l'appareil contre ma poitrine.

— Non. Boggs me l'a donné.

— Ne sois pas ridicule, dit-elle d'un ton sec.

Naturellement, qu'elle s'attend à le récupérer. Elle était le lieutenant de Boggs.

— C'est vrai, intervient Homes. Il lui a transféré son certificat de sécurité avant de mourir. Je l'ai vu.

— Pourquoi aurait-il fait ça ? demande Jackson.

Oui, pourquoi ? Les événements des cinq dernières minutes me donnent le tournis – la mutilation de Boggs, son agonie, la folie meurtrière de Peeta, la mort de Mitchell, lacéré par le filet puis englouti par cette horrible vague noire. Je me retourne vers Boggs. J'aurais tellement besoin qu'il soit en vie alors que je suis enfin sûre qu'il était, le seul peut-être, de mon côté. Je repense à ses dernières instructions…

« *Ne te fie pas à eux. Ne rentre pas. Tue Peeta. Fais ce que tu es venue faire.* »

Qu'entendait-il par là ? À qui ne dois-je pas me fier ? Aux rebelles ? À Coin ? Aux personnes qui m'entourent ? Je n'ai pas l'intention de rentrer, mais il devait bien se douter que je n'allais pas tranquillement loger une balle dans la tête de Peeta. Le pourrais-je ? Le devrais-je ? Boggs avait-il deviné que j'étais venue dans l'intention de déserter pour tuer Snow moi-même ?

Comme il m'est désormais impossible de le savoir, je décide de m'en tenir à ses deux premiers ordres : ne me fier à personne et m'enfoncer toujours plus loin dans le Capitole. Mais comment justifier ça ? Comment les convaincre de me laisser l'holo ?

— Parce que je suis en mission spéciale pour la présidente Coin. Boggs était le seul à le savoir.

Jackson ne paraît pas convaincue.

— Quelle mission ?

Pourquoi ne pas leur dire la vérité ? Elle est aussi plausible que tout ce que je pourrais inventer. Mais ça doit ressembler à une vraie mission, pas à une vengeance.

— Assassiner le président Snow avant que cette guerre n'inflige des pertes irrémédiables à notre population.

— Je n'en crois pas un mot, dit Jackson. Je suis ta supérieure, et je t'ordonne de me transmettre le certificat de sécurité.

— Non. Ce serait en violation directe des ordres de la présidente.

Les fusils se dressent. La moitié sont braqués sur Jackson, les autres sur moi. Quelqu'un va finir par y laisser la vie, quand Cressida intervient :

— C'est vrai. C'est pour ça que nous sommes là. Plutarch voulait filmer l'événement. Il pense que si nous réussissons à montrer le geai moqueur en train d'assassiner Snow, ça pourrait mettre fin à la guerre.

Voilà qui donne à réfléchir à Jackson. Puis elle indique le placard du bout de son canon.

— Et lui, que fait-il avec nous ?

Elle me tient, là. Je ne vois aucune raison crédible d'envoyer un garçon instable, programmé pour me tuer, dans une mission aussi cruciale. Mon histoire en prend un coup. Cressida vient à mon secours une fois de plus :

— Ses deux interviews avec Caesar Flickerman ont été tournées dans les propres appartements du président Snow. Aussi, Plutarch a considéré qu'il pourrait peut-être nous guider dans cet endroit que nous connaissons mal.

Je voudrais demander à Cressida pourquoi elle ment pour moi, pourquoi elle déploie tous ces efforts afin de me permettre de poursuivre ma petite mission personnelle. Mais ce n'est pas le moment.

— On ne peut pas rester là, déclare Gale. Je suis avec Katniss. Si vous ne voulez pas venir, retournez au camp. Mais ne traînons pas !

Homes rouvre le placard et soulève Peeta, qui a perdu connaissance, sur son épaule.

— Je suis prêt, annonce-t-il.

— Et Boggs ? demande Leeg 1.

— On ne peut pas l'emmener. Il aurait compris, dit Finnick. (Il ramasse le fusil de Boggs et le jette sur son épaule à côté du sien.) On vous suit, soldate Everdeen.

Sauf que j'ignore complètement où aller. Je consulte l'holo. Il est toujours activé mais ça ne m'aide pas beaucoup. Je n'ai pas le temps de m'amuser à tripoter tous les boutons pour tenter de comprendre comment il fonctionne. Je me tourne vers Jackson.

— Je ne sais pas m'en servir. Boggs m'avait promis que vous m'aideriez. Que je pourrais compter sur vous.

Jackson fronce les sourcils, me prend l'instrument des mains et tape un ordre. Un carrefour s'affiche.

— En sortant par la porte de la cuisine, nous pouvons traverser une petite cour pour nous retrouver dans l'appartement de l'autre côté du pâté de maisons. Ça, c'est une vue aérienne des deux rues qui forment le carrefour.

Je tente de m'orienter d'après le plan. Je vois des pièges clignoter dans toutes les directions. Encore s'agit-il uniquement des pièges dont Plutarch a connaissance. L'holo n'indiquait pas que le pâté de maisons que nous venons de franchir était miné, qu'il comportait ce geyser noir ou que le filet du deuxième piège était en fil de fer barbelé. Par ailleurs, nous risquons de tomber sur des Pacificateurs à présent qu'ils connaissent notre position. Je me mords la lèvre, consciente que tous les regards sont braqués sur moi.

— Mettez vos masques. Nous allons sortir par où nous sommes entrés.

Des protestations s'élèvent aussitôt. Je hausse le ton pour les faire taire.

— Vu la puissance de la vague, elle a très bien pu déclencher et absorber les autres pièges sur le chemin.

Les autres réfléchissent à cette hypothèse. Pollux adresse quelques signes rapides à son frère.

— Elle a pu également neutraliser les caméras, traduit Castor. En noircissant leur objectif.

Gale pose un pied sur le plan de travail et se penche sur les éclaboussures noires collées au bout de sa botte. Il attrape un couteau de cuisine pour les gratter avec la pointe.

— Ça n'a pas l'air corrosif. Je crois que c'était destiné à nous étouffer ou à nous empoisonner.

— C'est probablement notre meilleure chance, approuve Leeg 1.

On enfile nos masques. Finnick boucle celui de Peeta sur son visage inanimé. Cressida et Leeg 1 aident Messalla, qui n'a pas tout à fait récupéré, à se tenir debout.

J'attends que quelqu'un prenne la tête quand je me rappelle que c'est mon rôle, désormais. Je pousse la porte de la cuisine, sans rencontrer la moindre résistance. Une couche de substance noire s'est répandue depuis le salon sur un centimètre d'épaisseur jusqu'aux trois quarts du couloir environ. En la touchant avec précaution, du bout de la botte, je m'aperçois qu'elle a la consistance du gel. Et quand je ramène mon pied, elle colle un peu à ma semelle avant de se remettre en place. Je fais trois pas dans le gel puis je me retourne. Aucune empreinte. C'est la première bonne nouvelle de la journée. Le gel s'épaissit progressivement dans le salon. J'ouvre la porte extérieure, en me préparant à recevoir une tonne de gel contre les chevilles, mais non, la substance conserve sa forme.

On dirait que le pâté de maisons rose et orange tout entier a été trempé dans la laque noire. Les pavés, les bâtiments et même les toits dégoulinent de gel. Une goutte géante est suspendue au-dessus de la rue. Deux formes en dépassent. Le canon d'une arme et une main humaine.

Mitchell. J'attends dans la rue, les yeux levés sur lui, que le reste de notre escouade m'ait rejointe.

— Si quelqu'un veut rentrer, pour une raison ou pour une autre, c'est le moment, dis-je. On ne lui demandera rien et on ne lui en voudra pas.

Personne ne semble vouloir battre en retraite. Je pars donc en direction du Capitole, sachant que nous n'avons pas beaucoup de temps. Le gel est plus épais à cet endroit, atteignant dix à douze centimètres, et il produit un bruit de succion chaque fois qu'on en retire le pied, mais ça présente l'avantage d'effacer nos traces.

La vague a dû être gigantesque, et d'une puissance inouïe, car elle semble avoir touché plusieurs pâtés de maisons et déclenché tous les pièges sur son chemin. Nous traversons une portion de rue parsemée de guêpes mortes. Sans doute ont-elles été libérées puis asphyxiées par les vapeurs. Un peu plus loin, un immeuble d'appartements s'est effondré et forme un monticule noyé sous le gel. Je franchis les carrefours au pas de course, en faisant signe aux autres d'attendre, le temps de vérifier si la voie est libre, mais la vague semble avoir neutralisé les pièges plus efficacement que n'importe quelle escouade rebelle.

À la cinquième intersection, on voit que la vague a commencé à s'épuiser. Le gel n'a plus que deux centimètres d'épaisseur, et les toits bleu lavande du prochain pâté de maisons sont intacts. Le soir tombe ; il devient urgent de nous mettre à couvert et d'élaborer un plan. Je choisis un appartement au hasard. Homes crochète la serrure, et je fais entrer les autres. Je m'attarde une minute dans la rue – nos empreintes sont en train de s'effacer –, puis je referme la porte derrière moi.

Les lampes intégrées à nos armes éclairent un grand salon aux murs tapissés de miroirs qui se renvoient notre image.

Gale inspecte les fenêtres, qui paraissent intactes, et retire son masque.

— Ça va. On sent encore l'odeur, mais pas trop.

L'appartement ressemble en tout point à celui dans lequel nous nous sommes réfugiés. Le gel a noirci les fenêtres de la façade mais un peu de jour filtre encore à travers les volets de la cuisine. Le couloir donne sur deux chambres avec salle de bains. Dans le salon, un escalier en spirale mène à une mezzanine qui compose l'essentiel de l'étage. Il n'y a pas de fenêtres, là-haut, mais les lumières sont restées allumées, signe probable que les occupants des lieux ont évacué en catastrophe. Un gigantesque écran de télévision, en mode veille, masque un mur entier. Plusieurs fauteuils et canapés moelleux sont répartis à travers la pièce. On se réunit là, on se laisse tomber sur les coussins et on essaie de reprendre notre souffle.

Jackson garde son fusil braqué sur Peeta bien qu'il soit toujours menotté et sans connaissance, allongé sur le canapé bleu marine où Homes l'a déposé. Que diable vais-je bien pouvoir faire de lui ? De mon équipe de tournage ? De tout le monde, en fait, à part Gale et Finnick ? Parce que je préférerais traquer Snow avec ces deux-là que toute seule. Mais je me refuse à mener dix personnes à travers le Capitole pour une fausse mission, quand bien même je saurais me débrouiller avec l'holo. Aurais-je dû les renvoyer au campement quand j'en avais l'occasion ? L'aurais-je pu ? Ou aurait-ce été trop dangereux, pour eux-mêmes comme pour ma mission ? J'aurais peut-être mieux fait de ne pas écouter Boggs. Peut-être que l'agonie le faisait délirer. Je pourrais encore tout arrêter. Mais dans ce cas, Jackson reprendrait le commandement et nous ramènerait au camp. Où je devrais répondre de mes actes devant Coin.

Alors que la profondeur du pétrin dans lequel j'ai entraîné tout le monde me donne le vertige, une succession d'explosions fait trembler les murs de la pièce.

— Ça va, c'était loin, nous assure Jackson. À quatre ou cinq pâtés de maisons au moins.

— Là où on a laissé Boggs, murmure Leeg 1.

Bien que personne n'ait esquissé le moindre geste dans sa direction, la télévision s'allume toute seule, avec un petit bip aigu qui fait bondir la moitié de l'escouade.

— Ce n'est rien ! s'écrie Cressida. Seulement une diffusion d'urgence. Elle active automatiquement toutes les télés du Capitole.

Nous nous découvrons à l'écran, juste après que Boggs a sauté sur sa mine. Une voix off explique au public ce qu'il voit tandis que nous tentons de nous regrouper, de réagir au geyser de gel noir qui jaillit du sol, et que nous perdons le contrôle de la situation. Nous sommes témoins de la confusion qui s'ensuit jusqu'à ce que la vague submerge les caméras. La dernière image montre Gale, seul dans la rue, tentant de tirer sur les câbles qui retiennent Mitchell en l'air.

Le reporter identifie Gale, Finnick, Boggs, Peeta, Cressida et moi.

— Il n'y a pas de vues aériennes. Boggs devait avoir raison en ce qui concerne l'état de leur flotte, remarque Castor.

Je n'avais pas prêté attention à ça, mais je suppose que c'est le genre de détails qui n'échappe pas à un cameraman.

Le reportage se poursuit depuis la cour derrière l'appartement où nous avions trouvé refuge. Des Pacificateurs s'alignent sur le toit d'en face. Ils tirent des obus dans toute la rangée d'appartements, ce qui déclenche la succession d'explosions que nous avons entendue. L'immeuble s'écroule au milieu d'un nuage de poussière.

On passe ensuite au direct. Une journaliste se tient sur le toit en compagnie des Pacificateurs. Derrière elle, le bâtiment est en feu. Des pompiers tentent de maîtriser l'incendie avec des lances. Nous sommes déclarés morts.

— Enfin, la chance tourne ! dit Homes.

Je suppose qu'il a raison. Ça vaut mieux que d'avoir le Capitole aux trousses, c'est certain. Mais je ne peux pas m'empêcher d'imaginer ce qu'on doit penser au Treize. Où ma mère, Prim, Hazelle et les enfants, Annie, Haymitch et tous les autres viennent d'assister à l'annonce de notre mort.

— Mon père. Il venait de perdre ma sœur, et maintenant…, se désole Leeg 1.

On nous repasse les images en boucle. Le Capitole se réjouit de sa victoire, en particulier de sa victoire sur moi. Vient ensuite un montage qui retrace l'ascension du geai moqueur au sein de la rébellion – sans doute préparé à l'avance, car il semble un peu trop bien léché –, puis retour au direct afin que deux reporters puissent débattre de ma mort violente et pleinement méritée. On nous promet que Snow fera une déclaration officielle plus tard. Enfin, l'écran s'éteint.

Les rebelles n'ont pas fait la moindre tentative pour perturber la diffusion, ce qui m'amène à penser qu'ils doivent la croire vraie. Si c'est le cas, nous ne pouvons compter que sur nous-mêmes.

— Bon, maintenant qu'on est morts, quelle est l'étape suivante ? demande Gale.

— C'est pourtant évident, non ?

Personne ne s'était rendu compte que Peeta avait repris connaissance. J'ignore depuis combien de temps il regarde avec nous, mais devant son expression misérable, depuis suffisamment longtemps pour voir ce qui s'est déroulé dans la rue. Sa crise de folie, sa tentative de me fracasser le crâne, sa lutte avec Mitchell et sa conclusion sanglante. Il se redresse péniblement en position assise et s'adresse à Gale.

— L'étape suivante va être… de me tuer.

Ça fait deux fois en moins d'une heure qu'on parle de tuer Peeta.

— Ne sois pas ridicule, dit Jackson.

— Je viens d'assassiner un membre de l'escouade ! s'écrie Peeta.

— Tu l'as poussé. Tu ne pouvais pas savoir qu'il tomberait pile à l'endroit du piège, fait valoir Finnick pour tenter de le calmer.

— Quelle importance ? Il est mort, non ? (Le visage de Peeta se mouille de larmes.) Je ne me doutais pas… Je ne m'étais encore jamais vu comme ça. Katniss a raison. C'est moi, le monstre. La foutue mutation génétique. C'est moi que Snow a transformé en arme !

— Tu n'y es pour rien, Peeta, dit Finnick.

— Vous ne pouvez pas m'emmener avec vous. Tôt ou tard, je finirais par tuer encore. (Peeta nous dévisage à tour de rôle.) Vous pensez peut-être que c'est moins cruel de m'abandonner quelque part. De me laisser une chance. Mais c'est la même chose que si vous me remettiez directement au Capitole. Vous croyez me faire une fleur en me renvoyant à Snow ?

Peeta. De nouveau entre les mains de Snow. Harcelé et torturé jusqu'à ce qu'il ne reste plus rien de bon en lui.

Pour je ne sais quelle raison, le dernier couplet de *L'Arbre du pendu* me revient en mémoire. Celui où l'on comprend que l'homme préférerait voir sa bien-aimée morte plutôt que de la laisser affronter seule le mal qui l'attend en ce bas monde.

> *Viendras-tu, oh, viendras-tu*
> *Me retrouver au grand arbre*
> *Porter un long collier de chanvre à mes côtés.*
> *Des choses étranges s'y sont vues*
> *Et moi, j'aurais tant aimé*
> *Te revoir à minuit à l'arbre du pendu.*

— Je te tuerai avant que ça n'arrive, dit Gale. Je te le promets.

Peeta hésite, comme s'il soupesait la validité de cette proposition, puis secoue la tête.

— Ça ne me suffit pas. Et si tu n'es pas en mesure de le faire ? Je veux avoir une pilule de poison moi aussi, comme vous.

Le sureau mortel. J'en ai une pilule au campement, dans la poche spéciale sur la manche de mon costume de geai moqueur. Et j'en ai une autre dans la poche de veste de mon uniforme. C'est intéressant qu'on n'en ait pas remis à Peeta. Coin a peut-être jugé qu'il risquait de la prendre avant d'avoir eu l'occasion de me tuer. Difficile de savoir si Peeta a l'intention de se tuer tout de suite, pour nous épargner la peine de l'éliminer, ou seulement au cas où le Capitole le capturerait encore une fois. Dans l'état où il est, je crois qu'il préférerait ne pas attendre. Ce serait incontestablement moins pénible pour nous. De ne pas avoir besoin de l'abattre. Il est certain que ça simplifierait la gestion de ses crises de folie meurtrière.

Je ne sais pas si ça vient des pièges, de la peur et d'avoir vu Boggs mourir sous mes yeux, mais j'ai la sensation de sentir l'arène tout autour de moi. Comme si je n'en étais jamais vraiment sortie. Une fois de plus, je ne me bats pas uniquement pour ma survie, mais aussi pour celle de Peeta. Comme ce serait agréable, comme ce serait amusant pour Snow de me forcer à tuer Peeta ! Que j'aie sa mort sur la conscience pour le peu de temps qu'il me reste à vivre.

— Ce n'est pas à toi de décider, dis-je à Peeta. Nous sommes en mission. Et tu as un rôle à y jouer. (Je me tourne vers les autres.) Vous croyez qu'on pourrait trouver quelque chose à manger ?

Car en dehors de la trousse médicale et des caméras, nous n'avons que nos uniformes et nos armes.

La moitié d'entre nous reste pour surveiller Peeta et attendre l'annonce éventuelle de Snow, pendant que les autres partent fouiller la maison. Messalla se révèle précieux car il a vécu dans un appartement presque identique à celui-ci et qu'il en connaît toutes les cachettes possibles. Il sait qu'on trouve un espace de rangement dissimulé derrière le miroir de la chambre, et à quel point il est facile de démonter la grille de ventilation dans le couloir. De sorte que, même si les placards de la cuisine sont vides, nous rassemblons au total une trentaine de boîtes de conserve et plusieurs paquets de cookies.

Ces réserves de nourriture choquent profondément les soldats issus du Treize.

— N'est-ce pas illégal ? demande Leeg 1.

— Au contraire, au Capitole, c'est considéré comme stupide de ne pas le faire, rétorque Messalla. Même avant l'Expiation, les gens commençaient à stocker des provisions par crainte d'une pénurie.

— Pendant que d'autres crevaient de faim, marmonne Leeg 1.

— Eh oui, reconnaît Messalla. C'est comme ça, ici.

— Heureusement, sinon nous n'aurions rien pour le dîner, dit Gale. On n'a qu'à se choisir chacun une boîte.

Certains d'entre nous semblent réticents à se servir, mais c'est une méthode qui en vaut une autre. Je ne me sens pas d'humeur à répartir notre butin en onze parts égales, ni à prendre en compte l'âge, la corpulence et la dépense énergétique de chacun. J'explore la pile, et je suis sur le point de me décider pour une soupe de morue quand Peeta me tend une boîte.

— Tiens.

Je la prends, ne sachant pas ce que c'est. L'étiquette indique RAGOÛT D'AGNEAU.

Je pince les lèvres en me rappelant le ruissellement de la pluie entre les rochers, mes piètres tentatives de flirt et l'arôme de mon plat favori dans l'air glacial. Il doit sûrement s'en souvenir, lui aussi. À quel point nous étions heureux, affamés, proches l'un de l'autre en voyant ce panier de pique-nique posé devant notre grotte.

— Merci. (J'arrache le couvercle.) Il y a même des pruneaux.

Je replie le couvercle et m'en sers comme d'une cuillère pour prendre une bouchée de ragoût. Voilà que même le goût me rappelle l'arène, maintenant.

Nous sommes en train de faire circuler un paquet de cookies fourrés à la crème quand la télévision se rallume. Le sceau de Panem s'affiche à l'écran pendant que l'hymne retentit. Suivent alors des images des morts, comme pour les tributs dans l'arène. D'abord les quatre membres de notre équipe de tournage, puis Boggs, Gale, Finnick, Peeta et moi. Hormis Boggs, les autres soldats du Treize ne sont pas mentionnés, peut-être parce que le Capitole n'avait pas de photos ou qu'il a estimé que leurs visages ne diraient rien au public. Enfin l'homme apparaît, assis à son bureau, un drapeau déployé derrière lui, une rose blanche à la boutonnière. J'ai l'impression qu'il doit être surchargé de travail en ce moment, parce que ses lèvres sont plus gonflées que d'habitude. Et son équipe de préparation devrait avoir la main plus légère avec le blush.

Snow commence par complimenter les Pacificateurs pour le travail fantastique qu'ils ont accompli en débarrassant le pays de la menace qu'on appelait le geai moqueur. Ma mort lui laisse présager une inversion rapide du cours de la guerre maintenant que les rebelles, démoralisés, n'ont plus de guide. Et quel guide je faisais ! Une pauvre fille instable avec un modeste talent pour le tir à l'arc. Ni une penseuse ni une stratège, non, juste un visage choisi dans la populace parce que j'avais su capter l'attention de la nation par mes bouffonneries lors des Jeux. Mais nécessaire, si nécessaire, car les rebelles ne comptent pas de vrais leaders dans leurs rangs.

Quelque part dans le district Treize, Beetee a dû presser un bouton car l'image du président Snow est remplacée par celle de la présidente Coin. Elle se présente à la population de Panem, s'identifie comme le chef de la rébellion, puis entreprend mon panégyrique. Elle fait l'éloge de la jeune femme qui a survécu à la Veine et aux Hunger Games avant de transformer une nation d'esclaves en une armée de combattants de la liberté.

— Vivante ou morte, Katniss Everdeen restera à jamais le visage de cette rébellion. Si vous sentez votre résolution fléchir, pensez au geai moqueur, et son exemple vous procurera la force nécessaire pour débarrasser Panem de ses oppresseurs.

— J'étais loin de me douter qu'elle m'appréciait autant, dis-je, ce qui fait rire Gale et me vaut des regards surpris de la part des autres.

Vient ensuite une photo abondamment retouchée qui me montre, belle et terrible, au milieu d'un halo de flammes. Pas de mots. Pas de slogan. Mon visage leur suffit désormais.

Beetee rend l'antenne à Snow qui fait de gros efforts pour se maîtriser. J'ai l'impression que le président croyait le canal d'urgence inviolable ; des têtes vont tomber ce soir pour payer le prix de cette désillusion.

— Demain matin, quand nous retirerons des décombres le corps de Katniss Everdeen, nous verrons très précisément qui était le geai moqueur. Une pauvre malheureuse incapable de sauver qui que ce soit, et surtout pas elle-même.

Le sceau, l'hymne, et c'est fini.

— Sauf que vous ne la trouverez pas, dit Finnick, formulant à voix haute ce que nous pensons tous.

Notre période de grâce sera courte. Dès qu'ils auront fouillé dans les cendres et constaté que onze corps manquent à l'appel, ils sauront que nous en avons réchappé.

— Ça nous laisse quand même un peu d'avance, dis-je.

Je me sens épuisée, tout à coup. Je voudrais pouvoir m'écrouler sur ce canapé vert qui me tend les bras et m'endormir. M'envelopper dans un édredon en peau de lapin et duvet d'oie. Au lieu de quoi, je sors l'holo et insiste pour que Jackson m'apprenne les commandes de base – qui se résument à entrer des coordonnées sur un plan quadrillé – de manière à savoir au moins me débrouiller toute seule. En voyant la projection holographique du quartier où nous sommes, je sens mon moral chuter en flèche. Nous devons approcher d'objectifs cruciaux, car le nombre de pièges a beaucoup augmenté. Comment pourra-t-on progresser sans

se faire repérer au milieu de ce bouquet de lumières scintillantes ? Impossible. Et si c'est impossible, ça veut dire que
nous sommes coincés ici. Je décide de ne pas adopter une
attitude supérieure vis-à-vis de mes compagnons. Surtout
que mon regard est sans cesse attiré par ce fichu canapé
vert. Aussi, je demande :

— Quelqu'un a une idée ?

— Pourquoi ne pas commencer par écarter les possibilités une par une ? suggère Finnick. La rue, par exemple,
ce n'est pas la peine d'y penser.

— Les toits ne valent pas mieux, dit Leeg 1.

— Nous pourrions peut-être revenir sur nos pas, repartir
comme nous sommes venus, dit Homes. Mais ça signifierait
l'échec de la mission.

J'éprouve une pointe de culpabilité à l'idée que cette
mission est une pure invention de ma part.

— Il n'était pas prévu que vous veniez tous. Vous avez
eu le malheur de vous trouver là, c'est tout.

— Oui, eh bien, ça n'a plus d'importance. Nous
sommes avec toi maintenant, s'impatiente Jackson. Donc,
nous ne pouvons pas rester ici. Nous ne pouvons pas sortir
dans la rue, ni sur les toits. J'ai bien peur que ça ne nous
laisse qu'une seule solution.

— Le sous-sol, comprend Gale.

Le sous-sol. Que je déteste. Comme les mines, les tunnels
ou le Treize. J'ai toujours eu la hantise de mourir sous terre,
ce qui est stupide, parce que, même si je meurs en surface,
on s'empressera de me mettre en terre de toute manière.

L'holo affiche aussi bien les pièges souterrains que les
pièges de surface. Sous les lignes nettes et régulières des
rues s'étale un fouillis de galeries sinueuses. Les pièges ont
l'air d'y être moins nombreux.

Deux portes plus loin, un tube vertical relie notre rangée d'appartements aux galeries. Pour l'atteindre, nous allons devoir ramper le long d'un espace d'entretien qui court sur toute la longueur du bâtiment. Il y a une trappe d'accès au fond du placard de la mezzanine.

— Très bien. Tâchons de donner l'impression que nous ne sommes jamais venus ici, dis-je.

Nous effaçons tous les signes de notre passage. Nous jetons les boîtes de conserve que nous avons ouvertes dans le vide-ordures, emportons les autres pour plus tard, retournons les coussins des canapés tachés de sang et essuyons les traces de gel sur le carrelage. Nous ne pouvons pas réparer la serrure de la porte d'entrée, mais nous tirons le verrou, qui l'empêchera au moins de s'ouvrir d'une simple poussée.

Pour finir, il ne reste plus qu'à régler la question de Peeta. Il se plante fermement sur le canapé bleu et refuse d'en bouger.

— Je ne viens pas. Je ne veux pas trahir votre position ou blesser quelqu'un d'autre.

— Les hommes de Snow vont te trouver, le prévient Finnick.

— Alors laissez-moi une pilule. Je ne la prendrai que si je n'ai pas le choix, promet Peeta.

— Pas question. Tu viens avec nous, dit Jackson.

— Sinon quoi ? Vous m'abattez ? demande Peeta.

— Non, on t'assomme et on te traîne derrière nous, répond Homes. Ce qui nous ralentira et nous mettra tous en danger.

— Arrêtez un peu les bons sentiments ! Je me moque de mourir ! (Il se tourne vers moi, l'air implorant.) Katniss, je t'en prie. Tu ne vois pas que je veux échapper à tout ça ?

Le problème, c'est que je vois parfaitement. Pourquoi ne puis-je pas lui accorder ce qu'il réclame ? Lui glisser une pilule, ou presser la détente ? Est-ce parce que je tiens trop à lui ou que je refuse de laisser gagner Snow ? Aurais-je fait de lui un pion dans mes petits Jeux personnels ? Ce serait méprisable, mais je m'en crois tout à fait capable. Si c'est ça, le mieux consisterait à le tuer ici, tout de suite. Mais pour le meilleur ou pour le pire, je ne suis pas motivée par la gentillesse.

— On perd du temps. Tu vas venir de toi-même ou tu préfères qu'on t'assomme ?

Peeta s'enfouit brièvement le visage dans les mains, puis se lève pour nous accompagner.

— On lui enlève les menottes ? propose Leeg 1.

— Non ! gronde Peeta, en ramenant les mains contre son torse.

— Non, dis-je. Mais je veux la clef.

Jackson me la remet sans discuter. Je la glisse dans la poche de mon pantalon, où elle tinte contre ma perle.

Quand Homes force la petite trappe métallique donnant accès à l'espace d'entretien, nous sommes confrontés à une nouvelle difficulté. Impossible de faire passer les carapaces insectoïdes de nos cameramen dans ce passage étroit. Castor et Pollux les retirent et n'en gardent que des petites caméras d'appoint : pas plus grandes que des boîtes à chaussures, elles fonctionnent probablement tout aussi bien. Comme Messalla ne voit pas de meilleure cachette, nous finissons par abandonner cet équipement trop encombrant dans le placard. Devoir laisser une piste aussi évidente est plutôt frustrant, mais comment faire autrement ?

Même en file indienne, en tenant notre paquetage d'une main et nos armes de l'autre, ça passe de justesse. Nous longeons ainsi le premier appartement avant de nous introduire dans le deuxième. À l'intérieur, l'une des chambres possède une porte de service au lieu d'une salle de bains. L'entrée du tube se trouve derrière.

Messalla fronce les sourcils devant la grande trappe circulaire, qui le ramène un moment à son ancienne vie superficielle.

— Voilà pourquoi personne ne veut jamais habiter dans l'appartement du milieu. À cause du va-et-vient des ouvriers, et de l'absence de deuxième salle de bains. (Puis il remarque l'expression amusée de Finnick.) Bah, oubliez ça.

La trappe est facile à débloquer. Une échelle aux barreaux caoutchoutés permet de descendre rapidement dans les entrailles de la ville. Nous nous regroupons en bas et attendons que nos yeux s'habituent à l'obscurité, en respirant un mélange de produits chimiques, de moisissure et de déchets organiques.

Pollux, pâle, en sueur, se raccroche au poignet de son frère. Comme s'il risquait de tomber si on ne le soutenait pas.

— Il a travaillé dans ces galeries après avoir été rendu Muet, nous explique Castor. (Bien sûr. À qui d'autre voudrait-on confier l'entretien de ces passages humides et nauséabonds truffés de pièges ?) On a mis cinq ans à réunir l'argent nécessaire pour le faire nommer en surface. Il n'a pas vu le soleil une seule fois pendant tout ce temps.

Dans des conditions plus favorables, si nous n'avions pas traversé autant d'horreurs et si nous étions plus reposés, l'un de nous trouverait sans doute quelque chose à dire. Au lieu de quoi nous restons plantés là un long moment d'un air gêné.

Finalement, Peeta se tourne vers Pollux.

— Eh bien, j'ai l'impression que tu viens de devenir notre atout le plus précieux.

Castor pouffe, et Pollux sourit faiblement.

Nous sommes à mi-chemin du tunnel quand je réalise ce qui vient de se passer. On pourrait croire qu'on a retrouvé l'ancien Peeta, celui qui trouvait toujours les mots justes en toute circonstance. Ironique, encourageant, drôle, même, mais pas aux dépens d'autrui. Je me tourne vers lui. Il traîne les pieds sous la surveillance de Gale et de Jackson, les yeux baissés, les épaules voûtées. Il paraît tellement abattu. Mais pendant un instant, il était vraiment là.

Peeta a vu juste. Pollux se révèle plus précieux qu'une dizaine d'holos. Le sous-sol abrite un réseau de tunnels assez larges qui reproduit le plan des rues en surface, directement sous les grands boulevards et les rues principales. On l'appelle le Transfert en raison des petits camions qui l'empruntent pour livrer des marchandises dans toute la ville. Ses nombreux pièges sont désactivés pendant la journée, mais à la nuit tombée, l'endroit devient un champ de mines. Toutefois, il existe aussi des centaines de galeries secondaires, conduites d'entretien, voies ferrées et autres tubes de drainage qui forment un véritable labyrinthe. Pollux en connaît des détails qui seraient fatals à des néophytes, comme les sections qui nécessitent le port d'un masque à gaz, celles où l'on trouve des câbles sous tension ou encore celles où l'on risque de croiser des rats gros comme des castors. Il nous alerte contre les crues soudaines qui balayent périodiquement les égouts, anticipe le changement de service des Muets, nous entraîne dans des boyaux sombres et humides pour éviter le passage des trains de marchandises quasiment silencieux. Plus important, il sait où sont placées les caméras. On n'en trouve pas beaucoup dans ce dédale, sauf dans le Transfert. Mais nous évitons soigneusement de nous en approcher.

Guidés par Pollux, nous avançons à bonne allure – une allure tout à fait remarquable, même, comparée à notre progression en surface. Au bout de six heures, la fatigue prend le dessus. Il est 3 heures du matin, je suppose donc qu'il nous reste encore quelques heures avant qu'on s'aperçoive que nos corps sont introuvables, qu'on fouille les décombres de la rangée d'appartements au cas où nous aurions tenté de nous échapper par les égouts, et que la traque s'engage.

Quand je suggère de nous reposer, personne ne soulève d'objection. Pollux nous déniche une petite pièce chaude où bourdonnent des machines bardées de manettes et de voyants lumineux. Il lève les doigts pour indiquer que nous devrons être partis dans quatre heures. Jackson établit un tour de garde, et comme je ne suis pas dans la première tranche, je me pelotonne entre Gale et Leeg 1 et m'endors aussitôt.

J'ai l'impression que quelques minutes à peine se sont écoulées quand Jackson me secoue pour m'annoncer que c'est à moi de prendre la garde. Il est 6 heures du matin, nous devrons partir dans moins d'une heure. Jackson me conseille de manger quelque chose et de garder un œil sur Pollux, qui a insisté pour veiller toute la nuit.

— Il n'arrive pas à dormir dans ces galeries.

Je chasse le sommeil tant bien que mal, j'avale une boîte de pommes de terre aux haricots et je m'adosse contre le mur, face à la porte. Pollux a l'air parfaitement réveillé. Il a probablement passé la nuit à se rappeler ses cinq années de confinement. Je sors l'holo, je réussis à y entrer nos coordonnées et j'étudie les tunnels. Comme je m'y attendais, plus nous approchons du centre du Capitole, plus les pièges sont nombreux. Pendant un moment, Pollux et moi examinons le terrain et les pièges qui nous attendent. Quand la tête commence à me tourner, je lui abandonne l'instrument et m'appuie contre le mur. Je regarde nos compagnons endormis, soldats, équipe et amis, et je me demande combien d'entre nous reverront le soleil.

Quand je pose les yeux sur Peeta, couché pratiquement à mes pieds, je vois qu'il ne dort pas. Je voudrais bien savoir ce qui se passe dans sa tête, pouvoir tenter de démêler l'écheveau de mensonges qu'on y a tissé. Il y a quand même une chose que je peux faire.

— Tu as mangé ?

Il secoue légèrement la tête pour m'indiquer que non. J'ouvre une boîte de poulet et de riz en sauce et je la lui tends, en gardant le couvercle, au cas où il voudrait se trancher les veines ou je ne sais quoi. Il s'assied, renverse la boîte et avale sans vraiment se donner la peine de mâcher. Le fond de la boîte reflète les lumières des machines, et je me rappelle un détail qui me chiffonne depuis la veille.

— Peeta, quand tu as parlé de Darius et de Lavinia et que Boggs t'a dit que c'était sans doute réel, tu as répondu que tu t'en doutais. Parce qu'il n'y avait rien de brillant là-dedans. Qu'est-ce que ça voulait dire ?

— Oh. Ce n'est pas facile à expliquer, m'avoue-t-il. Au début, tout était confus dans ma tête. Maintenant, je commence à discerner certaines choses. Comme un schéma qui se dégage. Les souvenirs modifiés à l'aide du venin de guêpe ont tous une qualité particulière. Ils sont très intenses, par exemple, ou suscitent des images un peu floues. Te souviens-tu quand tu as été piquée ?

— Les arbres se fracassaient autour de moi. Je voyais des papillons géants de toutes les couleurs. Je suis tombée dans un bassin de bulles orange. (Je me remémore la scène.) Des bulles orange scintillantes.

— Voilà. Mais ce dont je me rappelle à propos de Darius et de Lavinia ne ressemble pas à ça. Je crois qu'on ne m'avait pas encore administré de venin à ce moment-là.

— Eh bien, c'est plutôt une bonne chose, non ? dis-je. Si tu peux faire la différence, tu vas pouvoir distinguer ce qui est réel de ce qui ne l'est pas.

— Oui. Et si j'avais des ailes, je pourrais voler. Sauf que les gens n'ont pas d'ailes, réplique-t-il. Réel ou pas réel ?

— Réel. Mais les gens n'ont pas besoin d'ailes pour survivre.

— Sauf les geais moqueurs.

Il achève sa boîte et me la rend.

Dans l'éclairage fluorescent, ses cernes ressemblent à des ecchymoses.

— Il reste encore un peu de temps. Tu devrais dormir.

Il se rallonge sans discuter, le regard perdu dans la contemplation d'un écran lumineux dont l'aiguille oscille de gauche à droite. Lentement, comme je le ferais avec un animal blessé, je tends la main pour écarter une mèche qui lui tombe sur le front. Il se fige à mon contact, mais ne se dérobe pas. Alors, je continue à lui caresser les cheveux. C'est la première fois que je le touche volontairement depuis la dernière arène.

— Tu cherches encore à me protéger. Réel ou pas réel ? murmure-t-il.

— Réel, dis-je. (Voilà qui me paraît mériter quelques explications.) Parce que c'est ce que nous faisons toi et moi. On se protège l'un l'autre.

Il s'endort en moins d'une minute.

Peu avant 7 heures, Pollux et moi réveillons tout le monde. Au milieu du concert habituel de bâillements et de soupirs, je remarque un autre bruit. Une sorte de sifflement. Ce n'est peut-être qu'un jet de vapeur qui s'échappe d'un conduit, ou le bruissement lointain d'un train de marchandises…

Je demande aux autres de se taire et je tends l'oreille. Il y a bien un sifflement, oui, mais qui n'a rien de mécanique. On dirait plutôt des sons modulés qui forment un mot. Toujours le même. Qui résonne à travers les tunnels. Un nom. Qu'on répète encore et encore.

— *Katniss…*

L a période de grâce est terminée. Snow a dû les faire creuser toute la nuit. Dès l'extinction de l'incendie, en tout cas. Ils ont trouvé le corps de Boggs, qui les a brièvement rassurés, puis, au fil des heures, ils ont commencé à se douter de quelque chose. Et ils ont fini par comprendre qu'ils s'étaient fait posséder. Or, le président Snow ne supporte pas de passer pour un imbécile. Peu importe qu'ils aient suivi nos traces jusqu'au deuxième appartement ou simplement considéré que nous n'avions pu nous enfuir que par les tunnels. Le fait est qu'ils savent que nous sommes là et qu'ils ont lâché quelque chose, sans doute une meute de mutations génétiques, sur ma piste.

— *Katniss.*

La proximité du son me fait sursauter. J'en cherche la source avec frénésie, l'arc bandé, prête à tirer sur tout ce qui bouge.

— *Katniss…*

Les lèvres de Peeta ont à peine remué, mais pas d'erreur, c'est lui qui vient de parler. Alors que je commençais à croire qu'il allait mieux, qu'il allait peut-être refaire une partie du chemin jusqu'à moi, voilà qui prouve à quel point il a été profondément atteint par le venin de Snow.

— *Katniss…*

Peeta est programmé pour réagir au chœur de mes poursuivants, pour se joindre à la meute. Il s'agite soudain. Je
n'ai plus le choix. Je place ma flèche de manière à lui
transpercer le cerveau. Il n'aura pas le temps de souffrir.
Tout à coup, il se redresse en position assise, les yeux
écarquillés, le souffle court.

— Katniss ! (Il pivote dans ma direction mais ne semble
pas prêter attention à ma flèche pointée sur lui.) Katniss !
Fiche le camp d'ici !

Je me retiens. Sa voix vibre d'inquiétude mais il ne paraît
pas fou.

— Pourquoi ? Qu'est-ce qui produit ce son ?

— Aucune idée. Mais ils viennent pour te tuer, me
répond-il. Ne reste pas là. File ! Allez !

Après une brève hésitation, je décide qu'il n'est pas nécessaire de l'abattre. Je relâche doucement la corde de mon
arc. Je regarde les visages anxieux qui m'entourent.

— J'ignore de quoi il s'agit, mais c'est moi qu'ils veulent, dis-je. Le moment est peut-être venu de nous séparer.

— Mais nous sommes ton escorte ! proteste Jackson.

— Et ton équipe, renchérit Cressida.

— Pas question que je te laisse, grogne Gale.

Je regarde mon équipe de tournage, armée de caméras
et de blocs-notes. Puis Finnick, avec ses deux fusils et son
trident. Je suggère qu'il donne l'un de ses fusils à Castor.
Qu'on prenne celui de Peeta, qu'on lui retire ses balles à
blanc et qu'on le charge de vraies munitions pour en armer
Pollux. Nos arcs nous suffisent, à Gale et à moi, et nous
remettons nos fusils à Messalla et Cressida. Le temps nous
fait défaut pour leur expliquer autre chose que comment
viser et presser la détente, mais sur un terrain aussi étroit,
ça devrait suffire. C'est toujours mieux que d'attendre
l'ennemi les mains vides. Le seul qui soit sans défense

désormais, c'est Peeta, mais quelqu'un qui murmure mon nom en chœur avec une meute de mutations génétiques n'a rien à faire d'une arme.

Nous débarrassons la pièce de toute trace de notre passage, à l'exception de notre odeur. Nous n'avons aucun moyen de l'effacer. J'imagine que c'est grâce à elle que les créatures chuintantes nous pistent parce qu'à part ça, nous ne leur avons pas laissé beaucoup d'indices. Elles doivent avoir l'odorat particulièrement développé. Cela dit, il est possible qu'à force de patauger dans les eaux usées nous réussissions à les semer.

Hors de la pièce et du bourdonnement des machines, les sifflements se font plus distincts. Ils nous permettent de localiser plus précisément nos poursuivants. Ils sont assez loin derrière nous. Snow a dû les lâcher sous la surface, près de l'endroit où on a retrouvé le corps de Boggs. En théorie nous devrions avoir une bonne avance sur eux, mais ils sont sans doute beaucoup plus rapides que nous. Mon esprit s'égare vers les chiens monstrueux de la première arène, les singes de l'édition d'Expiation, les abominations que j'ai pu voir au fil des ans à la télévision, et je me demande quelle forme prendront ces mutations génétiques. Sans doute celle que Snow aura jugée la plus apte à me glacer le sang.

Pollux et moi avions établi le plan de notre prochaine étape, et comme il nous éloigne des sifflements, je ne vois aucune raison de le modifier. Si nous progressons suffisamment vite, nous parviendrons peut-être à la résidence de Snow avant d'être rejoints par la meute. Mais la précipitation a aussi son revers : une botte mal placée qui dérape et projette des éclaboussures, le heurt accidentel du canon d'une arme contre un tuyau, ou mes propres consignes, lancées d'une voix un peu plus forte qu'il ne faudrait.

Nous avons parcouru l'équivalent de trois pâtés de maisons à travers une conduite à demi inondée et une section de voie ferrée à l'abandon quand les premiers hurlements se font entendre. Graves, gutturaux. Qui rebondissent le long des parois du tunnel.

— Des Muets, dit aussitôt Peeta. C'est comme ça que criait Darius quand ils le torturaient.

— Les mutations génétiques ont dû leur tomber dessus, ajoute Cressida.

— Donc, elles ne s'intéressent pas uniquement à Katniss, fait observer Leeg 1.

— J'imagine qu'elles s'attaquent à tout ce qui leur tombe entre les griffes. C'est juste qu'elles ne s'arrêteront pas avant d'avoir eu Katniss, dit Gale.

Après les heures qu'il a passées à étudier auprès de Beetee, il a probablement raison.

Voilà que ça recommence. Qu'on meurt une nouvelle fois à cause de moi. Que des amis, des alliés ou de parfaits inconnus donnent leur vie pour le geai moqueur.

— Laissez-moi continuer seule. Je vais les entraîner derrière moi. Je remettrai l'holo à Jackson et vous pourrez terminer la mission.

— Qui va être d'accord avec ça ? s'exclame Jackson, exaspérée.

— On perd du temps, dit Finnick.

— Écoutez ! chuchote Peeta.

Les hurlements ont cessé et mon nom résonne de nouveau, tout proche cette fois. Il nous parvient aussi bien d'en dessous que de derrière nous.

— *Katniss...*

Je presse l'épaule de Pollux et nous repartons au pas de course. L'ennui, c'est que nous avions prévu de gagner un niveau inférieur, mais il n'en est plus question désormais.

Parvenus devant l'escalier qui nous aurait permis de descendre, Pollux et moi cherchons un autre chemin possible sur l'holo quand je suis prise de violents haut-le-cœur.

— Sortez les masques ! ordonne Jackson.

Mais les masques sont inutiles. Nous respirons tous le même air. Je suis la seule à rendre mon ragoût parce que je suis la seule à réagir à l'odeur. Qui monte de l'escalier. Se mêle à la puanteur des égouts. Le parfum des roses. Je commence à trembler.

Je m'écarte de l'odeur et débouche directement dans le Transfert. De grandes rues lisses aux couleurs pastel, exactement comme en surface, bordées de murs en briques blanches au lieu d'habitations. Des voies rapides où les véhicules de livraison échappent aux embouteillages du Capitole. Désertes, pour l'instant. Je sors mon arc et je fais sauter le premier piège avec une flèche explosive, tuant du même coup la nichée de rats mangeurs d'hommes qu'il contenait. Puis je pique un sprint jusqu'au prochain carrefour, où je sais que le moindre faux pas entraînera la désintégration du sol et nous précipitera dans quelque chose appelé le HACHOIR. Je crie aux autres de marcher dans mes pas. Mon plan consiste à tourner le coin avant d'activer le Hachoir, mais un autre piège non signalé nous attend.

Il se déclenche en silence. Je ne m'en serais même pas aperçue si Finnick ne m'avait pas retenue par le bras.

— Katniss !

Je pivote sur mes talons, l'arc prêt, mais que puis-je faire ? Gale a déjà tiré deux flèches qui sont retombées vainement au pied de la colonne de lumière dorée descendue du plafond. À l'intérieur, Messalla se tient figé comme une statue, en équilibre sur un pied, la tête en arrière, prisonnier du rayon. J'ignore s'il est en train de hurler, bien qu'il ait la bouche grande ouverte. Nous regardons, impuissants, son corps fondre comme de la cire.

— On ne peut plus rien pour lui ! s'écrie Peeta en poussant tout le monde en avant. C'est trop tard !

Étonnamment, lui seul a suffisamment de présence d'esprit pour nous faire continuer. Je ne comprends pas pourquoi il a conservé son sang-froid, alors qu'il pourrait tout aussi bien devenir fou et chercher à me fracasser le crâne ; mais ce n'est peut-être que partie remise. Sous sa poussée, je me détourne de la masse de chair flasque qu'est devenu Messalla. Je m'oblige à mettre un pied devant l'autre, vite, si vite que je dérape en m'arrêtant de justesse avant la prochaine intersection.

Une grêle de balles fait pleuvoir de la poussière de plâtre au-dessus de nos têtes. Je me tourne frénétiquement d'un côté puis de l'autre, à la recherche d'un piège caché, jusqu'à ce que je me retourne et voie l'escouade de Pacificateurs qui dévale le Transfert au pas de charge dans notre direction. Avec le Hachoir qui nous barre le chemin, nous n'avons pas d'autre choix que de riposter. Ils sont deux fois plus nombreux que nous, mais il nous reste tout de même six membres de l'escouade star, qui n'essaient pas de courir et de tirer en même temps.

« Comme des poissons dans un bocal », me dis-je en voyant des fleurs de sang rougir leurs uniformes blancs. Nous en avons abattu les trois quarts quand d'autres surgissent de la paroi du tunnel, par la même issue que j'ai empruntée quand j'ai voulu m'éloigner de l'odeur, m'éloigner de…

« Ceux-là ne sont pas des Pacificateurs. »

Ils sont blancs, ont quatre membres et approximativement la taille d'humains adultes, mais la comparaison s'arrête là. Nus, dotés d'une longue queue reptilienne, ils ont le dos voûté et la tête en avant. Ils s'abattent sur les Pacificateurs – les vivants comme les morts –, referment leurs mâchoires sur leur cou et leur arrachent la tête, avec le casque et tout. Il semble qu'avoir un pedigree du Capitole ne soit pas plus utile ici que dans le Treize. En quelques secondes, tous les Pacificateurs sont décapités. Les mutations génétiques se laissent tomber sur le ventre et se ruent vers nous à quatre pattes.

Je crie :

— Par ici !

Je tourne à droite en restant collée au mur pour éviter le piège. Une fois que tout le monde m'a rejointe, je tire sur le carrefour, et le Hachoir s'active. D'énormes crocs métalliques jaillissent de la rue et pulvérisent le pavage. Voilà qui devrait rendre la poursuite impossible, mais les chiens et les singes mutants que j'ai déjà rencontrés pouvaient sauter à une distance incroyable.

Les sifflements me chauffent les oreilles, et la puanteur des roses me donne le vertige.

J'attrape Pollux par le bras.

— Oublie la mission. Quel est le chemin le plus rapide pour remonter à la surface ?

Nous n'avons pas le temps de consulter l'holo. Nous suivons Pollux sur une dizaine de mètres dans le Transfert avant de passer une porte. J'ai conscience que le pavage goudronné est remplacé par du béton, que nous rampons dans une conduite nauséabonde le long d'une corniche de cinquante centimètres de large. Nous sommes dans le collecteur principal. Une mixture épouvantable de déchets organiques, d'ordures et de produits toxiques s'écoule un mètre en contrebas. Des flammes s'en dégagent par endroits, quand ce ne sont pas des vapeurs inquiétantes. Un seul regard suffit pour comprendre qu'une chute dans ce bouillon de culture serait mortelle. En continuant le plus vite possible sur la corniche glissante, nous parvenons à une passerelle étroite, que nous franchissons. Dans une alcôve de l'autre côté, Pollux frappe une échelle et nous indique le puits qui s'enfonce dans le plafond. C'est là. Le chemin de la sortie.

Un bref regard à notre petit groupe me fait comprendre qu'il y a un problème.

— Attendez ! Où sont Jackson et Leeg 1 ?

— Elles sont restées au Hachoir pour retenir les mutants, répond Homes.

— Quoi ?

Je bondis sur la passerelle, bien décidée à ne laisser personne entre les griffes de ces monstres, mais il me tire en arrière.

— Ne rends pas leur sacrifice inutile, Katniss. Il est trop tard pour elles. Regarde !

D'un geste du menton, Homes m'indique le tunnel où les mutations génétiques sont en train de se glisser sur la corniche.

— Reculez ! nous crie Gale.

Avec ses flèches explosives, il arrache l'extrémité de la passerelle à ses fondations ; le reste s'enfonce dans le liquide bouillonnant au moment où les mutations génétiques l'atteignent.

Pour la première fois, je peux les détailler à loisir. Un mélange d'homme, de lézard et d'allez savoir quoi d'autre. Une peau écailleuse blafarde poissée de sang, des mains et des pieds griffus, un visage grimaçant où se devinent des traits déformés. Des créatures qui sifflent et hurlent mon nom à présent, en se contorsionnant de rage. En fouettant l'air avec leur queue, leurs griffes, en se déchiquetant les unes les autres à coups de crocs écumants, rendues folles par leur envie de me mettre en pièces. Mon odeur doit être aussi évocatrice pour elles que la leur pour moi. Plus, même, car en dépit de sa toxicité évidente, elles se jettent dans le liquide infect pour traverser.

Sur notre berge, tout le monde ouvre le feu. Je choisis mes flèches sans regarder, en tirant aussi bien des pointes normales que des incendiaires ou des explosives. Nos poursuivants sont mortels, mais tout juste. Aucune créature ordinaire ne pourrait continuer à avancer sur nous avec deux douzaines de balles dans le corps. Alors oui, nous pouvons en éliminer quelques-uns, mais ils sont si nombreux. À se déverser dans le tunnel en flot continu, à se jeter dans l'égout sans même marquer d'hésitation.

Pourtant ce n'est pas leur nombre qui me fait trembler comme une feuille.

Il n'y a pas de mutation génétique inoffensive. Toutes sont destinées à vous détruire. Certaines vous prennent la vie, comme les singes ; d'autres la raison, comme les guêpes tueuses. Mais les plus atroces, les plus effrayantes incorporent un ressort psychologique pervers conçu pour infliger la terreur. Comme la vision des yeux des tributs morts sur les chiens mutants. Ou la voix des geais bavards imitant les cris de souffrance de Prim. Ou encore le parfum des roses de Snow mêlé au sang de ses victimes. Qui imprègne les égouts. Qui me parvient même à travers la puanteur ambiante. Qui fait battre mon cœur plus vite, me glace le sang, bloque ma respiration. Comme si Snow me soufflait son haleine au visage en me murmurant qu'il est temps de mourir.

Les autres me crient quelque chose, mais je suis incapable de réagir. Des bras vigoureux me soulèvent alors que je fais sauter la tête d'un monstre dont les griffes me frôlaient la cheville. On me pousse contre l'échelle. On me colle les mains sur les barreaux. On m'ordonne de grimper. J'obéis machinalement, comme un automate. Remuer me fait reprendre mes esprits. Je distingue quelqu'un au-dessus de moi. Pollux. Peeta et Cressida sont en dessous. Nous atteignons une plate-forme. Gravissons une deuxième échelle. Les barreaux sont glissants de sueur et de moisissure. À la plate-forme suivante, les choses se clarifient quelque peu et la réalité de ce qui vient de se passer me frappe subitement. Je me penche pour aider mes compagnons à s'extirper du puits. Peeta. Cressida. C'est tout.

Qu'ai-je fait ? À quel sort ai-je abandonné les autres ? Je commence à dévaler l'échelle quand je bute contre quelqu'un qui monte.

— Grimpe ! me crie Gale. (Je remonte, je le hisse à ma suite, je scrute le puits pour voir s'il vient quelqu'un d'autre.) Non.

Gale me prend le visage entre les mains et secoue la tête. Son uniforme est en lambeaux. Il a une plaie béante au cou.

Un cri humain nous parvient d'en bas.

— Il y a encore quelqu'un en vie là-dessous ! dis-je d'une voix implorante.

— Non, Katniss. Personne ne viendra plus, réplique Gale. Sauf les mutants.

Incapable d'accepter ça, je braque la torche du fusil de Cressida dans le puits. Loin en dessous, je parviens à distinguer Finnick, qui s'accroche aux barreaux avec trois mutations génétiques sur le dos. Alors que l'une d'elles lui bascule la tête en arrière pour le décapiter d'un coup de crocs, il se produit une chose étrange. Comme si j'étais Finnick, et que je voyais des images de ma vie défiler devant moi. Le mât d'un bateau, un parachute argenté, le rire de Mags, un ciel rose, le trident de Beetee, Annie dans sa robe de mariée, des rouleaux qui se brisent sur des récifs. Et puis, c'est fini.

Je décroche l'holo passé dans ma ceinture et je chuchote « sureau mortel, sureau mortel, sureau mortel » dans le micro. Je le lâche. Je me colle à la paroi avec les autres tandis que l'explosion secoue la plate-forme et que des morceaux de chair mutante et humaine giclent hors du puits et nous arrosent.

Pollux referme bruyamment la trappe d'accès au puits et la verrouille. Pollux, Gale, Cressida, Peeta et moi. Il ne reste personne d'autre. Plus tard, les sentiments humains reprendront le dessus. Pour l'instant, je n'éprouve qu'un besoin animal de garder le reste de notre groupe en vie.

— On ne peut pas rester ici.

Quelqu'un sort un bandage. On l'attache au cou de Gale. On l'aide à se relever. Une seule personne reste recroquevillée contre le mur, le visage dans les mains.

— Peeta ? dis-je. (Pas de réponse. Est-il sous le choc ? Je m'accroupis devant lui et lui prends les mains.) Peeta ?

Ses yeux sont deux lacs noirs. Ses pupilles sont tellement dilatées que le bleu de l'iris a pratiquement disparu. Les muscles de ses poignets sont durs comme du métal.

— Laisse-moi, murmure-t-il. Je n'y arrive plus.

— Si. Accroche-toi !

Peeta secoue la tête.

— Je suis en train de perdre pied. Je vais devenir cinglé. Comme eux.

Comme les mutations génétiques. Un fauve enragé qui ne songera plus qu'à m'ouvrir la gorge. Et pour finir, c'est là, dans cet endroit, dans ces circonstances, que je serai obligée de le tuer. Et Snow aura gagné. Une haine brûlante, amère, s'empare de moi. Snow a déjà beaucoup trop triomphé aujourd'hui.

C'est dangereux, presque du suicide, mais je fais la seule chose qui me vienne à l'esprit. Je me penche et j'embrasse Peeta à pleine bouche. Il se met à trembler de tous ses membres, mais je garde mes lèvres collées aux siennes jusqu'à en avoir le souffle coupé. Je remonte les mains sur ses poignets et je mêle mes doigts aux siens.

— Ne le laisse pas t'arracher à moi.

Peeta respire à grand-peine en luttant contre les cauchemars qui l'assaillent.

— Non. Je ne veux pas…

Je serre ses mains si fort que j'en ai mal aux doigts.

— Reste avec moi.

Ses pupilles se réduisent à des têtes d'épingle, puis se dilatent rapidement, avant de revenir plus ou moins à la normale.

— Toujours, murmure-t-il.

J'aide Peeta à se relever et je m'adresse à Pollux :

— La rue est encore loin ?

Il me fait signe qu'elle est juste au-dessus de nous. Je grimpe une dernière échelle et je repousse la trappe pour émerger dans une buanderie. Je suis en train de me redresser quand une femme ouvre la porte d'un geste brusque. Elle a une robe bleu turquoise brodée d'oiseaux exotiques. Ses cheveux magenta bouffent comme un nuage orné de papillons dorés. Un peu de graisse de la demi-saucisse qu'elle tient à la main fait briller son rouge à lèvres. Son expression indique qu'elle me reconnaît. Elle ouvre la bouche pour appeler à l'aide.

Sans hésiter, je lui tire une flèche en plein cœur.

Nous ne saurons sans doute jamais qui la femme comptait appeler, car après avoir fouillé son appartement, nous constatons qu'elle vivait seule. Peut-être voulait-elle alerter un voisin, ou simplement exprimer sa peur. En tout cas, il n'y a personne chez elle qui aurait pu l'entendre.

Cet appartement serait idéal pour souffler un moment, mais c'est un luxe que nous ne pouvons pas nous permettre.

— À votre avis, combien de temps avons-nous avant qu'ils comprennent que certains d'entre nous sont peut-être encore en vie ? dis-je.

— Pas longtemps, répond Gale. Ils savent que nous cherchions à remonter. L'explosion va peut-être les tromper quelques minutes, mais ils ne vont pas tarder à trouver notre point de sortie.

Je m'approche d'une fenêtre donnant sur la rue, et à travers les stores, je découvre non pas une rangée de Pacificateurs mais une foule pressée qui vaque à ses affaires. Au cours de notre trajet souterrain, nous avons laissé loin derrière nous les zones évacuées pour déboucher dans un quartier du Capitole en pleine activité. Cette foule représente notre seule chance de nous échapper. Je n'ai plus d'holo, mais il me reste Cressida. Elle me rejoint à la fenêtre, confirme qu'elle reconnaît le quartier et m'apprend cette bonne nouvelle que nous ne sommes plus qu'à quelques pâtés de maisons de la résidence du président.

Un seul regard à mes compagnons me suffit pour comprendre que ce n'est pas le moment de tenter un assaut contre la résidence de Snow. Gale continue à perdre du sang de sa plaie au cou, que nous n'avons même pas nettoyée. Peeta est assis sur un canapé, les dents plantées dans un coussin, soit pour lutter contre la folie, soit pour contenir un cri. Pollux pleure doucement sur le manteau de la cheminée. Cressida se tient résolument à mes côtés, mais elle est si pâle que ses lèvres paraissent exsangues. Quant à moi, c'est la haine seule qui me fait continuer. Une fois cette énergie dissipée, je ne serai plus bonne à rien.

— Voyons un peu ce qu'il y a dans les armoires, dis-je.

Dans une chambre, nous trouvons des centaines de vêtements féminins, manteaux, paires de chaussures, perruques de toutes les couleurs et suffisamment de maquillage pour repeindre la maison. Dans la chambre d'en face, il y en a autant pour un homme. Peut-être s'agit-il des vêtements du mari. Ou peut-être d'un amant qui a eu la bonne idée d'être absent ce matin.

J'appelle les autres pour qu'ils viennent s'habiller. En voyant les poignets en sang de Peeta, je mets la main dans ma poche pour en sortir la clef des menottes, mais il se détourne de moi avec violence.

— Non ! s'écrie-t-il. Je les garde. Elles m'aident à tenir le coup.

— Tu pourrais avoir besoin de tes mains, lui fait observer Gale.

— Quand je me sens sur le point de déraper, je tire sur mes poignets et la douleur m'aide à me concentrer, explique Peeta.

Je lui laisse ses menottes.

Heureusement, il fait froid dehors et nous sommes en mesure de dissimuler en grande partie nos uniformes et nos armes sous de longs manteaux et des capes. Nous attachons nos bottes par les lacets et les suspendons à notre cou, avant de les remplacer par des chaussures de ville. Le principal danger, bien sûr, reste nos visages. Cressida et Pollux risquent de croiser d'anciennes connaissances, Gale a fait beaucoup d'apparition dans nos spots de propagande, quant à Peeta et moi, nous sommes célèbres auprès de tous les citoyens de Panem. Nous nous barbouillons de fond de teint et nous dissimulons sous des perruques et des lunettes de soleil. Cressida nous enveloppe jusqu'aux yeux dans des cache-col, Peeta et moi.

Je sais que l'heure tourne, mais je prends tout de même le temps de me remplir les poches de nourriture et de produits de premiers secours.

— Restons groupés, dis-je dans le vestibule.

Puis nous sortons sur le trottoir. Il s'est mis à neiger. Des gens pressés nous dépassent en parlant des rebelles, de la pénurie, de moi, avec leur accent maniéré du Capitole. Nous traversons la rue, longeons quelques appartements. En tournant le coin, nous croisons trois douzaines de Pacificateurs qui arrivent au petit trot. Nous nous écartons en toute hâte, comme le feraient des citoyens ordinaires, attendons que la foule se remette en marche, puis nous repartons.

— Cressida, dis-je à voix basse. Vous ne sauriez pas où aller ?

— Je réfléchis, répond-elle.

Nous avons le temps de longer un autre pâté de maisons, puis les sirènes retentissent. À travers la fenêtre d'un appartement, je vois un flash spécial à la télévision, qui diffuse nos portraits. Ils n'ont pas encore identifié avec certitude ceux d'entre nous qui sont morts, car je vois Castor et Finnick parmi les photos. Bientôt, chaque passant sera aussi dangereux qu'un Pacificateur.

— Cressida ?

— Je connais un endroit. Ce n'est pas l'idéal. Mais on peut toujours essayer, dit-elle.

Nous la suivons quelques rues plus loin avant de passer sous un portail qui semble mener à une résidence privée. Mais il s'agit seulement d'un raccourci, car après avoir traversé un jardin impeccablement tondu, nous franchissons un deuxième portail et débouchons dans une ruelle entre deux avenues. On y trouve quelques boutiques exiguës – une d'articles d'occasion, une autre de bijoux fantaisie. Il n'y a que deux passants en vue, et aucun ne nous prête la moindre attention. Cressida se met à discourir d'une voix aiguë sur les sous-vêtements en fourrure, et à quel point ils sont précieux durant les mois d'hiver.

— Attendez seulement de voir les prix ! Croyez-moi, ils sont deux fois moins chers que sur les avenues !

Nous faisons halte devant une vitrine crasseuse remplie de mannequins en sous-vêtements. L'endroit paraît fermé mais Cressida pousse la porte d'entrée, qui s'ouvre en carillonnant. À l'intérieur de la boutique, sombre, étroite et bordée d'étagères, une forte odeur de peaux m'emplit les narines. Les affaires doivent marcher au ralenti car nous sommes les seuls clients. Cressida se dirige droit vers une silhouette voûtée assise dans le fond. Je lui emboîte le pas, en effleurant du bout des doigts les sous-vêtements exposés.

Derrière le comptoir trône la personne la plus étrange que j'aie jamais vue. L'exemple extrême de la chirurgie esthétique qui a mal tourné, car même au Capitole, je doute qu'on puisse trouver du charme à un visage pareil. Sa peau est tirée en arrière et tatouée de bandes noires et or. Le nez est si aplati qu'on le distingue à peine. J'ai déjà vu des moustaches de chat sur plusieurs habitants du Capitole, mais jamais d'aussi longues. L'ensemble compose un masque félin grotesque qui nous dévisage d'un air méfiant à travers ses paupières mi-closes.

Cressida retire sa perruque pour dévoiler ses feuilles de lierre.

— Tigris, dit-elle. Nous avons besoin d'aide.

Tigris. Ce nom ne m'est pas inconnu. En fouillant dans ma mémoire, je me rappelle l'avoir vue – plus jeune, moins inquiétante – dans les tout premiers Jeux que j'ai suivis à la télévision. Une styliste, je crois. Impossible de me souvenir pour quel district. Pas le Douze, en tout cas. Elle a dû subir une opération de trop et basculer dans la laideur.

Ainsi donc, voilà où finissent les stylistes dont personne ne veut plus. Dans de sordides boutiques de sous-vêtements où ils attendent la mort. Loin de l'attention du public.

Je contemple son visage en me demandant si ce sont ses parents qui l'ont appelée Tigris et lui ont inspiré sa mutilation, ou si elle a elle-même choisi son style et modifié son nom en conséquence.

— Plutarch a dit qu'on pouvait vous faire confiance, ajoute Cressida.

C'est donc une espionne de Plutarch. Magnifique ! On peut être sûrs que si son premier réflexe n'est pas de nous livrer au Capitole, elle informera Plutarch, et donc Coin, de notre présence chez elle. Non, la boutique de Tigris n'est pas l'idéal, mais c'est tout ce que nous avons pour l'instant. Sous réserve qu'elle accepte de nous aider. Son regard passe tour à tour de nous à un vieux poste de télévision posé sur son comptoir, comme si elle s'efforçait de se rappeler où elle nous a déjà vus. Pour lui faciliter les choses, je baisse mon écharpe, j'ôte ma perruque et je m'avance dans la lumière de l'écran.

Tigris pousse une sorte de feulement sourd, qui n'est pas sans me rappeler ceux de Buttercup. Elle se laisse glisser au bas de son tabouret et disparaît derrière une rangée de leggings en fourrure. On entend un bruit de frottement, puis sa main apparaît au-dessus du comptoir et nous fait signe d'approcher. Cressida se tourne vers moi, l'air de demander : « Tu es sûre ? » Mais avons-nous vraiment le choix ? Si nous retournons dans la rue en ce moment, nous sommes certains de nous faire capturer ou tuer. J'écarte les fourrures et je vois que Tigris a fait coulisser un panneau au bas du mur. J'aperçois derrière le sommet d'un escalier en pierre. Elle m'invite à descendre.

La situation sent le traquenard à plein nez. Je connais un moment de panique et je me retourne malgré moi vers Tigris, face à ses grands yeux ambrés. Pourquoi fait-elle ça ? Elle n'est pas comme Cinna, prête à se sacrifier pour les autres. Cette femme était l'incarnation de la vanité du Capitole. Elle était l'une des stars des Hunger Games, jusqu'à… ce qu'elle ne soit plus rien. Ce serait donc ça ? L'amertume, la haine, le désir de vengeance ? Je trouve cette idée plutôt réconfortante. Le désir de vengeance est un sentiment puissant et durable. Surtout quand il est renforcé chaque fois qu'on se regarde dans une glace.

— Est-ce que Snow vous a bannie des Jeux ? lui dis-je. (Elle se contente de me dévisager sans répondre. Sa queue de tigre fouette l'air avec impatience.) Parce que je suis là pour le tuer, vous savez.

Sa bouche s'écarte en un simulacre de sourire. Un peu moins convaincue de commettre une folie irréparable, je me faufile à travers l'ouverture.

J'ai dû descendre la moitié des marches quand je sens un cordon me frôler le visage. Je le tire, et une ampoule grésillante éclaire la cachette. Il s'agit d'une petite cave sans porte ni fenêtre. Large et peu profonde. Probablement un vide sanitaire entre deux sous-sols. Le genre d'endroit dont l'existence passe facilement inaperçue à moins d'avoir un œil infaillible. Un endroit froid et humide où s'entassent des piles de peaux qui n'ont sans doute pas vu la lumière du jour depuis des années. À moins que Tigris ne nous dénonce, je doute que quiconque vienne nous chercher ici. Le temps que je parvienne sur la dalle en béton, mes compagnons sont sur les marches. Le panneau se remet en place. J'entends le râtelier de sous-vêtements qu'on tire devant sur ses roulettes grinçantes. Tigris qui remonte sur son tabouret. Nous venons d'être avalés par sa boutique.

Il était grand temps, d'ailleurs, car Gale semble à deux doigts de s'évanouir. Nous lui installons une couchette avec des peaux, le débarrassons de ses armes et l'aidons à s'allonger. Au fond de la cave, il y a un évier à cinquante centimètres du sol avec un écoulement dessous. Je tourne le robinet, et après pas mal de crachotements et beaucoup de rouille, une eau claire coule enfin. En nettoyant la plaie de Gale, je réalise que des bandages ne suffiront pas. Il va avoir besoin de points de suture. J'ai une aiguille et du fil stérile dans mon équipement de premiers secours, mais il nous manque une guérisseuse. J'envisage d'enrôler Tigris. En tant que styliste, elle doit savoir manier une aiguille. Mais elle serait obligée de quitter sa boutique, et elle en a déjà fait suffisamment. Je me résigne à l'idée d'être probablement la plus qualifiée pour ce boulot, serre les dents et le recouds à gros traits. Le résultat n'est pas joli, mais ça tient. Je le barbouille de pommade et j'enveloppe le tout dans un bandage, puis lui administre quelques antidouleurs.

— Repose-toi, maintenant. On ne craint plus rien ici,
lui dis-je.

Il s'endort aussitôt.

Pendant que Cressida et Pollux installent d'autres couchettes pour chacun d'entre nous, je soigne les poignets de
Peeta. Je rince le sang avec précaution, j'applique un anti-
septique et j'enroule des bandages sous les menottes.

— Tu as intérêt à les garder propres, sinon l'infection
risque de s'étendre, et...

— Je sais ce que c'est qu'un empoisonnement du sang,
Katniss, dit Peeta. Même si ma mère n'est pas guérisseuse.

Tout à coup, je revois une autre blessure, un autre pansement.

— Tu m'avais dit exactement la même chose dans nos
premiers Jeux. Réel ou pas réel ?

— Réel, répond-il. Et tu as risqué ta vie pour récupérer
le médicament qui m'a sauvé ?

— Réel. (Je hausse les épaules.) C'est grâce à toi si j'avais
encore une vie à risquer.

— Ah bon ?

Mon commentaire le plonge apparemment dans la
confusion. Un souvenir lointain doit lutter pour capter son
attention, car il se crispe et ses poignets bandés tirent sur
les menottes. Puis son corps semble se vider d'un coup de
toute son énergie.

— Je suis si fatigué, Katniss.

— Va dormir, lui dis-je.

Il n'accepte qu'à la condition d'être menotté à l'un des
barreaux de l'escalier. Ce n'est pas très confortable pour lui
d'avoir ainsi les bras ramenés au-dessus de la tête. Mais au
bout de quelques minutes, il s'endort à son tour.

Cressida et Pollux ont préparé des lits, rangé nos provisions et nos fournitures médicales, et maintenant ils me

demandent comment on organise les tours de garde. Je regarde Gale sur son grabat, Peeta et ses menottes. Pollux n'a pas dormi depuis deux jours, et Cressida et moi n'avons pris que quelques heures de repos. Si une troupe de Pacificateurs faisait irruption par ce panneau, nous serions faits comme des rats. Nous sommes complètement à la merci de cette pauvre femme-tigre ; mon seul espoir est qu'elle éprouve une envie dévorante de voir Snow se faire tuer.

— Franchement, je ne crois pas qu'il soit très utile de monter la garde. Essayons plutôt de dormir un peu, dis-je.

Ils hochent la tête avec lassitude et nous nous pelotonnons dans nos fourrures. La flamme s'est éteinte en moi, et ma force avec elle. Je m'abandonne entre les peaux à l'odeur de moisi et m'enfonce dans le sommeil.

Je fais un rêve. Un long rêve monotone dans lequel j'essaie de revenir au district Douze. Il est encore intact, et sa population toujours en vie. Effie Trinket, impayable avec sa perruque rose et son tailleur sur mesure, voyage avec moi. J'essaie de la semer à chaque étape mais elle ne cesse de réapparaître à mes côtés, en m'expliquant qu'elle doit veiller à ce que je respecte mon programme. Sauf que ce programme est constamment modifié, compromis par l'absence d'un tampon officiel ou retardé par Effie qui a cassé un talon. Nous campons plusieurs jours sur un banc de la gare au district Sept, dans l'attente d'un train qui n'arrive jamais. À mon réveil, je me sens encore plus épuisée par ce rêve que par mes cauchemars habituels pleins de sang et de terreur.

Cressida, la seule qui soit réveillée parmi mes compagnons, m'apprend que nous sommes en fin d'après-midi. J'avale une boîte de ragoût de bœuf que je fais descendre avec beaucoup d'eau. Puis je m'adosse au mur de la cave, tâchant de passer en revue les événements de la veille.

Revoyant chaque mort l'un après l'autre. Je les énumère sur mes doigts. Un, deux – Boggs et Mitchell dans le champ de mines. Trois – Messalla, liquéfié par le piège lumineux. Quatre, cinq – Jackson et Leeg 1 faisant le sacrifice de leur vie au Hachoir. Six, sept, huit – Castor, Homes et Finnick décapités par les lézards mutants au parfum de rose. Huit morts en vingt-quatre heures. J'ai beau savoir que c'est arrivé, ça ne me paraît pas réel. Castor est sûrement en train de ronfler sous cette pile de fourrures, Finnick va descendre allègrement les marches dans une minute et Boggs va m'expliquer son plan de repli.

Croire à leur mort reviendrait à reconnaître que je les ai tués. D'accord, peut-être pas Boggs et Mitchell – eux sont morts dans le cadre d'une vraie opération. Mais les autres ont perdu la vie pour me défendre au cours d'une mission que j'ai inventée de toutes pièces. Mon projet d'assassiner Snow me semble tellement stupide à présent. Alors que je suis là, à frissonner dans cette cave, à dénombrer nos pertes, à jouer machinalement avec les glands des cuissardes argentées que j'ai volées dans l'appartement de la femme. Oh, c'est vrai – j'avais oublié la malheureuse. Je l'ai tuée, elle aussi. Je tue même des citoyens désarmés maintenant.

Je crois qu'il est grand temps de me rendre.

Quand tout le monde est enfin réveillé, je leur fais ma confession. Je leur avoue avoir menti à propos de ma mission, les avoir tous mis en danger dans ma quête de vengeance. Un long silence s'ensuit. Puis Gale dit :

— Katniss, on savait tous que tu mentais avec ton histoire de mission secrète pour assassiner Snow.

— Toi, peut-être, admets-je. Mais les soldats du Treize n'en savaient rien.

— Penses-tu vraiment que Jackson a cru une seule seconde que tu opérais sous les ordres directs de Coin ? me demande Cressida. Bien sûr que non. Mais elle avait confiance en Boggs, et il est clair qu'il tenait à ce que tu continues.

— Boggs ne savait même pas ce que j'envisageais de faire.

— Tu l'as déclaré devant tout le monde au Commandement ! s'exclame Gale. C'était même l'une de tes conditions pour devenir le geai moqueur. *« C'est moi qui tuerai Snow. »*

J'ai l'impression qu'il mélange deux choses différentes. Ma négociation avec Coin pour avoir le privilège d'exécuter Snow après la guerre et cette petite escapade à travers le Capitole.

— Oui, mais pas comme ça, dis-je. C'est un désastre complet.

— Je crois au contraire que cette mission est une franche réussite, rétorque Gale. Nous avons infiltré le camp ennemi, ce qui prouve que les défenses du Capitole ne sont pas inviolables. Nous faisons les gros titres de tous les flashs d'informations. Nous avons mis la ville entière en ébullition.

— Tu peux être sûre que Plutarch est aux anges, renchérit Cressida.

— Parce que Plutarch se moque des pertes humaines, dis-je. Tant que ses Jeux sont un succès.

Cressida et Gale se succèdent pour tenter de me convaincre. Pollux approuve chacun de leurs mots en hochant la tête. Seul Peeta réserve son opinion. Je finis par lui demander :

— Et toi, Peeta ? Qu'en penses-tu ?

— Je crois… que tu ne te rends toujours pas compte… de l'effet que tu peux avoir. (Il remonte ses menottes le long du barreau pour se redresser en position assise.) Nos compagnons n'étaient pas stupides. Ils savaient très bien ce qu'ils faisaient. Ils t'ont suivie parce qu'ils étaient convaincus que tu pouvais réellement tuer Snow.

J'ignore pourquoi sa voix réussit toujours à me toucher quand aucune autre n'y parvient. Mais s'il a raison, et je crois que c'est le cas, je ne vois qu'une seule manière de rembourser ma dette envers les autres. Je sors ma carte en papier d'une poche de mon uniforme et je l'étale par terre avec une détermination toute neuve.

— Où sommes-nous, Cressida ?

La boutique de Tigris se trouve à cinq pâtés de maisons du Grand Cirque et de la résidence de Snow. Nous n'aurons pas de mal à couvrir cette distance dans une zone où les pièges sont désactivés pour la sécurité des habitants. Nos déguisements, quitte à les compléter avec des accessoires empruntés à Tigris, devraient nous permettre de passer inaperçus. Mais ensuite ? La résidence sera sûrement sous bonne garde, protégée vingt-quatre heures sur vingt-quatre par des caméras de surveillance, hérissée de pièges prêts à s'activer d'une simple pression sur un bouton.

— Ce qu'il faudrait, c'est un moyen de l'attirer à découvert, me dit Gale. Pour que nous ayons une chance de l'abattre.

— Fait-il encore des apparitions publiques ? demande Peeta.

— Je ne pense pas, répond Cressida. En tout cas, ses interventions récentes ont toutes été tournées dans sa résidence. Et ça, même avant l'offensive des rebelles. J'imagine qu'il se montre plus méfiant depuis que Finnick a révélé ses crimes.

Très juste. Les Tigris du Capitole ne sont plus les seules à haïr Snow désormais. Il y a aussi tout un réseau de personnes qui savent ce qu'il a fait à leurs amis et à leurs familles. Il faudrait un petit miracle pour le convaincre de sortir du bois. Quelque chose comme…

— Je parie qu'il se montrerait pour moi, dis-je. Si j'étais capturée. Il voudrait rendre la chose aussi publique que possible. Il voudrait me faire exécuter sur les marches de son perron. (Je laisse chacun imaginer la scène.) Et Gale n'aurait plus qu'à l'abattre depuis la foule.

— Non. (Peeta secoue la tête.) Il y a beaucoup trop de risques. Snow pourrait décider de te garder au secret pour t'interroger. Ou de te faire exécuter en public hors de sa présence. Ou de te faire assassiner à l'intérieur avant d'accrocher ton corps à sa façade.

— Gale ? dis-je.

— Je trouve la solution plutôt extrême, moi aussi, reconnaît-il. Peut-être en dernier recours ? Continuons à réfléchir.

Dans le silence qui s'ensuit, nous entendons Tigris marcher au-dessus de nos têtes. C'est sans doute l'heure de la fermeture. Elle est en train de tout verrouiller, de fermer ses volets, peut-être. Quelques minutes plus tard, le panneau coulisse au sommet de l'escalier.

— Venez, nous appelle Tigris d'une voix rauque. Je vous ai apporté à manger.

C'est la première fois qu'elle nous adresse la parole depuis notre arrivée. J'ignore si c'est naturel ou le fruit de longues années de pratique, mais quelque chose dans sa façon de parler m'évoque le ronronnement d'un gros chat.

En montant les marches, Cressida lui demande :

— Avez-vous pu contacter Plutarch ?

— Pas moyen. (Tigris hausse les épaules.) Il a sûrement compris que vous aviez trouvé une cachette quelque part, ne vous en faites pas.

M'en faire ? Je me sens immensément soulagée d'apprendre que je ne recevrai pas d'ordres directs du Treize. Ça m'évitera d'avoir à les ignorer. Je ne suis pas pressée non plus de devoir justifier chaque décision que j'ai prise au cours des deux derniers jours.

Une miche de pain sec, une part de fromage moisi et un demi-pot de moutarde nous attendent sur le comptoir. Ça me rappelle que tout le monde n'a pas l'estomac plein au Capitole ces derniers temps. Je ne peux m'empêcher de mentionner nos conserves à Tigris, mais elle balaye mes objections d'un revers de la main.

— Je ne mange pratiquement rien, m'assure-t-elle. Et seulement de la viande crue.

Voilà qui me semble pousser loin le souci du détail, mais je ne fais pas de commentaire. Je me contente de racler la moisissure sur le fromage et de partager la nourriture entre nous.

Tout en mangeant, nous suivons les dernières informations télévisées du Capitole. Le gouvernement a pu établir que nous ne sommes plus que cinq. On offre une grosse récompense pour toute information susceptible de conduire à notre capture. On souligne à quel point nous sommes dangereux. On nous montre en train d'échanger des coups de feu avec les Pacificateurs, même si la séquence s'interrompt avant l'intervention des mutations génétiques. Un bref hommage est rendu à la malheureuse que j'ai tuée, qu'on nous montre étendue dans son appartement, avec ma flèche en plein cœur. On lui a rectifié son maquillage pour la caméra.

La rébellion laisse le Capitole diffuser ses émissions sans interruption.

Je demande à Tigris :

— Les rebelles ont-ils fait une déclaration aujourd'hui ?

(Elle secoue la tête.) Coin doit se mordre les doigts de me savoir encore en vie. Je parie qu'elle ne sait pas quoi faire de moi.

Tigris ricane.

— Personne ne sait quoi faire de toi, ma petite.

Puis elle m'oblige à prendre une paire de leggings en fourrure, bien que je n'aie pas de quoi la payer. C'est le genre de cadeaux qu'on ne refuse pas. Il fait trop froid dans cette cave, de toute façon.

De retour en bas après avoir mangé, nous continuons à nous creuser la cervelle à la recherche d'un plan. Il n'en sort pas grand-chose, sinon que nous ne pouvons pas continuer à nous déplacer en groupe et que nous devrions essayer de nous infiltrer séparément dans la résidence avant que j'aille m'offrir en appât. Je veux bien consentir au deuxième point pour mettre un terme à la discussion. Si je décide de me livrer, je n'aurai besoin de la permission ou de la participation de personne.

On change les bandages des blessés, on rattache Peeta à son barreau, puis on s'installe pour dormir. Quelques heures plus tard, j'émerge du sommeil et je surprends une conversation à voix basse. Gale et Peeta. Je ne peux m'empêcher de tendre l'oreille.

— Merci pour l'eau, dit Peeta.

— Pas de souci, répond Gale. Je me réveille dix fois par nuit, de toute manière.

— Pour t'assurer que Katniss est toujours là ?

— Il y a de ça, reconnaît Gale.

Après un long silence, Peeta reprend la parole.

— C'était drôle, ce qu'a dit Tigris. Comme quoi personne ne savait quoi faire d'elle.

— Regarde nous, on n'a jamais su, dit Gale.

Ils rient tous les deux. C'est étrange de les entendre

discuter comme ça. Presque comme deux amis. Ce qu'ils ne sont pas. Et n'ont jamais été. Même s'ils ne sont pas précisément ennemis.

— Elle t'aime, tu sais, dit Peeta. Elle me l'a plus ou moins avoué après ta flagellation.

— Ne crois pas ça, réplique Gale. Sa façon de t'embrasser pendant l'Expiation… Je peux te dire qu'elle ne m'a jamais embrassé comme ça.

— C'était seulement pour la caméra, lui dit Peeta d'une voix où perce tout de même une pointe de doute.

— Non, tu as su la gagner. Tu as tout sacrifié pour elle. C'est peut-être la seule manière de la convaincre qu'on l'aime. (S'ensuit un long silence.) J'aurais dû me porter volontaire pour prendre ta place dans les premiers Jeux. Je l'aurais protégée.

— Tu ne pouvais pas, lui rappelle Peeta. Elle ne te l'aurait jamais pardonné. Tu devais prendre soin de sa famille. Elle y attache plus d'importance qu'à sa propre vie.

— Bah, tout ça n'aura bientôt plus d'importance. Il y a peu de chances que nous survivions tous les trois à cette guerre. Et quand bien même, ce sera le problème de Katniss. Savoir qui choisir. (Gale se met à bâiller.) On ferait mieux de dormir.

— Oui. (J'entends les menottes de Peeta glisser au bas du barreau tandis qu'il s'allonge.) Je me demande quels seront ses critères.

— Oh, ça, je le sais. (J'entends à peine les derniers mots de Gale à travers ses fourrures.) Elle choisira celui qu'elle estimera le plus nécessaire à sa survie.

Un frisson glacé me saisit. Suis-je vraiment si froide et calculatrice ? Gale n'a pas dit : « Elle choisira celui dont la perte lui briserait le cœur », ou : « Celui sans lequel elle ne pourrait pas vivre. » Cela aurait impliqué que je sois motivée par une forme de passion. Non, pour mon meilleur ami, je choisirai celui que j'estimerai « le plus nécessaire à ma survie ». Rien n'indique que l'amour, l'attirance ou même la compatibilité de caractère pèseront dans ma décision. J'examinerai simplement ce que chacun de mes compagnons potentiels aura à m'offrir. Comme si, au bout du compte, tout se ramenait à la question de savoir qui du boulanger ou du chasseur saura me garantir la plus grande longévité. C'est horrible à dire de la part de Gale, et horrible à laisser dire de la part de Peeta. Surtout quand on sait que la moindre de mes émotions a aussitôt été récupérée et exploitée par le Capitole comme par les rebelles. Si je devais trancher maintenant, le choix serait simple. Je survivrais très bien sans aucun des deux.

Au petit matin, je n'ai ni le temps ni l'énergie de ruminer ma vexation. Tout en avalant un petit déjeuner de pâté de foie et de biscuits aux figues, nous nous rassemblons autour du poste de télévision de Tigris pour assister à l'une des prises d'antenne de Beetee. La guerre a connu un nouveau développement. Apparemment inspiré par la vague noire, un commandant rebelle imaginatif a eu l'idée de réquisitionner les véhicules abandonnés et de les envoyer sans conducteur dans les rues. Ils ne déclenchent peut-être pas tous les pièges, mais certainement la majorité. Depuis 4 heures du matin, les rebelles ont entrepris de dégager ainsi trois voies distinctes – désignées simplement comme les lignes A, B et C – jusqu'au cœur du Capitole. Ils ont déjà couvert de nombreux pâtés de maisons avec un minimum de pertes.

— Ça ne durera pas, dit Gale. En fait, je suis surpris qu'ils aient pu continuer si longtemps. Le Capitole va s'adapter en désactivant certains pièges spécifiques puis en les réactivant quand les cibles seront à portée.

Quelques minutes plus tard, sa prédiction se réalise à l'écran. Une escouade envoie une voiture à travers un pâté de maisons, où elle déclenche quatre pièges. Tout semble se dérouler sans anicroche. Trois éclaireurs reconnaissent le terrain et parviennent sains et saufs au bout de la rue. Mais le groupe d'une vingtaine de rebelles qui les suit se fait tailler en pièces par l'explosion d'une rangée de rosiers en pots devant la boutique d'un fleuriste.

— Je parie que Plutarch donnerait n'importe quoi pour être dans la salle de contrôle en ce moment, murmure Peeta.

Beetee rend l'antenne au Capitole. Une journaliste à la mine des mauvais jours annonce les quartiers qui doivent être évacués par les civils. Entre son énumération et le reportage auquel nous venons d'assister, je suis en mesure de situer sur ma carte les positions relatives des deux armées.

Alertée par un piétinement dans la rue, je m'approche de la fenêtre et jette un coup d'œil par la fente entre les volets. Dans la lumière de l'aube, je découvre un spectacle étrange. Un flot de réfugiés en route vers le centre-ville. Les plus paniqués sont en mules et chemises de nuit, tandis que les mieux préparés ont enfilé plusieurs couches de vêtements chauds. Ils emportent toutes sortes de choses, du petit chien frisé au coffret à bijoux en passant par les plantes en pot. Un homme en robe de chambre molletonnée tient à la main une banane trop mûre. Des enfants désemparés, les yeux gonflés de sommeil, trottinent au côté de leurs parents, trop apeurés ou abasourdis pour pleurer. Des détails furtifs passent dans mon champ de vision. Une paire de grands yeux bruns. Un petit bras serré autour d'une poupée favorite. Deux pieds nus, bleuis par le froid, qui trébuchent sur le pavé inégal. Tout ça me rappelle les enfants du Douze qui sont morts en fuyant les bombes incendiaires. Je m'écarte de la fenêtre.

Tigris propose de sortir jouer les espionnes puisqu'elle est la seule d'entre nous dont la tête n'est pas mise à prix. Nous regagnons notre cachette et elle part pour le centre-ville voir ce qu'elle pourra recueillir comme informations.

Je tourne dans la cave comme une lionne en cage, au point de rendre tout le monde cinglé. Quelque chose me dit que nous commettons une erreur en ne nous mêlant pas au flot des réfugiés. Quelle meilleure couverture pouvons-nous espérer ? D'un autre côté, chaque évacué présent dans la rue signifie une paire d'yeux supplémentaire à la recherche des cinq rebelles en liberté. Mais qu'avons-nous à gagner à nous terrer comme ça ? Nous ne faisons qu'épuiser nos maigres réserves de nourriture en attendant… quoi donc ? Que les rebelles s'emparent du Capitole ? Ça prendra peut-être des semaines, et je ne suis pas sûre de savoir ce que je ferais s'ils réussissaient. Certainement pas courir à leur rencontre pour les féliciter. Coin me ferait embarquer pour le Treize avant que j'aie pu dire « sureau mortel, sureau mortel, sureau mortel ». Je ne suis pas venue aussi loin, je n'ai pas perdu tous ces compagnons, pour me livrer à cette femme. *C'est moi qui tuerai Snow.* Par ailleurs, il y a pas mal de choses que je serais bien en peine d'expliquer à propos de ces derniers jours. Dont plusieurs qui, si elles venaient à se savoir, feraient probablement passer à la trappe notre accord concernant l'immunité des anciens vainqueurs. Or, sans même parler de moi, j'ai l'impression que certains pourraient en avoir besoin. Comme Peeta qui, quelle que soit la manière dont on veut le présenter, a été filmé en train de projeter Mitchell dans les mailles de ce filet. J'imagine tout à fait ce qu'une cour martiale de Coin penserait de ça.

En fin d'après-midi, la longue absence de Tigris commence à devenir inquiétante. On envisage la possibilité qu'elle ait été appréhendée et arrêtée, ou qu'elle nous ait livrés volontairement, ou encore qu'elle ait été blessée dans un mouvement de foule. Mais aux alentours de 18 heures, elle est de retour. Nous l'entendons faire un peu de bruit en haut, puis elle ouvre le panneau. Une merveilleuse odeur de viande grillée descend jusqu'à nous. Tigris nous a préparé un hachis de jambon en dés et de pommes de terre. C'est la première nourriture chaude que nous voyons depuis des jours, et en attendant qu'elle me remplisse mon assiette, je me surprends à saliver.

Tout en mâchant, je m'efforce de prêter attention à ce que nous raconte Tigris, mais la seule chose que j'en retiens est que les sous-vêtements en fourrure s'arrachent comme des petits pains en ce moment. Surtout auprès de gens qui ont quitté leurs logements sans prendre le temps de s'habiller. Beaucoup traînent encore dans la rue, en quête d'un abri pour la nuit. Ceux qui vivent dans les beaux quartiers du centre-ville ne leur ont pas ouvert leurs portes pour les accueillir. Au contraire, la plupart se sont enfermés à double tour, ont fermé leurs volets et font semblant d'être sortis. Le Grand Cirque déborde de réfugiés et les Pacificateurs font du porte à porte, en forçant les serrures au besoin, pour les reloger chez l'habitant.

À la télévision, un chef des Pacificateurs aux traits sévères détaille les règles spécifiques relatives au nombre de réfugiés par mètre carré que chaque citoyen sera tenu d'héberger. Il rappelle aux habitants du Capitole que la température descendra largement au-dessous de zéro pendant la nuit et que le président compte sur chacun d'eux pour être des hôtes non seulement coopératifs mais aussi enthousiastes en cette période de crise. Après quoi, on nous passe un reportage manifestement mis en scène montrant de braves citoyens installer chez eux des réfugiés remplis de gratitude. Le chef des Pacificateurs ajoute que le président en personne a fait aménager une aile de sa résidence pour y accueillir des citoyens dès demain. Il ajoute que les commerçants doivent également se préparer à céder leur espace de vente en cas de nécessité.

— Tigris, ça pourrait être vous, dit Peeta.

Je réalise qu'il a raison. Que même cette boutique à peine plus large qu'un couloir pourrait être réquisitionnée si le flot des réfugiés continue à grossir. Auquel cas nous serions coincés pour de bon dans cette cave, en danger permanent d'être découverts. De combien de temps disposons-nous ? D'une journée ? Peut-être deux ?

Le chef des Pacificateurs a d'autres instructions dont il tient à faire part à la population. Il semble qu'il y ait eu un accident malheureux ce soir, au cours duquel la foule a battu à mort un jeune homme qui ressemblait à Peeta. En conséquence et dorénavant, ceux qui croiront reconnaître l'un des rebelles devront aussitôt le signaler aux autorités, qui se chargeront de l'identification et de l'arrestation du suspect. On nous montre une photo de la victime. À part ses boucles blondes, de toute évidence décolorées, il ne ressemble pas plus que moi à Peeta.

— Les gens deviennent fous, murmure Cressida.

Un flash d'informations pirate nous apprend ensuite que les rebelles ont encore pris plusieurs pâtés de maisons aujourd'hui. Je les note avec soin et me reporte à ma carte.

— La ligne C passe à quatre rues d'ici, dis-je.

J'ignore pourquoi mais ça me rassure encore moins que l'idée d'une escouade de Pacificateurs à la recherche d'espace disponible. J'éprouve tout à coup un grand besoin de m'occuper.

— Je vais faire la vaisselle.

— Laisse-moi te donner un coup de main, dit Gale en ramassant les assiettes.

Peeta nous suit des yeux hors de la pièce. Dans la petite cuisine exiguë au fond de la boutique de Tigris, je remplis l'évier d'eau chaude et de produit vaisselle.

— Tu crois que c'est vrai ? dis-je. Que Snow va laisser des réfugiés entrer chez lui ?

— Je crois qu'il n'a plus le choix maintenant. Ne serait-ce que pour la caméra, répond Gale.

— Je partirai demain matin.

— Je viens avec toi, dit Gale. Que fait-on des autres ?

— Pollux et Cressida pourraient nous être utiles. Au moins comme guides, dis-je. (En réalité, ce ne sont pas eux le problème.) Mais Peeta est trop…

— Imprévisible, achève Gale. Crois-tu qu'il sera toujours d'accord pour rester en arrière ?

— Il suffit de lui expliquer qu'il représenterait un danger pour nous, dis-je. Il acceptera peut-être, si nous sommes convaincants.

Peeta est plutôt d'accord avec notre suggestion. Il convient volontiers que sa compagnie nous ferait courir un risque à tous les quatre. Je suis en train de penser que c'est réglé, qu'il va attendre la fin de la guerre au fond de la cave de Tigris, quand il nous annonce qu'il a l'intention de partir de son côté.

— Pour faire quoi ? lui demande Cressida.

— Je ne sais pas exactement. Une diversion, peut-être. Vous avez vu ce qui est arrivé à ce pauvre gars qui me ressemblait.

— Et si tu… perdais le contrôle ? dis-je.

— Si je me transformais en saleté de mutant, tu veux dire ? Eh bien, si je sens que ça m'arrive, j'essaierai de revenir ici, me promet-il.

— Et si tu retombes entre les mains de Snow ? insiste Gale. Tu n'as même pas de fusil.

— C'est un risque que je vais devoir courir, répond Peeta. Comme vous.

Ils se dévisagent longuement tous les deux, puis Gale met la main à la poche de sa veste. Il dépose sa pilule de sureau mortel dans la paume de Peeta. Peeta la contemple un moment, sans l'accepter ni la refuser.

— Et toi ?

— Ne t'en fais pas pour moi. Beetee m'a montré comment faire sauter mes flèches explosives à la main. Si ça rate, il me reste mon couteau. Et puis, j'aurai toujours Katniss, dit Gale avec un sourire. Elle ne leur donnera pas la satisfaction de me prendre vivant.

L'image de Gale emporté par des Pacificateurs me remet la chanson en mémoire…

Viendras-tu, oh, viendras-tu
Me retrouver au grand arbre…

— Prends-la, Peeta, dis-je d'une voix tendue. (Je lui referme les doigts sur la pilule.) Tu n'auras personne pour t'aider.

Nous connaissons une nuit agitée, entrecoupée par les cauchemars, à nous repasser dans la tête le plan du lendemain. Je suis soulagée de voir enfin arriver 5 heures et le moment de commencer nos préparatifs pour de bon. Nous terminons les provisions qui nous restent – pêches au sirop, crackers et escargots – en laissant à Tigris une boîte de saumon en maigre remerciement pour tout ce qu'elle a fait. Ce geste paraît la toucher. Son visage se plisse en une expression étrange, et elle se met aussitôt au travail. Elle passe l'heure suivante à nous déguiser tous les cinq. Elle nous affuble de vêtements civils de manière à dissimuler notre uniforme avant même que nous ayons enfilé nos manteaux et nos capes. Elle recouvre nos bottes avec des sortes de chaussons en fourrure. Fixe nos perruques avec des épingles. Essuie le fond de teint grossier dont nous nous étions barbouillé le visage et nous remaquille entièrement. Rectifie le drapé de nos manteaux afin de cacher nos armes. Puis elle nous remet des sacs et des baluchons à transporter. Au final, nous ressemblons trait pour trait à des réfugiés en fuite devant les rebelles.

— Ne jamais sous-estimer le pouvoir d'une brillante styliste, dit Peeta.

Difficile d'en être sûre, pourtant j'ai l'impression que Tigris rougit sous ses rayures.

La télévision ne nous apprend rien de nouveau, mais il semble y avoir toujours autant de réfugiés dans la ruelle. Notre plan consiste à nous fondre dans la foule en trois groupes. D'abord Cressida et Pollux, qui feront office de guides tout en gardant une bonne avance sur nous. Puis

Gale et moi, qui avons l'intention de nous mêler aux réfugiés assignés à la résidence présidentielle. Et enfin Peeta, qui nous suivra de loin, prêt à créer une diversion en cas de besoin.

Tigris guette le moment opportun à travers ses volets, déverrouille sa porte et adresse un signe de tête à Pollux et Cressida.

— Prenez soin de vous, lui dit Cressida avant de sortir avec Pollux.

Nous les suivrons dans une minute. Je sors la clef, détache les menottes de Peeta et les fourre dans ma poche. Il se masse les poignets. Tourne les mains. Je sens une bouffée de désespoir m'envahir. Comme dans les Jeux de l'Expiation, quand Beetee nous avait donné la bobine de câble à Johanna et à moi.

— Écoute, lui dis-je. Pas de bêtises, hein ?

— Non. Seulement en dernier recours. Je te le promets, m'assure-t-il.

Je me pends à son cou, et je le sens hésiter avant de me serrer contre lui. Ses bras ne sont plus aussi solides qu'avant mais ils restent chauds et vigoureux. Mille instants fugaces me reviennent en mémoire. Toutes les fois où ces bras ont constitué mon seul refuge contre le monde. Des moments que je n'avais peut-être pas appréciés à leur juste valeur, mais qui sont restés gravés dans ma mémoire. Et que je ne revivrai jamais.

— D'accord.

Je me détache de lui.

— Il est temps, nous prévient Tigris.

Je l'embrasse sur la joue, resserre les pans de ma cape rouge à capuchon, relève mon écharpe sur mon nez et suis Gale dans l'air glacial.

Des flocons de neige d'un froid mordant me brûlent la

peau là où elle est exposée. Le soleil levant essaie sans grand succès de dissiper la grisaille. Il fait suffisamment jour pour distinguer les réfugiés les plus proches, et guère plus. Des conditions idéales, en somme, sauf que je suis bien en peine de repérer Cressida et Pollux. Gale et moi baissons la tête et emboîtons le pas aux réfugiés. Je peux entendre tout ce que je ratais hier en regardant à travers les volets. Les pleurs, les gémissements, les respirations laborieuses. Et, non loin de là, des échanges de coups de feu.

— Où on va, tonton ? demande en grelottant un petit garçon à un homme portant un lourd coffret.

— À la résidence du président. On nous a assigné un nouvel endroit où habiter pour l'instant, répond l'homme en soufflant.

Nous émergeons de la ruelle et rejoignons l'une des avenues principales.

— Restez à droite ! nous ordonne une voix.

Et je vois des Pacificateurs dispersés à travers la foule, qui canalisent cette marée humaine. Des visages apeurés nous observent depuis les vitrines des boutiques, déjà submergées de réfugiés. À ce rythme, Tigris aura de nouveaux invités avant l'heure du déjeuner. Il devenait urgent pour tout le monde que nous partions.

Il fait plus clair à présent, même s'il neige de plus en plus. J'aperçois Cressida et Pollux à une trentaine de mètres devant nous, noyés dans la foule. Je me dévisse la tête en arrière pour tenter de repérer Peeta. Je ne le vois pas, mais je croise le regard intrigué d'une petite fille avec un manteau jaune citron. J'alerte Gale d'un coup de coude et je ralentis le pas discrètement pour mettre quelques personnes entre la petite fille et nous.

— Mieux vaut se séparer, lui dis-je à voix basse. Il y a une petite fille qui…

Une fusillade balaye la foule, et plusieurs personnes s'écroulent autour de nous. Des hurlements déchirent l'air tandis qu'une deuxième rafale fauche un autre groupe derrière nous. Gale et moi nous laissons tomber à plat ventre, rampons sur la dizaine de mètres qui nous séparent des boutiques et nous mettons à couvert derrière l'étalage d'un marchand de chaussures.

Une rangée de bottes à talons aiguilles bouche la vue à Gale.

— Qui est-ce ? Tu peux voir ? me demande-t-il.

Ce que je vois, entre deux paires de bottes en cuir couleur lavande ou menthe, c'est une avenue jonchée de cadavres. La petite fille qui m'avait remarquée est agenouillée auprès d'une femme inanimée ; elle pousse des hurlements déchirants et la secoue pour la réveiller. Une rafale la découpe au niveau de la poitrine, éclabousse de rouge son manteau jaune et la renverse en arrière sur le dos. Pendant un instant, la vision de son petit corps roulé en boule me laisse bouche bée. Gale me pousse du coude.

— Katniss ?

— Ils nous tirent dessus depuis les toits, dis-je à Gale. (On entend encore plusieurs salves, et je vois des uniformes blancs s'abattre le long de la rue enneigée.) Ils essaient de viser les Pacificateurs, mais ils visent plutôt mal. Ce sont certainement les rebelles.

Je n'éprouve pas la bouffée de joie que je devrais ressentir à l'idée que mes alliés sont parvenus aussi loin. Je reste pétrifiée devant ce manteau jaune citron.

— Si on commence à tirer, notre couverture tombe à l'eau, dit Gale. Tout le monde saura que c'est nous.

Il a raison. Nous n'avons pour toute arme que nos arcs fabuleux. Tirer une flèche reviendrait à clamer haut et fort que nous sommes là.

— Non, dis-je à regret. On doit d'abord trouver Snow.

— Dans ce cas, filons d'ici avant qu'ils ne fassent exploser toute l'avenue, suggère Gale.

On s'éloigne le long du mur. Mais par ici, les façades sont surtout des vitrines de boutiques. Des paumes moites et des visages terrifiés se pressent au carreau. Je relève mon écharpe bien haut sur mes pommettes tandis que nous détalons au ras des devantures. Derrière un étalage de portraits de Snow encadrés, nous tombons sur un Pacificateur blessé adossé à un mur de brique. Il nous appelle à l'aide. Gale l'assomme d'un coup de genou dans la tête et lui prend son fusil. Au carrefour, il abat un deuxième Pacificateur et nous voilà tous les deux en possession d'armes à feu. Je lui demande :

— Et maintenant, on se fait passer pour quoi ?

— De braves citoyens désespérés, répond Gale. Les Pacificateurs penseront que nous sommes de leur côté, et avec un peu de chance, les rebelles se trouveront d'autres cibles plus intéressantes.

Je m'interroge sur la pertinence de ce nouveau rôle tout en sprintant à travers le carrefour, mais quand nous parvenons au pâté de maisons suivant, la question ne se pose plus. Peu importe de quoi nous avons l'air. Car personne ne fait plus attention aux visages. Les rebelles sont là, pas d'erreur. Ils envahissent l'avenue, s'abritent sous les porches, derrière les véhicules, l'arme au poing, en criant des ordres d'une voix rauque à l'approche d'une armée de Pacificateurs qui chargent dans notre direction. Les réfugiés se retrouvent pris entre deux feux : désarmés, désemparés, blessés pour bon nombre d'entre eux.

Un piège s'active devant nous. Il crache un trait de vapeur qui ébouillante tout le monde sur son passage, laissant derrière lui une traînée rose vif de victimes, et tout à fait mortes. Le dernier semblant d'ordre qui pouvait régner dans la rue vole en éclats. Alors que les ultimes volutes de vapeur se dissolvent dans la neige, la visibilité se réduit à la longueur de mon canon. Pacificateur, rebelle, citoyen, comment savoir ? Tout ce qui bouge devient une cible. Les gens tirent par réflexe, et je ne fais pas exception. Le cœur battant, galvanisée par l'adrénaline, je n'ai plus que des ennemis. Sauf Gale. Mon partenaire de chasse, qui couvre mes arrières. Nous n'avons pas d'autre choix que de continuer de l'avant en tuant tous ceux qui se dressent sur notre chemin. Des gens hurlent, saignent, meurent tout autour de nous. Au carrefour suivant, le pâté de maisons qui est devant nous s'illumine d'une lumière pourpre aveuglante. On freine des quatre fers et on se réfugie dans une cage d'escalier, paupières plissées. Quelque chose se produit chez ceux qui sont touchés par la lumière. Comme s'ils étaient frappés par… quoi donc ? Un son ? Une onde ? Un laser ? Leurs armes leur tombent des mains, et ils se griffent le visage en se mettant à saigner par tous les orifices visibles – les yeux, le nez, la bouche, les oreilles. En moins d'une minute, tout le monde est mort et la lumière s'éteint. Je serre les dents et me mets à courir en bondissant par-dessus les cadavres. Je dérape sur le sang. Le vent soulève des tourbillons de neige aveuglants mais j'entends néanmoins un fracas de bottes qui approchent vite.

Je lance à Gale :

— Couche-toi !

On se jette à plat ventre. J'atterris la face dans une flaque de sang mais je fais la morte et me laisse marcher dessus sans réagir. On me piétine la main, le dos, je prends plusieurs coups de pied dans la tête. Quand les bruits de bottes s'éloignent, je rouvre les yeux et j'adresse un hochement de tête à Gale.

Dans la rue suivante, on croise d'autres réfugiés terrorisés mais moins de soldats. Alors que je commence à croire que nous allons pouvoir souffler, j'entends un immense craquement, pareil à celui d'un œuf qu'on brise sur le bord d'un bol, mais mille fois plus fort. On se fige, on cherche le piège du regard sans rien voir. Et puis, je sens le bout de mes bottes s'enfoncer légèrement.

Je hurle à Gale :

— Cours !

Je n'ai pas le temps de lui expliquer, mais en quelques secondes la nature du piège devient évidente pour tous. Une crevasse s'est ouverte au centre du pâté de maisons. Les deux extrémités de la rue pavée sont en train de s'enrouler vers le bas comme deux rubans, précipitant tout le monde dans le vide.

J'hésite entre foncer tout droit jusqu'au carrefour et tenter de gagner l'une des portes qui jalonnent la rue pour me réfugier à l'intérieur d'un bâtiment. En conséquence, je cours légèrement en diagonale. À mesure que le sol s'enfonce, je trouve de moins en moins de prise sous mes semelles. J'ai l'impression de gravir une colline verglacée qui deviendrait plus raide à chaque foulée. Mes deux destinations – le carrefour et les bâtiments – sont encore à plus d'un mètre quand je sens les pavés se dérober sous mes pieds. J'utilise mes derniers instants de contact avec le sol pour bondir vers le carrefour. En m'accrochant du bout des doigts au bord du trou, je réalise que la rue s'est enfoncée tout droit : mes pieds pendent dans le vide sans la moindre prise nulle part. Une puanteur abominable de cadavres en décomposition au soleil de l'été s'élève de quinze mètres en dessous. Des formes noires grouillent dans l'ombre, réduisant au silence ceux qui survivent à la chute.

Je pousse un cri étranglé. Personne ne va venir à mon secours. Je sens mes doigts glisser sur le bord glacial, quand je m'aperçois que je ne suis qu'à deux mètres du coin du trou. Je m'en rapproche, une main après l'autre, en m'efforçant de bloquer les sons terrifiants qui me parviennent d'en bas. Une fois dans le coin, je peux envoyer ma botte droite par-dessus le rebord et me hisser laborieusement jusqu'au niveau de la rue. Pantelante, tremblante, je rampe loin du bord et me cramponne à un lampadaire bien que le sol soit parfaitement plat.

— Gale ? je crie dans le gouffre, sans me préoccuper d'être reconnue. Gale !

— Par ici !

Je regarde vers la gauche, éberluée. La rue s'est effondrée au ras des bâtiments. Une douzaine de personnes sont parvenues à se raccrocher tant bien que mal aux poignées de porte, aux heurtoirs ou aux boîtes aux lettres. À trois portes de moi, Gale se retient à un encadrement de porte en fer forgé. Il pourrait facilement se réfugier à l'intérieur si la porte n'était pas verrouillée. Mais il a beau donner des coups de pied dedans, personne ne vient lui ouvrir.

— Protège-toi ! dis-je.

Je lève mon fusil. Il se détourne, et je tire dans la serrure jusqu'à ce que la porte bascule à l'intérieur. Gale se balance et se réceptionne lourdement sur le seuil. J'ai le temps d'éprouver un bref soulagement à le voir en sécurité. Puis des mains gantées de blanc se referment sur lui.

Gale croise mon regard et me souffle quelque chose que je ne comprends pas. Je ne sais pas quoi faire. Je ne peux pas l'abandonner, ni le rejoindre. Ses lèvres remuent de nouveau. Je secoue la tête pour indiquer ma confusion. Les Pacificateurs l'entraînent à l'intérieur. D'ici une minute, ils vont comprendre qui ils viennent de capturer.

— Va-t'en ! l'entends-je crier.

Je fais demi-tour et m'éloigne au pas de course. Je suis toute seule à présent. Gale est prisonnier. Cressida et Pollux ont pu mourir dix fois. Et Peeta ? Je ne l'ai pas revu une seule fois depuis notre départ de la boutique de Tigris. Je me raccroche à l'espoir qu'il y est retourné. Qu'il a senti venir une crise et est rentré se cacher dans sa cave pendant qu'il avait encore le contrôle. Qu'il a compris qu'une diversion ne sera pas nécessaire, que le Capitole en produit suffisamment ; qu'il n'aura pas besoin de jouer les appâts, ni aucune raison d'avaler sa pilule de sureau – la pilule ! Gale n'en a plus. Quant à faire exploser ses flèches à la main, ce n'est même pas la peine d'y penser. La première chose que feront les Pacificateurs, ce sera de le dépouiller de ses armes.

Je me laisse tomber sous un porche, les yeux mouillés de larmes. « Tue-moi. » Voilà ce qu'il me soufflait du bout des lèvres. J'étais censée l'abattre ! C'était mon job. Une promesse tacite entre nous. Je ne l'ai pas respectée, et maintenant le Capitole va le tuer, le torturer ou lui laver le cerveau – une souffrance monte en moi, qui menace de me briser. Il ne me reste plus qu'un espoir. Que le Capitole tombe, dépose les armes et libère ses prisonniers avant d'avoir pu faire du mal à Gale. Mais je ne vois aucune chance que ça se produise tant que Snow restera en vie.

Deux Pacificateurs passent devant moi en courant. À peine s'ils jettent un coup d'œil à la pauvre fille du Capitole assise à pleurnicher sur un pas de porte. Je ravale mes larmes, j'essuie celles que j'ai sur les joues avant qu'elles ne gèlent et je me reprends. Officiellement, je suis toujours une réfugiée anonyme. À moins que les Pacificateurs qui ont attrapé Gale ne m'aient aperçue dans ma fuite ? Je retire ma cape rouge et la remets à l'envers, la doublure noire à l'extérieur. J'arrange le capuchon de manière à masquer mon visage. Le fusil serré à deux mains, je regarde autour de moi dans la rue. Je ne vois qu'une poignée de fuyards hébétés. J'emboîte le pas à deux vieillards qui ne m'accordent aucune attention. Personne ne s'attendra à me voir en compagnie de vieillards. Parvenus au bout de la rue, ils s'arrêtent et je manque de leur rentrer dedans. Nous sommes au Grand Cirque. Une place immense bordée de bâtiments grandioses. La résidence du président se dresse de l'autre côté.

Le Cirque est rempli de gens qui vont et viennent, se lamentent ou restent assis par terre pendant que la neige s'accumule autour d'eux. Je passe totalement inaperçue. Je me faufile vers la résidence, en trébuchant sur des trésors abandonnés ou des membres à moitié gelés. À mi-chemin ou presque, j'avise une barricade de plots de béton. D'environ un mètre cinquante de haut, elle dessine un grand rectangle juste devant la résidence. On la croirait vide, mais en fait elle abrite une foule de réfugiés. Peut-être s'agit-il de ceux qui ont été choisis pour être logés chez Snow ? Mais en me rapprochant, je remarque un détail. La barricade ne renferme que des enfants. Du petit qui sait à peine marcher jusqu'à l'adolescent. Tous effrayés et grelottants. Pelotonnés en petits groupes, ou assis dans la neige, à se balancer machinalement. On ne les fait pas entrer. Ils sont parqués là comme dans un enclos, gardés de tous les côtés par des Pacificateurs. Je comprends aussitôt que ce n'est pas pour les protéger. Si le Capitole les voulait en sûreté, il les enfermerait dans un bunker. Ils sont là pour la protection de Snow. Ces enfants constituent son bouclier humain.

Il y a un mouvement de foule, et les gens se pressent vers la gauche. Je me fais bousculer, détourner de mon

chemin, emporter par le flot. J'entends crier : « Les rebelles !
Les rebelles ! » et je devine que nos soldats sont tout près.
Je me cogne dans le mât d'un drapeau et je m'y accroche
à pleins bras. Grâce aux cordes, je me hisse au-dessus de
la masse des corps. Oui, j'aperçois l'armée rebelle qui
déferle sur la place et repousse les réfugiés vers les avenues.
Je cherche du regard les pièges qui ne vont pas manquer
d'exploser. Mais ça n'arrive pas. Voici ce qui se produit :

Un hovercraft frappé du sceau du Capitole se matérialise
directement au-dessus de la barricade des enfants. Des
dizaines et des dizaines de parachutes argentés en dégrin-
golent. Même au milieu du chaos, les enfants devinent tout
de suite ce qu'ils contiennent. De la nourriture. Des médicaments. Des cadeaux. Ils les ramassent avec empressement,
s'efforcent d'en dénouer les ficelles avec leurs petits doigts
gelés. L'hovercraft disparaît, cinq secondes se passent, puis
une vingtaine de parachutes explosent simultanément.

Une clameur épouvantable monte de la foule. La neige
rougie est jonchée de débris humains. Bon nombre d'enfants
sont tués sur le coup mais d'autres se tortillent par terre en
gémissant. Certains titubent en silence, fixant les parachutes
argentés qu'ils n'ont pas lâchés, comme s'ils pouvaient
encore renfermer quelque chose de précieux. À la manière
dont les Pacificateurs jettent bas la barricade pour laisser
sortir les enfants, on comprend qu'ils n'avaient rien vu venir.
D'autres habits blancs s'engouffrent dans la brèche. Ceux-là
ne sont pas des Pacificateurs mais des médecins. Des médecins rebelles. Je reconnaîtrais leur uniforme n'importe où.
Ils se précipitent auprès des enfants, la trousse à la main.

Au début, je vois seulement sa tresse blonde qui se
balance dans son dos. Puis, quand elle arrache sa veste pour
en couvrir un enfant blessé, je remarque la queue de canard
que forme son pan de chemise sorti de son pantalon. J'ai

la même réaction que le jour où Effie Trinket a appelé son nom lors de la Moisson. Je dois sûrement défaillir, en tout cas, parce que je me retrouve au pied du mât sans aucun souvenir des deux ou trois dernières secondes. Puis je me fraie un chemin à travers la foule, comme je l'avais fait ce jour-là. J'essaie de crier son nom au milieu du tumulte. J'y suis presque, à deux pas de la barricade, quand j'ai l'impression qu'elle m'entend. Car, l'espace d'un instant, elle croise mon regard et ses lèvres forment mon nom.

Et c'est là que les autres parachutes explosent à leur tour.

Réel ou pas réel ? Je suis en flammes. Les boules de feu qui ont jailli des parachutes ont filé par-dessus la barricade, volé à travers la neige et atterri au milieu de la foule. J'étais en train de me retourner quand j'en ai pris une en plein dans le dos, qui m'a transformée en quelque chose de nouveau. Une abomination aussi inextinguible que le soleil.

Une créature de flammes ne connaît qu'une seule et unique sensation : la souffrance. Elle ne voit rien, n'entend rien, ne ressent rien à part l'insupportable calcination de sa chair. Je connais peut-être quelques périodes d'inconscience, mais quelle importance, si je ne peux pas m'y réfugier ? Je suis l'oiseau de Cinna qui tente de s'envoler le plus haut possible pour échapper à l'inévitable. Des plumes de feu sortent de mon corps. Battre des ailes ne sert qu'à attiser les flammes. Je me consume en vain.

Finalement, mes ailes commencent à faiblir, je perds de la hauteur et la gravité me plonge dans une mer mousseuse de la couleur des yeux de Finnick. Je flotte sur le dos. Je continue à brûler sous l'eau, mais la souffrance s'atténue quelque peu. C'est là, alors que je dérive au gré du courant, qu'ils viennent me voir. Les morts.

Les personnes que j'aimais volent dans le ciel au-dessus de moi comme des oiseaux. Elles descendent et remontent sans effort, m'invitent à les rejoindre. Je voudrais bien les suivre mais je ne parviens pas à soulever mes ailes alourdies par l'eau de mer. Celles que je détestais nagent autour de moi, hideuses créatures écailleuses qui lacèrent ma chair salée avec leurs petites dents pointues. Et me mordent encore et encore. En s'efforçant de m'entraîner sous l'eau.

Un petit oiseau blanc au bout des plumes rose pique sur moi, me plante ses griffes dans la poitrine et tente de me retenir à la surface.

— *Non, Katniss ! Non ! Reste avec nous !*

Mais les personnes que je n'aimais pas sont en train de gagner, et si l'oiseau continue de s'accrocher à moi, il sera englouti lui aussi.

— *Prim, lâche-moi !*

Elle finit par le faire.

Dans les profondeurs marines je me retrouve abandonnée de tous. Il n'y a plus que mes halètements, l'effort énorme que je dois fournir pour inspirer l'eau et la repousser hors de mes poumons. Je voudrais tout arrêter, j'essaie de bloquer ma respiration, mais la mer va et vient en moi contre ma volonté.

— *Laissez-moi mourir. Laissez-moi suivre les autres,* fais-je d'une voix implorante.

Mais je n'obtiens pas de réponse.

Je reste piégée ainsi pendant des jours, des années, des siècles peut-être. Morte, sans être autorisée à mourir. Vivante, mais pour ainsi dire morte. Si seule que j'accueillerais n'importe qui, n'importe quoi, avec gratitude. Quand je reçois enfin de la visite, c'est un délice. De la morphine. Qui file dans mes veines, apaise mes souffrances, allège mon corps de manière qu'il puisse de nouveau flotter à l'air libre sur la mousse.

La mousse. Je flotte vraiment sur de la mousse. Je peux la sentir du bout des doigts, qui enserre mon corps nu. J'éprouve toujours une grande souffrance mais je commence à reprendre contact avec la réalité. Une sensation de papier de verre dans la gorge. L'odeur de la pommade anti-brûlures de mes premiers Jeux. La voix de ma mère. Toutes ces choses m'inquiètent, et je m'efforce de redescendre dans les profondeurs pour y échapper. Mais on ne revient pas en arrière. Peu à peu, je suis bien obligée d'accepter ce que je suis. Une fille gravement brûlée, qui n'a pas d'ailes. Pas de flammes. Et plus de sœur.

Dans cet hôpital du Capitole d'un blanc immaculé, les médecins font des merveilles sur moi. Ils me drapent dans une nouvelle couche de peau. Persuadent mes nouvelles cellules qu'elles font partie de moi. Manipulent différentes parties de mon corps, me plient et m'étirent les membres afin de les maintenir en bonne forme. On me répète à l'envi à quel point j'ai eu de la chance. Mes yeux n'ont pas été touchés. L'essentiel de mon visage a été épargné. Mes poumons réagissent favorablement au traitement. Je sortirai d'ici comme neuve.

Une fois ma peau suffisamment durcie pour supporter la pression des draps, je reçois davantage de visites. La morphine ouvre la porte aux vivants comme aux morts. Haymitch, le teint jaunâtre et l'air morose. Cinna, en train de me coudre une nouvelle robe de mariée. Delly, qui radote à propos de la gentillesse des gens. Mon père, qui chante les quatre couplets de *L'Arbre du pendu* et me rappelle que ma mère – qui somnole à mon chevet entre deux services – ne doit pas être au courant.

Un jour, je finis par ouvrir les yeux et comprendre qu'on ne me laissera pas vivre éternellement dans mes rêves. Que je vais devoir m'alimenter par la bouche. Bouger mes muscles toute seule. Me rendre aux toilettes par mes propres moyens. Une brève visite de la présidente Coin achève d'enfoncer le clou.

— Ne t'inquiète pas, me dit-elle. Je te l'ai mis de côté.

Mon mutisme plonge les médecins dans une perplexité de plus en plus grande. On me fait subir de nombreux tests, qui révèlent quelques dégâts à mes cordes vocales, sans fournir pour autant une explication suffisante. En fin de compte, le Dr Aurelius, un psy, avance la théorie que je serais devenue une Muette – mentale plutôt que physique. Que mon silence résulterait d'un traumatisme émotionnel. Bien qu'on lui soumette des centaines de remèdes possibles, il souhaite qu'on me laisse tranquille. Je ne demande rien à personne, mais on passe régulièrement m'apporter toutes sortes d'informations. À propos de la guerre : le Capitole est tombé le jour de l'explosion des parachutes. C'est la présidente Coin qui dirige Panem à présent. Des troupes se chargent de réduire les dernières poches de résistance un peu partout. À propos du président Snow : il est incarcéré dans l'attente de son procès, et très certainement de son exécution. À propos de mon escouade : Cressida et Pollux ont été envoyés dans les districts afin de couvrir les ravages du conflit. Gale, qui a reçu deux balles au cours d'une tentative d'évasion, participe au nettoyage des Pacificateurs dans le Deux. Peeta est toujours dans l'unité de soin des grands brûlés. Il s'était donc rendu au Grand Cirque, lui aussi. À propos de ma famille : ma mère noie son chagrin dans le travail.

Pour ma part, n'étant pas en état de travailler, je me noie aussi dans mon chagrin. La seule chose qui me permet de tenir, c'est ce que m'a promis Coin. Que je pourrai tuer Snow. Quand ce sera fait, il ne me restera plus rien.

On finit par me laisser sortir de l'hôpital pour m'installer à la résidence présidentielle, dans une chambre que je suis

censée partager avec ma mère. Elle n'est presque jamais là.
Elle préfère prendre ses repas et dormir sur son lieu de
travail. C'est donc Haymitch qui doit veiller sur moi, s'assurer que je mange correctement et que je prends bien mes
médicaments. Il n'a pas la tâche facile, car je suis retombée
dans mes mauvaises habitudes du Treize : toujours à déambuler partout sans prévenir, à fouiner dans les chambres à
coucher et les bureaux, les salles de bal et les salles de bains.
À dénicher les cachettes les plus incongrues. Une armoire
de fourrures. Un placard de la bibliothèque. Une vieille
baignoire abandonnée dans une salle remplie de mobilier
poussiéreux. Je recherche les endroits sombres, calmes et
impossibles à trouver. Je m'y love et me fais la plus petite
possible, en m'efforçant de disparaître complètement. Enve-
loppée dans le silence, je fais coulisser sur mon poignet mon
bracelet indiquant MENTALEMENT PERTURBÉE.

« Je m'appelle Katniss Everdeen. J'ai dix-sept ans. Je viens
du district Douze. Il n'y a plus de district Douze. Je suis
le geai moqueur. J'ai abattu le Capitole. Le président Snow
me hait. Il a tué ma sœur. Maintenant, c'est moi qui vais
le tuer. Et ce sera la fin des Hunger Games… »

Régulièrement, je me retrouve dans ma chambre, sans
trop savoir si j'y suis retournée pour répondre à l'appel de
la morphine ou si c'est Haymitch qui m'y a ramenée. Je
mange ce qu'on m'a préparé, j'avale mes médicaments et
je prends mon bain à contrecœur. Ce n'est pas l'eau qui
me dérange, mais mon reflet dans le miroir. Mes greffes
de peau sont roses comme l'épiderme d'un bébé. Les parties
de mon corps abîmées mais jugées récupérables sont rouges,
à vif, comme fondues par endroits. Enfin, on reconnaît çà
et là quelques taches blafardes de mon ancien moi. Je ressemble à un étrange patchwork de peau. Une bonne part
de mes cheveux a complètement brûlé ; le reste a été coupé

à la diable. Katniss Everdeen, la fille du feu. Je m'en moquerais bien, sauf que la vue de mon corps me rappelle la souffrance que j'ai endurée. Et le pourquoi de cette souffrance. Et ce qui s'est passé juste avant qu'elle ne se déclenche. Comment j'ai vu ma petite sœur se transformer en torche humaine.

Fermer les yeux ne sert à rien. Le feu flambe d'autant plus vivement dans l'obscurité.

Le Dr Aurelius passe me voir de temps en temps. Je l'aime bien, parce qu'il n'essaie pas de me persuader que je suis totalement en sécurité, ou qu'il sait que c'est difficile à croire mais qu'un beau jour je connaîtrai à nouveau le bonheur, ou même que les choses iront mieux à Panem désormais. Il me demande simplement si j'ai envie de parler, et puis, comme je ne lui réponds pas, il s'endort dans son fauteuil. Je crois que ses visites sont motivées en grande partie par son besoin de faire la sieste. C'est un arrangement qui nous convient à tous les deux.

Le temps file, même si je serais incapable de vous donner le compte exact des heures et des minutes. Le président Snow a été jugé et condamné à la peine capitale. Je l'apprends par Haymitch, ainsi que par les discussions des gardes que je croise dans les couloirs. On m'apporte mon costume de geai moqueur dans ma chambre. Ainsi que mon arc, qui ne paraît pas avoir souffert. Mais pas mon carquois. Peut-être parce que mes flèches ont été détruites par le feu, ou plus vraisemblablement parce qu'on ne veut pas courir le risque de me confier une arme. Je me demande vaguement si je ne devrais pas me préparer à l'événement d'une manière ou d'une autre, mais rien ne me vient à l'esprit.

Un jour, après avoir passé l'après-midi sur un appui de fenêtre derrière un paravent, je me lève et tourne à gauche au lieu de prendre à droite. Je me retrouve dans une partie de la résidence que je ne connais pas, où je m'égare aussitôt. Contrairement à l'aile dans laquelle se trouve ma chambre, il n'y a personne à qui je pourrais demander mon chemin. Mais l'endroit me plaît. J'aurais voulu le découvrir plus tôt. C'est très silencieux, car les tapis et les tentures murales absorbent tous les bruits. L'éclairage est doux. Les couleurs atténuées. Il s'en dégage une sensation de paix. Jusqu'à ce que je flaire un parfum de roses. Je bondis derrière un rideau, trop terrifiée pour m'enfuir, en attendant les mutations génétiques. Finalement, je réalise qu'il n'y en a aucune dans les parages. Alors d'où provient cette odeur ? De vraies roses ? Se pourrait-il que j'aie découvert le jardin où Snow cultivait ces saletés ?

À mesure que je m'enfonce dans le couloir, l'odeur se fait de plus en plus entêtante. Peut-être pas aussi forte que celle des mutations génétiques, mais plus pure, car dégagée des remugles d'égouts ou d'explosifs. Je tourne le coin et tombe nez à nez avec deux gardes surpris. Pas des Pacificateurs, évidemment. Il n'y a plus de Pacificateurs. Mais pas non plus les soldats du Treize en uniforme gris impeccable. Ces deux-là, un homme et une femme, portent les vêtements en lambeaux de rebelles des districts. Malgré leur maigreur et leurs bandages, ils montent bonne garde devant la roseraie. Quand je fais mine de passer entre eux, ils croisent leurs fusils devant moi.

— Tu ne peux pas entrer, petite, me dit l'homme.

— Soldate, le corrige la femme. Tu ne peux pas entrer, soldate Everdeen. Ce sont les ordres de la présidente.

Je reste là devant eux, en attendant patiemment qu'ils baissent leurs armes, qu'ils comprennent sans que j'aie besoin de leur dire que derrière ces portes se trouve quelque chose dont j'ai besoin. Une rose. Une seule fleur. À mettre à la boutonnière de Snow avant de l'abattre. Ma présence paraît préoccuper les gardes. Ils envisagent d'appeler Haymitch quand une voix de femme s'élève dans mon dos :

— Laissez-la passer.

Je connais cette voix mais je ne la situe pas immédiatement. Elle n'est pas de la Veine, ni du Treize, et encore moins du Capitole. Je tourne la tête et me retrouve face à Paylor, la commandante du Huit. Elle a l'air encore plus cabossée qu'à l'hôpital, mais qui ne l'est pas ?

— J'en prends la responsabilité, déclare Paylor. Elle a un droit de regard sur tout ce qui se trouve derrière cette porte.

Ces soldats sont les siens, et non ceux de Coin. Ils baissent leurs armes sans discuter et s'écartent devant moi.

Au fond d'un petit couloir, je pousse une double porte en verre et j'entre. L'odeur est si forte à présent que je la sens moins, comme si mon nez ne pouvait plus en absorber davantage. L'air humide et tiède est agréable contre ma peau brûlante. Et les roses sont splendides. Rangée après rangée de fleurs rose vif, orange crépuscule ou même bleu pâle. Je m'avance entre les alignements de rosiers délicatement taillés, en regardant sans toucher, car j'ai appris à mes dépens à quel point ces beautés peuvent être mortelles. Je sais que c'est la bonne dès que je la vois au sommet de sa branche. Un bouton blanc immaculé, sur le point de s'ouvrir. Je tire ma manche gauche sur ma main, j'attrape un sécateur et je pose les lames sur la tige quand il déclare :

— Elle est magnifique.

Je sursaute ; le sécateur claque et tranche la tige.

— Les couleurs sont superbes, bien sûr, mais aucune ne peut rivaliser avec la perfection du blanc.

Je ne le vois toujours pas, mais sa voix paraît provenir d'un parterre de roses rouges. Pinçant délicatement mon bouton de rose à travers l'étoffe de ma manche, je tourne le coin et le découvre assis sur un tabouret contre le mur. Il est plus soigné et mieux habillé que jamais, mais chargé de menottes, de chaînes aux chevilles et d'appareils de repérage. Dans l'éclairage cru, son teint pâle prend une coloration verdâtre malsaine. Il tient un mouchoir blanc taché de sang frais. Malgré la détérioration de son état, ses yeux de serpent continuent à briller d'un éclat froid.

— J'espérais bien que vous finiriez par trouver le chemin de mes quartiers.

Ses quartiers. Je me suis introduite chez lui, comme il s'est insinué chez moi l'année dernière pour me susurrer des menaces avec son haleine sanglante et parfumée. Cette serre est l'une de ses pièces, peut-être sa préférée ; peut-être qu'autrefois il s'occupait lui-même de ces rosiers. Elle fait partie de sa prison désormais. Voilà pourquoi les gardes ont voulu me retenir. Et pourquoi Paylor m'a laissée entrer.

Je le croyais au secret dans l'un des pires cachots du Capitole, et non en train de se prélasser dans le luxe. Pourtant, Coin l'a laissé ici. Pour établir un précédent, j'imagine. Afin qu'à l'avenir, si jamais elle devait tomber en disgrâce, il soit bien clair que les présidents – même les plus méprisables – devaient bénéficier d'un traitement spécial. Qui sait, après tout, si son propre pouvoir ne finira pas lui aussi par s'étioler ?

— Il y a tant de choses dont nous pourrions discuter, mais j'ai la sensation que votre visite sera de courte durée. Alors, autant aller droit au but. (Il se met à tousser, et quand il éloigne le mouchoir de sa bouche, j'y vois de nouvelles taches rouges.) Je tenais à vous dire à quel point je suis navré à propos de votre sœur.

Même affaiblie comme je suis, abrutie par les médicaments, je sens une douleur me transpercer. Qui me rappelle qu'il n'existe pas de limites à sa cruauté. Et qu'il marchera à la mort en essayant de me détruire.

— C'était tellement superflu, tellement inutile. N'importe qui pouvait voir que la partie était terminée à ce moment-là. En fait, j'étais sur le point de capituler officiellement quand vous avez largué ces parachutes.

Ses yeux restent vrillés sur moi, sans ciller, pour ne pas perdre une miette de ma réaction. Mais ce qu'il dit n'a aucun sens. Quand *nous* avons largué les parachutes ?

— Allons, vous ne pensiez tout de même pas que l'ordre venait de moi ? Oublions le fait que si j'avais disposé d'un hovercraft en état de marche, je m'en serais servi pour m'échapper. Cela mis à part, à quoi ce largage aurait-il pu me servir ? Nous savons tous les deux que je ne rechigne pas à faire tuer des enfants, mais j'ai horreur du gaspillage. Quand je prends une vie, c'est toujours pour une raison précise. Et je n'avais aucune raison d'éliminer tous ces enfants du Capitole. Pas la moindre.

Je me demande dans quelle mesure sa quinte de toux suivante sert à me donner le temps d'absorber ses paroles. Il ment. De toute évidence, il ment. Mais je perçois aussi quelque chose qui cherche à émerger du mensonge.

— Malgré tout, je dois reconnaître que c'était un coup de maître de la part de Coin. L'idée que je puisse faire bombarder des enfants sans défense a brisé net le peu de loyauté que mes concitoyens pouvaient encore éprouver à mon égard. Toute résistance a pratiquement cessé après cela. Savez-vous que la scène a été retransmise en direct ? On reconnaît la main de Plutarch là-dedans. Et dans les parachutes. Après tout, c'est le genre d'initiatives qu'on demande à un Haut Juge, n'est-ce pas ? (Snow se tamponne le coin des lèvres avec son mouchoir.) Je suis convaincu qu'il ne visait pas spécialement votre sœur, mais on n'est jamais à l'abri d'un accident.

Je ne suis plus avec Snow maintenant. Je suis de nouveau à l'Armement spécial, dans le Treize, en compagnie de Gale et de Beetee. Penchée sur les schémas inspirés des pièges de Gale. Qui jouent sur la sympathie humaine. Une première bombe qui fait des victimes. Une seconde qui élimine les sauveteurs. Je me rappelle les paroles de Gale :

« Beetee et moi suivons le même manuel que le président Snow quand il a ordonné le lavage de cerveau de Peeta. »

— Mon erreur, continue Snow, a consisté à ne pas deviner plus tôt le plan de Coin. Laisser le Capitole et les districts s'entre-tuer, puis s'emparer du pouvoir grâce aux ressources presque intactes du Treize. Ne vous y trompez pas, elle avait l'intention de prendre ma place depuis le début. Cela ne devrait pas m'étonner. Après tout, c'est le Treize qui a déclenché la rébellion à l'origine des jours obscurs, pour abandonner ensuite le reste des districts à son triste sort. Mais je n'ai pas prêté attention à Coin. J'avais le regard braqué sur toi, geai moqueur. Et toi, sur moi. J'ai bien peur que nous soyons tous les deux les dindons de la farce.

Je refuse d'admettre que ce soit vrai. Il y a des choses auxquelles même moi je ne pourrais pas survivre. Je prononce mes premières paroles depuis la mort de ma sœur.

— Je ne vous crois pas.

Snow secoue la tête avec tristesse.

— Oh, ma chère mademoiselle Everdeen. Moi qui pensais que nous étions convenus de ne pas nous mentir.

26

Dans le couloir, je retrouve Paylor exactement là où je l'avais laissée.

— Tu as trouvé ce que tu cherchais ? me demande-t-elle.

Je lui montre ma rose blanche et je passe devant elle en titubant. Je suppose que je réussis à regagner ma chambre, car ensuite, je me vois en train de remplir un verre d'eau au robinet de ma salle de bains et d'y plonger ma rose. Je tombe à genoux sur le carrelage froid et je fixe la fleur, dont la blancheur m'aveugle sous l'éclairage fluorescent. Je passe le doigt à l'intérieur de mon bracelet et je le tords à la manière d'un tourniquet. J'espère que la douleur va m'aider à m'accrocher à la réalité, comme Peeta. Il faut que je m'accroche. J'ai besoin de connaître la vérité.

Je ne vois que deux possibilités, bien que les détails puissent varier. Tout d'abord, que le Capitole a bien envoyé cet hovercraft, largué les parachutes et sacrifié ses propres enfants, sachant que les rebelles qui venaient d'arriver sur les lieux ne manqueraient pas de se précipiter à leur secours. Plusieurs éléments soutiennent cette thèse. Le sceau du Capitole sur l'appareil, son absence de riposte au bombardement, sa longue tradition d'utiliser les enfants comme pions dans sa guerre contre les districts. Et puis, il y a la suggestion de Snow. Qu'un hovercraft du Capitole piloté par des rebelles aurait bombardé les enfants pour accélérer la résolution du conflit. Mais dans ce cas, pourquoi le Capitole n'a-t-il même pas tenté de l'abattre ? Est-ce à cause de l'effet de surprise ? Ne lui restait-il plus de défense anti-aérienne ? Les enfants sont précieux pour le Treize, du moins est-ce l'impression que j'ai toujours eue. Enfin, sauf en ce qui me concerne. Quand j'ai cessé d'être indispensable, on a bien vu que ma vie ne valait plus rien. Même si ça fait longtemps qu'on ne me considère plus comme une enfant dans cette guerre. Et pourquoi le Treize aurait-il ordonné ça, connaissant pertinemment la réaction de ses médecins et sachant qu'ils allaient mourir dans la deuxième explosion ? Non, il n'aurait jamais fait ça. C'est impossible. Snow ment. Il cherche à me manipuler, comme toujours. Dans l'espoir de me dresser contre les rebelles et peut-être de les détruire. Oui. Bien sûr.

Mais alors, qu'est-ce qui me chiffonne ? Ces bombes réglées pour exploser en deux temps, pour commencer. Non pas que le Capitole n'ait pas pu en avoir, mais je sais avec certitude que les rebelles en avaient. L'invention géniale de Gale et de Beetee. Vient ensuite le fait que Snow, que je considère comme un survivant accompli, n'a rien tenté pour s'échapper. Il paraît difficile de croire qu'il n'avait pas prévu un repaire quelque part, un bunker secret bourré de provisions où il aurait pu terminer tranquillement sa petite vie de serpent. Et enfin, il y a son analyse de Coin. On ne peut nier qu'elle s'est comportée en tout point comme il l'a dit. Qu'elle a laissé le Capitole et les districts se détruire entre eux pour débarquer à la fin et s'emparer du pouvoir. Mais quand bien même, cela ne prouve pas qu'elle ait largué ces parachutes. Sa victoire était déjà acquise. Elle avait toutes les cartes en main.

Sauf moi.

Je me rappelle la réaction de Boggs quand j'ai reconnu ne m'être jamais demandé qui succéderait à Snow. « Si tu ne réponds pas spontanément Coin, tu représentes une menace. Tu es le visage de la rébellion. Tu as plus d'influence que n'importe qui d'autre. Le problème, c'est que tout le monde voit bien qu'il n'y a aucune sympathie entre vous. »

Tout à coup je repense à Prim, qui n'avait pas quatorze ans, trop jeune pour être soldate, et qui s'est retrouvée malgré tout en première ligne. Comment est-ce possible ? Que ma sœur se soit portée volontaire, je veux bien le croire. Et il ne fait aucun doute qu'elle était plus douée comme infirmière que bien d'autres recrues plus âgées. Mais il a certainement fallu l'aval de quelqu'un de très haut placé pour autoriser la présence sur le front d'une gamine de treize ans. Coin espérait-elle que la disparition de Prim achèverait de me faire perdre la raison ? Ou du moins me rangerait définitivement dans son camp ? Je n'aurais même pas eu besoin d'y assister en personne. Il y avait suffisamment de caméras au Grand Cirque pour immortaliser la scène.

Non, c'est dément, je suis en train de basculer dans la paranoïa. Trop de gens auraient été dans la confidence. L'histoire aurait fini par s'ébruiter. Mais est-ce vraiment certain ? Qui aurait eu besoin de savoir hormis Coin, Plutarch et un petit cercle de fidèles faciles à réduire au silence ?

J'aurais besoin d'en parler avec quelqu'un, malheureusement, tous ceux en qui j'avais confiance sont morts. Cinna. Boggs. Finnick. Prim. Il reste bien Peeta, mais il pourrait seulement émettre des suppositions, et qui sait dans quel état mental il est, de toute manière. Ce qui ne laisse que Gale. Il est loin, mais s'il était là auprès de moi, pourrais-je me confier à lui ? Que pourrais-je lui dire, comment aborder la question sans sous-entendre que c'est sa bombe qui a tué Prim ? C'est surtout pour ça, plus que pour tout le reste, qu'il faut que Snow ait menti.

En fin de compte, je ne vois qu'une seule personne vers qui me tourner. Une seule personne qui puisse connaître le fin mot de l'histoire tout en étant malgré tout de mon côté. Je cours un risque en allant la trouver. Mais si Haymitch a parfois joué avec ma vie dans l'arène, je ne crois pas qu'il irait me dénoncer à Coin. Quand il y a un problème entre nous, nous préférons le régler face à face.

Je me relève, je passe la porte et je sors dans le couloir pour aller frapper à sa chambre. Voyant qu'il ne répond pas, j'entre. Beurk ! Stupéfiant, de constater à quelle vitesse il peut dégrader un endroit. Sa chambre est jonchée d'assiettes sales, de tessons de bouteilles et de meubles renversés lors de ses débordements éthyliques. Je le trouve ivre mort, sale et mal rasé, empêtré dans ses draps.

— Haymitch, lui dis-je en lui secouant la jambe.

Naturellement, ça ne suffit pas. Je lui donne encore deux ou trois secousses avant de lui renverser un pichet d'eau sur la tête. Il se redresse avec un petit cri, en frappant à l'aveuglette avec son couteau. Apparemment, la fin du règne de Snow n'a pas mis un terme à ses cauchemars.

— Oh. C'est toi, bredouille-t-il d'une voix pâteuse.

— Haymitch…, dis-je.

— Écoutez-moi ça ! Le geai moqueur a retrouvé sa voix ! s'écrie-t-il en gloussant. C'est Plutarch qui va être content. (Il attrape une bouteille et boit au goulot.) Pourquoi suis-je tout trempé ?

Je laisse discrètement tomber le pichet dans mon dos, sur une pile de linge sale.

— J'ai besoin de votre aide, dis-je.

Haymitch lâche un rot. La pièce s'emplit de relents d'alcool.

— Qu'est-ce qui t'arrive, chérie ? Encore des peines de cœur ?

J'ignore pourquoi mais cette réaction me fait plus mal que tout ce qu'Haymitch a jamais pu me dire. Ça doit se voir sur mon visage, car même dans son état d'ivresse, il essaie de rattraper ces paroles malheureuses.

— D'accord, je m'excuse. (Je suis déjà à la porte.) Je m'excuse ! Reviens !

Au bruit de son corps qui s'étale par terre, je devine qu'il a voulu me rattraper, mais en vain.

Je zigzague à travers la résidence et disparais au fond d'une armoire pleine de vêtements en soie. J'arrache les vêtements des cintres pour en faire un tas et je m'enfouis dessous. Je retrouve au fond de ma poche une pilule de morphine que j'avale à sec pour calmer l'hystérie que je sens monter en moi. Cela ne règle pas tout, néanmoins. J'entends Haymitch m'appeler, mais il ne me trouvera jamais dans l'état où il est. Surtout dans cette nouvelle cachette. Emmaillotée dans la soie, j'ai l'impression d'être une chenille dans son cocon en train d'attendre sa métamorphose. Je me suis toujours imaginé ça comme une période paisible. Et au début, ça l'est. À mesure que je m'enfonce dans la nuit, toutefois, je me sens de plus en plus piégée, étouffée par ces étoffes glissantes, incapable d'en émerger avant de m'être changée en une créature de toute beauté. Je me tortille, je m'efforce d'échapper à mon corps ravagé et de me faire pousser des ailes somptueuses. Hélas, en dépit de mes efforts, je reste toujours aussi hideuse, fondue dans ma forme actuelle par la chaleur des explosions.

Ma rencontre avec Snow a rouvert la porte à mon ancien répertoire de cauchemars. Comme si j'avais été piquée de nouveau par les guêpes tueuses. Les images les plus abominables se succèdent, entrecoupées de brèves séquences de répit que j'assimile au réveil. Quand les gardes finissent par me retrouver, je suis assise au fond de l'armoire, empêtrée dans la soie, en train de hurler à pleins poumons. Je me débats d'abord comme un diable, jusqu'à ce qu'ils réussissent à me persuader qu'ils sont là pour m'aider ; après quoi ils m'extirpent du tas de vêtements et me raccompagnent à ma chambre. En chemin, nous passons devant une fenêtre et je vois une aube grise et neigeuse s'étendre sur le Capitole.

Haymitch m'attend avec la gueule de bois, une poignée de pilules et un plateau de nourriture qui ne nous fait envie ni à l'un ni à l'autre. Il tente vaguement d'engager la conversation, puis, voyant que c'est peine perdue, m'envoie prendre le bain qu'on m'a fait couler. La baignoire, très profonde, comporte trois marches. Je me glisse dans l'eau fumante et m'assieds jusqu'au cou dans les bulles de savon, en espérant que mes pilules vont agir vite. Je pose les yeux sur la rose qui s'est ouverte pendant la nuit. Son parfum imprègne l'air saturé d'humidité. Alors que je me lève et que j'attrape une serviette pour l'aplatir dessous, on frappe timidement et la porte de ma salle de bains s'ouvre devant trois visages familiers. Ils s'efforcent de me sourire, mais même Venia ne peut dissimuler un choc devant mon corps ravagé.

— Surprise ! couine Octavia, avant d'éclater en sanglots.

Leur visite me laisse d'abord perplexe, puis je réalise que nous sommes sans doute le jour de l'exécution. Ils sont venus me refaire une beauté de base Zéro. Pas étonnant qu'Octavia se mette à pleurer. C'est une tâche impossible.

Comme ils osent à peine effleurer ma peau en patchwork de peur de me faire mal, je me rince et me sèche toute seule. J'ai beau leur expliquer que je ne sens presque plus la douleur, Flavius ne peut s'empêcher de grimacer en m'aidant à enfiler mon peignoir. Dans ma chambre, une autre surprise m'attend. Assise bien droite sur sa chaise. Tirée à quatre épingles, depuis sa perruque dorée jusqu'à ses bottes en cuir à talons hauts, une tablette à pince à la main. À l'exception de son regard éteint, elle a remarquablement peu changé.

— Effie, dis-je.

— Bonjour, Katniss ! (Elle se lève et m'embrasse sur la joue comme s'il ne s'était rien passé depuis la dernière fois que je l'ai vue, la veille de l'Expiation.) Ma foi, j'ai l'impression que nous avons une grande, grande journée devant nous. Alors, que dirais-tu de commencer ta préparation pendant que je m'occupe de régler les derniers détails ?

— D'accord, dis-je alors qu'elle s'éloigne.

— Il paraît que Plutarch et Haymitch ont eu un mal de chien à la sauver, me confie Venia après son départ. Mais elle s'est fait arrêter après ton évasion, ça a plaidé en sa faveur.

Il m'est assez difficile de me représenter Effie Trinket dans la peau d'une rebelle. Mais comme je ne tiens pas à ce que Coin la fasse exécuter, je prends note de présenter les choses de cette manière si jamais on m'interroge à son sujet.

— Je suppose que c'est une chance pour vous que Plutarch vous ait fait enlever tous les trois, en fin de compte.

— Nous sommes la seule équipe de préparation encore en vie. Et tous les stylistes de l'édition d'Expiation sont morts, m'apprend Venia.

Elle ne précise pas qui les a tués. Je commence à me demander si cela a la moindre importance. Elle soulève délicatement l'une de mes mains couturées et l'examine à la lumière.

— Passons à tes ongles, maintenant. Comment les veux-tu, rouges ou noirs ?

Flavius accomplit un petit miracle avec mes cheveux, qu'il parvient à égaliser sur l'avant tout en camouflant mes plaques chauves sur l'arrière du crâne. Mon visage, épargné par les flammes, ne présente pas de difficultés particulières. Une fois revêtue de mon costume de geai moqueur, mes seules cicatrices encore visibles sont celles du cou, des avant-bras et des mains. Octavia m'attache ma broche au-dessus du cœur et nous reculons de quelques pas pour m'examiner dans le miroir. Je n'arrive pas à croire qu'ils aient pu me rendre une allure aussi normale alors qu'au fond de moi, je me sens tellement ravagée.

On frappe à la porte, et Gale fait son entrée.

— Tu peux m'accorder une minute ? demande-t-il.

Dans le miroir, je regarde mes préparateurs s'écarter discrètement. Ne sachant pas où aller, ils se cognent plusieurs fois les uns dans les autres avant de s'enfermer dans la salle de bains. Gale vient se placer dans mon dos. Chacun de nous examine le reflet de l'autre. Je cherche un détail auquel me raccrocher, un signe de la fille et du garçon qui se sont connus dans la forêt par accident et sont devenus inséparables. Je me demande ce qu'ils seraient devenus si les Hunger Games n'avaient pas moissonné la fille. Si elle aurait fini par tomber amoureuse du garçon, ou même par l'épouser. Et si, bien plus tard, une fois que leurs frères et sœurs auraient suffisamment grandi, elle se serait échappée avec lui dans la forêt en quittant le Douze à tout jamais. Auraient-ils été heureux dans la nature, ou la tristesse se serait-elle mise entre eux même sans l'intervention du Capitole ?

— Je t'ai apporté ça. (Gale me tend un carquois. En le prenant, je constate qu'il ne contient qu'une seule flèche, parfaitement ordinaire.) C'est censé être symbolique. Le dernier tir de cette guerre.

— Et si je rate mon coup ? dis-je. Coin se chargera de ramasser ma flèche et de me la rapporter ? Ou est-ce qu'elle se contentera de loger une balle dans la tête de Snow ?

— Tu ne rateras pas.

Gale ajuste le carquois sur mon épaule. Nous restons plantés là, face à face, en évitant le regard de l'autre.

— Tu n'es pas venu me voir à l'hôpital. (Comme il ne répond rien, je me jette à l'eau.) C'était ta bombe ?

— Je n'en sais rien. Beetee non plus, répond-il. Quelle importance ? Tu auras toujours cette idée quelque part dans la tête.

Il attend que je lui dise que c'est faux ; je voudrais le lui dire mais c'est impossible. En ce moment même je peux revoir le brasier l'envelopper, je peux sentir la chaleur des flammes. Et cet instant restera à tout jamais indissociable de Gale. Mon silence est ma réponse.

— C'était la seule chose que j'avais pour moi. Le fait d'avoir pris soin de ta famille, dit-il. Vise bien, d'accord ?

Il me caresse la joue et s'en va. Je voudrais le rappeler et lui dire que je me suis trompée. Que je trouverai un moyen de faire la paix avec lui. De me souvenir des circonstances dans lesquelles il a créé sa bombe. De prendre en compte mes propres crimes inexcusables. De faire la lumière sur les auteurs du bombardement. De prouver qu'il ne s'agissait pas des rebelles. De lui pardonner. Mais comme j'en suis incapable, je vais devoir vivre avec cette douleur.

Effie revient pour me conduire à je ne sais quelle réunion. J'attrape mon arc, et au dernier moment je me rappelle la rose blanche dans son verre d'eau. Quand j'ouvre la porte de la salle de bains, je découvre les membres de mon équipe de préparation assis en rang sur le bord de la baignoire, les épaules voûtées, la mine défaite. Je me souviens que je ne suis pas la seule à avoir tout perdu.

— Venez, leur dis-je. Le public doit être là.

Je m'attends à une réunion de tournage dans laquelle Plutarch m'expliquerait où me tenir et me donnerait des indications sur l'exécution de Snow. Au lieu de quoi, je me retrouve dans une pièce où six personnes sont assises à une table. Peeta, Johanna, Beetee, Haymitch, Annie et Enobaria. Tous portent l'uniforme gris des rebelles du Treize. Aucun n'a l'air vraiment dans son assiette.

— Que se passe-t-il ? dis-je.

— Aucune idée, répond Haymitch. Apparemment, c'est une réunion des vainqueurs survivants.

— Il ne reste que nous ?

— Le prix de la célébrité, commente Beetee. Nous sommes devenus la cible des deux camps. Le Capitole a éliminé les vainqueurs qu'il soupçonnait de rébellion. Les rebelles se sont chargés de ceux qu'ils pensaient être de mèche avec le Capitole.

Johanna jette un regard noir à Enobaria.

— Alors pourquoi est-elle encore en vie ?

— Elle tombe sous la protection de l'accord que nous avons passé avec le geai moqueur, intervient Coin en entrant derrière moi. Aux termes duquel Katniss Everdeen acceptait de soutenir la cause rebelle en échange de l'immunité pour les vainqueurs capturés. Katniss a rempli sa part du marché, et nous avons l'intention d'en faire autant.

Enobaria sourit à Johanna.

— Pas la peine de prendre ce petit air satisfait, grogne Johanna. On finira par t'avoir quand même.

— Assieds-toi, s'il te plaît, Katniss, dit Coin en refermant la porte.

Je prends place entre Annie et Beetee, en posant soigneusement la rose de Snow devant moi sur la table. Comme à son habitude, Coin va droit au but.

— Je vous ai demandé de venir pour résoudre un dilemme. Aujourd'hui, nous allons procéder à l'exécution de Snow. Ces dernières semaines, plusieurs centaines de ses complices dans l'oppression de Panem ont été jugés et condamnés à mort. Toutefois, la souffrance des districts a été si extrême que ces sentences paraissent bien insuffisantes aux yeux des victimes. En fait, beaucoup réclament l'annihilation totale de tous les anciens citoyens du Capitole. Mais c'est une mesure que nous ne pouvons pas nous permettre si nous voulons conserver une population viable.

À travers le verre d'eau, je vois une image déformée de la main de Peeta. Avec ses marques de brûlures. Nous sommes tous les deux des créatures du feu, à présent. Je lève le regard vers l'endroit où les flammes lui ont léché le front et grillé les sourcils, en lui ratant les yeux d'un cheveu. Ces mêmes yeux bleus qui cherchaient les miens puis se détournaient quand nous étions à l'école. Comme ils le font maintenant.

— Quelqu'un a donc mis une alternative sur la table. Mes collègues et moi n'étant pas parvenus à un consensus, il a été convenu que la décision reviendrait aux vainqueurs. Il faudra une majorité de quatre pour approuver le plan. Personne ne pourra s'abstenir de voter, déclare Coin. L'idée, c'est qu'au lieu d'éliminer toute la population du Capitole, nous tenions une dernière édition symbolique des Hunger Games, avec les enfants des personnes qui détenaient le plus de pouvoir.

Cette proposition nous fait bondir tous les sept.

— Quoi ? dit Johanna.

— Nous organiserions des Jeux avec les enfants du Capitole, répète Coin.

— C'est une plaisanterie ? demande Peeta.

— Pas du tout. Je dois d'ailleurs vous préciser que si les Jeux ont lieu, ce sera avec votre approbation officielle, même si le détail des votes individuels sera tenu secret pour votre propre sécurité, ajoute Coin.

— Est-ce Plutarch qui a eu cette idée ? veut savoir Haymitch.

— Non, c'est moi, répond Coin. Cela m'a paru un compromis acceptable entre le besoin de vengeance et la nécessité d'épargner des vies. J'attends vos votes maintenant.

— Non ! s'exclame Peeta. Je vote contre, bien sûr ! Il n'est pas question de revoir les Hunger Games !

— Pourquoi pas ? rétorque Johanna. Au contraire, ça me paraît tout à fait équitable. Snow a même une petite-fille. Je vote pour.

— Moi aussi, déclare Enobaria d'un ton presque indifférent. Ce serait un juste retour de bâton.

— C'est la raison pour laquelle nous nous sommes rebellés ! proteste Peeta. Vous avez déjà oublié ? (Il se tourne vers le reste d'entre nous.) Annie ?

— Je vote contre, comme Peeta, dit-elle. Finnick aurait dit la même chose s'il avait été là.

— Mais il ne l'est pas, parce que les mutations génétiques de Snow l'ont tué, lui rappelle Johanna.

— Contre, dit Beetee. Ce serait un précédent fâcheux. Nous devons cesser de nous considérer les uns les autres comme des ennemis. À ce stade, l'unité est essentielle à notre survie. Donc, non.

— Ce qui ne laisse plus que Katniss et Haymitch, dit Coin.

Est-ce ainsi que les choses se sont déroulées, il y a plus de soixante-quinze ans ? Par la réunion d'un petit comité qui a voté pour la tenue des premiers Hunger Games ? Y a-t-il eu des voix dissonantes ? Un plaidoyer pour la miséricorde, parmi les appels à la mise à mort des enfants des districts ? Le parfum de la rose de Snow s'insinue dans mes narines et redescend jusqu'à ma gorge, nouée par le désespoir. Tant de personnes que j'aimais sont mortes, et voilà que nous débattons de l'opportunité de tenir d'autres Hunger Games pour épargner des vies. Rien n'a changé. Rien ne changera jamais.

Je soupèse soigneusement chaque option, avec toutes leurs conséquences. Les yeux fixés sur la rose, je déclare :

— Je vote oui... pour Prim.

— Haymitch, c'est à vous, dit Coin.

Peeta, furieux, prévient Haymitch de ne pas se rendre complice d'une atrocité pareille, mais notre ancien mentor n'a d'yeux que pour moi. C'est le moment de vérité. L'instant où nous découvrons à quel point nous sommes semblables, et à quel point il me connaît bien.

— Je me range à l'avis du geai moqueur, déclare-t-il.

— Excellent ! L'affaire est donc entendue, dit Coin. Maintenant, il ne nous reste plus qu'à procéder à l'exécution.

Quand elle passe devant moi, je lui tends le verre qui contient le bouton de rose.

— Pouvez-vous dire à Snow de porter cette rose à la boutonnière ? Juste à l'endroit du cœur ?

Coin sourit.

— Bien sûr. Et je veillerai à l'informer de votre décision à propos des Jeux.

— Merci, dis-je.

D'autres personnes nous rejoignent dans la pièce et m'entourent. Une dernière touche de maquillage, et puis

Plutarch me donne ses ultimes instructions pendant qu'on m'escorte vers l'entrée de la résidence. Le Grand Cirque est noir de monde. La foule déborde sur les rues latérales. Chacun rejoint sa place. Gardes. Fonctionnaires. Chefs rebelles. Vainqueurs. Des acclamations m'indiquent que Coin vient d'apparaître au balcon. Puis Effie me donne une tape sur l'épaule et je sors dans le soleil hivernal. Je gagne ma position au milieu d'une clameur assourdissante. Comme prévu, je me tourne de manière à présenter mon profil à la foule, et j'attends. Quand on fait sortir Snow, le public devient hystérique. On lui attache les mains derrière un poteau, ce qui paraît bien inutile. Il ne risque pas de se sauver. Il n'a plus nulle part où aller. Nous ne sommes pas sur une grande estrade comme devant le centre d'Entraînement mais sur la terrasse étroite de la résidence présidentielle. Pas étonnant qu'on ne m'ait pas demandé de m'entraîner. Ma cible se trouve à moins de dix mètres.

Je sens l'arc ronronner dans ma main. Je passe l'autre main par-dessus mon épaule, j'attrape ma flèche et je l'encoche. Je vise la rose, mais c'est son visage que je fixe. Il se met à tousser ; un mince filet de sang lui coule sur le menton. Il se passe la langue sur les lèvres. Je scrute son regard à la recherche de la moindre trace de peur, de remords ou de colère. Je n'y trouve que le même amusement qu'à la fin de notre dernière conversation. J'ai l'impression de l'entendre une nouvelle fois : « Oh, ma chère mademoiselle Everdeen. Moi qui pensais que nous étions convenus de ne pas nous mentir. »

Il a raison. C'était convenu entre nous.

La pointe de ma flèche se dirige plus haut. Je relâche la corde. Et la présidente Coin bascule par-dessus le balcon et s'écrase par terre. Morte.

27

Au milieu de la stupeur générale, je n'entends qu'un seul bruit. Le rire de Snow. Un horrible ricanement étranglé, accompagné de postillons sanglants quand sa toux le reprend. Je le regarde se plier en avant, cracher son dernier souffle, jusqu'à ce que les gardes me bouchent la vue.

Tandis que les uniformes gris convergent sur moi, j'imagine ce que me réserve mon bref avenir de meurtrière de la nouvelle présidente de Panem. L'interrogatoire, les tortures probables, l'inévitable exécution publique. Mes adieux, une fois de plus, à la poignée de personnes qui comptent encore à mes yeux. L'idée d'affronter ma mère, qui restera totalement seule, emporte ma décision.

— Bonne nuit, dis-je à mon arc.

Je le sens s'éteindre dans ma main. Je lève le bras gauche et me penche sur le côté pour arracher la pilule que j'ai dans la manche. Mais mes dents se referment sur de la chair. Je rejette la tête en arrière, confuse, et me retrouve nez à nez avec Peeta. Son regard ne se dérobe pas cette fois-ci. On voit la trace sanglante de mes dents sur le dos de sa main posée sur ma pilule.

— Laisse-moi ! dis-je en grognant, tout en m'efforçant de me dégager.

— Pas question, dit-il.

Alors qu'on m'arrache à lui, je sens la pochette de ma manche se déchirer et je vois la pilule violet foncé, le dernier cadeau de Cinna, rouler par terre avant d'être écrasée sous la botte d'un garde. Je deviens une bête sauvage. Je rue, je griffe, je mords, je fais tout ce que je peux pour échapper aux mains qui me tiennent pendant que la foule s'avance. On me soulève du sol et je continue à me débattre tandis qu'on m'emporte au-dessus de la mêlée. Je hurle le nom de Gale. Je ne l'aperçois nulle part, mais il saura ce que je veux. Une mort propre et rapide donnée d'une main experte. Sauf que je ne reçois ni flèche ni balle. Est-il possible qu'il ne me voie pas ? Non. Au-dessus de nous, les écrans géants répartis tout autour du Grand Cirque affichent la scène aux yeux de tous. Il voit, il sait, mais ne fait rien. Comme moi lors de sa capture. Quels mauvais chasseurs et mauvais amis nous faisons tous les deux !

Je ne peux compter que sur moi-même.

À l'intérieur de la résidence, on me passe les menottes et on m'attache un bandeau sur les yeux. On m'emporte en me traînant à moitié le long de couloirs interminables, on me fait prendre plusieurs ascenseurs, avant de me jeter sur un sol recouvert de moquette. On m'enlève les menottes et on claque la porte derrière moi. En retirant mon bandeau, je constate qu'on m'a enfermée dans mon ancienne chambre du centre d'Entraînement. Celle où j'ai passé mes derniers jours avant mes premiers Hunger Games et l'édition d'Expiation. Le lit se résume à un matelas nu et les portes de l'armoire, grandes ouvertes, montrent des étagères vides, mais je la reconnais tout de suite.

Je dois lutter pour me relever et me défaire de mon costume de geai moqueur. Je suis couverte d'ecchymoses et me suis peut-être cassé un ou deux doigts, mais c'est surtout mon épiderme qui a le plus souffert de ma bataille contre les gardes. Ma nouvelle peau toute rose s'est déchirée comme du papier de soie et le sang suinte des cellules cultivées en laboratoire. Aucun médecin ne frappe à ma porte, cependant, au point où j'en suis, je m'en moque éperdument et je me traîne sur le matelas en attendant de saigner à mort.

Hélas, je n'ai pas cette chance. Le soir venu, mes saignements ont cessé en me laissant raide, tout endolorie et poisseuse, mais vivante. Je boitille jusque dans la douche, je me programme le cycle le plus doux dont je me souvienne, sans aucun savon ni shampooing, et je m'accroupis sous le jet chaud, les coudes sur les genoux, la tête entre les mains.

« Je m'appelle Katniss Everdeen. Pourquoi ne suis-je pas morte ? Je devrais l'être. Ce serait beaucoup mieux pour tout le monde… »

Quand j'émerge de la douche, un flux d'air chaud sèche ma peau endommagée. Je n'ai aucun vêtement propre. Pas même une serviette dans laquelle m'envelopper. De retour dans ma chambre, je constate qu'on est passé récupérer ma tenue de geai moqueur. À la place, on m'a laissé un peignoir en papier, ainsi qu'un plateau repas avec mes médicaments en guise de dessert. Je mange ce qu'on m'a préparé, je prends mes comprimés, je m'enduis le corps de pommade. Il me reste maintenant à trouver comment me suicider.

Je me roule en boule sur le matelas taché de sang. Non pas que j'aie froid, mais je me sens tellement nue sans rien d'autre que du papier sur mon corps endolori. Sauter par la fenêtre n'est pas une option – le carreau doit bien avoir cinquante centimètres d'épaisseur. Je sais fabriquer un excellent nœud coulant, mais je n'aurais aucun endroit où l'accrocher. Je pourrais mettre de côté une partie de mes médicaments pour m'en administrer une dose mortelle, si je n'étais pas certaine d'être surveillée vingt-quatre heures sur vingt-quatre. Pour ce que j'en sais, je passe peut-être en direct à la télévision en ce moment pendant que des commentateurs s'efforcent d'analyser les raisons qui ont pu me pousser à tuer Coin. La surveillance rend toute tentative de suicide pratiquement impossible. Encore une fois, seul le Capitole a le privilège de pouvoir prendre ma vie.

Il me reste la possibilité de baisser les bras. Je décide de rester allongée sur mon lit sans manger, ni boire ni prendre mes médicaments. Je pourrais le faire. Me laisser mourir. Hélas, je n'avais pas compté avec mon accoutumance à la morphine. Le décrochage n'est pas progressif, comme à l'hôpital dans le Treize, mais brutal. Je devais être habituée à en consommer à haute dose parce que, quand le phéno-mène de manque se fait sentir, accompagné de grelotte-ments, de douleurs fulgurantes et d'une sensation de froid insupportable, ma résolution s'émiette comme une coquille d'œuf. Je me retrouve à quatre pattes, à racler la moquette avec mes ongles à la recherche de ces précieuses pilules que j'avais jetées par terre alors que je me sentais forte. Je révise mes projets et décide plutôt de me tuer lentement à la morphine. Je deviendrai un sac d'os au teint jaunâtre avec des yeux énormes. Je suis ce plan depuis deux jours, avec d'assez bons résultats, quand il se produit quelque chose d'inattendu.

Je me mets à chanter. À la fenêtre, sous ma douche, dans mon sommeil. J'enchaîne pendant des heures les ballades, les chansons d'amour, les airs de montagne. Toutes des chansons que m'a enseignées mon père avant sa mort, car depuis, il n'y a pas eu beaucoup de place pour la musique dans ma vie. Le plus surprenant est que je m'en souviens à la perfection. Des paroles comme des mélodies. Ma voix, d'abord rauque et avec une tendance à se fêler dans les aigus, se réchauffe et devient splendide. Une voix à couper le sifflet aux geais moqueurs, à les faire se bousculer pour se joindre à moi. Passent les jours, les semaines. Je regarde la neige tomber sur la corniche devant ma fenêtre. Et tout ce temps, je n'entends pas d'autre voix que la mienne.

Qu'est-on en train de me concocter ? À quoi bon me faire mariner ainsi ? Ce n'est tout de même pas si difficile d'organiser l'exécution d'une meurtrière ? Je continue ma propre annihilation. Mon corps s'amaigrit comme jamais et ma lutte contre la faim est si féroce que, parfois, ma part animale cède à la tentation du pain beurré ou de la viande rôtie. Je suis en train de gagner malgré tout. Pendant quelques jours, je me sens au plus mal et je commence à croire que je vais enfin quitter ce monde quand je réalise que mes doses de morphine sont de plus en plus réduites. On essaie de me désaccoutumer progressivement. Mais dans quel but ? Un geai moqueur drogué jusqu'aux yeux serait sûrement plus docile face à la foule. Et puis, une idée affreuse me vient : et si on n'avait pas l'intention de me tuer ? Si on avait d'autres projets pour moi ? Comme par exemple me remettre à neuf, me former et m'utiliser encore une fois ?

Il n'est pas question que j'accepte. Si je ne peux pas me tuer dans cette pièce, je saisirai la première occasion qui se présentera à l'extérieur. Ils peuvent m'engraisser, me lisser de la tête aux pieds, m'habiller et me rendre belle à nouveau. Ils peuvent concevoir des armes fantastiques qui s'animent entre mes mains, mais ils ne parviendront plus à me persuader de m'en servir. Je n'éprouve plus la moindre allégeance envers ces monstres qui se donnent le nom d'êtres humains, bien que j'en sois un moi-même. Je me dis que Peeta n'avait peut-être pas tort quand il parlait de nous entre-tuer pour laisser place à d'autres espèces plus

méritantes. Parce qu'il y a quelque chose de fondamenta-
lement tordu chez une créature prête à sacrifier la vie de
ses enfants pour parvenir à ses fins. On peut présenter ça
de toutes les manières différentes. Snow voyait dans les
Hunger Games un moyen de contrôle efficace. Coin voyait
dans les parachutes un moyen d'accélérer la fin de la guerre.
Mais en fin de compte, qui en bénéficie ? Personne. La
vérité, c'est que vivre dans un monde où ce genre de choses
peut arriver ne profite à personne.

Après être restée prostrée sur mon matelas pendant deux
jours sans rien manger ni boire, sans même avaler la moindre pilule de morphine, la porte de ma chambre s'ouvre.
Quelqu'un entre et s'avance dans mon champ de vision.
Haymitch.

— Ton procès est terminé, m'annonce-t-il. Viens. On
rentre chez nous.

Chez nous ? De quoi parle-t-il ? Je n'ai plus de chez-moi.
Et quand bien même il serait possible de se rendre dans
cet endroit imaginaire, je suis trop faible pour bouger. Des
inconnus viennent s'occuper de moi. Me réhydrater, me
nourrir. Me laver et m'habiller. L'un d'eux me soulève
comme une poupée de chiffon et me porte sur le toit où
un hovercraft m'attend. Il me sangle dans un siège. Haymitch et Plutarch prennent place en face de moi. Quelques
instants plus tard, nous sommes en l'air.

Je n'avais encore jamais vu Plutarch d'aussi bonne
humeur. Il est radieux.

— Tu dois avoir un millier de questions à me poser !

Malgré mon absence de réaction, il me donne les
réponses.

Après la mort de Coin, ç'a été un désordre indescriptible.
Quand les choses se sont un peu calmées, on a retrouvé le
corps de Snow, toujours attaché à son poteau. On ne sait

pas exactement s'il s'est étranglé avec son sang en riant, ou s'il a été étouffé par la foule. Et au fond, peu importe. On a convoqué des élections d'urgence à l'issue desquelles Paylor a été élue présidente. Plutarch est devenu secrétaire aux communications, ce qui veut dire que c'est lui qui décide de tout ce qui passe à l'antenne. Sa première grande émission a été mon procès, dans lequel il a joué un rôle capital. Comme témoin de la défense, bien sûr. Même si je dois surtout ma relaxe à l'intervention du Dr Aurelius, qui semble m'avoir remerciée de ses siestes en me décrivant comme une folle incurable en état de choc. L'une des conditions de ma libération est que nous continuions nos séances tous les deux, même si mon traitement devra désormais se poursuivre par téléphone, parce qu'il est hors de question qu'il aille s'installer dans un trou perdu comme le Douze, où je suis consignée jusqu'à nouvel ordre. La vérité, c'est que personne ne sait quoi faire de moi maintenant que la guerre est terminée, même si Plutarch ne doute pas de pouvoir me trouver un rôle au cas où il s'en déclencherait une autre. Sur quoi, il éclate de rire. Il ne paraît jamais gêné que ses plaisanteries ne fassent rire que lui.

— Vous vous préparez à une nouvelle guerre, Plutarch ? lui dis-je.

— Oh non, pas tout de suite, répond-il. Pour l'instant, nous sommes dans cette période bénie où chacun s'accorde à reconnaître que les horreurs récentes ne devraient jamais se répéter. Mais la mémoire collective est généralement de courte durée. Nous sommes des êtres versatiles, stupides, amnésiques et doués d'un immense talent d'autodestruction. Pourtant, qui sait ? Cette fois-ci les choses seront peut-être différentes, Katniss.

— Comment ça ?

— Peut-être que nous saurons tirer les leçons de ce qui vient de se passer. Nous sommes peut-être à l'aube d'une évolution majeure de l'espèce. Tu devrais prendre le temps d'y réfléchir.

Après quoi il me demande si j'aimerais participer à une nouvelle émission musicale qu'il compte lancer dans quelques semaines. Si j'ai quelques chansons joyeuses dans mon répertoire. Il pourrait m'envoyer une équipe de tournage chez moi.

Nous faisons une brève escale dans le Trois le temps de déposer Plutarch. Il doit y retrouver Beetee pour discuter de la refonte du système de télécommunications. Ses derniers mots pour moi sont :

— Ne nous laisse pas sans nouvelles !

Une fois de retour dans les nuages, je jette un regard à Haymitch.

— Et vous, pourquoi retournez-vous dans le Douze ?

— Il semble qu'on ne veuille pas de moi non plus au Capitole, répond-il.

Au début, j'accepte cette réponse sans discuter. Puis le doute s'installe en moi. Haymitch n'a assassiné personne. Il pourrait aller où il veut. S'il revient dans le Douze, c'est parce qu'il en a reçu l'ordre.

— On vous a chargé de veiller sur moi, pas vrai ? En tant qu'ancien mentor ? (Il hausse les épaules. Je réalise alors ce que ça veut dire.) Ma mère ne reviendra pas.

— Non, me confirme-t-il.

Il sort une enveloppe de son veston et me la tend. J'examine l'écriture délicate aux lettres parfaitement formées.

— Elle participe à l'implantation d'un nouvel hôpital dans le district Quatre. Elle a demandé que tu l'appelles dès notre arrivée, continue Haymitch pendant que je suis du doigt la courbure des lettres. Tu sais pourquoi elle ne peut pas revenir.

Oui, je le sais. Parce que entre mon père, Prim et les cendres, l'endroit serait trop pénible pour elle. Mais pas pour moi, visiblement.

— Veux-tu savoir qui d'autre ne viendra pas ?

— Non, lui dis-je. Je préfère avoir la surprise.

En bon mentor, Haymitch insiste pour me faire manger un sandwich puis fait semblant de me croire endormie pendant le reste du voyage. Il s'occupe en retournant tous les compartiments de l'hovercraft à la recherche de bouteilles, qu'il enfouit dans son sac. Il fait nuit quand nous atterrissons sur la pelouse du Village des vainqueurs. On voit des lumières aux fenêtres de la moitié des maisons, y compris celle d'Haymitch et la mienne. Pas celle de Peeta. Un bon feu m'attend dans ma cuisine. Je m'installe dans ma chaise à bascule en serrant fort la lettre de ma mère.

— Bon, à demain, me dit Haymitch.

En écoutant s'éloigner le tintement des bouteilles au fond de son sac, je ne peux m'empêcher de murmurer :

— Ça m'étonnerait.

Je n'ai pas la force de me lever de ma chaise. Le reste de la maison me paraît trop vide, froid et sombre. Je m'enveloppe dans un vieux châle et je fixe les flammes. Je suppose que je finis par m'endormir, parce qu'à mon réveil, c'est le matin et Sae Boui-boui s'affaire devant la cuisinière. Elle me sert des œufs et du pain grillé et reste assise devant moi jusqu'à ce que j'aie tout mangé. Nous ne parlons pas beaucoup. Sa petite-fille, une gamine qui vit dans son propre monde, s'empare d'une pelote de laine bleue dans le panier à tricot de ma mère. Sae Boui-boui lui demande de la reposer, mais je lui dis qu'elle peut la garder. Il n'y a plus personne qui sache tricoter dans cette

maison. Après le petit déjeuner, Sae Boui-boui fait la vaisselle puis s'en va, mais elle revient le soir pour me préparer
à dîner. J'ignore si c'est par pure bonté d'âme ou si le
gouvernement le lui a demandé, mais elle repasse s'occuper
de moi tous les jours. Elle cuisine, je mange. Je réfléchis à
mon avenir. Plus rien ne s'oppose à mon suicide désormais.
Pourtant, on dirait que j'attends quelque chose.

Le téléphone sonne parfois, longuement, mais je ne
décroche jamais. Haymitch ne réapparaît pas. Il a peut-être
changé d'avis et quitté le Douze, même si je le soupçonne
plutôt d'être ivre mort dans un coin. Je ne reçois pas
d'autres visites que celles de Sae Boui-boui et de sa petite-
fille. Après des mois de confinement solitaire, elles me font
l'impression d'être une foule.

— Ça sent le printemps, aujourd'hui. Tu devrais sortir,
me dit Sae. Aller chasser un peu.

Je n'ai pas quitté la maison une seule fois. J'ai à peine
quitté la cuisine sauf pour me rendre aux toilettes dans le
couloir. Je porte toujours les mêmes vêtements qu'à mon
départ du Capitole. Je passe mes journées assise devant la
cheminée. À contempler les lettres intactes qui s'empilent
sur le manteau.

— Je n'ai même pas d'arc.

— Regarde au bout du couloir, me suggère-t-elle.

Une fois qu'elle est partie, j'envisage de suivre son
conseil. Puis j'y renonce. Mais après plusieurs heures, je
finis par me lever et par aller voir, à pas de loup, pour ne
pas réveiller les fantômes. Dans le bureau où j'avais pris le
thé en compagnie du président Snow, je trouve un carton
contenant le vieux blouson de mon père, notre ouvrage sur
les plantes, la photo de mariage de mes parents, le bec de
collecte que m'avait envoyé Haymitch, et le médaillon que
m'avait offert Peeta dans l'arène en horloge. Les deux arcs

et un carquois de flèches sauvés par Gale la nuit du bombardement sont posés sur le bureau. J'enfile le blouson sans toucher au reste. Je m'endors sur le canapé du salon. Je fais un cauchemar terrible, dans lequel je suis allongée au fond d'une tombe où tous les morts que je connais de nom viennent me jeter une pelletée de cendres. C'est un rêve assez long, vu la liste des participants, et plus ils me recouvrent, plus j'ai du mal à respirer. J'essaie de crier, de les supplier d'arrêter, mais j'ai de la cendre plein la bouche et le nez et je n'arrive pas à proférer un seul son. Et les coups de pelle continuent…

Je me réveille en sursaut. Un petit jour pâle s'infiltre entre les volets. J'entends toujours un raclement de pelle. Encore à moitié dans mon cauchemar, j'enfile le couloir au pas de course, jaillis par la porte d'entrée et fais le tour de la maison, parce que maintenant je suis à peu près sûre de pouvoir crier sur les morts. En le découvrant, je me fige sur place. Il a le visage rougi par l'effort d'avoir creusé sous mes fenêtres. Il a aussi cinq plants dans une brouette.

— Tu es revenu, dis-je.

— Le Dr Aurelius n'a pas voulu me laisser quitter le Capitole plus tôt qu'hier, dit Peeta. Au passage, il m'a demandé de te dire qu'il n'allait pas pouvoir continuer indéfiniment à faire semblant de te soigner. Il va bien falloir décrocher ton téléphone un jour ou l'autre.

Il a l'air en forme. Mince et couvert de cicatrices de brûlures, comme moi, mais il n'a plus son regard hanté et torturé. Par contre, il fronce légèrement les sourcils en me voyant. Je fais mine d'écarter vaguement les cheveux qui me tombent dans les yeux et je réalise qu'ils sont collés en mèches grasses. Je me sens sur la défensive.

— Qu'est-ce que tu fabriques ?

— Je me suis rendu dans les bois ce matin pour déterrer

ces fleurs, m'explique-t-il. Pour elle. J'ai pensé qu'on pourrait les replanter autour de ta maison.

Je regarde les plants qu'il a rapportés, aux racines encore terreuses. Des primevères. Les fleurs dont ma sœur portait le nom. Je fais oui de la tête à Peeta et je me dépêche de rentrer chez moi, en refermant à clef derrière moi. Mais le mal est à l'intérieur, et non au-dehors. Tremblante de faiblesse et d'anxiété, je grimpe l'escalier quatre à quatre. Je me prends le pied dans la dernière marche et m'étale de tout mon long sur le palier. Je me force à me relever et me réfugie dans ma chambre. L'odeur est faible mais encore présente. Le parfum de la rose blanche parmi les autres fleurs séchées dans le vase. Flétrie, fragile, elle conserve pourtant cette perfection artificielle cultivée dans la serre de Snow. J'attrape le vase, je le redescends en titubant dans la cuisine et j'en jette le contenu sur les braises. Quand les fleurs s'embrasent, une flamme bleue enveloppe la rose et la dévore. Encore une fois, le feu est plus fort que les roses. Je fracasse le vase par terre pour faire bonne mesure.

De retour à l'étage, j'ouvre grand les fenêtres de ma chambre pour en chasser l'odeur de Snow. Mais je la sens toujours sur mes vêtements et jusque dans mes pores. Je me déshabille. Des morceaux de peau de la taille de cartes à jouer restent collés à mes vêtements. J'évite le miroir, je me glisse sous la douche et je me nettoie vigoureusement les cheveux, le corps, la bouche. Rose vif, avec des picotements partout, je me déniche des vêtements propres. Je mets une bonne demi-heure à démêler mes cheveux. J'entends Sae Boui-boui tourner la clef dans la serrure. Pendant qu'elle me prépare mon petit déjeuner, je jette au feu les habits que je portais. Sur son conseil, je me taille aussi les ongles avec un couteau.

Le nez dans mes œufs, je lui demande :

— Où est Gale ?

— Dans le district Deux. Il s'est trouvé un chouette boulot là-bas. On le voit de temps en temps à la télévision.

Je cherche en moi-même des traces de colère, de haine ou de regret. Je ne trouve que du soulagement.

— Je crois que je vais aller chasser aujourd'hui, dis-je.

— Eh bien, je ne cracherai pas sur un peu de viande fraîche, approuve-t-elle.

J'attrape mon arc et mes flèches et je sors, avec dans l'idée de quitter le Douze au niveau du Pré. À proximité de la place, je croise plusieurs équipes de gens masqués et gantés autour de charrettes tirées par des chevaux. En train de fouiller dans la neige. De ramasser des cadavres. Une charrette est garée devant les ruines de la maison du maire. Je reconnais Thom, l'ancien équipier de Gale, qui s'essuie le front avec un chiffon. Je me souviens de l'avoir vu au Treize, mais il a dû revenir. Son salut me donne le courage de demander :

— Vous avez retrouvé quelqu'un là-dedans ?

— La famille au complet. Plus les deux personnes qui travaillaient pour elle, m'apprend Thom.

Madge. Douce, gentille et courageuse. Celle dont la broche m'a valu mon surnom. Je me demande si elle rejoindra la procession dans mes cauchemars, cette nuit. Pour me remplir la bouche de cendres avec les autres.

— Je pensais que peut-être, comme il s'agissait du maire…

— Je ne crois pas qu'être le maire du Douze ait joué en sa faveur, dit Thom.

Je hoche la tête et je passe mon chemin, en évitant de regarder à l'arrière de la charrette. Partout à travers la ville, la même scène se répète. Le ramassage des morts. À l'approche des ruines de mon ancienne maison, la rue est encombrée par les charrettes. Le Pré n'existe plus, ou du moins plus tel que je le connaissais. On y a creusé une gigantesque fosse commune, dans laquelle on décharge les ossements. Je contourne la fosse et me glisse dans la forêt à l'endroit habituel. Tout ça n'a pas d'importance, désormais. Le grillage n'est plus sous tension, et il a fallu le soutenir avec de grosses branches pour tenir les prédateurs à l'écart. Mais les vieilles habitudes ont la vie dure. J'envisage de me rendre au lac, mais je suis si faible que c'est tout juste si je parviens à me traîner jusqu'à notre ancien lieu de rendez-vous, à Gale et moi. Je m'assieds un moment sur le rocher où Cressida nous a filmés. Il me paraît trop large, sans sa présence à côté de moi. Je ferme les yeux et je compte jusqu'à dix, plusieurs fois, en me disant que quand je les rouvrirai, il se sera matérialisé sans un bruit comme il le faisait si souvent. Hélas, je dois me rappeler que Gale se trouve dans le Deux à présent, avec un bon travail, et qu'il est sans doute en train d'embrasser d'autres lèvres que les miennes.

C'est le genre de matinée que l'ancienne Katniss aurait adoré. Un beau jour de début de printemps. La forêt s'éveille après un long hiver. Mais le regain d'énergie que j'ai ressenti devant les primevères commence à s'estomper. Le temps de retourner au grillage, je me sens tellement faible et nauséeuse que Thom doit me reconduire chez moi dans la charrette des morts. Il m'aide à m'allonger sur le canapé du salon, où je regarde les grains de poussière tourbillonner dans la lumière de l'après-midi.

Je me retourne brusquement, alertée par un feulement, mais je dois secouer la tête pour me convaincre que je ne rêve pas. Comment est-il arrivé jusqu'ici ? Je remarque ses griffures, sans doute infligées par un animal, sa patte arrière légèrement décollée du sol, ses os saillants. Il a dû venir à pied depuis le Treize. Peut-être qu'on l'a jeté dehors, ou peut-être qu'il ne supportait plus l'absence de sa maîtresse et qu'il a décidé de partir la retrouver.

— Tu aurais pu t'épargner cette peine. Elle n'est pas là, lui dis-je. (Buttercup m'adresse un nouveau feulement.) Elle n'est pas là. Tu peux feuler autant que tu veux. Ce n'est pas ça qui ramènera Prim.

Le nom de sa maîtresse lui fait dresser la tête et pointer les oreilles. Il pousse un miaulement plein d'espoir.

— Dehors ! (Il évite le coussin que je lui jette.) Fiche-moi le camp ! Il n'y a rien pour toi ici ! (Je commence à trembler, furieuse contre lui.) Elle ne reviendra pas. Elle ne reviendra jamais !

J'attrape un autre coussin et je me lève pour mieux viser. Des larmes surgies de nulle part me coulent sur les joues.

— Elle est morte. (Je me prends le ventre à deux mains pour atténuer la douleur. Je me laisse tomber à genoux, en serrant le coussin contre moi et en pleurant.) Elle est morte, saleté de chat ! Elle est morte.

Un son étrange, entre le sanglot et la lamentation, s'échappe de mes lèvres et donne voix à mon désespoir. Buttercup se met à gémir à son tour. Quoi que je fasse, il refuse de s'en aller. Il me tourne autour, hors de portée, pendant que je m'effondre en sanglots jusqu'à finir par m'endormir. Mais je crois qu'il comprend. Il doit deviner que l'impensable s'est produit et que survivre va nécessiter des mesures inimaginables jusque-là. Parce que quelques heures plus tard, quand je me réveille dans mon lit, je le vois dans le clair de lune. Assis à côté de moi, ses yeux jaunes en alerte, qui me protègent contre les dangers de la nuit.

Le lendemain matin, il se laisse nettoyer ses plaies avec stoïcisme mais ne peut retenir un miaulement déchirant quand je lui retire son épine de la patte. On recommence à pleurer tous les deux, sauf que, cette fois, on se console l'un l'autre. Après quoi je me sens suffisamment forte pour ouvrir enfin la lettre de ma mère, l'appeler au téléphone et pleurer avec elle. Peeta arrive en compagnie de Sae Boui-boui avec une miche brûlante entre les mains. Sae nous prépare le petit déjeuner et je donne tout mon bacon à Buttercup.

Peu à peu, au fil des jours, je reviens à la vie. J'essaie de suivre les conseils du Dr Aurelius, de faire les gestes du quotidien sans réfléchir, surprise chaque fois que je redécouvre qu'ils ont un sens. Je lui parle de mon projet de livre, et un grand carton de feuilles parcheminées m'arrive du Capitole par le prochain train.

J'ai eu cette idée en regardant notre livre familial sur les plantes. Un ouvrage dans lequel consigner tout ce qu'on ne peut pas confier aveuglément à la mémoire. Chaque page débute par le portrait d'une personne. Une photo, quand on peut en dénicher une. Sinon, un dessin ou une peinture de Peeta. Puis je rédige, de ma plus belle écriture, tous les détails qu'il serait criminel d'oublier. Lady en train de lécher la joue de Prim. Le rire de mon père. Le père de Peeta avec ses cookies. La couleur des yeux de Finnick. Ce que Cinna parvenait à sortir d'un simple rouleau de soie. Boggs reprogrammant l'holo pour moi. Rue dressée sur ses orteils, les bras légèrement écartés, comme un oiseau sur le point de s'envoler. Et ainsi de suite. On colle les pages à l'eau salée et on se promet de mener une belle vie afin que leurs morts ne soient pas inutiles. Haymitch se décide à collaborer, en nous parlant des vingt-trois couples de tributs qu'il a dû assister. Les ajouts se font plus modestes. Un vieux souvenir qui ressurgit. Une primevère mise à sécher entre les pages. D'étranges bribes de bonheur, comme cette photo du fils nouveau-né de Finnick et d'Annie.

On réapprend petit à petit à travailler. Peeta cuit le pain. Je chasse. Haymitch se saoule avec application jusqu'à ce qu'il n'ait plus une goutte d'alcool, après quoi il s'occupe des oies en attendant l'arrivée du prochain train. Heureusement, les oies ne réclament pas beaucoup d'attention. Nous ne sommes pas tout seuls. Quelques centaines d'anciens habitants sont revenus parce que, malgré tout, le Douze reste notre district. Avec la fermeture des mines, on laboure le sol chargé de cendres et on se met à semer. Des machines du Capitole creusent le sol pour jeter les fondations d'une nouvelle usine où nous fabriquerons des médicaments. Le Pré reverdit de lui-même.

Peeta et moi nous reconstruisons ensemble. Il y a encore des moments où je le vois saisir un dossier de chaise et s'y accrocher le temps que les mauvais souvenirs s'éloignent. Je me réveille de temps en temps en hurlant, assaillie de visions de mutations génétiques et d'enfants morts. Mais ses bras sont toujours là pour me réconforter. Et une nuit, ses lèvres. Quand j'éprouve de nouveau cette sensation brûlante qui s'était emparée de moi sur la plage, je comprends que cela ne pouvait pas se terminer autrement. Que pour survivre, je n'ai pas besoin de la flamme de Gale, nourrie de sa rage et de sa haine. J'en ai déjà bien assez en moi. Ce qu'il me faut, c'est le pissenlit au printemps. Le jaune vif qui évoque la renaissance plutôt que la destruction. La promesse que la vie continue, en dépit de nos pertes. Qu'elle peut même être douce à nouveau. Peeta est le seul à pouvoir m'offrir ça.

Alors, après, quand il me glisse à l'oreille :

— Tu m'aimes. Réel ou pas réel ?

Je lui réponds :

— Réel.

ÉPILOGUE

Ils jouent dans le Pré tous les deux. La fillette brune aux yeux bleus gambade devant. Le garçon aux boucles blondes et aux yeux gris s'efforce de la suivre en trottinant sur ses jambes dodues. Il m'a fallu cinq, dix, quinze ans avant d'accepter. Mais Peeta en avait tellement envie. Quand je l'ai sentie remuer en moi pour la première fois, j'ai d'abord éprouvé une peur panique vieille comme le monde, que seul le bonheur de la tenir entre mes bras a su calmer. Le porter, lui, a été un peu plus facile, mais pas beaucoup.

Ils commencent à peine à poser des questions. Les arènes ont été rasées, on a érigé des monuments du souvenir, les Hunger Games n'existent plus. Mais on leur en parle à l'école, et la fillette sait que nous y avons joué un rôle. Le garçon l'apprendra dans quelques années. Comment leur parler de ce que nous avons connu sans les terroriser à mort ? Mes enfants, qui prennent pour argent comptant les paroles de la chanson :

Sous le vieux saule, au fond de la prairie,
L'herbe tendre te fait comme un grand lit
Allonge-toi, ferme tes yeux fatigués,
Quand tu les rouvriras, le soleil sera levé
Il fait doux par ici, ne crains rien

Les pâquerettes éloignent les soucis
Tes jolis rêves s'accompliront demain
Dors, mon amour, oh, dors, mon tout-petit.

Mes enfants, qui ne savent pas qu'ils jouent sur un cimetière.

Peeta dit que tout ira bien. Nous sommes ensemble. Et nous avons le livre. Nous saurons leur expliquer d'une manière qui les rendra plus courageux. Mais un jour, il faudra bien leur parler de mes cauchemars. D'où ils me viennent. Pourquoi ils ne s'effaceront jamais complètement.

Je leur apprendrai comment je survis. Je leur dirai que certains matins, je n'ose plus me réjouir de rien de peur qu'on me l'enlève. Et que ces jours-là, je dresse dans ma tête la liste de tous les actes de bonté auxquels j'ai pu assister. C'est comme un jeu. Répétitif. Un peu lassant, même, après plus de vingt ans.

Mais j'ai connu des jeux bien pires.

REMERCIEMENTS

J'aimerais ici rendre hommage à tous ceux qui ont apporté leur temps, leur talent et leur soutien à *Hunger Games*.

En premier lieu, il me faut remercier mon extraordinaire triumvirat d'éditeurs. Kate Egan, dont la perspicacité, l'humour et l'intelligence m'ont guidée tout au long de huit romans ; Jen Rees, dont l'œil pénétrant saisit les petits détails qui échappent à la plupart d'entre nous ; et David Levithan, qui navigue avec aisance entre ses rôles multiples de fournisseur de notes, de maître des titres ou de directeur éditorial.

Elle a traversé avec moi les premiers jets, les intoxications alimentaires, tous les hauts et les bas, et elle est toujours là : Rosemary Stimola, tour à tour conseillère créative douée et gardienne professionnelle, agent littéraire et amie. Sans oublier Jason Dravis, mon agent de toujours dans le monde du spectacle, j'ai tellement de chance de t'avoir à mes côtés à l'heure de nous diriger vers le grand écran.

Merci à la graphiste Elizabeth B. Parisi ainsi qu'à l'illustrateur Tim O'Brien pour ces couvertures splendides qui ont su si bien capter à la fois l'essence des geais moqueurs et l'attention du lectorat.

Un grand coup de chapeau à toute l'équipe de Scholastic pour avoir fait connaître *Hunger Games* partout dans le monde : Sheila Marie Everett, Tracy van Straaten, Rachel Coun, Leslie Garych, Adrienne Vrettos, Nick Martin, Jacky Harper, Lizette Serrano, Kathleen Donohe, John Mason, Stephanie Nooney, Karyn Browne, Joy Simpkins, Jess White, Dick Robinson, Ellie Berger, Suzanne Murphy, Andrea Davis Pinkney, la force de vente de Scholastic au grand complet et tous les autres qui ont mis tellement d'énergie, d'astuce et de bagout au service de cette série.

Aux cinq amis auteurs sur lesquels je m'appuie le plus lourdement, Richard Register, Mary Beth Bass, Christopher Santos, Peter Bakalian et James Proimos, toute ma gratitude pour vos conseils, votre recul et nos fous rires.

J'adresse tout mon amour à mon défunt père, Michael Collins, qui a préparé le terrain à cette série par le soin apporté à instruire ses enfants à propos de la guerre et de la paix, ainsi qu'à ma mère, Jane Collins, qui m'a initiée aux Grecs, à la science-fiction et à la mode (sans succès sur ce dernier point, je le crains) ; à mes sœurs Kathy et Joanie ; à mon frère Drew ; à mes beaux-parents Dixie et Charles Pryor ; ainsi qu'à tous les membres de ma famille élargie dont l'enthousiasme et le soutien m'ont toujours accompagnée.

Et enfin, je me tourne vers mon mari, Cap Pryor, qui a lu *Hunger Games* dans sa version initiale, qui a insisté pour obtenir des réponses à des questions que je n'avais même pas imaginées, et qui m'a apporté son soutien critique tout au long de la série. Merci à lui et à mes merveilleux enfants, Charlie et Isabel, pour leur amour, leur patience et le bonheur qu'ils me procurent.